<u>Drucie Anne Taylor</u>

Addicted to Ridge

Heart vs. Head Serie 1

Korrektorat/Lektorat: Lea Müller
https://www.facebook.com/ScriptLounge/
Satz und Layout: Drucie Anne Taylor

Umschlaggestaltung © Sabrina Dahlenburg /
http://art-for-your-book.weebly.com
Herstellung und Verlag: Createspace
ISBN-13: 978-1508677376
ISBN-10: 1508677379

Kontakt: drucie@drucieannetaylor.de
http://drucieannetaylor.de

Wenn ihr auf dem Laufenden bleiben möchtet, würde ich mich über einen Like auf Facebook freuen.
Heart vs. Head auf Facebook: http://on.fb.me/1GAAyoN
Drucie Anne Taylor auf Facebook: https://www.facebook.-com/drucieannetaylorauthor

'If you want it to be good girl, get yourself a bad boy'
Backstreet Boys

Addicted to Ridge

Hope kann es nicht fassen, als ihre Mutter beschließt, sie nach Chicago zu ihrem gehassten Vater abzuschieben.

Mit ihrem lockeren Mundwerk macht sie sich vor Ort einen Feind nach dem anderen, bis sie auf Gleichgesinnte trifft, die Hope nach kurzer Zeit in ihre Clique aufnehmen. Diese schmieden jedoch hinter Hopes Rücken gemeine Intrigen gegen sie, sodass sie sich nichtsahnend in große Gefahr begibt.

Und dann ist da auch noch Ridge Cavendish, ein gutaussehender, über alle Maßen ungemütlicher Kerl, der in Hope Gefühle weckt, die sie vorher nicht kannte.

Doch dann wird Fynn, Ridges Sohn, ihretwegen angeschossen, und nichts zwischen ihnen scheint mehr so zu sein, wie es einmal war...

Prolog

»Du kannst mich mal«, antworte ich meiner Mutter, die mir gerade eröffnet hat, dass sie mich zu meinem Vater nach Chicago schicken will, weil sie angeblich nicht mit mir klarkommt. Die hat sie doch nicht mehr alle!

»Nicht in diesem Ton, Hope! Du wirst zu deinem Vater ziehen, ob du es willst oder nicht. Ich tue es mir nicht länger an, dich und deine Eskapaden zu ertragen. War es wirklich nötig, Mr Millers Auto anzuzünden, weil er dir eine sechs in Sport gegeben hat?«, schreit sie mich an.

Oh ja, öhm, eigentlich hatte ich es nur mit Rasierschaum veredelt, der dann von der Zigarettenkippe eines anderen in Flammen aufgegangen ist. Ich wusste nicht mal, dass das Zeug so leicht entzündlich ist, aber warum sollte ich es noch richtigstellen? Sie hat ihre Meinung bereits und ich habe inzwischen keinen Bock mehr, mich noch weiter mit ihr zu streiten. »Also theoretisch war ich es nicht. Praktisch habe ich sein Auto mit Rasierschaum eingesaut, die Kippe eines anderen hat ihn in Flammen aufgehen lassen«, antworte ich, als sie immer weiter zetert. Von dem Gejaule bekommt man Kopfschmerzen und ich habe keine Aspirin mehr, deshalb will ich einfach nur, dass sie den Mund hält.

»Dein Vater hat dich sicher besser im Griff als ich, das war schon damals so, aber seit unserer Trennung bist du völlig durchgedreht. Wie kann man denn bitte so dumm sein und

Rasierschaum auf einem Auto verteilen? Das Zeug greift den Lack an, Hope.«

»Das sollte es auch«, erwidere ich gelangweilt und schwenke den Energy Drink in der Dose.

»Hope!«, schreit sie frustriert auf.

Ich ziehe mir mein Beanie über die Augen. »Sag Bescheid, wenn du fertig bist, okay? Ich entspanne so lange ein wenig.«

»Wie konntest du nur so missraten?«

»Kann ich dir sagen, wenn du willst«, gebe ich mich desinteressiert.

»Dann tu es bitte!«

Ich ziehe die Mütze wieder hoch, sodass ich sie mit einem Auge ansehen kann. »Ich konnte so missraten, wie du es sagst, weil du damit beschäftigt warst, dich von deinem Macker ficken zu lassen, einer von vielen, und ich hatte nur noch meine Freundinnen. Also liegt die Schuld letztlich bei dir, weil du eine unfähige Mutter bist, die nur auf den nächsten Fick aus ist.« Meine Stimme klingt kalt, während ich sie wütend ansehe. Ich hasse meine Mom dafür, dass sie nie da war. Sie war mehr damit beschäftigt, sich von einer Beziehung in die nächste zu stürzen, fast bei den Männern zu wohnen und mich zu ignorieren. So was macht man nicht mit einem Teenager, der seine Eltern braucht. Sie ist nicht der einzige Fehlgriff, den Gott für mich übrig hatte, denn mein Vater ist auch ein verdammter Mistkerl. Er hat sie verlassen, als ich gerade eingeschult wurde. Für seine Jugendliebe! »Ach ja, ich gehe nicht nach Chicago, ich bleibe hier!«

»Oh nein, morgen geht dein Flug und glaub mir, du wirst diesen Flieger nach Chicago nehmen. Ich werde mich nicht mehr mit dir herumplagen, jetzt ist dein Vater an der Reihe, sich mit dir auseinander zu setzen und zu versuchen, noch ein wenig Elternliebe für dich aufzubringen, denn mir fällt es verdammt schwer!«, herrscht sie mich an.

Ich gähne gelangweilt. »Weißt du, da ich 18 bin, kann ich sowieso tun und lassen, was ich will. Also kann mir keiner von euch in irgendwas reinreden.« Ich stehe von dem altmodischen Sessel auf und gehe zur Tür. »Bis dann, Mom.« Anschließend lasse ich sie mit ihrer Wut alleine, denn ich habe keine Lust, mir noch länger ihr Gezeter anzuhören.

♥♥♥

Kapitel 1

Ich könnte kotzen. Sie hat tatsächlich ihren Macker und seinen ach so vorbildlichen Sohn dazu gebracht, mich ins Auto zu schleppen, durch den Flughafen zu bugsieren und dem Air Marshall in die Hände zu drücken, der den Flug begleitet. Diese Aktion war so verdammt peinlich, dass ich die letzten Stunden nicht einmal mein Beanie oder meine Sonnenbrille abgenommen habe. Außerdem haben sie mich so früh geweckt, dass mir die letzte Nacht, in der ich mit meinen Freundinnen gefeiert habe, anzusehen ist. Mein Handy konnte ich glücklicherweise aus ihrem Nachtkästchen klauen, sodass mir wenigstens keine Nummern verloren gehen. Und sobald Cynda und die anderen die Kohle zusammen haben, kaufen sie mir ein Ticket zurück in die Bronx. Ich komme nicht von dort, aber wir hängen da ab. Es macht immer Spaß, den anderen ein wenig Angst zu machen. Gut, meine Freundinnen sind gewaltbereiter als ich, ich nutze häufig den Fünf-Finger-Rabatt, aber verletzt habe ich noch niemanden.

Dass die Aktion mit der Dreckskarre von Mr Miller so einen Tumult nach sich zieht, hätte ich nicht gedacht. Es sollte ein dummer Scherz sein und ich kann nichts für Xanders Kippe, die den ganzen Scheiß in Flammen aufgehen ließ. Ich bin die Einzige, die nun darunter leiden muss, dass meine Mutter entweder einen Anflug von PMS oder den Wechseljahren hat. Andererseits ist es ganz gut, dass ich nicht ihr Gesicht sehen muss. Mein Vater wird sich wundern, was aus seiner kleinen Prinzessin geworden ist, denn die bin ich sicher nicht mehr. Ich bin selbstbewusst, nehme mir, was ich will, und komme natürlich mit einem Wimpernaufschlag davon. Jedenfalls bisher. Vor ihm werde ich mich wohl erst mal reumütig geben müssen, aber das werde ich nicht. Ich verstelle mich nicht für diesen Kerl, der nicht mehr wert ist als die Samenspende von der Samenbank um die Ecke. Er hätte mich nicht für diese Delila verlassen dürfen. Was das schon für ein Name ist, Delila ... Mit der richtigen Betonung hört es sich an, als müsste man kotzen. Das muss ich tatsächlich, wenn ich an meine 'Stiefmutter' denke. Sie hat wohl einen Sohn, der drei Jahre älter ist als ich, aber nicht aufs College geht. Dad hat es mir erzählt, als ich ihm eröffnete, dass ich mich nirgendwo beworben habe.

»Liebe Passagiere, die Maschine befindet sich im Landeanflug auf den Chicago Airport, bitte ...« Bla bla bla, ich schalte auf Durchzug, da ich meinen Sicherheitsgurt gar nicht erst gelöst hatte.

♥♥♥

Eine Stunde später verlasse ich mit meinem Koffer das Gate und schaue mich um. »Der will mich verarschen«, stoße ich genervt aus und gehe auf meinen Vater zu, der ein 'Willkommen, Hope' Schild in die Höhe hält. Ehrlich? Erkennt er mich denn nicht mehr wieder? Gut, er ist vor zwölf Jahren abgehauen, aber ich ging davon aus, dass meine Mom ihm Fotos geschickt hat. Ich gehe auf ihn zu. »Thomas Davenport?«, frage ich kalt.

Er lächelt mich an. »Hope?«

»Ja. Gehen wir?«

»Lass dich ansehen, meine Güte, aus dir ist eine richtig bezaubernde junge Frau geworden«, erwidert er.

Ich kotze gleich! »Ja, spar's dir einfach, gehen wir jetzt? Ich friere mir den Arsch ab.« Ich habe nur eine dünne Leggins an, einen Minirock darüber, meine Converse Sneakers und über dem Top, das ich trage, habe ich nur eine Sweatjacke an. Eine beschissene Kleiderwahl für einen Flug, aber die haben mich heute Morgen so gedrängt, dass ich einfach mein Lieblingsoutfit genommen habe.

»Lass mich deinen Koffer nehmen«, sagt er und streckt die Hand aus.

»Finger weg«, zische ich.

»Geht's schon los mit dir?«, hakt er nach, dabei sieht er mich mit einem Anflug von Wut an.

»Klemm's dir, alter Mann, und lass uns fahren, okay? Ich habe keine Lust, mit dir zu diskutieren.«

»Jetzt gib mir deinen Koffer«, verlangt er und ich frage mich, wer von uns beiden eigentlich erwachsener ist.

Provokativ lasse ich ihn fallen, sodass er auf den Boden knallt, und sehe ihn herausfordernd an. »Das tut mir aber leid.«

»Darüber werden wir uns zu Hause unterhalten«, brummt er, nimmt meinen Rollkoffer am Griff hoch, dann gehen wir zu seinem Auto.

Es ist eine richtige Proletenkarre. Ein Mercedes, silber, Chromlack, ich hasse dieses Auto. »Mein Wagen ist in der Werkstatt, deshalb habe ich mir Thorns geliehen.«

»Wer ist Thorn?«

»Dein Bruder.«

»Stiefbruder«, entgegne ich entschieden. »Und selbst das ist schon eine Überwindung, ihn so zu nennen.« Ich bin unglaublich frustriert, sodass jeder meine schlechte Laune abbekommt. Außer dem Air Marshall, dem bin ich nicht dumm gekommen, weil der mich hätte einbuchten können. Ich steige ein und stecke die In-Ear-Phones in meine Ohren, anschließend drehe ich die Musik auf.

Mein Erzeuger fährt los und aus dem Augenwinkel sehe ich, dass er mit mir spricht, aber ich ignoriere ihn gekonnt. Ich will mich nicht mit ihm unterhalten, ihm auch nichts von mir erzählen, also kann er seine Worte auch gleich an die Lüftung richten.

Eine Dreiviertelstunde später parkt mein Vater vor einem protzigen Wohnhaus. Es ist modern, die Front hat deckenhohe Fenster und es ist zum – Was sollte ich anderes sagen? – Kotzen. Genau! Ich sehe eine Frau, die im Alter meines Dads ist, und einen jungen Mann, der aussieht, als hätte er zu oft Gewichte gestemmt, in der Tür stehen. Beide haben sich herausgeputzt, was mich auch schon wieder nervt. Ich bin in der Spätpubertät, ich darf genervt sein, wann immer ich es will. Ich ziehe einen Kopfhörer aus meinem Ohr und sehe ihn an. »Sind das deine Frau und dein Stiefsohn?«

»Ja, das sind sie und das ist unser Haus.«

Ich nicke, lege das Kabel um meinen Hals und steige aus. Mein Dad folgt mir. »Wo ist mein Zimmer?«

»Oben, ich zeige es dir gleich.«

»Verzichte, wo?«

»Hope!«

Ich verdrehe die Augen, schultere meine Handtasche und wende mich von ihm ab. Hey, der Muskelprotz sieht genauso genervt aus wie ich, wenigstens einer, der diesen Anlass auch beschissen findet. Aber Delila grinst wie ein Honigkuchenpferd, als ich auf sie zugehe.

»Hi, Hope. Ich freue mich ja so ...«

»Bla, bla, bla«, unterbreche ich sie und marschiere an ihr vorbei zur Treppe.

»Thorn, könntest du Hope ihr Zimmer zeigen?«, vernehme ich ihre Stimme.

»Sicher, Mom«, erwidert er und schon höre ich seine Schritte.

Ich nehme die Treppe nach oben und schaue mich um. Überall hängen Fotos von den dreien, meinem Dad und Delila und auch welche von Thorn. Ich dachte, er hätte wirklich ein paar Aufnahmen von mir, die auch irgendwo an den Wänden hängen, aber ich habe mich wohl getäuscht. Das brennt wie ein flammender Stachel in meinem Magen.

»Hier entlang«, sagt Thorn, als er mich überholt.

Ich folge ihm eine weitere Treppe nach oben. »Wie kann man nur so protzig sein?«, frage ich mich leise.

»Weil man es sich leisten kann«, antwortet er, obwohl ich definitiv nicht mit ihm gesprochen habe.

»Was für eine bahnbrechende Erkenntnis«, kontere ich. »Werde ich im Turm eingesperrt, oder warum geht's immer weiter nach oben?«

»Weil Mom und Dad den ersten Stock für sich haben und wir den zweiten für uns«, erwidert Thorn und geht durch einen Flur. »Das ist mein Zimmer«, sagt er und deutet auf eine Tür, an der ein 'Keep out' Schild hängt. »Und das ist deines«, schmunzelt er und zeigt auf eine Tür, die rosafarben gestrichen wurde, außerdem hängt ein 'Home sweet Home' Plakat daran.

»Willst du mich verarschen?«, hake ich geschockt nach.

Er lacht und es wirkt so, als würde er mich auslachen. »Nein, aber vielleicht wollen Mom und Dad es.«

»Möglich. Ich verzieh mich, danke.« Ich öffne die Tür und schreie auf, als ich diese pastellfarbene Explosion sehe. »Das ist doch echt ein kranker Albtraum.«

»Was ist los?«, fragt Thorn.

»Das hier!« Ich deute in den Raum. »Das ist doch die reinste Verarsche, was dachten die, wer kommt? Alice aus dem Wunderland?«

Sein Lachen wird lauter. »Womöglich, ich bin übrigens Thorn, aber du kannst mich auch den Hutmacher nennen, damit es heimeliger wird.«

»Hope, und du kannst hoffen, dass ich bald wieder weg bin«, erwidere ich und schließe die Tür vor seiner Nase. Was dachten die, wie alt ich bin, als sie die rosafarbenen Vorhänge, die Tagesdecke und den pinkfarbenen Flokatiteppich ausgesucht haben? Fünf oder sechs? Ich glaube, ich spinne. Hoffentlich kann ich meinen Erzeuger davon überzeugen, andere Vorhänge anzubringen, außerdem brauche ich unbedingt eine andere Tagesdecke und einen neuen Teppich. Ich stehe auf schwarz und bordeauxrot, also sollten hier auch diese Farben vorherrschen. Wenn das hier ein Mädchentraum sein soll, habe ich definitiv mehr Eier, als ich eigentlich haben dürfte. Ich werfe meine Handtasche auf die Couch, die in einer Ecke steht und glücklicherweise schwarz ist, und setze mich. Das hier wird also mein Exil bis ich 21 Jahre alt bin. Drei Jahre in diesem Prollobunker und mir bleibt nur die Hoffnung, dass Cynda und die Mädels handeln.

Es klopft. »Hope, dein Koffer.«

Ich mache die Tür auf. »Danke ... Könnte ich neue Sachen bekommen? Ich stehe nicht auf rosa und pink.«

Dad hebt eine Augenbraue. »Wie oft hast du eigentlich mal bitte oder danke gesagt, wenn du etwas bekommen hast oder haben wolltest?«

Ich verschränke trotzig die Arme vor der Brust. »Oft genug, also?«

»Vorerst wirst du dich mit dem, was du hast, zufriedengeben müssen, Hope.« Er reicht mir den Griff meines Koffers, anschließend wendet er sich ab und lässt mich allein.

»Du kannst mir auch deine Kreditkarte geben, dann gehe ich mir selbst neue Sachen kaufen!«, rufe ich ihm hinterher.

»Sicherlich nicht. Bedanke dich erst mal bei Delila, dass sie das Zimmer für die eingerichtet hat«, antwortet er.

Ich folge ihm. »Dieses Zimmer ist eine Zumutung. Ich weiß ja nicht, was ihr erwartet habt, aber ich bin keine Tussi, sag das deiner Frau!« Danach gehe ich zurück in mein Zimmer, knalle die Tür zu und schließe mich ein. Zum ersten Mal werden die Tränen übermächtig, seit ich hierher abgeschoben wurde. Ich sitze auf dem Boden und bemühe mich, möglichst leise zu sein, da ich nicht will, dass mich jemand hört. Glücklicherweise habe ich genug Make-up in meiner Tasche, um die Spuren zu verwischen, damit mich auch niemand darauf anspricht.

In ein paar Wochen habe ich Geburtstag, werde 19 und habe keine Aussicht auf eine tolle Party, weil ich hier kein Schwein kenne. Ich hasse mein Leben. Warum musste Brianna, also meine Mom, auch so fies sein und mich hierher verfrachten? Das werde ich ihr nie verzeihen, denn sie weiß genau, was ich von meinem Erzeuger halte. Er ist ein Mistkerl, der uns verlassen hat, dabei brauchte ich ihn. Jedes Mädchen braucht einen Vater, das hatte meiner wohl nicht begriffen, er sah nur Delila, seine Jugendliebe.

Es klopft schon wieder. »Hope?« Es ist wohl sie.

Ich reagiere nicht, doch höre ich, wie sie den Türknauf dreht.

»Hope, darf ich reinkommen?«

»Nein, ich will niemanden sehen«, antworte ich biestig, um die Heiserkeit des Weinens zu überspielen.

»Dein Dad hat mir gesagt, dass du auf Cookies stehst, ich ... habe hier welche für dich«, versucht sie es weiter.

Ich stehe auf und öffne die Tür, nachdem ich die Tränen von meinen Wangen gewischt habe. »Könntest du mich nicht einfach in Ruhe lassen, so wie der Rest deiner verkackten Bande?«

Sie seufzt. »Ich weiß, dass es nicht einfach für dich ist, aber du solltest uns eine Chance geben. Ich kann nichts dafür, dass du hier bist, das waren deine Eltern.«

»Hättest du nicht mit deinem nuttigen Arsch vor meinem Vater rumgewackelt, wäre ich jetzt nicht hier.« Ich schlage von unten gegen den Teller, sodass die Kekse herunterfallen. »Du kannst mich mal, Bitch.«

»Hey! Pass auf, was du zu meiner Mutter sagst!«, herrscht Thorn, der auf den Flur gekommen ist, mich an.

»Ach, fickt euch doch alle«, schnaube ich und schlage die Tür zu.

»Ich regle das Mom, geh runter zu Dad«, vernehme ich Thorns Stimme, anschließend kommt er in mein Zimmer. »Hast du sie eigentlich noch alle?«

Ich sehe ihn mit gehobener Augenbraue an. »Was wird das jetzt? Hat deine Mutter nicht den Arsch in der Hose, sich selbst mit mir auseinanderzusetzen?«

»Meine Mom hatte Tränen in den Augen, weil du sie mit deinen Worten verletzt hast, du dummes Ding. Wie alt bist du, zwölf? Du hast das Verhalten eines trotzigen kleinen Flittchens, das seinen Frust an anderen Leuten, die es nur gut meinen, auslässt!«, schreit er mich an, dabei drängt er mich gegen die Wand. »Wenn du nicht meine Stiefschwester wärst, würde ich dir nicht nur verbal den Arsch aufreißen«, knurrt er dann.

»Was kannst du schon, du schön geföhnter Hampelmann?«, hake ich mutig nach, auch wenn ich weiß, dass es bei dem wütenden Funkeln in seinen Augen absolut keine gute Idee ist.

Thorn packt mich an den Oberarmen, zieht mich von der Wand weg und stößt mich dagegen. »Rede mit deinem Vater, wie du willst, aber benimm dich in Gegenwart meiner Mutter, sonst haben wir beide ein mächtiges Problem. Ich habe keine Lust, dass ein verwöhntes pubertäres Miststück hier Unruhe reinbringt, verstanden?«

Ich keuche, weil der Stoß ziemlich kraftvoll war.

»Hast du mich verstanden?«, wiederholt er laut.

Daraufhin nicke ich und in diesem Augenblick keimt Hass gegen meinen Stiefbruder in mir auf. Ich hasse ihn, seine Mutter, meinen Erzeuger, dieses Haus und diese Stadt. Super Voraussetzungen für ein erfülltes Leben.

»Sag es, Hope!«

»Ich habe verstanden«, bringe ich widerwillig hervor und versuche, seine Hand von meinem linken Oberarm zu lösen.

Er zieht sie weg, dann tätschelt er meine Wange. »Braves Mädchen.«

Ich schlage seine widerwärtigen Griffel weg und schiebe mich an ihm vorbei. »War's das dann? Ich will meine Ruhe haben.«

»Pack aus und sei pünktlich beim Abendessen, wenn du Ärger vermeiden willst«, erwidert Thorn und verlässt mein Zimmer.

Ich atme tief durch, als die Tür hinter ihm ins Schloss fällt. Meine Güte, ich bin in einem Haus voller Nervensägen gelandet. Das Schlimmste ist, es gibt bisher keinen Ausweg für mich.

Als mein Handy klingelt, atme ich auf, denn Cyndas Nummer erscheint auf dem Display. »Hey. Wie ist es ohne mich?«, begrüße ich sie.

»Lahm, öde, nicht dasselbe und wie ist Chicago?«, erkundigt sie sich.

»Lahm, öde und nicht dasselbe«, zitiere ich sie genervt. »Deine Mom hat bei meiner voll Alarm geschlagen, nachdem Millers Auto in Flammen aufgegangen war. Ich hatte richtig Probleme, sie zu beruhigen«, erzählt sie dann.

»Fuck! Sorry. Meine Mom ist bescheuert, ich bin hier in einem Haus voller Verrückter und mein Stiefbruder hat mich bedroht«, murre ich, als ich mich aufs Bett fallen lasse. »Und das Schlimmste, dieses Zimmer sieht aus wie der wahr gewordene Tussitraum.«

»Rosa?«

»Ja, das hätte Marie gefallen, aber ich fühle mich hier, als würde ich ersticken. Das Haus ist der reinste Proletentempel, ich will zurück nach Hause. Sag mir bitte, dass ihr es hinkriegt«, bettle ich.

Cynda seufzt. »Wir haben schon 75 Dollar zusammen gekratzt, aber der Flug kostet mehr. Wir arbeiten dran und sobald wir das Geld zusammen haben, melde ich mich.«

»Danke, Süße, ohne euch wäre ich hoffnungslos verloren.«

»Du weißt, dass wir immer füreinander da sind. Eine für alle, alle für eine«, erwidert sie.

»Immer. Luder vor Bruder«, schmunzele ich.

»Genau. Baby, ich muss auflegen, mein Vater macht hier einen Aufstand, weil ich dein Handy anrufe. Meld dich, wenn du jemanden zum Reden brauchst, okay?«

»Mache ich. Danke, Süße.«

»Bye bye«, singt sie und legt auf.

Ich lege mein Handy weg und atme tief durch. Eigentlich sollte ich auspacken, wie mein schwer gestörter, von Dominanz geprägter Stiefbruder wollte, aber nein, ich will nicht, also werde ich nicht. Da ich müde bin, schließe ich die Augen und versuche, ein wenig zu schlafen. Immerhin wurde ich zu einer nachtschlafenden Zeit aus dem Bett geworfen und muss Schlaf nachholen.

♥♥♥

»Hope! Komm zum Abendessen!«, ruft Thorn, während er gegen meine Zimmertür hämmert.

Ich öffne sie, sehe ihn an und hebe dabei eine Augenbraue. »Soll ich dir vielleicht einen Presslufthammer besorgen? Der wäre nicht halb so laut wie du.«

Sein Mundwinkel zuckt. »Komm runter, wir warten.«

»Gleich, ich will mich noch umziehen.«

»Okay, ich gebe dir fünf Minuten, und wenn du dann nicht unten bist, komme ich dich holen«, erwidert er gelassen, dann lässt er mich stehen. Meine Güte, mir geht seine herrische Art total auf den Keks.

Ich drehe mich von der Tür weg und ziehe mir eine meiner kurzen Hosen an, darüber ein Top. In diesem Haus ist es furchtbar warm, sodass ich mir vorkomme, in irgendeiner Tropenregion festzusitzen.

Barfuß mache ich mich auf den Weg nach unten und stelle fest, dass ich nicht weiß, wo ich lang laufen muss. Ich habe noch keine Führung durch diesen Proletentempel bekommen, also habe ich keine Ahnung, wo hier welcher Raum ist. »Junge New Yorkerin auf dem Weg ins Esszimmer verschollen, wenn Sie irgendwelche Hinweise über ihren Verbleib haben, rufen Sie bitte unter dieser Hotline an … Fünf fünf fünf …«

Mein Vater kommt auf den Flur und deutet in den Raum hinter sich. »Keine Angst, du gehst hier nicht verloren.«

»Schade aber auch«, stoße ich aus und gehe an ihm vorbei. Ich setze mich gegenüber von Thorn und sehe mir das Essen an. »Ich bezweifle, dass ihr hier irgendwelche vegetarischen oder veganen Sachen habt«, sage ich gespielt angewidert. Was denn? Ich will sie ein wenig in den Wahnsinn treiben und den Spaß lasse ich mir sicher nicht verderben.

Delila sieht mich irritiert an. »Du bist Veganerin?«

Ich nicke knapp.

»Warum hat deine Mom das nicht erwähnt?«, hakt Dad nach.

»Weil sie durch ihre wilde Herumhurerei nicht weiß, was ich den lieben langen Tag so esse«, antworte ich.

Thorn grinst. »Ich bin Second Hand Vegetarier, ich esse die Tiere, die mein Gemüse essen.«

»Ahahaha«, lache ich bitter wegen seines dummen Witzes und lehne mich zurück. »Und habt ihr irgendetwas Veganes im Haus?«

»Leitungswasser«, erwidert mein Stiefbruder.

»Ich werde mal nachsehen«, sagt Delila hingegen und steht auf.

»Esst nur, ich gehe die Küche suchen und schaue mich um, immerhin bin ich hier ja jetzt zu Hause.« Ich stehe auf und verlasse das Esszimmer.

»Zweite Türe links!«, ruft mein Erzeuger. In der Küche finde ich nichts, aber rein gar nichts Veganes, weshalb ich seufze. »Toll.« Ich gehe zurück und setze mich wieder an den Tisch. »In allem sind irgendwelche tierischen Fette, also bleibe ich heute wohl ohne Abendessen. 'O Gott, es ist so einfach, sie zu verarschen', schießt es mir gleichzeitig durch den Kopf.

»Na toll und jetzt?«, wendet sich Delila an Thomas.

»Ich fahre gleich noch mal zum Supermarkt«, entgegnet er.

»Ich kann auch Ridge anrufen, ob er die Sachen mitbringt, die die kleine Prinzessin haben möchte, er und die Jungs kommen später vorbei, also müsst ihr euch wegen eures Konzerts nicht beeilen«, mischt Thorn sich ein.

»Oh super, ich bin den ersten Abend hier und du lässt mich schon allein?«, richte ich das Wort an meinen Vater und lasse es mir nicht nehmen, schnippisch zu klingen.

»Dieser Abend war länger geplant als dein Kommen, also beruhige dich, Hope. Wir können morgen etwas miteinander unternehmen«, meint mein Vater.

Ich schnaube amüsiert. »Ich lasse mich sicher nicht mit dir auf der Straße sehen.«

Delila seufzt schwer. »Das wird eine sehr schöne Zeit mit dir, wenn du jetzt schon so auf Krawall gebürstet bist, Hope.«

»Tja, ihr habt es euch selbst zuzuschreiben«, antworte ich und verziehe das Gesicht. »Hast du mich gerade getreten, du Penner?«, frage ich Thorn.

»Ich? Niemals«, erwidert er mit Unschuldsmiene, klingt dabei aber warnend.

Ich verenge meine Augen zu Schlitzen. »Wart's nur ab.«

»Willst du mir drohen?«

»Was wäre wenn?« Ich weiß, dass es eine Herausforderung ist, die er sicher zu gerne annehmen wird, aber das ist mir völlig egal.

»Du solltest es lassen.«

Mein Vater schlägt mit der Hand auf den Tisch. »Es reicht, ihr zwei. Das ist ja schlimmer als im Kindergarten!«

Ich stehe auf. »Da sich meine Anwesenheit erledigt hat, weil ich in einem Veganer feindlichen Haushalt gelandet bin, werde ich jetzt in mein Zimmer gehen und diesen Powerpuff Girls Albtraum in mein Reich verwandeln.«

»Es gefällt dir nicht?«, hakt Delila erschüttert nach.

»Nein, überhaupt nicht. Was auch immer dich beim Einrichten geritten hat oder du davor eingeschmissen hast, lass die Finger davon, es bekommt dir nicht«, antworte ich und verlasse das Esszimmer.

»Ich werde nachher noch mal mit ihr reden«, höre ich Thorn sagen und weiß, dass ich mein Zimmer heute wohl nicht mehr verlassen werde. Insbesondere nicht, weil ich heute Abend mit ihm alleine bin, und ich kann gut darauf verzichten, einmal durch mein Schlafzimmer geworfen zu werden. Ich traue ihm zu, dass er vor Frauen keinen Halt macht.

Als ich oben ankomme, nehme ich die Tagesdecke vom Bett und bringe sie in den Wäschekorb, außerdem schmeiße ich die rosafarbenen Zierkissen dazu und alles, was mir überhaupt nicht in den Kram passt. Um eine weitere Spitze auszuteilen, lege ich einen Zettel mit der Aufschrift »Für die Wohlfahrt oder den Irren, der es haben will« darauf, danach schließe ich die Tür hinter mir und sicherheitshalber drücke ich den Knopf am Türknauf, um sie zu verriegeln. Anschließend gehe ich an meinen Koffer, den ich anfange auszupacken. Als ich in den begehbaren Kleiderschrank schaue, trifft mich beinahe der Schlag. Die haben mir sogar Kleidung gekauft, in der Tussitraumfarbe, wie sollte es anders sein, Rosa. »O Gott, das ist ein Albtraum.«

Ich schiebe es möglichst weit nach hinten, dann hänge ich meine Sachen davor. Morgen werde ich alles zur Wohlfahrt bringen oder noch besser, ich fotografiere es später und setze es bei ebay rein, um wenigstens noch etwas dafür zu bekommen. Jeder Dollar bringt mich meinem Flugticket näher.

Eine Stunde später klopft es an der Tür. »Hope, wir sind jetzt weg. Wenn du bei irgendwas Hilfe brauchst, Thorn und seine Freunde sind in seinem Zimmer.« Es ist mein Vater.

»Alles klar.«

»Ridge bringt dir etwas zu essen mit, falls du hungrig bist. Thorn hat sich drum gekümmert und bitte, reißt euch nicht gegenseitig die Köpfe ab, während wir weg sind.«

Ich öffne die Tür und sehe ihn desinteressiert an. »Tun wir nicht, aber sag ihm bitte, dass er mich auf jeden Fall in Ruhe lassen soll. Er hat mich vorhin schon ziemlich blöd angemacht und ich will mich nicht streiten.«

»Ich sage ihm Bescheid.«

»Hab's gehört und keine Angst, ich habe später Besuch, da werde ich mich mit dem Kleinkind wenig abgeben«, sagt Thorn, der gerade auf dem Weg in sein Zimmer ist.

Ich sehe diesem bulligen Kerl wütend hinterher. Eigentlich sieht er gut aus, entspräche sogar meinem Typ, wenn er nur nicht ein so großes Arschloch wäre. Klar, ich stehe auf Bad Boys, aber er ist ein Mamasöhnchen gepaart mit Arschloch, und das sind die schlimmsten Kerle überhaupt. Aber er ist mein Stiefbruder, leider Gottes, denn diese Aneinanderreihung von Y-Chromosomen hat wohl ein paar seiner Synapsen durchschlagen lassen. Es könnte aber auch am Anabolika liegen, denn so muskulös, wie er ist, wird man sicher nicht nur vom Bankdrücken.

Die Erzeugerfraktion nickt mir zu. »Dann dürftest du ja deine Ruhe haben. Iss etwas, wenn Ridge da ist, damit du nicht umkippst.« Er streichelt durch mein Haar. »Auch wenn du es nicht gerne hörst, aber ich freue mich, dass du hier bist.«

»Bla bla bla«, entgegne ich und schließe die Tür, als er sich auf den Weg zur Treppe macht.

♥♥♥

Ich stehe vor dem Spiegel und kämme meine langen dunkelbraunen Locken, die ich anschließend mit einem Haargummi bändige. Ich hasse diese Haare, denn sie lassen sich nie stylen. Aus dem Grund trage ich ständig Mützen und geflochtene Zöpfe, damit sie mich nicht zu sehr nerven.

Anschließend ziehe ich meine enge Röhrenjeans an, schlüpfe in meine Chucks und ziehe eine Sweatjacke über. »Ich denke, so kann ich rausgehen.« Zu guter Letzt setze ich die Beanie Mütze auf und zupfe sie zurecht. Mein Make-up habe ich schon aufgefrischt und nun bin ich bereit, diese verdammte Stadt zu erkunden. Thorn wird sicher nicht merken, dass ich mich aus dem Staub mache.

Ich verlasse mein Zimmer und sehe, dass seine Tür offen steht, allerdings tue ich so, als gäbe es nichts Besonderes, und mache mich auf den Weg nach unten.

»Wohin des Weges, Hope?«, ruft er mir hinterher.

»Raus.«

»Ich denke nicht. Dad meinte, dass ich auf dich aufpassen soll.«

Ich drehe mich auf der Treppe um und schaue zu ihm hoch. Er sieht ganz anders aus als vorhin. Nun trägt er eine weite Jeans, ein langes Shirt und ein Basecap. Er sieht aus, wie eine schlechte Kopie von Channing Tatum in Step up. »Willst du ernsthaft den Babysitter raushängen lassen?«

»Ich lasse ihn nicht raushängen, sondern bin es heute Abend, also geh in dein Zimmer«, antwortet er amüsiert und ich hasse dieses dümmliche Grinsen in seinem Gesicht jetzt schon.

»Glaubst du, dass ich mir von dir Vorschriften machen lasse?« Anschließend wende ich mich von ihm ab und gehe weiter nach unten.

»Ich glaube es nicht nur, ich weiß es. Außerdem ist die Haustür abgeschlossen, du kommst also nicht raus«, lacht er.

»Aww, wie süß, hat der große starke Mann Angst vor bösen Einbrechern?«, mache ich mich mit verstellter Stimme über ihn lustig.

Sein Lachen wird lauter.

»Kann es sein, dass deine Schwester die Erste ist, die sich traut, dir die Stirn zu bieten, Thorn?«, ruft ein Mann.

»Meine Stiefschwester«, korrigiert er ihn.

»Ich gehe jetzt raus, mir fällt die Decke auf den Kopf und ich habe Hunger.«

Schnelle Schritte folgen mir die Treppe nach unten, dann werde ich am Oberarm gepackt und herumgezogen. »Du hast mir zu gehorchen.«

Ich kämpfe gegen ihn an. »Nimm deine dreckigen Finger weg!«

Thorn stößt mich mit dem Rücken gegen die Wand. »Hope, ich habe heute die Verantwortung für dich und ich lasse dich nicht alleine auf die Straße gehen, also bewegst du deinen kleinen Arsch jetzt wieder auf dein Zimmer und hältst dich bedeckt, verstanden?«

Ich bleibe ihm eine Antwort schuldig. Was bildet sich dieser Affe eigentlich ein? »Nimm deine Finger weg!«

»Hast du mich verstanden?«, schreit er mich an.

»Alter, muss das sein? Lass sie machen, was sie will!«, ruft dieser Mann wieder.

»Halt dich da raus, Ridge!«

»Dann lass sie wenigstens am Leben, Mann.«

»Wenn du mich nicht loslässt, kann ich nicht in mein Zimmer gehen.«

Thorn löst sich von mir und wartet darauf, dass ich zur Treppe gehe, aber ich nehme Reißaus und laufe zur Haustür.

»So nicht, Missy!« Er folgt mir, packt mich und wirft mich über seine Schulter.

»Lass mich runter!«

»Nein.« Er trägt mich nach oben und setzt mich vor meinem Zimmer ab. »Rein da.«

»Nein. Ich lasse mich nicht von dir einsperren«, trotze ich.

»Na gut.« Er stößt die Tür hinter mir auf und mich in mein Zimmer, dann schließt er sie. Zum Glück hat er keinen Schlüssel für das Schloss, den habe ich vorher in meine Hosentasche gesteckt.

»So ein Wichser!«, fluche ich.

»Das habe ich gehört«, erwidert er gelassen.

»Das solltest du auch, du Arschloch.« Ich ziehe die Mütze von meinem Kopf und setze mich auf die Couch. Während ich meinen Blick durch das Zimmer schweifen lasse, fällt mir die Balkontür ein. Ich klettere einfach raus.

Als ich sie öffnen will, stöhne ich auf, denn sie ist verschlossen und nirgends ist ein Schlüssel für das verdammte Schloss zu finden. Die Fenster lassen sich auch nicht öffnen. »Thorn?«, rufe ich.

Er kommt herein. »Was ist?«

»Kann ich irgendwie die Fenster öffnen? Es ist verdammt warm hier drin.«

Er geht ausgerechnet zu dem Fenster, das nicht in der Nähe des Balkons ist. Tolle Sache! »Das hier lässt sich öffnen. Der Balkon ist dicht, damit du nicht abhaust«, sagt er und zwinkert mir zu. Diese verdammten braunen Augen funkeln belustigt.

»Schön, für heute hast du gewonnen. Werde ich wenigstens an die Tür gehen dürfen, falls es klingelt?«

»Klar, aber ich behalte dich im Auge!« Er lässt mich ein weiteres Mal allein.

»Sehr cool, ich bin so beliebt, dass ich einen Bodyguard brauche.«

»Einen Babysitter, keinen Bodyguard, Kleine.«

Ich unterdrücke den frustrierten Schrei, der wie ein Knurren herauskommt, und lasse mich auf mein Bett plumpsen. Als ich sitze, ziehe ich die Sweatjacke, die Schuhe und die Jeans aus. Danach schlüpfe ich wieder in meine Hotpants und greife zu meinem Handy. Mithilfe einer App suche ich mir einen Lieferdienst aus dem Internet und bestelle mir eine Pizza. Es ist mir völlig egal, dass Thorn mitbekommt, dass die Veganersache eine Lüge war. Soll er doch petzen, wenn er es nötig hat.

»Hope, Ridge hat dir übrigens Weizenkeimlinge und anderes Hasenfutter mitgebracht!«, ruft Thorn nach einer Weile.

»Sehr freundlich, danke!«, erwidere ich genervt.

»Willst du nicht zu uns rüberkommen?«, möchte Ridge wissen, ich denke zumindest, dass er es ist, denn bisher war es immer dieselbe Stimme.

»Nein, danke. Ich gehe gleich runter in die Küche«, antworte ich, als ich mein Zimmer verlasse.

»Lass mich doch einen Blick auf sie werfen, Mann. Sie ist nicht deine kleine Schwester«, sagt Ridge ruhig.

»Alter, sie ist meine *Stiefschwester*, das ist fast dasselbe«, entgegnet Thorn eindringlich.

»Ich will sie doch nur kennenlernen, stell dich nicht so an«, lacht der andere.

Von unten klingelt es. »Ich geh schon!«, lasse ich sie wissen, da ich gerade auf dem Weg nach unten bin.

»Du hast keinen Schlüssel!« Wieder folgen mir Schritte, es müssen beide sein, denn ich höre sie im Kanon.

»Oh, wie konnte ich das nur vergessen!« Ich gehe in die Küche und schaue in die Tüte, die auf der marmornen Theke steht. Es sind wirklich rein vegane Lebensmittel, die teilweise so aussehen, als wären sie schon einmal verdaut worden. Wie widerlich!

»Hey, Leute!« Es sind mehrere Stimmen, die sich nun miteinander vermischen, allesamt männlich.

»Lasst uns nach oben gehen, da stört die Kleine nicht«, meint Thorn.

»Welche Kleine?«, fragt ein anderer.

»Thorns kleine Schwester.«

»*Stiefschwester.*« Ihn scheint das mindestens genauso sehr zu frustrieren wie mich.

Es klingelt wieder und diesmal bin ich davon überzeugt, dass es sich um meine Pizza handelt. »Ich gehe!« Ich eile zur Haustür, an den Männern vorbei und lege meine Hand an den Türgriff. Ich will sie öffnen, aber sie ist verschlossen. »Könntest du bitte die Tür aufschließen?«, wende ich mich an Thorn, der gemeinsam mit seinen Freunden zu mir schaut.

Ich stelle für mich fest, dass sie aussehen, wie eine verdammte Hip-Hop-Formation. »Hey, ich glaub's nicht, da stehen D12 für Arme«, pruste ich. »Thorn, bitte, ich hab Hunger.«

»Echt? Du hast doch deine Weizenkeimlinge«, erwidert er mit einer gehobenen Augenbraue.

»Jetzt mach schon, sonst kann ich nie wieder bei diesem blöden Lieferservice bestellen.«

Mit einem Zungenschnalzen kommt er zu mir herüber. »Hast du wenigstens Geld bei dir oder soll ich auch noch für dich bezahlen?«

»Ich gebe es dir oben zurück, denn ich konnte es mir schlecht ins Höschen schieben«, kontere ich, während er die Tür öffnet.

Ein genervter Lieferjunge steht vor uns. Ich nehme die Pizza an. »Er zahlt«, sage ich, deute auf Thorn und wende mich ab. Anschließend mache ich mich noch mal auf den Weg in die Küche, hole mir eine Flasche Cola und gehe dann nach oben. Die Pfiffe von Thorns Freunden ignoriere ich.

Ich verschwinde in meinem Zimmer, bevor sie ebenfalls im Flur ankommen. Sie reden über irgendwelche Frauen, die sie scheinbar nicht leiden können, da sie die übelsten Schimpfwörter für sie benutzen. Schlampe ist da noch das freundlichste, was ich so mitbekomme. »Thorn, was hat die Pizza gekostet?«, rufe ich.

»12,95 Dollar, gegeben hab ich ihm 15«, antwortet mein Stiefbruder.

Ich seufze und hole die letzten 20 Dollar aus meinem Portemonnaie. Keine Ahnung, wieso ich es noch habe, denn es ist total zerrupft, das Leder ist brüchig und es sieht einfach furchtbar aus, aber es war früher Dads Geldbörse. Es war das Einzige, das ich von ihm hatte. Bevor ich zu Thorn und seinen Leuten gehe, setze ich mich auf die Couch, schalte den kleinen Flatscreen an, der an der Wand hängt, und sehe mir eine Serie an, dabei esse ich meine Pizza.

Eine Viertelstunde und drei Stücke Pizza später bin ich satt.

»Hope, wann bekomme ich mein Geld?«, ruft Thorn ungeduldig klingend.

»Wenn ich jetzt aufstehe, kotz ich, aber ich bringe es dir in den nächsten Minuten!«, erwidere ich, diesmal etwas geduldiger, denn er hat mir vorhin geholfen. Auch wenn er sich den Rest des Tages wie ein Arschloch verhalten hat.

»Alles klar!«

Ich bleibe noch ein paar Minuten so liegen, bis ich aufstehe, um Thorn seine 15 Mäuse zu bringen. Seine Tür steht offen, als ich auf den Flur trete. »Thorn?«, frage ich, dabei klopfe ich an den Türrahmen.

Mir sieht ein Mann entgegen, der selbst im Sitzen verdammt groß ist, ein Beanie trägt, was ich super finde, und ein Muskelshirt. Es ist eng und zeigt seine Muskeln, die ich einen Moment zu lang anstarre. »Thorn ist nach unten gegangen«, sagt er.

Ich reiße mich von dem Anblick los und nicke. »Dann spiele ich mal Fida«, entgegne ich und wende mich ab.

»Warum wartest du nicht hier auf ihn?«

Ich schaue über meine Schulter zu ihm. »Weil jeder Gang schlank macht und ich so die Beweise verschwinden lassen kann.«

»Welche Beweise?«, hakt er verwirrt nach.

»Die zweidrittel Pizza in meinem Zimmer. Thorns Eltern denken, dass ich Veganerin bin, weil ich sie beim Abendessen verarscht habe«, erkläre ich und mache mich auf den Weg in mein Zimmer.

»Warte doch mal!«, sagt er mir laut hinterher und schon vernehme ich seine Schritte.

Ich stehe gebückt über dem Couchtisch und wische das Kondenswasser von der Steinplatte, als ich spüre, wie man mir auf den Hintern haut. Mit zusammengebissenen Zähnen richte ich mich auf, drehe mich um und schaue zu diesem Kerl hoch. »Noch einmal und ich reiße dir die Hände ab.« Meine Drohung klingt gefährlich, doch er zieht die mit Bartstoppeln gesäumten Wangen hoch und zeigt mir ein strahlend weißes Lächeln.

»Und du glaubst, du kriegst das hin?«

Ich hebe eine Augenbraue. »Oh, Mr Macho hat gesprochen.« Ich wende mich wieder ab und nehme den Pizzakarton hoch, als er mir ein zweites Mal auf den Hintern schlägt, diesmal ist es so fest, dass es einen Knall gibt. »Jetzt reicht's«, knurre ich, drehe mich um und hole mit dem Pizzakarton aus, dem ich ihm seitlich ins Gesicht schlage. »Fass mich nicht noch mal an!«

»Oh man, Kleine, du hast Feuer. Das gefällt mir«, lacht er, dabei hält er sich die Wange, deren Haut sich unter den Bartstoppeln rot verfärbt.

»Ich gebe dir gleich Feuer, wenn du nicht sofort deinen Sumpfarsch hier raus trägst!«, speie ich ihm entgegen und schubse ihn weg. Leider ohne Erfolg, denn er ist noch eine Spur breiter gebaut als Thorn.

Als ich noch einmal mit dem Karton aushole, um meine Aussage zu untermauern, fängt er ihn ab, nimmt ihn mir weg und hält meine Handgelenke in einer Hand fest. »Behandelt man so die Gäste seines Bruders?«

»Er ist mein *Stiefbruder*!«, korrigiere ich ihn bissig, während ich versuche, meine Handgelenke aus seinem Griff zu befreien.

Dieser Dreckskerl lässt mich nicht los. »Und behandelt man seine Freunde so?«

»Du bist nicht mein Freund, also kannst du froh sein, dass du noch deine Eier hast«, antworte ich und trete ihm mit voller Wucht auf den Fuß. Was allerdings nicht viel bringt, da ich barfuß bin und er Sneakers trägt.

Er lacht. »Und dir habe ich Weizenkeimlinge und so einen Scheiß mitgebracht.«

»Dann bist du also Ridge, schon hart, wenn sich der Name auf Bitch reimt, oder?«

Seine Miene verhärtet sich innerhalb eines Atemzugs. »Bitte?« Er klingt ein bisschen angepisst.

»Dein beschissener Name reimt sich auf Bitch und jetzt lässt mich los!«

Ridge nimmt die zweite Hand dazu, um meine Arme auszubreiten, dann zieht er mich näher an sich, sodass ich seine Muskeln an meinem Körper spüre. Meine Handgelenke sind noch immer in seinem eisernen Griff gefangen und er hält sie links und rechts von uns weg. Es tut fast weh, aber nur fast, und es löst ein Ziehen in meinen Schultern aus. »Du hast nicht bitte gesagt.«

»Das werde ich auch nicht, also lass mich los.«

»Ridge!«, ruft jemand.

»Komme gleich, ich bringe gerade jemandem Manieren bei.«

»Thorn braucht dich unten, also lass die Kleine in Ruhe«, sagt der andere, als er den Kopf in mein Zimmer steckt. Wir stehen seitlich zur Tür und schauen beide zu ihm. »Außerdem wäre T-Dog angepisst, wenn du seine Schwester belästigst.«

»*Stiefschwester*«, erwidern Ridge und ich im Chor, was mich wieder aufregt.

Sein Freund lacht. »Schon gut, schon gut, aber, Ridge, beweg deinen Arsch besser nach unten. Du weißt, wie Thorn reagiert, wenn man ihn warten lässt.«

»Sag ihm, dass ich in zwei Minuten bei ihm bin, Dax.«

»Sicher nicht, der ist schon angepisst genug, deshalb komme ich ihm heute nicht krumm«, entgegnet dann wohl Dax.

Ridge schaut mich an. »Wir zwei ... sprechen uns noch mal.«

»Ooooh, ich schlottere.«

Er lässt mich los, zwinkert mir zu, weshalb ich ihm gerne eine schmieren würde, und verlässt mein Zimmer. Während ich durchatme und meine Handgelenke reibe, gluckst Dax von der Tür aus. »Willst du mir auch noch blöd kommen?«, erkundige ich mich mit freundlich klingender Stimme.

»Nein. Ich amüsiere mich nur darüber, dass du Ridge so schnell aus der Fassung gebracht hast. Normalerweise ist er ... friedlicher.«

»Ahahaha«, stoße ich genervt aus, als ich den Pizzakarton aufhebe und zur Tür gehe. »Seid ihr alle solche Opfer von Steroiden?« Auch Dax ist groß, muskulös, aber immerhin sind seine Wangen rasiert und nicht so ungepflegt stoppelig wie die von Ridge.

Er grinst mich an. »Weißt du, Thorn und Ridge sind aufbrausende Kerle, du solltest deine Schnauze nicht ganz so weit aufreißen, sonst könntest du mächtigen Ärger mit ihnen bekommen, New York.«

»Die beiden sollten mich nicht unterschätzen. Ich bin nicht das verängstigte Mäuschen, in das die beiden mich scheinbar verwandeln wollen«, lasse ich ihn wissen und gehe an ihm vorbei.

»Sondern was bist du?«

»Gegebenenfalls ihr schlimmster Albtraum«, antworte ich, als ich über meine Schulter zu ihm schaue und ihn anlächle. »Und ich kenne Tricks, von denen die zwei sicher noch nichts gehört haben.« Anschließend mache ich mich auf den Weg nach unten in die Küche. Ich hoffe, dass mir Thorn begegnet, damit ich ihm sein Geld geben kann, außerdem muss er mich nach draußen lassen, damit der Pizzakarton verschwindet.

Als ich unten bin, schaue ich mich nach meinem Stiefbruder um. »Thorn?«

»Was ist?«, will er wissen.

»Wo steckst du?«

»Im Wohnzimmer.«

»Und das ist wo in diesem verfickten Labyrinth?«

»Warte, wo auch immer du gerade bist, ich komme zu dir«, antwortet er und ich warte im Flur. Es dauert nicht lange, bis er zu mir kommt. »Was ist, Hope?«

Ich halte ihm den Zwanziger hin. »Dein Geld und ich muss zur Mülltonne.«

»Warum?«, fragt er irritiert, dabei hebt er eine seiner schwarzen kantigen Augenbrauen, die unter dem Schirm seines Basecaps verschwindet.

»Um die Pizza zu entsorgen?«, entgegne ich ungeduldig. »Komm schon, ich renne hier in Hotpants und Top herum, also werde ich sicher nicht abhauen.«

»Hast du die Jungs gefragt, ob sie etwas wollen?«

»Nein, warum sollte ich?« Diesmal bin ich die Irritierte von uns beiden.

»Weil es höflich ist, aber ich habe schon gemerkt, dass du es nicht bist«, schmunzelt er und schaut auf den Geldschein. »Lass stecken, die Pizza ist mein Willkommensgeschenk, auch wenn du dich heute wie ein kleines Miststück aufgeführt hast. Nimm die Pizza mit nach oben und frag nach, ob einer der fünf ein Stück will.«

Ich verdrehe die Augen. »Danke, ich gehe sie fragen. Danach lege ich mich hin, deshalb wäre es ganz nett, wenn ihr keinen Lärm macht.«

»Ich sorge für Ruhe, wenn ich hier unten fertig bin. Gute Nacht, Hope.« Er deutet zur Treppe.

»Gute Nacht, Thorn.« Ich wende mich von ihm ab und gehe nach oben.

Als ich im zweiten Stock bin, muss ich erst mal Luft holen, bevor ich mich zu Thorns Freunden begebe. »Hey. Wollt ihr Pizza? Ich bin satt und Thorn meinte, dass ich euch fragen soll«, melde ich mich von der Tür und sehe die fünf Männer, die trotz ihrer gleichen Staturen unterschiedlicher nicht sein könnten, an. Der eine ist blond, der andere hat fast eine Glatze, der nächste hat eine enge Mütze aus Nylon an, wiederum ein anderer hat die Haare mit Wachs nach hinten gekämmt und Dax hat sie unter einem Basecap wie Thorn. Sie alle tragen ungefähr dasselbe Outfit, aber ihre Gesichter sind von vernarbt bis unglaublich maskulin vertreten.

»Klar, New York«, antwortet Dax und winkt mich zu sich. »Der Blonde ist übrigens Oren, der mit der Feinstrumpfhose auf dem Kopf ist Misha, der Wachskopf ist Trace, die Glatze ist Chase und mich kennst du ja. Leute, das ist New York.«

»Hope, ich heiße Hope. Hi«, sage ich und drücke Dax den Pizzakarton in die Hand. »Und bye.«

»Warum bleibst du nicht ein bisschen?«, fragt Trace.

»Weil ich ins Bett muss«, erwidere ich.

Sie lachen. »Nein, wie süß. Die Kleine muss ins Bett«, prustet Misha, der einen dünnen Bart um seine Lippen trägt.

»Pass auf, was du sagst, du Gesichtsfötzchen«, kontere ich und wende mich ab.

»Und die Kleine hat ein verdammt großes Mundwerk«, lacht Dax.

»Na dann wird Thorn seinen Spaß mit ihr haben«, mischt sich Chase ein.

»Gute Nacht, Jungs.« Ich mache mich auf den Weg in mein Zimmer und schließe die Tür hinter mir. Ohne mein Top auszuziehen, entledige ich mich meines BHs. Danach lege ich mich ins Bett, schalte das Licht aus und stecke mir die Kopfhörer meines Handys in die Ohren. Mit Musik schlafe ich am besten ein, auch wenn sie laut ist. Ich drehe mich auf die Seite, schließe die Augen und falle so schnell wie noch nie in meinem Leben in einen tiefen Schlaf.

Mein Traum dreht sich um Ridge, der mir scheinbar unter die Haut gegangen ist, obwohl er sich wie ein Arschloch verhalten hat. Seine Zunge erkundet meinen Bauch, kreist um meinen Nabel und weiter nach unten. Ich stöhne auf, als ich das Gefühl habe, es wirklich zu spüren. O Gott, löst dieser Widerling etwa meinen ersten feuchten Traum aus?

♥♥♥

Kapitel 2

Am nächsten Morgen wache ich früh auf, weil auf dem Flur ein ziemlicher Radau herrscht. Es hört sich nach einem Staubsauger an und der wird mit Elan gegen meine Zimmertür gehauen. Mom konnte so was auch immer sehr gut. Dann geht die Tür auf und Delila kommt mit dem Staubsauger herein. »Oh, guten Morgen, Hope.«

»Morgen«, brumme ich, als ich mich aufrichte. Verschlafen reibe ich meine Augen, anschließend stehe ich auf und schlurfe ins Bad. Ich bin noch zu müde für irgendwelche Spitzen gegen sie.

»In einer Viertelstunde gibt's Frühstück. Es wäre schön, wenn du pünktlich unten bist. Ich habe auch extra veganes Brot und Aufschnitt besorgt, als ich vorhin einkaufen war«, sagt sie mir hinterher.

Fuck. Ich hätte sie nicht verarschen sollen. Jetzt darf ich mir irgendeine Sojapampe auf mein Brot schmieren und muss hoffen, dass es schmeckt. Entweder ich sage ihr jetzt die Wahrheit, oder aber ich esse gleich einfach die 'normalen' Sachen. Ich ziehe mich aus und stelle mich unter die Dusche, ohne mit ihr zu reden. Was soll ich sagen? Ich brauche eben immer eine Weile, bis ich auf Kollisionskurs gehen kann. Außerdem muss ich dafür genug Kaffee tanken.

Als ich aus der Duschkabine trete, die sagenhafte drei Duschköpfe hat, bin ich völlig entspannt. Ich trockne mich ab, dann wickle ich das Handtuch um mich und sehe eine Bewegung aus dem Augenwinkel.

»Oh sorry. Ich dachte, es wäre frei«, sagt Ridge.

Ich hebe eine Augenbraue. »Ich bin gleich fertig. Tu, was immer du tun musst.«

»Ich wollte duschen und ich glaube kaum, dass du die vollständige Anatomie eines Mannes kennst«, neckt er mich, anschließend zwinkert er mir zu.

Ich schnaube verächtlich. Etwas anderes hat er einfach nicht verdient.

Nachdem ich meine Haare gekämmt habe, putze ich mir die Zähne, ohne dass er den Raum verlassen hat. Er kommt an meine Seite, nimmt sich ebenfalls eine Zahnbürste, möglicherweise ist es seine, und tut es mir gleich. Was soll das? Ich sollte Thorn vielleicht sagen, wie sein Freund drauf ist, immerhin bin ich erst 18 Jahre alt und er ist sicher über 20.

Als ich den Schaum ausspucke, habe ich das Gefühl, dass sein Blick an mir haftet. Ich trage immer noch nur das Handtuch und fühle mich unwohl, versuche mir aber nichts anmerken zu lassen. Warum auch? Er soll nicht merken, dass ich noch keine Erfahrungen mit Männern gesammelt habe. Ja, herumgeknutscht habe ich schon, auch mit Petting habe ich Bekanntschaft gemacht, aber mit Sex noch nicht. Und ich kann mir auch nicht vorstellen, dass es so super ist, wie immer alle behaupten. Wenn ich mir Erotikfilme ansehe, ja ich schaue sie gelegentlich, dann ist es nicht sonderlich anregend. Meistens ist schon nach zwei Minuten Schluss und das soll es gewesen sein? Langweilig. Anschließend trockne ich meinen Mund ab und verlasse das Badezimmer. Auf dem Weg in mein Zimmer kommt mir Thorn entgegen. »Guten Morgen, Hope.«

»Morgen«, erwidere ich und verschwinde in meinem Zimmer.

»Alter, ich glaub's ja nicht. Was machst du mit meiner Stiefschwester im Bad?«, höre ich ihn dann aufgebracht fragen.

»Ich habe mir die Zähne geputzt und sie nicht angemacht. Sie hatte doch das Handtuch um, also hab dich nicht so«, antwortet Ridge.

Ich ziehe mich an und flechte meine nassen Haare zu einem langen Zopf. Danach gehe ich nach unten, da ich ziemlich hungrig bin.

»Guten Morgen, Hope«, sagt mein Vater, als er mich über den Rand seiner Zeitung hinweg ansieht.

Ich nicke ihm zu und setze mich auf den Platz, auf dem ich schon gestern Abend saß.

»Wie hast du geschlafen?«

»Ganz gut, bis jemand mit dem Staubsauger Rambo gespielt hat«, antworte ich und gähne im Anschluss daran.

Delila errötet und sieht in ihre Kaffeetasse. »Tut mir leid, wenn ich dich geweckt habe.«

»Auf einmal?«, hake ich nach, dann schüttele ich den Kopf. »Schon gut, so habe ich mehr Zeit, mir die Stadt anzusehen.«

»Thorn könnte dich begleiten«, meint mein Vater.

»Wen soll ich begleiten?«, fragt mein Stiefbruder, als er gefolgt von Ridge das Esszimmer betritt.

»Du könntest Hope die Stadt zeigen«, wiederholt er.

»Nein, ich gehe alleine los. Ich brauche keinen Babysitter«, widerspreche ich.

Ridge und Thorn tauschen einen Blick aus. Was mich übrigens überrascht, ist das Auftreten der beiden. Sie tragen Jeans und Hemden, nicht wie gestern Abend, sondern so richtige mit Kragen und Knöpfen. Sie sind scheinbar nicht sie selbst, wenn sie hier am Tisch sitzen beziehungsweise Thorns Eltern in der Nähe sind. Ja, zu seinen Eltern gehört auch mein Dad, aber ich sehe ihn nicht als solchen. Für mich ist dieser Mann ein Fremder, wie alle hier. »Du solltest nicht alleine raus gehen, wir sind immerhin in Chicago.«

Ich verdrehe die Augen. »Ich bin in New York aufgewachsen, habe viel in der Bronx rumgehangen, also wenn jemand auf sich aufpassen kann, dann ich.«

Thorn hebt eine Augenbraue. »Ich finde nicht, dass du alleine nach draußen gehen solltest.«

»Also bitte«, stöhne ich und trete ihm unter dem Tisch vors Schienbein. »Ich gehe alleine raus.«

Er schickt mir einen finsteren Blick und ich sehe genau, dass er sich auf die Zähne beißt. Wahrscheinlich habe ich ihn genau richtig erwischt.

»Gut, ich gebe dir nachher einen Satz Schlüssel«, mischt mein Vater sich ein.

»Könnte ich auch ein Auto bekommen?«, frage ich interessiert.

»Hast du überhaupt einen Führerschein?«

»Nein, Dad, ich fahre seit über zwei Jahren ohne Führerschein«, antworte ich trocken. Was soll der Blödsinn?

Ich würde nicht nach einem Auto fragen, wenn ich keinen Führerschein hätte.

»Nach allem, was ich von deiner Mutter gehört habe, wäre dir alles zuzutrauen, Hope«, seufzt er.

Ich nehme mir ein Croissant aus dem Brotkorb und eine Tasse Kaffee. »Na dann.«

»Ich dachte, du würdest dich vegan ernähren«, sagt Delila irritiert.

»Da hast du es, du sollst nicht denken«, erwidere ich, woraufhin Ridge in seinen Kaffee prustet.

Sie schauen alle zu ihm. »Sorry, ich ... Der Kaffee ist ziemlich heiß.«

Ich grinse, nachdem ich meinen Blick gesenkt habe, und streiche Marmelade auf mein Croissant. Hoffentlich gibt das keinen Ärger mit Thorn.

»Musst du heute zur Arbeit, Süßer?«, wendet Delila sich schließlich an ihn.

»Mom, du sollst mich nicht *Süßer* nennen und ich muss heute nicht zur Arbeit. Ich habe gestern Abend alles geregelt, was vor dem Wochenende zu regeln war«, antwortet mein Stiefbruder.

»Und was macht ihr beide dann heute?«

»Vielleicht ihre Bromance vertiefen«, schmunzele ich.

»Hope!«, maßregelt mich mein Vater.

»Was? Die beiden wirken nun mal, als würden sie es sich kuschelig machen, wenn sie allein sind. Es ist richtig warm hier drin«, fordere ich Thorn heraus, in der Hoffnung, dass er mir nicht vor meinem Erzeuger dumm kommt.

»Hör auf, so von deinem Bruder zu sprechen«, verlangt er.

»*Stiefbruder*«, sagen Thorn und ich im Chor. Wieso gewöhnt sich das niemand an? Er ist *nicht* mein Bruder. Ich bin und bleibe ein Einzelkind.

Delila seufzt. »Müsst ihr es damit so genau nehmen?«

»Ja!«, entgegnen wir, wieder im Uniton.

Mein Croissant ist gegessen, mein Kaffee zur Hälfte leer und meine Laune sinkt, was daran liegt, dass man uns ständig Geschwister nennt. Ich will mit Thorn nichts zu tun haben und er sicher auch nichts mit mir. Die Antipathie beruht auf Gegenseitigkeit. Keiner von uns möchte den anderen in der Nähe haben.

Thorn räuspert sich. »Wenn ihr mich fragt, würde ich Hope nicht alleine raus lassen. Vielleicht haut sie ab, wenn sie die Möglichkeit hat.«

Will er mich verarschen? Was denkt dieser aufgeblasene Vollidiot eigentlich? Ich habe selten so ein Arschloch erlebt. Halt, er und Xander, der nicht mehr als eine alte Erinnerung aus New York ist, können sich die Hand reichen, denn Xander ist genauso ein Penner wie Thorn. »Halt's Maul, du Yeti.«

»Hope!«, ermahnt Dad mich wieder, während mein Stiefbruder mich angrinst.

Ich trinke meine Tasse leer. »Ich gehe mir die Haare föhnen, danach gehe ich raus. Es ist mir zu blöd hier.« Ich stehe auf und verlasse das Esszimmer trotz der Rufe meines Vaters.

»Hope, jetzt komm zurück!«, brüllt er schließlich wütend.

»Du kannst mich mal, du Arsch«, sage ich leiser zu mir, während ich die Treppe in den zweiten Stock nehme.

Es dauert nicht lange, bis ich eilige Schritte auf der Treppe höre, doch es juckt mich nicht. Ich habe keine Lust, mich von diesen Leuten bevormunden zu lassen. Sie sollen mich einfach in Ruhe lassen, mich mein Leben selbst leben lassen und sich um ihren Kram kümmern.

Kaum dass ich in meinem Zimmer bin, folgt mir mein Vater. »Was ist eigentlich mit dir los? Du bist undankbar, unfreundlich und frech. Niemand in diesem Haus hat dir etwas getan, aber du behandelst uns alle wie Schwerverbrecher. Was in Gottes Namen geht in deinem Kopf vor?«, schreit er mich an.

»In meinem Kopf? Ich bin gegen meinen verdammten Willen hier, bei einem Vater, der sein Kind nicht wollte, weil er für die erstbeste Nutte abgehauen ist und sich um ihren verfickten Sohn gekümmert hat. Ich habe keinen Bock auf dich und deine Scheißbande. Ich will nach Hause zu meinen Freundinnen, die mir in den letzten Jahren mehr Familie waren als du und die Hure, die du mit mir geschwängert hast!«, schreie ich zurück und im nächsten Moment reißt es meinen Kopf nach rechts, anschließend nach links. Erschreckt halte ich meine Wangen. »Verpiss dich!«

»Du passt auf deinen Ton auf, Hope. Dein kindisches Verhalten hat gefälligst ein Ende, verstanden?« Seine Stimme klingt immer noch wütend, sein Blick funkelt und seine Hand ist immer noch erhoben.

»Fick dich, du Arschloch«, trotze ich und fange mir gleich wieder eine und noch eine Ohrfeige mit der Rückhand.

»Du solltest lernen, was es heißt, Respekt zu zeigen. Deine Mutter scheint völlig bei dir versagt zu haben!« Wieder holt er aus, trifft mich auch beinahe, doch dieses Mal wird er von Thorn und Ridge weggezogen.

»Bist du denn völlig verrückt geworden? Du kannst sie doch nicht schlagen!«, herrscht Thorn meinen Erzeuger an. Er hat sich zwischen mich und meinen Vater geschoben, während Ridge zu mir sieht. Seine Augen blicken fragend zu mir herüber, als wolle er wissen, ob alles in Ordnung ist. Ich nehme mein Beanie vom Schreibtisch, die Jacke vom Stuhl und meine Tasche vom Boden, danach verlasse ich mein Zimmer.

»Du hast selbst erlebt, wie respektlos sie ist. Es reicht mir, ab heute werden hier andere Saiten aufgezogen!«, antwortet Thomas erbost, weitere Worte verstehe ich nicht mehr, weil ich mich eilig nach unten begebe.

»Wo möchtest du hin, Hope?«, fragt Delila, als ich zielstrebig zur Haustür gehe.

»Raus aus diesem Drecksloch, du Fotze«, antworte ich mit brüchiger Stimme und verschwinde.

»Wie redest du denn mit mir?«, ruft sie mir hinterher, doch ich ignoriere sie.

Mein Vater hat mich geschlagen und das werde ich ihm nicht verzeihen. Niemand hat mich ins Gesicht zu schlagen. Niemand! Mit schwirrenden Gedanken, einem tosenden Sturm in meinem Inneren und brennenden Wangen laufe ich die

Straße herunter. In die Richtung, aus der Dad und ich gestern gekommen sind.

♥♥♥

Ich habe keine Ahnung, wo ich bin, aber die Gegend sieht ziemlich heruntergekommen aus. Mein Handy habe ich zu Hause vergessen, also kann ich niemanden anrufen. Ich habe sowieso nicht deren Telefon- oder Handynummern. Verloren schaue ich mich um und sehe eine Gruppe Mädchen, die so aussehen, als seien sie in meinem Alter, auf einer Treppe sitzen. Ihr Kleidungsstil ähnelt meinem, also können sie so scheiße nicht sein, beschissener als das Pack, bei dem ich wohne, ist jedenfalls schwer. Ich gehe zu ihnen herüber und stocke auch nicht, als eine Blondine – mit Sicherheit gefärbt – zu mir schaut.

»Was willst du, Beanie?«, fragt sie unfreundlich.

»Hi … Ich habe mich verlaufen, könnt ihr mir den Weg zur nächsten Bushaltestelle verraten?«, erwidere ich mit starker Stimme.

Die Blonde lacht glockenhell. »Du fährst mit dem Bus? Wie alt bist du? Zwölf?«

»18, aber mein Alter rückt die Karre nicht raus. Könnt ihr mir helfen oder soll ich weiter durch die Gegend geistern?«, hake ich entschiedener nach.

Sie steht auf, um sich vor mir aufzubauen. »Dein Ton gefällt mir nicht.«

»Deine Schuhe gefallen mir nicht, jetzt hätten wir etwas gemeinsam, finden beide was am Anderen scheiße, also?«

Daraufhin verzieht sie ihre vollen Lippen zu einem Lächeln. »Du bist tough, das wiederum gefällt mir. Du bist nicht von hier, oder?«

Ich schüttele den Kopf. »Nein.«

»Woher?«

»Aus der Bronx.«

Sie nickt anerkennend. »Hartes Pflaster. Meine Cousine lebt auch dort.«

»Wie heißt sie?«

»Cynda Carter«, antwortet sie.

»Was für ein Zufall. Das ist meine beste Freundin«, entgegne ich.

Sie schnalzt mit der Zunge, dann grinst sie. »Moment mal. Bist du Hope Vanderbelt? Cynda erzählte mir vorhin am Handy, dass ihre beste Freundin hierher abgeschoben wurde. Sie zählte eine ganze Menge deiner Schandtaten auf, die dich hergebracht haben.«

Ich nicke knapp. »Live und in Farbe.«

Wir sind immer noch dabei, uns gegenseitig einzuschätzen, keine von uns will der anderen irgendeinen Trumpf geben. Ich erkenne es an ihrem Blick und sie sicherlich an meinem. »Ich bin Giverney, aber alle nennen mich Give, hinter mir sind meine Mädels.«

»Hi«, sage ich knapp.

»Soll ich sie dir vorstellen?«

»Wäre sinnvoll, hm?«, entgegne ich mit einem knappen Lächeln.

Sie schnaubt amüsiert, dabei verzieht sie ihre vollen Lippen zu einem breiten Lächeln. »Also die Aubergine da vorne mit dem pinkfarbenen Basecap ist Crystal; die kleine Pummelige mit den schwarzen Haaren ist Nova; die Rothaarige ist Adina; die Rassige mit den Rastas ist Zoila und die schlecht gefärbte Strähnchenpackung hier ist Davina«, stellt sie mir ihre Freundinnen vor, die mich interessiert mustern.

»Und du bist?«, fragt Adina.

»Hope.«

»Woher?«

»New York.«

»Na super, dann weißt du ja, wie hart es auf der Straße sein kann. Wir lassen uns jedenfalls nichts vorschreiben und ...«, sie unterbricht sich und sieht finster zur Straße. »Was will Davenport hier?«

»Er ist so heiß«, seufzt Davina verträumt.

»Und er ist weit außerhalb deiner Reichweite, seit Give Stress mit ihm hat«, lacht Crystal.

Ich schaue über meine Schulter zur Straße und erstarre zur Salzsäule. »Fuck«, stoße ich aus.

»Kennst du Thorn Davenport?«

»Leider«, gebe ich zu.

»Woher?«, möchte Give nun wissen.

»Der Wichser ist mein Stiefbruder und kommt mir seit gestern in einer Tour mit blöden Anmachen und seinem Machogehabe in die Quere«, antworte ich, als ich sie wieder anschaue.

»Dein Stiefbruder, hm?«, hakt sie nach, klingt dabei inzwischen weit weniger freundlich.

»Ja, aber ich hasse ihn, auch wenn ich ihn noch keine 24 Stunden kenne.«

»Soso«, nickt Give und schaut zu ihren Freundinnen. »Mädels, was meint ihr, sollen wir Hope ein wenig unter die Arme greifen, bis sie sich hier in der Gegend zurechtfindet?«

Sie tauschen Blicke aus, als würden sie sich nur so miteinander verständigen. Scheinbar können sie Thorn genauso wenig ausstehen wie ich, was sie sehr viel sympathischer macht.

»Hope!«, ruft mein Stiefbruder.

»Fuck«, stoße ich aus. »Er hat mich gesehen und soll mich bestimmt nach Hause bringen.« Ich drehe mich um und mache eine scheuchende Geste, wie man es mit lästigen Fliegen macht. »Verpiss dich, ich komme klar.«

Er parkt und steigt aus seinem Auto, anschließend winkt er mich zu sich heran.

»Gott«, murre ich und verdrehe die Augen. »Sieh zu, dass du deinen Machoarsch woanders hinpackst, ich habe keinen Bock auf dich.«

»Du hast sie gehört, Davenport, verpiss dich!«, ruft Give und macht ebenfalls eine scheuchende Geste.

»Schnauze, Giverney!«, antwortet er und sieht mit seinem undurchdringlichen Blick zu mir. »Würdest du bitte herkommen? Sonst hole ich dich.«

»Nein!« Ich wende mich an die Mädchen. »Ich sehe zu, dass ich ihn irgendwie abhänge. Vielleicht treffen wir uns ja mal wieder.«

»Wir können ihn ablenken, damit du dich aus dem Staub machen kannst«, sagt Give und nickt hinter sich. »Wenn du durch die Straße läufst, kommst du zu einer Kreuzung, geh nach links bis zu einem Backsteinhaus und warte dort.«

»Okay.« Ich gehe an ihr vorbei und jogge los.

»Hope!«, brüllt Thorn mir hinterher, aber da ertönen schon die Stimmen der Mädels und er verstummt.

Ich renne durch die Straße und biege an der Kreuzung links ab, als mich plötzlich eine Mauer aufhält. Ich hebe meinen Blick und sehe Ridge an, der mich am Arm festhält.

»Wohin des Weges, kleine Ausreißerin?«, fragt er lächelnd.

»Lass mich los!«, verlange ich und versuche, mich von ihm zu befreien.

Wieder einmal, langsam wird es wirklich langweilig, packt mich dieses Arschloch an den Armen und schiebt mich gegen eine Hauswand. »Lass mich kurz überlegen ... Nein.«

»Oh man, Ridge, lass mich los.«

Er zieht meine Hände über meinen Kopf, sodass ich mich nicht mehr wehren kann, und hält meine Handgelenke einhändig fest. Ich kämpfe gegen ihn, aber komme nicht gegen seine Stärke an. Plötzlich habe ich seine freie Hand auf meinem Hintern. »Das wollte ich gestern schon unbedingt machen.«

»Du hast deine Hände gestern schon nicht bei dir behalten. Entweder bist du vergesslich oder verblödet!« Nur weil zwischen uns ein wenig Platz ist und er breitbeinig steht, kann ich mein Knie hochreißen und es ihm in die Eier rammen.

Mit einem Aufschrei lässt Ridge mich los, hält sie sich und kippt zur Seite. »Du blöde Fotze!«

»Leg dich nicht mit mir an, du Bastard!« Dann renne ich weiter. Ich lasse mir von solchen Affen wie Thorn und Ridge keine Vorschriften machen.

Mit Seitenstichen erreiche ich das Haus, von dem Giverney gesprochen hat. Ich ziehe mich in eine Seitenstraße zwischen diesem und dem Nachbarhaus zurück, damit mich weder Ridge noch Thorn finden.

♥♥♥

Ich halte mich eine ganze Weile in dieser Gasse auf, bis ich Gives Ruf höre. »Hope, wo bist du denn?«

Ich mache mich auf den Weg zur Straße. »Ich hab mich ein bisschen versteckt gehalten, weil ich dachte, dass Ridge mir folgt, nachdem er seine Eier wiedergefunden hat.«

Sie hebt eine ihrer perfekt gezupften Augenbrauen. »Was soll das denn heißen?«

»Sie hat ihm die Eier püriert, Give«, mischt Adina sich ein, sie grinst und ist scheinbar sehr schadenfroh, was Ridges geschundene Männlichkeit betrifft.

Giverney lacht auf. »Hammer. Er hat's auf jeden Fall verdient.« Noch während sie sich schüttelt, wobei ihre langen blonden Haare tanzen, zeigt sie zum Haus. »Komm mit, wir feiern ein bisschen.«

»Okay.« Ich folge ihnen in das Haus, in dem es aussieht wie bei meiner Mom. Es ist nicht mit teuren Möbeln eingerichtet wie bei meinem Erzeuger und seiner Schlampe, sondern einfach gemütlich. »Sind deine Eltern nicht da?«

»Die sind auf Weltreise und interessieren sich nicht für mich, daher kann ich machen, was ich will«, erwidert Give.

»Wow. Ich wünschte, ich würde meinen Erzeuger mal loswerden, damit ich meine Ruhe vor ihm und seiner Tussi habe.«

»Setz dich, Hope.« Give deutet auf die Couch, auf der ich prompt Platz nehme. »Warum wurdest du hierher geschickt? Wirklich wegen der Karre eures Sportlehrers, die du auf der Abschlussfeier angezündet hast?«

Ich lehne mich zurück. »Deshalb und weil meine Mom es nicht auf die Kette bekommt, mich zu erziehen, wie sie sagte.«

»Krass. Warum lässt sie dich nicht in Ruhe? Immerhin bist du 18 Jahre alt.«

Cynda scheint ihrer Cousine eine Menge über mich erzählt zu haben und ich weiß nicht, wie ich es finden soll, dass über mich gesprochen wurde, andererseits ist es meine Chance, hier Anschluss zu finden. »Ich habe keine Ahnung.«

Giverney legt ihre Füße auf den Tisch. »Scheiß drauf. Du gehörst jetzt zu uns und es ist gar nicht so schlecht, dass du mit Thorn Davenport verwandt bist.«

Ich schnaube genervt. »Ich bin nicht wirklich mit ihm verwandt.«

»Aber du wohnst mit ihm unter einem Dach und das ist sehr … praktisch.«

Ich hebe eine Augenbraue und sehe sie fragend an. »Warum?«

»Give und Thorn sind alte Freunde ... Die beiden haben eine Vorgeschichte, die ein tragisches Ende nahm«, sagt Zoila, die anschließend an einem Bier nippt.

»Was ist passiert?«, möchte ich wissen, denn ich lasse mich nicht in irgendeinen Kleinkrieg ziehen, den andere mit Thorn ausfechten. Das ist mir schlichtweg zu blöd.

Giverney winkt ab. »Nicht so wichtig.«

»Ich würde trotzdem gerne wissen, was passiert ist«, beharre ich geduldig.

»Irgendwann werde ich es dir erzählen, Hope, aber noch nicht jetzt. Es braucht seine Zeit, bis ich dir vertraue.«

»Muss sie gar nicht den Ritus vollziehen?«, fragt Nova, die eine Wodkaflasche in der Hand hält.

»Doch, aber auch erst, wenn ich es entscheide«, entgegnet Give genervt und nimmt ihr die Flasche aus der Hand.

»Was ist das für ein Ritus?« Meine Stimme klingt nicht ängstlich, bloß neugierig, denn es geht um mich und ich weiß noch nicht, ob ich dazu gehören will, wenn ich irgendeinen Scheiß machen soll.

»Nur eine kleine Aufgabe, die mir zeigt, ob du vertrauenswürdig bist, Hope. Keine Angst, es ist nicht schlimmer als die Dinge, die du bisher getan hast«, sagt Give und nimmt einen großen Schluck Wodka. »Willst du auch etwas trinken?«

Ich strecke meine Hand nach dem Alkohol aus, den sie mir anbietet, und trinke etwas. Weil es in meinem Hals brennt, muss ich mich stark räuspern, was sich bald in ein Husten wandelt. Die Mädels lachen, wahrscheinlich über mich, doch es ist mir egal. Ich trinke nun mal nicht oft Hochprozentiges, sondern lieber Bier. Es schmeckt besser als diese Plörre.

»Nichts gewöhnt, hm?«

»Doch, aber keinen Wodka. Das Zeug ist nicht so mein Fall.«

»Willst du vielleicht einen Likör?«, erkundigt sich Davina lachend.

Ich schüttele den Kopf. »Nein, das ist zu süß. Habt ihr Bier?«

»Im Kühlschrank«, nickt Give. »Du kannst dich hier wie zu Hause fühlen.«

»Danke.« Ich stehe auf und zeige zum Flur. »Die Küche ist dort entlang?«

»Wenn du in den Flur kommst, musst du nach rechts gehen, da findest du die Küche.«

»Alles klar.« Ich mache mich auf den Weg und hole mir ein Bier aus dem Kühlschrank. »Will noch jemand ein Bier?«

»Bring einfach ein Sixpack mit!«, antwortet Zoila.

Ich nehme es aus dem Kühlschrank, schlendere wieder zu ihnen und nehme mir eine Flasche heraus, bevor ich es auf den Tisch stelle. Wenn meine Eltern wüssten, wie verdammt einfach es ist, als Teenager an Alkohol zu kommen, würden sie mich sofort in eine Besserungsanstalt stecken und sich nicht damit zufrieden geben, dass ich nur an einen anderen Ort versetzt werde. Ich wurde hierher abgeschoben, also kann ich mich auch weiterhin so verhalten, wie ich es will. Ich werde mich nicht an die Worte eines Mannes halten, der sich nie für mich interessiert hat. Ich will ihm auch nicht näherkommen, denn ich kann ihn nicht ausstehen, außerdem hat diese Ausgeburt eines Hurensohns mich geschlagen. Ja, harte Worte und ich bin ein Ableger dieses Pissers, beleidige mich mit diesen Worten also selbst, aber das ist mir egal. Ich weiß, dass ich keine Vorzeigetochter bin, und die will ich auch nicht sein. Es geht mir nur darum, dass ich *ich* sein kann. Niemand soll mir in mein Leben hineinreden. Mehr verlange ich gar nicht. Und Respekt bringe ich nur denen entgegen, die ihn mir entgegenbringen. Beispiel dafür sind diese Mädels.

»Hey, New York«, sagt Adina. »Du trinkst ja gar nichts.«

Ich schaue auf mein Bier und öffne es mit meinem Feuerzeug, dann nehme ich einen großen Schluck. »Jetzt schon.«

»Thorn würde ausflippen, wenn er das sehen würde«, lacht Davina. Die ähnlichen Namen der beiden werden mich sicher noch das eine ums andere Mal verwirren.

Ich richte meinen Blick auf sie, mustere sie und ihre Haltung, wobei ich versuche, sie abzuchecken. »Weil?«

»Weil er sicher so richtig abkotzt, weil du mit uns rumhängst, außerdem sieht er es nicht gerne, wenn jemand Alkohol trinkt, den er eigentlich im Auge haben soll ...« Sie schaut zu Give. »Nicht wahr, Give?«

Sie schnaubt, öffnet den Wodka erneut und trinkt mehrere Schlucke nacheinander. Ich verfolge es gebannt, denn ich würde nach so einer Menge kotzen. »Er soll einfach verrecken und das qualvoll. Dieser Wichser hat so einiges bei mir gut, was ich ihm mit Freuden zurückzahlen werde, und du wirst mir dabei helfen, Hope.«

Erneut, wie schon so oft heute, schießt meine Augenbraue in die Höhe. »Bestimmt nicht.«

Ihr skeptischer Blick fährt über mich wie ein verdammter Scanner. »Warum nicht?«

»Weil ich nichts mit ihm zu tun haben will und ich helfe niemandem bei irgendwelchen Racheakten.«

Sie nickt. »Hm.« Wieder der Wodka, der mit lauten Schluckgeräuschen ihre Kehle hinabrinnt. »Dann sollten wir zwei uns noch mal sprechen, wenn Thorn dir so richtig blöd gekommen ist.«

»Das ist er schon«, erwidere ich übellaunig, denn das Gerede über ihn geht mir total auf die Nerven. »Was hast du für ein Problem mit ihm?«

»Das geht seit der Highschool so. Thorn und ich ... wir haben eine Vorgeschichte, mehr musst du nicht wissen. Es reicht, dass du weißt, dass er mich bloßgestellt hat, und seitdem haben wir Stress miteinander. Ständig.«

»Stress ist die Untertreibung des Jahres, Give«, meint Nova, die sonst unheimlich still ist.

»Mir ist es egal, was ihr für Probleme miteinander habt, es reicht, dass er sich als mein Problem herausgestellt hat. Und dieser Ridge ist auch ein widerlicher Hurenbock.« Ich glaube, es ist sehr auffällig, dass ich ihn nicht leiden kann. Ich hasse ihn sogar, obwohl ich mir den Hass immer bis zum Schluss aufspare. Er und Thorn haben mich wie ein kleines Kind behandelt, außerdem hat Ridge mich begrapscht, was normalerweise sein Ticket ins Krankenhaus gewesen wäre. Ich hoffe, dass er den Rest des Tages nicht mehr laufen kann.

»Ridge ist das geringere Übel im Gegensatz zu Thorn. Dein Bruder ...«

»*Stiefbruder*«, korrigiere ich Nova.

»Jedenfalls ist Thorn ein Wichser, der es mit dem Gesetz nicht so genau nimmt. Ich habe keine Ahnung, wie oft er es schon geschafft hat, einer Gefängnisstrafe zu entgehen«, spricht sie weiter.

Giverney lacht. »Wir nehmen es mit dem Gesetz auch nicht so genau, Nova. Wir trinken Alkohol, obwohl die meisten von uns noch keine 21 sind; wir haben schon Geschäfte überfallen und wir bekommen von allen möglichen Leuten, die Thorn nicht verjagt hat, Schutzgeld.«

Schutzgeld? Ich glaube, mich verhört zu haben, doch will ich hier nun auch nicht nachhaken. Möglicherweise nehmen sie mich dann nicht mehr ernst. »Ihr erpresst Schutzgeld?«, frage ich dann doch, klinge dabei aber keineswegs beeindruckt. Cynda, Stella, Jane und LaVerne waren nicht so krass drauf wie diese Mädels hier.

»Warum nicht? Von irgendwas müssen wir uns unsere Klamotten und den Alk kaufen«, lacht Zoila.

»Und wie weit geht ihr?«

»Give hat dem letzten, der sich geweigert hat, die Nase mit einem Baseballschläger zertrümmert«, erzählt Davina.

»Oha«, stoße ich aus.

»Nein, krasser war der zertrümmerte Kiefer«, wirft Nova ein und ich weiß, dass ich mich mit diesen Mädchen definitiv nicht anlegen will.

Es entbrennt eine Diskussion darüber, welche der sechs irgendjemandem die schlimmste Verletzung zugefügt hat, doch immer wieder fällt der erste Platz Giverney zu. Sie nimmt auf niemanden Rücksicht, macht keinen Halt vor jüngeren oder schwächeren und sie weiß genau, was sie will. Zum College will sie nicht, genauso wenig wie ich. Warum sollte ich mich auch vier Jahre durch ein Studium quälen, wenn man ja doch keinen Job findet. Ich erfahre ein wenig über die Familienverhältnisse der anderen. Entweder stammen sie aus schwachen Verhältnissen wie Zoila und Nova und wollen von Zuhause weg, oder sie werden von ihren Eltern ignoriert wie Giverney und Adina. Oder die Eltern sind getrennt und keiner fühlt sich verantwortlich wie bei Davina und auch irgendwie bei mir.

Als es draußen dunkel wird, bin ich mehr als angetrunken, die anderen Mädchen auch. Musik läuft, wir tanzen und lachen miteinander und haben unseren Spaß, bis es plötzlich so heftig an der Tür klopft, dass ich denke, sie wird eingeschlagen.

»Verpiss dich, Thorn!«, schreit Give.

Woher weiß sie, dass mein Stiefbruder vor der Tür steht?

»Ich habe deine Dreckskarre gesehen, verpiss dich!«, wiederholt sie.

»Du solltest ihm die Tür aufmachen, er hat sie schon mal aufgebrochen, Give«, sagt Zoila, die man kaum noch versteht, weil sie völlig betrunken ist.

»Ich hole noch Bier«, beschließe ich und stolpere zur Küche.

»Und ich gehe diesen Hurenbock fragen, was er will!«, singt Give, die sich im Flur von mir trennt.

»Wo ist meine Stiefschwester?«, höre ich Thorn fragen.

»Deine was?«, hakt Give nach.

Ich halte mich bedeckt in der Küche, stehe so versteckt, dass man mich von der Haustür aus nicht sieht.

»Lass den Scheiß, Give, ich weiß, dass sie bei dir ist«, erwidert er.

»Du hast eine Stiefschwester?«, lacht sie. »Das arme Ding.«

»Jetzt noch mal langsam: Wo. Ist. Hope?«

»Die Hoffnung ... Haben wir sie nicht alle verloren?«, neckt sie ihn weiter.

»Ridge, hol meine Stiefschwester da raus. Mir wird's zu dumm, mich mit dieser kleinen Nutte zu unterhalten.«

»Hey!«, protestiert sie, dann vernehme ich schwere Schritte.

»Hope, komm raus! Ich weiß, dass du hier bist!«, ruft Ridge.

»Ridge Cavendish, was für ein seltener und trotzdem heißer Anblick!«, grölt Zoila, anschließend klicken ihre Absätze über den Boden.

»Mach dich weg, Zoila, sag mir, wo Hope steckt.«

»Keine Ahnung«, kichert sie.

Ich schaue mich um. Da. Eine Hintertür. Aufatmend und mit der Bierflasche in der Hand verschwinde ich in den Abend. Zum Glück ist das Gartentor offen, sodass ich mich auf die Straße flüchten kann. Obwohl sich in meinem Kopf alles dreht, renne ich. Ich bin froh, dass ich die Chucks trage, sonst hätte ich mich schon mehrmals auf die Fresse gelegt.

Ich habe überhaupt keine Ahnung, wo ich bin – wieder einmal –, als ich nach einer Weile langsamer werde. Wie verloren schaue ich mich um, während ich an einer Gruppe Männer vorbeigehe.

»Hey, Kleine«, sagt einer, begleitet von den Pfiffen seiner Freunde.

Ich reagiere nicht, denn auch wenn ich mit meinen 1.69 Meter nicht groß bin, muss man mir nicht so dumme Spitznamen hinterher rufen.

»Schnittchen!«, ruft er, als würde mich das zum Stehen bewegen.

Natürlich setze ich meinen Weg fort.

Ihre Schritte werden schneller, meine nicht, denn der größte Fehler wäre es, nun Angst zu zeigen. Ich gehe in meinem normalen Tempo weiter und ignoriere ihre Rufe, bis sie mich auf der Höhe einer Mauer erreichen.

Zwei packen mich an den Armen und drücken mich gegen sie, der dritte stellt sich vor mich. »Ich habe dich gerufen«, sagt er.

»Oh, tut mir leid, ich höre nicht auf denunzierende Scheiße«, erwidere ich gelassen.

»Wie hätte ich dich denn rufen sollen?«, möchte er wissen.

»Vielleicht bei meinem Namen, aber da du den nicht kennst, wäre es clever gewesen, gar nicht erst den Mund aufzumachen«, antworte ich mit gehobener Augenbraue.

Dieser Kerl, dieser wirklich abstoßende schmierige Kerl verzieht seine Lippen zu einem Lächeln und zeigt mir teilweise abgebrochene, teils verfaulte Schneidezähne, was mir den Alkohol die Speiseröhre hochtreibt. »Ach wirklich?«

Ich nicke gewichtig. »Natürlich und jetzt sag deinen Groupies, dass sie mich loslassen sollen.« Glücklicherweise lalle ich nicht, egal wie betrunken ich bin.

Daraufhin stoßen sie mich so kräftig gegen die Mauer, dass es mir die Luft aus den Lungen treibt. Oh man, wie ich solche Kerle hasse, die sich alleine nichts trauen, aber mit ihren Freunden die dicken Eier raushängen lassen. »Sag das noch mal.«

»Meine Fresse, bist du schwerhörig?«, hake ich zynisch nach.

»Okay, du willst es echt nicht anders«, stellt er beinahe geschäftsmäßig klingend fest. »Zieht sie aus.«

Einer der beiden, die mich festhalten, macht sich an meiner Hose zu schaffen, woraufhin ich das Zappeln anfange. Ich habe keine Angst, aber ich muss mir hier definitiv keine Blasenentzündung holen. Dieser zahnlose wandelnde Opferstock kommt nah an mich heran. »Du solltest dich nicht zu sehr anstrengen, immerhin sollst du auch deinen Spaß haben«, flüstert er, bevor er seine Hände an meine Brüste legt. »Fuck, sind die heiß. Die solltet ihr auch mal testen, Leute.«

Ich reiße mein Knie hoch und ramme es ihm in seine widerlichen Weichteile. »Das solltest du mal testen!«

»Du dreckige Hure!«, schreit er mich an, was ich verwunderlich finde. Die sind im Begriff mich hier zu schänden und er brüllt herum. Ich glaube, wenn ich nüchtern wäre, würde es mich ängstigen, aber jetzt bin ich eher auf Streit aus. Er richtet sich auf. »Haut ihr eine rein.«

Der Kerl, der links von mir steht, ballt seine Hand zur Faust und rammt sie mir in den Bauch.

Ich gebe einen dumpfen Laut von mir und würde in die Knie gehen, würden sie mich nicht mit geradem Rücken an die Mauer pressen.

Der zahnlose Pete, was soll ich sonst sagen, kommt wieder nah an mich heran. Diesmal öffnet er meine Jeans und schiebt seine Hand hinein.

»Nimm die Finger weg!«, schreie ich nun, aber kaum ist meine Stimme verklungen, hält mir einer seiner Freunde den Mund zu.

Er will gerade meine Hose herunterziehen, als er weggerissen wird. »Ihr nehmt jetzt eure Finger von der Kleinen oder ich breche eurem Freund das Genick«, droht Ridge, der den Zahnlosen im Schwitzkasten hat und die anderen beiden vernichtend ansieht.

Der Rechte zieht ein Messer, woraufhin Ridge seine Hand an den Kopf ihres Freundes legt. »Ich würde das Messer wegstecken und sie loslassen.«

»Lass ihn los oder deine Schlampe blutet aus«, droht der andere.

Ridge hebt eine Augenbraue. »Sie ist nicht meine Schlampe, also würde es mich nicht stören, aber euren Freund kann euch niemand wiederbringen.« Er klingt völlig desinteressiert, während ich hinter der Hand, die meinen Mund verschließt, auf die Klinge starre.

»Testen wir es mal.« Der Kerl mit dem Messer nähert die Klinge meinem Gesicht.

Kurz danach höre ich nur noch den dumpfen Aufschlag eines Körper, dann kracht der Kopf von dem Kerl zu meiner rechten gegen die Wand und anschließend der des linken. Ich sehe Ridge an, der sich das Blut der Kerle an seinem Hemd von den Händen wischt.

»Keine Angst, die sind nicht tot, dafür habe ich sie nicht fest genug gegen die Mauer geschlagen, obwohl sie es verdient hätten«, meint er gelassen und nimmt mich bei der Hand. »Und der Spinner hier auch nicht, den habe ich nur schlafen geschickt.«

»Ich ...«

»... bin von zu Hause abgehauen, weil ich mich verhalten habe wie eine dumme Göre; habe mich besoffen und ein paar Hirnkranken in die Arme geworfen? Ja, sehe ich auch so. Komm.« Ridge zieht mich zu einem Auto und öffnet die Beifahrertür. Ich steige ein und er geht um den Wagen herum. Als er am Steuer sitzt, sagt er: »An deiner Stelle würde ich heute nicht zu Hause auflaufen. Dein Bruder ist stinksauer, dein Vater auch und Delila macht sich Vorwürfe.«

»Woher ... ?«

»Weil ich dich den ganzen Tag mit Thorn gesucht habe, nachdem du meinen Eiern ein kleines Souvenir von dir gegeben hattest, und mitbekommen habe, wie er mit ihnen telefoniert hat«, antwortet er, ohne dass ich meine Frage zu Ende stellen musste.

»Und wie hast du …?«

»Ich habe das Geschrei gehört. Wenn man eine Frau vergewaltigen will, sollte man nicht so herumbrüllen, aber gut, dass du mit gleicher Lautstärke zurückgeschossen hast, sonst hätte ich dort nicht nach dir gesucht.«

»Und warum …?«

»Ich dich dauernd unterbreche? Weil deine Fragen vorhersehbar sind, Hope«, erwidert er und grinst mich an.

»Und jetzt?«

»Fahren wir zu mir, wo du deinen verfickten Rausch ausschlafen kannst, aber vor allem wirst du duschen, weil du stinkst wie eine verdammte Abfüllanlage.«

»Sehr nett, danke.«

»Frag mich nicht nach der Wahrheit, wenn du sie nicht vertragen kannst, Kleine.«

»Ihr behandelt mich, als würde ich mich wie ein High-Society Flittchen benehmen.«

»Das tust du ja auch. Du kommst her, bist unfreundlich, frech, undankbar und gehst jedem mit deiner Art auf die Nerven«, erwidert Ridge geduldig. »Und heute haust du ab, nachdem dir endlich mal jemand richtig Bescheid gesagt hat, und rennst gleich den schlimmsten Flittchen der Stadt in die Arme und besäufst dich mit ihnen. Oh, ich habe das zweite Weglaufen vergessen.«

Ich schnaube genervt. »Ich will nach Hause.«

»Dort werde ich dich nicht hinbringen, sonst steht morgen kein Stein mehr auf dem anderen.« Dann schaltet er das Radio ein. 'Party up in here' von DMX ertönt laut. Ich denke, er will mich zum Schweigen bringen. Ich seufze und schaue zum Fenster heraus, betrachte die Häuser, die so schnell an mir vorbeiziehen, dass sich in einem verschwommenen Einheitsbrei nur noch Farben abheben, die von dem diffusen Licht der Straßenlaternen angestrahlt werden. Ich werfe einen Blick auf den Tacho, sehe, dass er weit über 100 Meilen die Stunde fährt, und lege meine Hand an den Türgriff. Hoffentlich hat er die Scheißkarre unter Kontrolle.

♥♥♥

Kapitel 3

Ridge parkt vor einem Haus, dessen Fassade dringend einen neuen Anstrich vertragen könnte. »Da wären wir.«

Ich schaue aus dem Fenster. »Dort wohnst du?«

»Noch«, antwortet er. Anschließend steigt er aus und schaut zu mir ins Auto. »Komm schon.«

Ich steige ebenfalls aus und gehe um den Wagen herum, der mit einem Knopfdruck verriegelt wird, und folge Ridge zu dem Haus. »Wohnst du hier wirklich oder verarschst du mich?«

»Nicht jeder wurde mit einem goldenen Löffel im Mund geboren, Hope.«

»Ach was, ich übrigens auch nicht«, gebe ich trocken zurück.

»Dann weißt du ja, dass es nicht gerade einfach ist, sich in der Welt zu behaupten.«

»Hm.« Ich zucke mit den Schultern, als er mich ansieht und die Tür öffnet.

»Komm rein«, sagt er und deutet mit einer Hand nach innen.

Ich folge seiner Aufforderung.

»Mom, ich bin zu Hause!«, ruft er.

Eine Frau mittleren Alters, sicherlich noch keine 40 Jahre alt, kommt in den Flur. »Könntest du etwas leiser sein? Fynn ist gerade eingeschlafen.« Sie sieht zu mir. »Ehrlich, Ridge? Schon wieder?«

Er schaut mich an und grinst. »Äh, Mom, das ist Thorns Schwester Hope. Hope, das ist meine Mutter Leila.«

»Hi, Mrs Cavendish«, grüße ich sie freundlich.

»Hallo, Hope. Tut mir leid, ich hielt dich für eine der Gespielinnen meines werten Sohns. Es reicht mir, dass ich mit 33 schon Oma geworden bin, mit 38 muss ich es nicht schon wieder werden«, sagt sie und ich blicke mit großen Augen zu Ridge.

Er zuckt mit den Schultern. »Ist er wieder im Wohnzimmer eingeschlafen?«

»Ja. Vor ein paar Minuten auf der Couch. Ich wollte ihn gerade nach oben bringen, aber da kamst du hereingetrampelt.«

»Ich bringe ihn ins Bett.«

Sie nickt, er geht an ihr vorbei und ich bleibe im Flur stehen. »Sie stinken wie eine Brauerei, Hope.«

»Ich weiß, sorry«, entschuldige ich mich, während ich erröte.

»Kommen Sie, ich gebe Ihnen etwas zum Anziehen und zeige Ihnen das Bad, damit man Sie wieder riechen kann«, schmunzelt sie.

»Ich wundere mich, dass Sie mir nicht den Arsch aufreißen, weil ich getrunken habe.«

»Ich war auch mal jung, sonst hätte ich nicht mit 17 Jahren diesen Gorilla bekommen«, sagt sie, als Ridge mit einem kleinen Jungen auf den Armen an uns vorbeigeht.

»Das habe ich gehört«, brummt er.

»Und du weißt, dass es von Herzen kommt, mein Großer.«

»Jaja«, erwidert Ridge, als er die Treppe hochgeht.

»Du mich auch«, lacht Leila und winkt mich zu sich, damit ich ihr folge.

Wir gehen ebenfalls nach oben, allerdings in eine andere Richtung als Ridge, und sie gibt mir ein Shirt und eine kurze Hose. »Ich weiß nicht, ob es dir passt, aber es ist besser als nichts. So wie du riechst, glaube ich nicht, dass Ridge dich zu deinen konservativen Eltern bringt.«

»Danke, Mrs Cavendish.«

»Miss, aber sag ruhig Leila ... Mrs Cavendish ist meine Mutter.«

»Oh ... okay.«

»Und jetzt zeige ich dir das Bad.«

Ich betrachte sie, während wir nebeneinander zum Badezimmer gehen. Sie ist beeindruckend hübsch. Leila hat lange schwarze Haare, eine schlanke Linie und ein Gesicht wie gemalt. Obwohl sie nicht geschminkt ist, sieht sie aus wie 20. Verdammt, ich hoffe, ich sehe in ihrem Alter noch so gut aus!

Leila gibt mir Handtücher, als wir im Bad stehen, und legt mir eine Zahnbürste auf den Waschtisch. »Ich lasse dich dann alleine. Wenn du Hunger hast oder irgendwas brauchst, ich bin im Wohnzimmer. Ich denke, Ridge wird noch etwas bei Fynn sitzen.«

»Danke, Leila«, erwidere ich und sehe ihr hinterher, als sie den Raum verlässt. Wie unterschiedlich Mütter sein können. Meine hätte mir den Arsch aufgerissen, wäre ich betrunken nach Hause gekommen, und hätte ich einen fremden Mann mitgebracht, aber Leila scheint cool drauf zu sein. Ich frage mich, ob sie weiß, wie Ridge sein kann. Er hat, ohne mit der Wimper zu zucken, drei Kerle k.o geschlagen, um mir zu helfen. Vielleicht wollte er auch einfach Dampf ablassen, aber er tat es, weil sie mich bedrohten. Ich weiß nicht, ob er dem zahnlosen Vollidiot wirklich das Genick gebrochen hätte, aber alleine die Drohung jagt mir trotz des heißen Wassers, das über meinen Körper perlt, einen Schauer über den Rücken. Hier scheinen die Gangs anders zu ticken als in New York. Dort waren wir auch hart drauf, aber hier scheint alles härter zu sein. Jetzt kann ich mir auch die verdammt hohe Kriminalitätsrate von Chicago erklären.

Als ich laut meiner Uhr zwanzig Minuten später das Bad verlasse, fühle ich mich besser. Bloß mein Kopf pocht ein wenig und mein Rücken brennt, weil er bei ein paar Schürfwunden abbekommen hat. Wahrscheinlich ist das passiert, als ich mich gegen diese Typen wehrte. Ich bin ein paar Mal hin und her gerutscht, sicher ist das schuld daran. Ich gehe in den Sachen, die Leila mir gegeben hat, nach unten. Das Shirt ist mir etwas zu weit, aber die Hose passt wie angegossen. »Leila?«, frage ich im Flur.

»Im Wohnzimmer, Hope.«

Ich stecke den Kopf in den ersten Raum. Leila sitzt auf der Couch und liest. »Ich wollte nur fragen, ob ich ein Glas Wasser und vielleicht eine Aspirin haben könnte, mein Kopf brummt.«

Sie klappt das Buch zu, steht auf und kommt zu mir. »Lass uns in die Küche gehen.«

Als wir dort sind, bietet sie mir einen Sitzplatz an und reicht mir das, wonach ich gefragt habe. »Möchtest du auch etwas essen? Ein Sandwich würde dir vielleicht schon helfen.«

»Wenn ich mir eines machen darf.«

»Sag mir einfach, was du haben möchtest. Ich übernehme das.«

»Das ist eigentlich egal. Ich habe heute nur ein Croissant gegessen und würde alles essen, was man mir vorsetzt, außer Tierfutter«, erwidere ich lächelnd.

Sie kichert glockenhell, wie ich es von ihr nicht erwartet hätte. Sie scheint jung geblieben zu sein, was wahrscheinlich an Ridge und sicher auch an ihrem Enkel liegt. »Das würde ich höchstens Ridge vorsetzen.«

»Ist sein Name eigentlich eine Abkürzung?«, erkundige ich mich. »Ich habe solche Namen wie Ridge oder Thorn noch nie gehört.«

»Mein Dad hieß Richard. Ich wollte meinen Sohn immer nach ihm benennen, allerdings erschien mir die Abkürzung dann schöner und so kam er zu seinem Namen«, erzählt sie, während sie die Zutaten für ein Sandwich aus dem Kühlschrank holt.

Es ist mir unangenehm, dass sie es für mich macht, denn ich bin es gewöhnt, selbst für mich zu sorgen.

»Und wie kamst du zu deinem Namen?«

»Mutter auf PDA«, erwidere ich und seufze. »Oder was auch immer sie außer meinen Erzeuger geritten hat.«

»Du scheinst nicht das Beste von deinen Eltern zu halten, wenn man dich hört.«

»Es ist wohl eher andersrum.«

»Oder es beruht auf Gegenseitigkeit, so wie ihr heute Morgen abgegangen seid«, sagt Ridge, der den Raum betritt. Er setzt sich zu mir an den Esstisch und zwinkert mir zu.

Die Augen verdrehend schaue ich wieder zu seiner Mutter.

»Was kann Hope schon Schlimmes getan haben?«

Ich senke meinen Blick und hoffe, dass er nichts weiß.

»Sie hat die Karre ihres Sportlehrers angezündet«, schmunzelt Ridge.

»Nein, so war das nicht. Ich wollte mich für meine schlechte Note an ihm rächen und habe sein Auto mit Rasierschaum eingesprüht. Die Zigarettenkippe eines Freundes hat das Feuer ausgelöst und mir wurde die Schuld zugeschoben«, korrigiere ich ihn.

»Siehst du, Ridge, es gibt immer zwei Seiten einer Geschichte«, meint Leila, als sie einen Teller vor mich stellt. »Möchtest du noch etwas trinken, Hope?«

Ich schüttele den Kopf. »Danke, mir reicht das Wasser.«

»Dein Gast ist sehr bescheiden, Ridge.«

»Tja, scheint wohl so«, brummt er und steht auf. »Ich muss gleich noch deinen Bruder anrufen.«

»*Stiefbruder*.« Meine Güte, wieso bekommt das keiner auf die Reihe? Thorn und ich sind *nicht* blutsverwandt!

»Oh, entschuldige.« Er gluckst. »Ich habe vergessen, wie viel Wert du darauf legst, dass man ihn nicht deinen Bruder nennt.«

»Hm«, mache ich desinteressiert, da ich mit vollem Mund nicht sprechen will. Ich fühle mich in Leilas Gegenwart wohl, aber in Ridges nicht. Er ist zu düster, um mir sympathisch zu sein, obwohl ich auf Bad Boys stehe, allerdings ist er mehr Bad als Boy.

»Wie war Fynn heute drauf?«, wendet er sich schließlich an seine Mutter, die mit einer Tasse in der Hand an der Anrichte lehnt.

»Ganz gut, wobei er oft nach seinem Vater gefragt hat, der es wichtiger fand, sich seit gestern Abend herumzutreiben. Was machst du eigentlich den ganzen Tag?«

Nun fixiere ich interessiert seinen Rücken, denn wie es aussieht, sind er und Thorn keine Unschuldslämmer. Angeblich hatte Thorn alles für diese Woche erledigt, dabei ist es gerade einmal Donnerstagabend.

»Ich arbeite, Mom. Keine Sorge, es ist nichts Illegales.«

Ich schnaube amüsiert. 'Wer's glaubt wird selig', denke ich, doch spreche ich es nicht laut aus, als sie mir beide fragende Blicke zuwerfen. Ich konzentriere mich auf mein Sandwich, das leider fast verzehrt ist, und störe sie nicht weiter bei ihrer Unterhaltung. Man, es ist furchtbar, wenn man irgendwo zu Gast ist und sich benehmen muss. Ich habe keine große Lust, rausgeworfen zu werden, besonders nicht in diesen Sachen. Klar, das Iron Maiden Shirt hat Style, aber die Shorts weniger.

Nachdem Ridge auch etwas gegessen hat, sieht er mich nachdenklich an. Er wirkt jedenfalls so. »Kommst du mit nach draußen? Ich will eine rauchen.«

»Du solltest damit aufhören, irgendwann kann man die Straßen Chicagos mit dem Teer in deiner Lunge restaurieren«, seufzt Leila.

Ich nicke Ridge zu und erhebe mich.

»Gut geräucherte Ware hält sich länger, Mom«, kontert er grinsend, wobei er aussieht wie ein kleiner Junge. Seine Augen strahlen, sein Lächeln ebenfalls und diese Grübchen ... 'Moment! Löschen, zurückspulen und noch mal denken', sage ich in Gedanken zu mir, als ich durch die Hintertür, die Ridge für mich aufhält, herausgehe.

»Setz dich«, sagt er und deutet auf eine Hollywoodschaukel, die im Garten steht und instabil wirkt.

»Hält sie mich denn aus?«

»Das Ding mag alt sein, aber es ist stabil. Wir sitzen teilweise zu dritt darauf.«

»Okay«, erwidere ich und setze mich hin, allerdings verkrampft, damit ich notfalls aufspringen kann.

Ridge nimmt neben mir Platz und bietet mir eine Zigarette an, die ich dankend annehme. Anschließend gibt er mir Feuer und zündet sich selbst auch eine an. »Erzähl etwas von dir. Thorn hält sich ziemlich bedeckt.«

»Liegt wohl daran, dass er nichts von mir weiß.«

»Wusstest du nicht, dass dein Vater eine Frau mit Kind geheiratet hat?«, möchte er wissen, dabei spüre ich seinen forschenden Blick auf mir.

Ich stoße den Qualm der Zigarette aus. »Ich weiß, dass mein Vater mich im Stich gelassen hat, das reicht mir.«

»Verbitterung ... Macht dich nicht unbedingt sexy, wenn du mich fragst«, lacht Ridge.

»Ich bin nicht verbittert, ich bin angepisst.«

Er schnaubt, dabei stößt er den blauen Dunst durch seine Nasenlöcher aus. »Das ist fast dasselbe.«

»Hm, du musst es ja wissen. Dein Vater hat dich nicht für irgendeine andere Frau im Stich gelassen, oder? Du weißt nichts von mir, Thorn genauso wenig und mein Vater weiß drei Mal nichts über mich, außer die Dinge, die meine Mutter ihm aufgetischt hat.«

Ridge zieht das Basecap von seinem Kopf und fährt sich durch etwas zu lange dunkle Haare. »Nein, aber ich weiß, wie es ist, keinen Vater zu haben. Meiner ist gestorben, als ich so alt war wie Fynn.«

»Wie alt ist Fynn?«

»Er ist fünf.«

»Und wo ist seine Mom?«, frage ich weiter, auch wenn es mich nicht wirklich interessiert.

»Bei seiner Geburt gestorben«, sagt er teilnahmslos. »Es musste ein Notkaiserschnitt gemacht werden, weil sich durch einen Sturz die Plazenta bei Nicky abgelöst hatte. Sie war verblutet, bevor wir im Krankenhaus waren«, antwortet Ridge, während er in die Ferne sieht.

Ich schlucke den Kloß in meinem Hals hinunter. »Tut mir leid«, sage ich leise.

»Ernsthaft, oder sagst du das nur aus Höflichkeit?«

»Ich sage es, weil es mir wirklich leidtut.«

Ridge schnalzt mit der Zunge, bevor er erneut an der Zigarette zieht. »Kaum zu glauben, dass du Mitgefühl kennst.«

»Oh man, ich mag ein Biest sein, aber ich bin keine gefühlskalte Schlampe«, schnaube ich und nehme ebenfalls einen weiteren Zug.

»Ich sollte Thorn anrufen, damit er Bescheid weiß.«

»Tu dir keinen Zwang an«, entgegne ich und schnippe die Asche von meiner Kippe.

Er holt sein Handy aus seiner Hosentasche und ich sehe, dass es das neueste iPhone ist.

Ich persönlich bin kein Fan von Apple, weil die Handys alle gleich aussehen, obwohl es verschiedene Modelle sind, außerdem sind sie viel zu teuer. Ich habe ein wesentlich günstigeres Smartphone, eines, das nicht so kompliziert ist. Ich habe es günstiger bekommen, weil es zufälligerweise von einem Lkw gefallen ist, was so viel heißt wie: Geklaut und Hehlerware. Aber meine Güte, es hat nur ein Drittel von dem gekostet, was ich im Laden bezahlt hätte.

»Alter, ich bin's. Immer noch auf der Suche nach deiner Schwester? ... Ja, meine Güte, deine *Stiefschwester* ...« Er nickt, dabei sieht er zu mir. »Ich habe sie mit zu mir genommen ... Weil sie stockvoll war und dein alter Herr sie wahrscheinlich auseinandergenommen hätte, wenn sie betrunken nach Hause gekommen wäre ... Nein, Mann, ich fasse sie nicht an. Was denkst du eigentlich von mir?« Einen Moment später lacht er auf. »Na ja, jedenfalls bringe ich sie morgen gegen Mittag nach Hause. Sag deinen Eltern einfach, dass sie bei irgendeiner Freundin ist oder so ... Ach ja, wie will sie welche haben, wenn sie erst seit gestern in der Stadt ist ... Hm, hm ... Nein, du musst sie nicht abholen ... Alter, weil sie schon schläft, ich habe keine

Lust auf ihr Gezicke, wenn du sie aus dem Bett wirfst … Klar musst du das ertragen, aber ich will auch nur noch ins Bett, und meine Mom hat sich ebenfalls schon verabschiedet … Wir sehen uns morgen Mittag und ja, ich bringe sie wohlbehalten nach Hause … Alles klar, wir reden morgen weiter … Bye.« Ridge beendet das Gespräch. »Wenn ich du wäre, würde ich Thorn für eine Weile aus dem Weg gehen.«

»Warum?«

»Weil dein Bru … Stiefbruder richtig pissig ist, weil du abgehauen bist, er dich gesucht hat und du besoffen warst oder noch bist … Bist du es noch?«, hakt er nach.

»Ich fühle mich mittlerweile wieder nüchtern, aber ich fühle mich auch nüchtern, wenn ich zu viel getrunken habe«, schmunzele ich.

»Oh, eine von der harten Sorte«, lacht er und zündet sich eine neue Zigarette an, nachdem er den abgebrannten Stummel in den Aschenbecher geschnippt hat.

»Kann gut sein«, stimme ich zu und lehne mich zurück. »Ich habe überhaupt keine Ahnung, wie spät es ist.«

Ridge wirft einen Blick auf sein Handy. »Gleich ist es elf.«

Ich strecke meine Arme nach oben und beuge meinen Rücken durch, um eine Verspannung zu lösen, die ich vom verkrampften Liegen letzte Nacht davongetragen habe. »Wo soll ich schlafen?«

»In meinem Bett, ich nehme die Couch im Wohnzimmer.« Mein Ausdruck muss Erstaunen zeigen, denn er grinst mich schon wieder an. »Was denn? Überrascht es dich, dass ich nicht der Vollarsch bin, für den du mich hältst?«

»Wenn ich ehrlich bin, ja. Ich kann aber auch die Couch nehmen, du musst meinetwegen nicht dein Bett räumen.«

Er sieht mir dabei zu, wie ich mich noch einmal strecke. »Rückenschmerzen?«

»Nein, verspannt.«

Daraufhin drückt er die Zigarette aus und steht auf. »Komm mit.«

»Hast du noch nie was von einem Bitte gehört?«, bohre ich nach, als ich mich erhebe.

»Nein, kann man das essen?« Ridge zwinkert mir zu, legt seine Hand in meinen Rücken und schiebt mich zum Haus.

»Nicht, dass ich wüsste, aber vielleicht backt dir mal einer eine Torte, auf der es steht.«

Er lacht ein falsches Lachen. »Sehr witzig.«

»Ja, nicht wahr?«, frage ich sarkastisch, als wir ins Haus gehen.

»Sei leise, wenn wir oben sind. Ich will nicht, dass du Fynn weckst.«

»Okay«, flüstere ich, als wir auf dem Weg nach oben sind. Ridge führt mich in sein Schlafzimmer, das nicht unbedingt groß, dafür aber gemütlich ist. Es ist nicht einmal halb so groß wie meines bei meinem Vater, dafür aber größer als das, das ich bei meiner Mutter bewohnte. Dort hatte ich ein kleines Bett, einen Schreibtisch und einen Kleiderschrank, womit es voll war.

»Ich weiß, dass es kein Palast ist, du musst nicht so überrascht schauen.«

Ich drehe mich zu ihm um, hebe den Blick, sodass ich ihm ins Gesicht sehen kann, und seufze. »Sehe ich wirklich so aus, als müsste ich diesen ganzen Luxusscheiß haben, den mein Vater hat? Oder so eine Karre, wie Thorn sie hat? Ich bin bescheidener als du denkst.«

»Wirklich?«, hakt er nach.

»Ja, aber du musst es mir nicht glauben. Ich bin jedenfalls nicht so oberflächlich, wie du denkst«, grummele ich und setze mich aufs Bett, zu dem er mich geschoben hat.

Ridge sieht zu mir herunter, ich weiterhin zu ihm hoch. »Wo sitzt die Verspannung?«

»Im Rücken.«

»Wo dort?«

Ich stehe auf, drehe mich um und zeige es ihm, indem ich mich verrenke, um auf die Stelle unter meinen Schulterblättern zu zeigen.

Er legt seine Finger auf die Punkte, die ich ihm gezeigt habe. »Hier?«

»Ja und es geht noch ein bisschen tiefer. Warum?«

»Leg dich auf den Bauch, Hope.«

»Bitte?«

»Frag nicht so blöd nach, tu es einfach. Ich habe nicht vor, dir wehzutun«, verspricht er mit einem Klang in der Stimme, der mich überrascht. Er klingt warm.

Obwohl sich alles in mir dagegen wehrt, mich bäuchlings ins Bett zu legen, tue ich es. Ich ahne, dass er mich massieren will. Das werde ich ihm sicher nicht verbieten. Es wäre meine erste Massage überhaupt und ich freue mich schon auf die Entspannung.

Ridge schaltet das Deckenlicht aus, nachdem er die Nachttischlampen angeschaltet hat, dann holt er etwas aus einer Schublade und schließlich merke ich, wie er sich über mich kniet. Na ja, er sitzt mehr oder weniger auf meinem Po, aber nicht mit seinem vollen Gewicht, sonst würde ich in der Matratze versinken. »Könntest du das Shirt hoch ziehen?«

Ich ziehe es gänzlich aus und warte ab, dabei höre ich, wie er eine Flasche öffnet, anschließend das Reiben seiner Hände.

Ridge berührt meinen Rücken, verteilt Öl und fängt an, mich zu massieren.

Ich schließe die Augen, nachdem ich meine Arme unter meinem Kopf verschränkt habe. »Wieso tust du das?«, frage ich leise.

»Weil es nichts Schlimmeres gibt als Rückenschmerzen.«

»Ist es nur das?«

»Ich habe Lust dazu.«

»Was für ein überzeugender Beweggrund.«

»Genieß es einfach und entspann dich, vielleicht bist du dann endlich erträglich und machst kein Fass mehr wegen jedem Furz auf.«

Ich stoße prustend die Luft aus, dabei flattern meine Lippen. »Ich bin schon still.«

»Na endlich mal eine gute Nachricht.«

»Sehr gut.«

»Was?«

»Ich war kurz davor, dich nett zu finden, aber jetzt bist du wieder das Arschloch«, erwidere ich leise.

Ich merke, wie er sich vorbeugt, dann spüre ich seinen Atem an meinem Ohr. »Leg dich nicht mit dem Mann an, der weiß, welche Knöpfe er drücken muss, um dich bewegungsunfähig zu machen.« Es ist eine leise Warnung, aber sie zeigt Wirkung.

Ich presse meine Lippen zu einer schmalen Linie zusammen, dabei nicke ich knapp.

»Braves Mädchen.« Das sitzt zusätzlich. Immer wenn ich das Wort 'brav' höre, habe ich das Gefühl ein Hund zu sein. Ridge massiert mich noch eine Weile, bevor sein Gewicht von mir verschwindet.

Ich hebe meinen Kopf, um nach ihm zu sehen. Er wischt sich die Hände mit einem Tuch ab, dabei sieht er aus dem Fenster. »Geht's besser?«, erkundigt er sich.

»Das finde ich heraus, wenn ich stehe.«

»Hm«, macht er und ich stehe auf.

In diesem Moment ist es mir egal, dass mein Oberkörper nackt ist. Ich strecke mich. »Es geht besser, danke.«

»Das ist ...«, er dreht sich zu mir um und sieht mich mit hoch gezogenen Augenbrauen an. »... erfreulich. Auch wenn mir dein Anblick gefällt, solltest du das Shirt wieder anziehen.«

»Und wenn ich nicht will?«, hake ich mit Unschuldsmiene nach. Er scheint der beste Freund meines Stiefbruders zu sein, warum also keinen Keil zwischen die beiden treiben? Ich werde jetzt sicher nicht mit Ridge schlafen, aber ihn heiß machen wäre ein erster Schritt in Richtung Chaos verbreiten.

»Ziehe ich es dir an und glaub mir, das willst du nicht«, erwidert er, als ich auf ihn zugehe.

Vor ihm bleibe ich stehen. »Eigentlich sollte man eine Frau aus- und nicht anziehen.«

»Du bist die kleine Schwester – jetzt komm mir nicht mit deiner verfickten Korrektur – meines besten Freundes. Ich werde dich sicher nicht anfassen, Hope.«

Ich hebe meine Hand an Ridges Brust, dessen Muskeln sich deutlich unter seinem Muskelshirt abzeichnen. »Du hast mich massiert, also hast du mich schon angefasst«, hauche ich, während ich über die äußerst muskulöse Brust streichle und zu ihm hochschaue.

Er hält mein Handgelenk fest. »Lass den Blödsinn, Hope.«

»Und wenn ich nicht will?«

»Dann solltest du wissen, worauf du dich einlässt«, raunt er, als er sich zu mir hinunter beugt. »Und das ist nichts, was eine Jungfrau will, glaub mir.«

»Woher willst du wissen, dass ich ...«

»Man merkt es«, sagt er leise und zwinkert mir zu.

»Ach ja?«

Ridge nickt knapp, während seine grauen Augen meine braun-grünen fixieren. »Ja.«

»Und wenn ich mich darauf einlassen will?«

»Wird dein Bruder mich umbringen und dich für den Rest deines Lebens im Keller einsperren, wenn er das nicht schon wegen Giverney und den anderen tun wird.«

»Was macht dich so sicher, dass Thorn so handeln wird?« Scheiß auf die Korrektur, dass er mein Stiefbruder ist, langsam ist es mir egal, wie sie ihn nennen. Wichtig ist nur, wie ich ihn nenne, und meinetwegen ist das auch Arschloch, aber niemals Bruder!

»Ich kenne ihn seit dem Kindergarten«, erwidert er.

Ich schiebe meine Hand auf seine Wange und nähere mich seinen Lippen. »Mein Beileid«, flüstere ich, bevor sie seine berühren, und ziehe mich zurück. Anschließend gehe ich zurück zum Bett, wo ich das T-Shirt überziehe.

Ridge lacht leise. »Respekt.«

»Wofür?«

»Für diese Aktion. Du kannst verdammt … überzeugend sein, wenn du willst.«

»Danke«, erwidere ich, ohne zu ihm zu schauen, und lege mich ins Bett.

Er geht zur Tür. »Ich gehe dann mal nach unten.«

»Ridge?«

Daraufhin bleibt er stehen und sieht zu mir. »Hm?«

»Du kannst auch hier schlafen. Dein Bett ist groß genug und wir haben, denke ich, geklärt, dass wir nichts voneinander wollen.«

Sein amüsiertes Schnauben lockert die Stimmung bei mir deutlich auf. »Okay. Ich hole nur eine zweite Decke.«

»Alles klar.« Ich drehe mich zur Seite, sodass ich mit dem Rücken zu seiner liege, und schließe die Augen. Ich bin froh, wenn ich endlich entspannt schlafen kann.

Und es dauert tatsächlich nicht lange, bis ich mich in einem Traum wiederfinde, in dem Ridge und ich es miteinander treiben.

Kapitel 4

Als ich am nächsten Morgen aufwache, liegt Ridge noch schlafend neben mir. Mir ist kalt, sicher wegen des Katers, den ich habe, deshalb rutsche ich näher zu ihm heran und lege meinen Kopf auf seinen Arm. Ich schließe noch mal die Augen, da ich wirklich üble Kopfschmerzen habe, und lege meine Hand auf seinen warmen Bauch. Ich merke, wie er unter der Berührung meiner kalten Hand zusammenzuckt, bewege mich selbst aber nicht.

»Kleine?«, raunt er.

»Hm?«, brumme ich gespielt, damit er nicht merkt, dass ich wach bin.

»Du bist scheißkalt.«

»Und?«

»Du hast mich geweckt.«

»Und?«

»Ist dir kalt?«

»Ja.«

Ridge zieht seinen Arm weg und mich näher an sich. »Ich werde das so was von bereuen, aber scheiß drauf.«

»Danke«, erwidere ich mit bebender Stimme, weil ich so friere, und beherrsche mich, mich nicht auf ihn zu legen.

»Wenn du mich irgendwann noch mal mit deinem Gestöhne wach hältst, sodass ich erst gegen vier Uhr morgens pennen kann, bringe ich dich zum Stöhnen und nicht mein

Traum-Ich«, schmunzelt er und ich spüre, wie die Hitze in meine Wangen schießt.

»Fuck«, stoße ich leise aus.

»Ich glaube, etwas Ähnliches ist in deinem Traum passiert«, neckt er mich weiter.

»Es kann auch ein anderer Ridge gewesen sein.«

»Ha! Erwischt. Du hast nur gestöhnt, aber nicht einmal meinen Namen ... Wie war ich denn?«, lacht er.

»Du bist so ein Arsch.«

»Ich weiß, aber scheinbar gehe ich dir unter die Haut, und weißt du, was schlimmer ist? Du kannst mich nicht haben.«

»Ich könnte, wenn ich wollte«, erwidere ich überzeugt.

»Was macht dich so sicher?«

»Deine Reaktion gestern Abend«, antworte ich und drehe mich, sodass mein Rücken und mein Po an seiner Seite und mein Kopf auf seinem Oberarm liegt.

Ridge dreht sich ebenfalls auf die Seite, weshalb ich seine Morgenlatte an meinem Hintern spüre. »Du gefällst mir, Hope, aber du bist zu jung.«

»Ach ja.« Ich kann den Sarkasmus einfach nicht zurückhalten. »Gestern lag es noch an Thorn.«

»An dem liegt es auch, denn ich hänge an meinem Schwanz und will ihn mir von ihm nicht abreißen lassen.«

Ich lache leise. »Deshalb drückst du ihn mir auch an den Hintern, hm?«

»Das tue ich, weil es sich gut anfühlt«, raunt er und haucht in mein Ohr, sodass ich mich wegen des Schauers schütteln muss. »Sieh mal einer an, was ich für eine Wirkung auf dich habe.«

Ich drehe mich zu ihm um, sodass wir fast Nase an Nase liegen. »Deine Wirkung auf mich ist nur vorhanden, weil ich einen feuchten Traum hatte.«

Ridge öffnet die Augen und sieht mich neugierig an. »Was habe ich mit dir angestellt?«

»Das werde ich dir sicher nicht sagen.«

»Das ist ja auch nur ein bisschen scheiße von dir«, schmollt er gespielt und schiebt seine Unterlippe vor.

»Unanständige Dinge hast du mit mir gemacht und du würdest sicher noch viel unanständigere Dinge mit mir machen, wenn ich dich jetzt darum bitten würde, mich zu ficken«, fordere ich ihn heraus.

»Ich würde dich nicht ficken.«

»Da bin ich anderer Meinung«, erwidere ich und schiebe meine Hand zwischen unsere Körper.

Ridge rutscht weg, zieht seinen Arm unter mir hervor und steht auf. »Ich gehe duschen.«

Ich lache auf. »Mach das.«

Ridge verschwindet und ich setze mich hin. Kaum dass er verschwunden ist, klopft es an der Tür. »Hey, guten Morgen, Hope. Deine Sachen sind ausgelüftet«, sagt Leila lächelnd und legt mir meine Kleidung ans Fußende des Betts. »Hast du gut geschlafen?«

»Ja, danke und guten Morgen«, erwidere ich lächelnd.

»Wo ist Ridge?«

»Im Bad … Wie spät ist es eigentlich?«

»Es ist kurz nach acht Uhr. Ridge und ich haben inzwischen so einen Frühaufsteher Rhythmus wegen Fynn.«

»Ich stehe eigentlich auch immer früh auf und schlafe nur am Wochenende aus«, entgegne ich, als ich aufstehe.

Dann hebt sie die Augenbraue. »Hat Ridge auch hier geschlafen?«

»Ja, es ist ja sein Zimmer.«

Sie schnaubt. »Habt ihr?«

»Nein«, winke ich sofort ab. »Haben wir nicht. O Gott, nein, bloß nicht.«

Daraufhin schmunzelt Leila. »Okay … Ich wollte nur nichts … verderben.«

Man hört sicher, dass mein Lachen gespielt ist, aber das ist mir egal. »Also Ridge und ich haben echt nichts miteinander. Ich würde jeden anderen nehmen, aber ihn nicht.« Dann wird mir klar, dass sie ja seine Mutter ist. »Was nicht heißt, dass er kein toller Kerl ist, aber er ist einfach nicht mein Typ.«

Sie verkneift sich das Lachen, was sich wie ein kleines leises Grunzen anhört, und nickt. »Meiner wäre er auch nicht. Zu viele Muskeln.« Anschließend seufzt sie. »Bleibst du noch zum Frühstück?«

»Wenn ich darf. Ridge wollte mich erst gegen Mittag nach Hause bringen.«

»Okay, dann decke ich für dich mit. Ich bin gleich weg zur Arbeit, aber die Nanny kommt erst gegen zehn Uhr, kannst du das Ridge ausrichten?«

»Mache ich.«

»Danke, Hope.«

»Kein Thema«, erwidere ich. »Könnte ich noch eine Aspirin bekommen? Ich habe das Gefühl, dass gleich mein Schädel zerspringt.«

»Aber sicher. Ich lege sie für dich raus, aber jetzt muss ich langsam los, sonst verpasse ich meinen Bus.«

»Kannst du nicht Ridges Auto nehmen?«

»Er braucht es selbst und meines ist in der Werkstatt, das ist nur temporär, Hope. Vergiss bitte nicht, Ridge Bescheid zu sagen«, sagt sie. »Bis bald. Ich habe mich sehr gefreut, dich kennenzulernen.«

»Bis bald.«

Sie verschwindet und ich höre aufgeregte Schritte im Flur, die sicher nicht von ihr stammen. »Bis heute Abend, Grandma.«

»Bis heute Abend, Schatz«, erwidert Leila.

»Daddy?«, ruft der kleine Junge dann.

Eine Tür wird geöffnet. »Guten Morgen, mein Großer!« Es ist ganz klar Ridge, wer auch sonst?

Ich gehe in den Flur. »Kann ich dann ins Bad?«, frage ich nach einem Räuspern.

Der kleine Junge schaut zu mir. »Wer ist das, Daddy?«

»Eine Freundin. Sie heißt Hope«, antwortet Ridge.

»Hi, Fynn«, lächle ich überfordert. Na toll, jetzt muss ich mich mit meiner großen Schnauze zusammenreißen.

»Bist du meine neue Mom?«

Ich reiße die Augen auf. »Nein, die bin ich nicht.«

»Geh doch schon mal nach unten, Rocker. Ich komme in zwei Minuten nach, ich muss nur noch kurz mit Hope reden«, mischt Ridge sich ein und lässt Fynn von seinen Armen herunter.

»Okay, Daddy.« Fynn läuft nach unten, während Ridge mich mit seinem Blick fixiert. Er räuspert sich, weshalb ich mich auf ihn konzentriere. »Es wäre nett, wenn du dich vor ihm benimmst und den Mund nicht zu voll nimmst.«

»Ich hatte es vor.«

»Gut. Du kannst ins Bad und ich bringe dich gleich nach Hause.«

»Oh … bevor ich es vergesse, deine Mom meinte, dass die Nanny für Fynn erst gegen zehn kommt«, lasse ich ihn wissen, bevor ich meine Sachen aus seinem Schlafzimmer hole. Ich nehme alles an mich, damit ich mich gleich vom Acker machen kann.

»Alles klar, danke«, sagt er, als er ebenfalls in sein Zimmer kommt. »Ich denke, ich bringe dich dann erst gegen zwölf nach Hause, weil ich vorher noch etwas erledigen muss.«

»Kein Stress, ich brauche keinen Babysitter, der auf mich aufpasst. Ich kann auch alleine gehen.«

»Damit du wieder bei Give und den Mädels vorbeischauen kannst? Nein, ich lasse dich nicht mehr in deren Nähe.«

»Seit wann hast du mir etwas zu sagen?«, frage ich herausfordernd.

»Seitdem ich beschlossen habe, dich im Auge zu behalten«, antwortet er teilnahmslos, während er ein Shirt überzieht.

»Ach, fick dich«, schnappe ich und gehe ins Bad.

Nachdem ich mich gewaschen und angezogen habe, gehe ich mit meiner Tasche nach unten. Ridge und Fynn sind gemeinsam in der Küche. Der Kleine isst, während Ridge am Herd steht. »Da bist du ja«, stellt er fest, als ich den Raum betrete.

»Sieht so aus.«

»Hunger?«

»Ein wenig«, erwidere ich und setze mich gegenüber von Fynn an den Tisch.

»Pancakes?«

Ich nicke ihm zu und nehme mir ein Glas Wasser.

Ridge reicht mir die Aspirin. »Sind für dich, lagen mit einem Zettel auf der Anrichte.«

»Danke.« Ich nehme sie ein und spüle sie mit dem Mineralwasser herunter.

»Bist du Daddys Freundin?«, möchte Fynn wissen.

»Das kommt drauf an, was für eine Freundin du meinst«, entgegne ich, als ich mich zurücklehne.

»So eine, die er küsst«, sagt er.

Ridge seufzt. »Nein, Fynn, sie ist eine Freundin, mit der ich rede, aber die ich nicht küsse. Sie ist Thorns kleine Schwester.«

»Schwestern sind doof«, meint der Junge, woraufhin ich eine Augenbraue hebe.

»Brüder sind auch nicht besser«, lasse ich ihn wissen und stelle mein Glas ab.

»Doch, Brüder sind toll. Mit denen kann man raufen so wie ich mit meinem Dad.«

»Mit Schwestern kann man das auch, die spielen nicht nur mit Puppen.«

Fynn sieht mich begeistert an. »Kann man das wirklich, Daddy?«

Ridge sieht seinen Sohn an, lächelt und nickt. »Ja, aber Mädchen weinen so schnell, deshalb bin froh, dass ich dich hab, Sportsfreund.«

»Arsch«, brumme ich, was mir einen warnenden Blick von ihm einbringt. »Sorry«, nuschele ich und Ridge stellt einen Teller vor mich. »Danke.« Ich stochere in dem Essen herum, das er mit Obst und Sahne dekoriert hat.

»Magst du das nicht, Hope?«, möchte Fynn wissen.

»Doch, ich bin nur nachdenklich.«

»Die schmecken kalt aber nicht«, meint er und sieht mich dabei mit gehobenen Augenbrauen an.

»Ich weiß«, erwidere ich und nehme einen Bissen, damit er endlich Ruhe gibt. Sind Kinder immer so nervtötend? Furchtbar!

♥♥♥

Die Nanny ist seit einer Stunde da und Ridge ist unterwegs. Sie behält mich genauso im Auge, wie sie auf Fynn aufpasst, weil Ridge meinte, dass sie mich nicht gehen lassen soll. Aber jetzt hat sich mir eine Chance geboten, mich davonzustehlen, da sie mit Fynn in sein Zimmer gegangen ist, um ihn umzuziehen. Die Haustür ist offen und ich schleiche mich nach draußen.

Kaum bin ich draußen, laufe ich meinem Stiefbruder in die Arme. »Ich wusste, dass du es versuchst, deshalb habe ich mit

Ridge abgesprochen, dass ich dich abhole. Prompt steige ich aus dem Auto, versuchst du, dich davonzuschleichen. Dummer Fail, Hope«, sagt er übellaunig.

»Lass mich einfach vorbei. Ich will meine Ruhe haben«, erwidere ich ruhig und trete einen Schritt nach links, doch er hält mich auf.

»Ich habe keine Lust, mich mit dir zu streiten, also wirst du jetzt mit mir kommen. Du kannst dich gerne wieder verpissen, wenn du Dads Ansprache hinter dir hast.«

Ich stoße zischend die Luft aus. »Sag ihm doch einfach, dass ich wieder entwischt bin.«

Thorn sieht mich fragend an. Den linken Mundwinkel hat er hochgezogen, wodurch sein Blick nicht nur fragend, sondern auch abwertend wirkt. »Warum sollte ich dir einen Gefallen tun, nachdem du bisher nur Unruhe und Streit ins Haus gebracht hast?«

»Weil irgendwo in deiner mit Steroiden vollgepumpten Brust ein Herz für junge Frauen schlägt?«, schlage ich mit Unschuldsmiene vor.

»Oh man.« Er wendet sich ab. »Lass uns nach Hause fahren. Ich gebe dir einen Tipp, tu wenigstens so, als würde es dir leidtun, dann wird der Ärger vielleicht nicht ganz so schlimm. Am besten quetschst du noch ein paar Tränen raus, darauf kommt Mom überhaupt nicht klar, und entschuldigst dich.«

»Warum gibst du mir diese Tipps?«, hake ich nach.

»Weil in meiner nicht mit Steroiden vollgepumpten Brust ein Herz für junge Frauen schlägt«, antwortet er trocken.

Ich lache leise. »Wie schaffst du es, dich den ganzen Tag vor ihnen zu verstellen?«

»Jahrelange Übung.«

»Und warum verstellst du dich?«

»Damit sie keine Fragen stellen. Sie denken, dass ich einer ehrlichen Arbeit nachgehe, also lasse ich sie in dem Glauben, obwohl ich vielleicht zwei oder drei Tage in meinem Leben einen Job hatte. Ich bin nicht stolz auf das, was ich geworden bin, du solltest dir mehr Mühe geben, Hope«, erklärt er, als wir zu seinem Auto gehen.

»Womit soll ich mir Mühe geben?«

»Entweder du tust etwas für deine Zukunft, oder du wirst so wie ich enden und ihnen immer etwas vorspielen müssen.«

Wir steigen in den Wagen und ich setze mein Beanie auf. »Ich will weder aufs College, noch ihnen irgendwas beweisen, noch sie stolz machen.«

Thorn fährt los. »Das ist nicht gut, denn Dad wird dich irgendwann rauswerfen, wenn du nicht die Dinge tust, die er von dir verlangt.«

»Er hat gar kein Recht darauf, irgendwas von mir zu verlangen!« Ich lehne meinen Kopf an die Nackenstütze und schließe die Augen.

»Hat er nicht, aber dein Vater ist sehr gut im Erpressen«, entgegnet Thorn gelassen.

»Er soll es versuchen. Ich bin sehr gut darin, Chaos und Verwüstung zu stiften, außerdem gibt's noch eine Ehe, die ich zerstören kann, also sollte er sich nicht mit mir anlegen«, lasse ich ihn wissen und atme durch. »Ich habe keinen Bock auf irgendwen von euch. Weder auf deine Schrulle von Mutter, noch auf den Hurenbock von meinem Erzeuger, am wenigsten auf dich.«

»Ich bin der Letzte, den du anpissen solltest, Hope.«

»Ich entschuldige mich nicht dafür, was ich bin, du solltest dich dafür entschuldigen, dass du von mir verlangst, jemand anderes zu sein«, erwidere ich.

»Oh, jetzt kommen die ganz klugen Sprüche ... Hör auf, mich anzupissen, denn ich bin wirklich der Letzte, den du gegen dich aufbringen solltest«, wiederholt Thorn.

»Scheiß drauf, dein bester Freund ist auch der Letzte, der mir seine Morgenlatte an den Arsch drücken sollte, und er hat es getan. Menschen tun dumme Dinge.« Spiel, Satz und Sieg?

Thorn umklammert das Lenkrad so fest, dass ich das Gefühl habe, dass er es jeden Moment aus der Verankerung reißt. »Er hat *was* getan?«, schreit er beinahe.

»Oh, geküsst hätte er mich auch beinahe.«

»Ich bring ihn um«, knurrt Thorn und wendet den Wagen. »Ich werde ihn umbringen.« Danach tritt er fest aufs Gaspedal, sodass wir mit quietschenden Reifen losschießen.

»Könntest du mich vorher aussteigen lassen?«

»Nein. Du wirst deine Worte vor Ridge wiederholen, wenn er es nicht zugeben will«, erwidert Thorn wütend.

»Warum regst du dich so auf? Du hast überhaupt kein Recht, dich aufzuspielen.«

»Du bist meine Stiefschwester und ich habe die Verantwortung für dich übernommen, also spiele ich mich auf.«

»Du hast sie doch nicht mehr alle«, brumme ich kopfschüttelnd.

Es kommt mir vor, als wären wir nur zwei oder drei Minuten unterwegs, denn Thorn parkt schon wieder bei Ridge vor der Tür und Ridges Auto steht vor dem Haus. Anschließend steigt er aus, geht hoch zur Haustür und hämmert gegen diese, bis sie geöffnet wird. Ich sehe von Weitem, wie Ridge Thorns Faust ausweicht. Dann sehen sie beide zu mir, sie wirken sauer. »Ich sollte dringend hier weg«, sage ich zu mir selbst und steige aus dem Auto.

»Wag es ja nicht, Hope!«, schreit Thorn und kommt auf seinen Wagen zugelaufen. Bevor ich losrennen kann, hat er mich schon an den Armen gepackt und drückt mich mit dem Rücken gegen das Auto. »Warum lügst du mich an?«

»Habe ich nicht«, antworte ich.

»Du meintest, er hätte dir seine Latte an den Arsch gedrückt, du hast nicht gesagt, dass du ihn angemacht hast!«, herrscht Thorn mich an.

Ich verziehe meine Lippen zu einem süffisanten Lächeln. »Oh ... Das muss ich vergessen haben.«

»Du solltest mich nicht verarschen, Hope, ich kann entweder dein bester Freund oder dein schlimmster Albtraum sein«, droht er mir.

»Du bist schon mein schlimmster Albtraum, da gibt's keine Steigerung mehr.« Ich will von ihm weg, doch er kerkert mich mit seinen Armen ein. »Lass mich einfach gehen, Thorn, bitte.«

»Zuerst wirst du dich entschuldigen.«

»Alter, lass es einfach. Bei deiner Stiefschwester ist nichts zu machen. Sie ist und bleibt ein verzogenes kleines Miststück. Du siehst ja, wie sie ist. Macht mich an und erzählt dir Lügen«, mischt Ridge sich ein.

Daraufhin zieht sich mein Stiefbruder zurück. »Ins Auto. Sofort!« Er öffnet die Beifahrertür und sieht mich wütend an.

Ich steige ein, weil ich nicht mitten auf der Straße für eine Szene sorgen will. Diese Peinlichkeit erspare ich mir.

Thorn und Ridge verabschieden sich mit einem Handschlag, der in einer Umarmung endet, voneinander, dann setzt er sich ans Steuer. »Egal, was du vorhast, ich werde ihm immer mehr glauben als dir. Ridge und ich sind miteinander aufgewachsen, du bist nur angeheiratet, also versuch nicht einmal, einen Keil zwischen mich und meinen besten Freund zu treiben.« Die Warnung verfehlt ihre Wirkung, denn für mich ist sofort klar, was zwischen ihnen ist. Es ist eine Bromance.

Ich stoße die Luft aus, während ich mit einem abwertenden Lächeln den Kopf schüttle. Völlig egal, wie er versucht, mich einzuschüchtern, es wird ihm nicht gelingen. Ich habe keine Angst vor ihm, vor niemandem.

♥♥♥

Eine gute halbe Stunde später parkt Thorn in der Garage meines Vaters. Kaum hat er den Motor abgestellt, steige ich aus und gehe zum Haus. »Wir können durch die Garage rein!«, ruft er mir hinterher und klingt immer noch angepisst.

Ich drehe mich seufzend um, um zurückzugehen. Ich will einfach nur in mein Zimmer, meine Ruhe und vor allem der

Standpauke meines Erzeugers entgehen, denn die will ich mir jetzt echt nicht geben.

Als ich nach oben gehen will, höre ich meinen Vater nach mir rufen. »Verdammt, er hat mich gehört«, murmele ich und mache mich auf den Weg ins Wohnzimmer, wo er gemeinsam mit Delila sitzt. »Ja, Thomas?«, frage ich ruhig.

»Kannst du mir bitte mal verraten, wo du dich herumgetrieben hast?«

»Ich habe bei Freunden übernachtet und mich mit ein paar Mädels angefreundet«, erwidere ich.

»Warum hast du nicht Bescheid gesagt?«

»Ich vergaß mein Handy, nachdem du Frauenschläger gespielt hattest, und ich habe keine Telefonnummer von deinem Proletentempel.« Ich wende mich ab.

»Halt! Du haust jetzt nicht schon wieder ab.« Oh oh, er klingt sauer.

Ich drehe mich wieder zu ihm um. »Mach dich nicht lächerlicher, als du bist. Du hast dich mehr als mein halbes Leben einen Scheißdreck für mich interessiert, dann musst du jetzt nicht damit anfangen.«

»Hope!«

»Nein. Nichts 'Hope'! Ich habe keine Lust, mich von dir oder deiner Tussi bevormunden zu lassen, ich habe auch keine Lust, dass ihr mir ständig euren steroidverseuchten Bulldozer auf den Arsch hetzt! Ich will nur meine Ruhe haben, Freunde finden und mein Leben leben, wenn du nichts dagegen hast!«, schreie ich zurück.

»Würdet ihr euch bitte beruhigen?«, mischt Delila sich ein.

»Halt die Fresse!«, schieße ich zurück, was meinen Vater dazu veranlasst, aufzuspringen.

Er kommt auf mich zu und baut sich drohend vor mir auf. »Pass auf, wie du mit Delila sprichst!«

»Ich spreche so mit ihr, wie ich es will. Ich habe nämlich keinen Respekt vor Frauen wie ihr, die Familien zerstören. Es interessiert mich einen Scheiß, was ihr miteinander habt. Fakt ist: Du bist ein Arschloch, das sein Kind verlassen hat, und sie ist eine Hure, die eine Familie zerstört hat!«

Er hebt gerade die Hand, um mich zu ohrfeigen, da schnellt Thorns Hand vor und hält das Handgelenk meines Erzeugers fest. »Sie wird nicht geschlagen, Dad.«

Mein Vater sieht ihn an und atmet durch, danach richtet er seinen wütenden Blick auf mich. »Du wirst dich auf der Stelle entschuldigen.«

»Fick dich doch«, erwidere ich mit Tränen in den Augen. »Ich entschuldige mich bei niemandem, der mich im Stich gelassen und sich nie für mich interessiert hat. Ich hasse dich und deine verfluchte Bande.« Danach wende ich mich ab und renne nach oben.

Als ich in meinem Zimmer bin, knalle ich die Tür hinter mir zu, werfe mich auf mein Bett und lasse meinen Tränen freien Lauf.

Ich habe keine Ahnung, wie lange ich hier liege und heule, als es an meiner Tür klopft. »Hope, darf ich reinkommen?«, fragt Delila.

»Meinetwegen«, erwidere ich mit bemüht ruhiger Stimme und wische schnell die Tränen von meinen Wangen.

Sie kommt in mein Zimmer. Delila setzt sich, sieht mich an, aber sagt erst mal kein Wort.

»Was möchtest du?«, frage ich leise, ohne sie direkt anzusehen.

»Hope, ich weiß, dass es schwer für dich sein muss, aber warum hasst du uns so sehr? Du bist seit zwei Tagen hier und bist so unfreundlich, obwohl wir versuchen, es dir hier so angenehm wie möglich zu machen. Du beschimpfst uns, obwohl wir dir nichts getan haben«, beginnt sie.

»Du hast ihn uns weggenommen«, werfe ich ihr flüsternd vor.

»Deinen Dad? Nein, habe ich nicht. Dein Dad und ich kennen uns seit der Schulzeit und trafen uns auf einer seiner Geschäftsreisen wieder, aber da war er schon von deiner Mutter getrennt. Ich wollte nicht, dass er hierher zieht, weil er dich hatte, er wollte es erst auch nicht.«

»Ich glaube dir nicht.«

Sie legt ihre Hand auf meine Schulter. »Lass mich bitte zu Ende erzählen, ja?«

»Okay.«

»Dein Dad wollte dich mitnehmen, weil du immer mehr ein Papakind warst und deine Mutter nicht mit dir zurechtkam. Thomas kämpfte um dich, aber deine Mutter hatte den besseren Anwalt in dem Sorgerechtsstreit. Sie erwirkte, dass er kein Umgangsrecht bekam, er durfte sich melden, aber sie hat immer alles unterbunden. Als wir in New York waren, durfte er dich nur von Weitem sehen. Ich weiß noch, wie du in diesem rosafarbenen Kleidchen über den Spielplatz ranntest, deinen

Spaß hattest und mit deinen Freundinnen spieltest. Und ich weiß, wie sehr dein Dad in den letzten Jahren litt. Er war so froh, als deine Mutter anrief und dich herschicken wollte, auch wenn du bist, wie du bist. Glaubst du, es ist einfach für ihn, dich so zu erleben?«

»Ich glaube dir keine deiner Lügen«, entgegne ich und drehe mich von ihr weg. »Aber es tut mir leid, dass ich dich beschimpft habe.«

»Mom?«, fragt Thorn.

»Ja, Großer?«

»Alles okay bei euch?«

Sie seufzt und steht auf. »Sie braucht Zeit, um sich an die neue Situation zu gewöhnen, denke ich.« Eine kurze Pause. »Hope, ich habe dir deine Schlüssel auf den Schreibtisch gelegt, damit du einen Satz für dich hast.«

»Danke«, sage ich leise, weil ich nicht will, dass Thorn meine verheulte Stimme hört.

»Wenn du irgendwas brauchst, sag Bescheid.«

Ich nicke nur noch

»Redest du mit ihr?«, vernehme ich Delilas Flüstern.

»Ich lasse sie erst mal in Ruhe«, antwortet Thorn, anschließend verlassen sie mein Zimmer.

Ich drehe mich auf den Rücken, wische neue Tränen von meinen Wangen und atme tief durch. Ich glaube kein Wort von dem, was Delila mir erzählt hat. Warum auch? Mom sagte immer, dass Delila uns Dad weggenommen hätte.

♥♥♥

Ich muss eingeschlafen sein, denn als ich die Augen aufschlage, ist es dunkel in meinem Zimmer. Es muss jemand hier gewesen sein, denn ich trage meine Schuhe nicht mehr und ich wurde zugedeckt. Ich schaue auf den kleinen Wecker, der auf dem Nachttisch steht. Es ist 21 Uhr. Ich richte mich auf, strecke mich und verlasse mein Bett. Ich schlendere müde ins Bad und wasche mein Gesicht mit kaltem Wasser, putze mir die Zähne und gehe zurück in mein Zimmer, wo ich mich umziehe.

»Hope?«, fragt Thorn, der an meine Tür klopft.

Ich zupfe das Shirt zurecht und setze mich ins Bett. »Ja?«

»Darf ich reinkommen?«

»Tu dir keinen Zwang an.«

Er kommt herein und sieht mich forschend an. »Alles okay?«

»Was interessiert es dich?«

»Na ja, vorhin haben wir alle das erste Mal gehört, was in dir vorgeht, und ich wollte einfach wissen, wie es dir jetzt geht.«

Ich atme durch. »Ich komme klar.«

Er nickt knapp. »Wenn du willst … kannst du rüberkommen. Die Jungs kommen gleich und wir wollten ein paar Filme gucken, falls du Lust hast, kannst du mit uns gucken.«

»Wo sind die beiden?«, erkundige ich mich.

»Bei einem Geschäftsessen, wird wahrscheinlich spät bei ihnen oder sie übernachten in einem von Dads Hotels.«

Ich sehe ihn überrascht an. »Dad hat ein Hotel?«

»Mehrere.«

»Oh man«, stoße ich überrascht aus.

»Ja, er hat sich in den letzten Jahren einiges aufgebaut.«

Und dann kann er mir nicht mal andere Tagesdecken, Teppiche und Vorhänge kaufen. Super! »Okay«, nicke ich und setze mich in den Schneidersitz. »Wann schaut ihr Filme?«

»Ridge und die anderen kommen gleich.« Er sieht auf seine Uhr. »So in einer halben Stunde, dann fangen wir an.«

»Alles klar.« Ich stehe auf und ziehe mir eine Sweatjacke über, danach bitte ich ihn, sich umzudrehen, damit ich eine lange Jogginghose anziehen kann.

»Hast du Hunger?«, möchte er wissen.

»Ich wollte jetzt die Küche plündern.« Ich lächle Thorn an, bevor ich an ihm vorbeigehe, um mein Zimmer zu verlassen.

»Sollen wir zusammen etwas kochen? Ich könnte auch was vertragen.«

»Kannst du kochen?«

»Nein, du etwa?«

Ich lache auf. »Nein, auch nicht.«

»Dann können wir uns eine Pizza bestellen«, schlägt er vor.

»Oder wir befragen Onkel Google nach Rezepten, sobald wir etwas in den Tiefen des Kühlschranks gefunden haben«, erwidere ich.

»Gut, dass morgen Früh die Putzfrau kommt«, gluckst er, anschließend machen wir uns auf den Weg nach unten.

Als wir in der Küche sind, durchsuche ich den Kühlschrank. Fleisch habe ich bereits gefunden, Tomaten auch. Ich denke, daraus würde sich eine Bolognese Soße machen lassen. Ich weiß nicht sicher, ob noch mehr als diese beiden Zutaten und Gewürze hineinkommen, aber es ist ein Anfang.

»Ich hätte Nudeln gefunden«, sagt Thorn.

»Und ich habe Hackfleisch und Tomaten.«

Er sieht mich an. »Spaghetti Bolognese?«

Ich zucke mit den Schultern. »Kann man daran was verkehrt machen?«

»Nein, ich denke nicht. Die Tomaten in den Mixer, das Fleisch in die Pfanne, danach alles aufwärmen und würzen, fertig.«

»Hm, ich bin so gut im Kochen, dass ich sogar das Nudelwasser anbrennen lasse, deshalb bin ich nicht sicher, ob wir es tatsächlich wagen sollten«, kichere ich, doch Thorn hat schon zwei Töpfe in den Händen.

»Wir wagen es einfach. Sollte etwas schiefgehen, morgen kommt ja die Putzfrau«, lacht er.

Warum ist er auf einmal so nett zu mir? »Hm, sie wird uns sicher hassen, wenn sie unsere Sauerei aufwischen muss.«

»Dafür ist sie aber da und dafür wird sie ziemlich gut bezahlt«, erwidert er, mir zuzwinkernd.

»Ich glaube, wir müssen die Tomaten in den Mixer werfen und gut pürieren.«

Thorn holt den Mixer aus dem Schrank und steckt ihn ein, während ich die Tomaten wasche und von dem Strunk befreie. Dann halbiere ich sie und lege sie in den Mixer. »Bereit?«, fragt er.

»Immer.«

Er legt den Deckel drauf und drückt den Knopf. Leider ist der Deckel nicht richtig dicht oder es ist der falsche, denn er fällt herunter, während Thorn den Knopf gedrückt hält, und wir werden mit Tomatenpampe geduscht.

»O Gott, scheiße. Der Deckel, der Deckel und mach den scheiß Mixer aus!«, rufe ich lachend, dabei wische ich mir das Tomatenpürree von den Augen. Ich schaue meinen Stiefbruder an, der auch nicht besser aussieht, und lache laut auf. »Die werden uns umbringen. Definitiv werden sie uns umbringen.«

Er brummt belustigt. »Nicht, wenn wir die schlimmsten Spuren beseitigen.«

Ich schaue mich um. Das Chaos ist perfekt. Nicht nur die Wände und der Boden sind voller roter Suppe, sondern auch die Schränke. »Wenn du mir sagst, wo es ist, hole ich das Putzzeug.«

»Bleib du hier und ich hole es. Ich würde sagen, wir bestellen eine Pizza oder ich rufe Ridge an, damit er eine mitbringt, denn so was kann ich aufwärmen.«

Ich kichere immer noch. »Oder wir fragen Onkel Google, was man mit Tomatenpürree, das an der Wand geklebt hat, anstellen kann.«

Nun lacht er auch. Er sieht sicher schlimmer aus als ich, da er genau vor der Fontäne stand. Sein Gesicht ist voller Tomaten, seine Haare und sein Oberkörper auch, genauso wie seine tätowierten Arme.

Ich wasche meine Hände, die übrigen Spuren werde ich später unter der Dusche abwaschen, und nehme mir den Lappen, um die schlimmsten Flecke wegzuwischen.

Ein paar Minuten später kommt er mit einem Eimer, Wischmopp und Putzmitteln zurück. »Oh gut, du hast schon angefangen.«

»Ja, aber da ich selbst aussehe wie eine geplatzte Tomate, ziehe ich immer wieder Spuren über den Boden.«

Plötzlich klingelt es und ich schaue Thorn an. »Machst du auf, Hope?«

Daraufhin schaue ich an mir herunter. »Damit deine Freunde mich auslachen, hm?«

»Natürlich, ich werde auch gleich ausgelacht, also mach dir nichts draus. Zieh nur die Socken aus, bevor du aus der Küche gehst, sonst legst du eine Spur.«

»Okay.« Ich mache mich auf den Weg, ziehe an der Küchentür die Socken aus und gehe zur Haustür.

Thorns Freunde, die teilweise Frauen in den Armen haben, sehen mich skeptisch an. »Hast du ihn umgebracht?«, fragt Dax.

Ich grinse ihn verschmitzt an. »Klar. Er liegt in Einzelteilen in der Küche, bin gerade dabei, die Spuren zu verwischen.«

Ridge schnaubt amüsiert. »Lässt du uns rein?«

Ich stoße die Tür weiter auf, sie kommen herein und gehen sofort in die Küche, nur Ridge bleibt bei mir stehen. Er streicht mit dem Finger über meinen Arm und steckt ihn sich anschließend in den Mund. »War klar, dass es Tomaten sind«, sagt er grinsend.

»Mimimi«, mache ich und gehe zurück in die Küche, nachdem ich die Tür geschlossen habe. Ridge ist mir dicht auf den Fersen, das Gelächter aus der Küche ist sehr deutlich zu hören.

»Alter, du wolltest wirklich kochen?«, fragt Dax lachend.

»Sie hat mich überredet. Keine weiteren blöden Sprüche.«

Erst jetzt sehe ich, dass eine der Frauen alleine steht. Doch als sie Ridge bemerkt, geht sie zu ihm und kuschelt sich schnurrend an ihn. Ach du Schande, was für eine billige ... Sie sieht halt sehr billig aus.

»Also, Hope, eine gute Partie scheinst du nicht zu sein, so wie ihr die Küche verwüstet habt«, neckt mich Oren.

Ich strecke ihm die Zunge raus. »Dafür wird es mit mir nie langweilig.«

»Ernsthaft? Das solltest du bei Gelegenheit beweisen«, erwidert er gut gelaunt.

»Du wirst es schon noch früh genug ...«

»Alter, könntet ihr mal aufhören zu flirten?«, fragt Thorn genervt. »Helft mir lieber.«

Oren zwinkert mir zu. Er ist der Einzige, der keine Frau im Arm hält, genauso wenig wie Thorn. Ich gehe Thorn zu Hand, um unsere Spuren gänzlich zu verwischen. »Ich muss so was von unter die Dusche«, murmele ich.

»Ich auch. Du kannst das Bad von den Alten nehmen, ich gehe oben duschen.«

Ich nicke. »Alles klar.«

»Und nimm dir Klamotten mit ins Bad. Ich will nicht, dass du im Handtuch durchs Haus läufst, wenn diese schwanzgesteuerten Kerle hier herumrennen«, sagt er leise, sodass nur ich ihn höre.

»Okay.«

»Gut, dann geh duschen. Ich mache den Rest.« Thorn schenkt mir ein charmantes Lächeln, was mich dazu veranlasst, seine Wange zu küssen. Daraufhin sieht er mich verdutzt an und seine Freunde johlen.

»Es wäre keine Inzucht, ihr seid ja nur Stiefgeschwister«, lacht Dax, als ich schon die Küche verlassen habe. Im nächsten Moment gibt es einen dumpfen Laut und schmerzvolles Stöhnen.

Gut gelaunt hole ich Kleidung aus meinem Zimmer, anschließend mache ich mich auf den Weg in die erste Etage, wo sich hinter einer von vielen Türen das Badezimmer der alten Herrschaften befindet. Hinter der dritten finde ich es schließlich und staune nicht schlecht. Die haben sogar einen Whirlpool! Ich muss unbedingt da rein, wenn sie mal wieder unterwegs sind, und ihn ausprobieren.

♥♥♥

Eine halbe Stunde später, weil ich mir auch gleich die Haare geföhnt habe, verlasse ich das Bad. Ich musste meine Sachen in ein Handtuch einwickeln, damit ich sie oben in die Wäsche werfen kann.

Als ich nach oben gehe, höre ich schon die Gespräche der Männer, die sich immer noch über Thorn und mich lustig machen. Ich verschwinde in meinem Zimmer und werfe meine dreckigen Sachen in den Wäschekorb. Mein Stiefbruder ist sicher noch duschen, weshalb ich nicht zu den anderen gehe. Ich will nicht alleine in deren Nähe sein, doch meine Gedanken werden jäh unterbrochen als es klopft. »Ja?«

Oren kommt herein. »Hey. Kommst du nicht rüber?«

»Doch, gleich«, erwidere ich. »Ich habe nur gerade meine Dreckwäsche in den Korb getan und muss noch kurz telefonieren.«

Er sieht sich in meinem Zimmer um. »Bist du wirklich so tussig, oder sind die Farben ein Fehlgriff von den Alten?«

»Fehlgriff. Hätte man mich gefragt, sähe es hier anders aus, aber ich muss noch ein wenig in diesem Pastellalbtraum leben.«

Sein leises raues Lachen jagt mir eine Gänsehaut über den Rücken. »Du Arme.«

»Ist noch was? Ich würde wirklich gerne in Ruhe telefonieren.«

»Nein, nein. Ich wollte dir nur ein wenig Gesellschaft leisten, weil du hier ganz allein bist, aber wenn du telefonieren musst, lass ich dich natürlich allein«, antwortet er und geht.

»Danke«, nuschele ich, während ich Cyndas Nummer wähle.

»O Gott, endlich meldest du dich. Ich habe gehört, dass du meine Cousine kennengelernt hast. Ist sie nicht der Oberhammer?«, schnattert sie sofort los.

»Hey. Ja, äh, das war ein Zufall, aber sie ist wirklich cool. Nur wie kamst du auf die Idee, mit ihr über mich zu sprechen?«, hake ich neugierig nach, denn ich hasse es, wenn man hinter meinem Rücken über mich spricht, egal ob positiv oder negativ.

»Ich war halt fertig, weil du nach Chicago gezogen bist, und habe mit ihr telefoniert. Sie hat gefragt, was los ist, und so kamen wir auf dich zu sprechen. Es tut mir leid, Hope.«

Ich seufze. »Kein Problem. Wirklich nicht. Sie und ihre Freundinnen sind ziemlich cool drauf, aber mein bescheuerter Stiefbruder hat unsere Party gecrasht, und dann bin ich ohne ein Wort abgehauen.«

»Das habe ich alles schon gehört. Dieser Thorn muss echt ein dummer Pisser sein«, kichert sie. »Ich habe Give übrigens deine Nummer gegeben, weil sie sich bei dir melden wollte, soll ich dir auch ihre geben?«, fragt Cynda.

»Ja, sag an.« Ich nehme mir einen Zettel und einen Stift, dann notiere ich die Handynummer, die mir von meiner besten Freundin angesagt wird. »Und wie läuft's bei euch so?«

Sie schnaubt so laut, dass ich es am Telefon mehr als deutlich höre. »Hör bloß auf, meine Eltern drehen voll durch und drohen mir damit, mich rauszuwerfen, weil ich ihren Wagen geschrottet habe. Mein Vater hätte mir halt den Schlüssel geben sollen, dann hätte ich das Schloss nicht geknackt. Die Clique ist nicht mehr dieselbe ohne dich, aber weißt du, wer mittlerweile ständig nach dir fragt?«

Die Neugier packt mich. »Nein, wer?«

»Jeremy Walters, dieser süße Kerl, weißt du noch? Immer wieder kommt er an uns vorbei, grüßt uns und fragt nach dir. Ihm habe ich auch deine Nummer gegeben, damit ihr euch näher kennenlernen könnt«, antwortet sie.

»Ich kenne keinen Jeremy Walters«, erwidere ich verwirrt.

»Doch, doch. Dieser sexy Kerl mit dem Piercing in der Lippe. Dieser Blonde, verträumte blaue Augen, raue Stimme, verboten heiß halt.«

Ich versuche krampfhaft, mich an diesen Mann zu erinnern, aber ich habe wirklich keine Ahnung, um wen es geht. »Ich habe echt keinen Dunst, wen du meinst«, gebe ich lachend zu.

»Egal, er will sich jedenfalls bei dir melden, weil er wohl bald nach Chicago zieht, um dort zu studieren, oder so.«

»Das ist total egal, ich habe nicht vor, mich mit ihm zu treffen«, entgegne ich.

»Dabei wird es endlich mal Zeit, dass du in den Club kommst.«

»In welchen Club?«, hake ich irritiert nach.

»Du bist die einzige Jungfrau in unserer Clique, Hope. Langsam wird es peinlich«, kichert sie.

Ich verdrehe die Augen. »Das schon wieder. Du, ich hab da überhaupt keinen Bock drauf, deshalb melde ich mich morgen oder so wieder. Hab dich lieb.«

»Ich dich ...«

Ich unterbreche die Verbindung, bevor sie zu Ende gesprochen hat. Warum musste sie ausgerechnet jetzt darauf herumreiten? Gestern Ridge, heute sie, irgendwann reicht es. Ich muss mich ja nicht sofort jedem Mann, der dazu in der Lage ist, einen hochzukriegen, an den Hals werfen. Ich will auch nicht auf den richtigen Kerl warten, den gibt's sowieso nicht, aber ich will es auch nicht überstürzen, mit irgendjemandem ins Bett zu gehen. Ich hab momentan einfach keinen Bock darauf.

Es klopft schon wieder.

»Hat man in diesem Affenstall denn nicht mal fünf Minuten seine Ruhe?«, entrüste ich mich genervt.

»Eigentlich wollte ich nur fragen, ob du rüberkommst oder doch keine Lust hast«, erwidert Thorn, der dabei hereinkommt.

Ich stoße die Luft aus. »Doch, ich komme sofort, ich muss nur noch meine Sweatjacke finden.«

»Welche?«

»Die ist blau und mehrere Nummern zu groß«, antworte ich.

»Soll ich dir beim Suchen helfen?«

»Nein, die ist bestimmt irgendwo im Schrank.« Ich gehe herüber, öffne den Wandschrank und werde beinahe vom Schlag getroffen. Alles ist umsortiert. »Das hat sie nicht wirklich getan«, stoße ich aus.

Thorn kommt an meine Seite. »Ja, da hat Mom zugeschlagen.« Sein Schmunzeln fühlt sich wie ein Schwerthieb an. »Komm, ich gebe dir einfach einen meiner Hoodies.«

»Danke«, entgegne ich frustriert und folge ihm in sein Zimmer. Ich bleibe bei ihm stehen, bis er mir einen seiner Hoodies gegeben hat. Die Ärmel sind viel zu lang, genauso wie die ganze Jacke an sich, aber das macht das Hineinkuscheln so viel leichter.

»Setz dich dorthin, wo Platz ist«, sagt er und zeigt auf die Couch, die komplett unbesetzt ist. Thorns Freunde sitzen in den Sesseln, die hier stehen, und auf einer weiteren Couch. Sein Schlafzimmer ist augenscheinlich doppelt so groß wie meines.

Ich klettere über Beine und setze mich auf das freie Sofa. Ich ziehe die Beine an und den Hoody darüber, damit ich aufwärme. In Thorns Zimmer ist es wesentlich kühler als im ganzen Haus, was daran liegt, dass seine Fenster sperrangelweit offenstehen und die Männer rauchen. Die Frauen sitzen auf deren Schößen, auf den Sessellehnen oder daneben. Es sind richtige Tussis, dieses typische Klischee eben. Zu viel Schminke, zu knappe Kleidung und Brüste, auf die ich wirklich neidisch bin. Meine sind zwar nicht gerade klein, aber sie quillen auch nicht aus einer Männerhand.

Oren setzt sich zu mir, Thorn nimmt in dem nun freien Sessel Platz und schaltet den Fernseher ein. »Ich dachte, wir schauen uns Insidious an. Irgendjemand was dagegen?«, fragt er.

Niemand protestiert, aber ich frage mich, um was für einen Film es sich handelt. »Falls du Angst hast, kannst du dich bei mir verstecken«, flüstert Oren mir zu, woraufhin ich eine Augenbraue hebe.

»Danke, sehr nett.« Nett ist die kleine Schwester von Scheiße, das sollte ich ihm vielleicht dazu sagen, aber ich klemme es mir einfach.

Ich sehe mir den Film an, habe allerdings das Gefühl, dass so mancher Blick eher auf mich als auf den Fernseher gerichtet ist. Ich schaue mich um und erkenne, dass Ridge zu mir sieht, obwohl seine Begleitung an seinem Ohr herum knabbert. Seine Hand wandert über ihren Rücken, weshalb ich mich wieder auf den Fernseher konzentriere.

»Könnten wir nicht etwas Schöneres gucken? Endless Love oder so?«, fragt eine der Frauen.

»Ach du Scheiße«, entfährt es mir.

»Wer hat dich gefragt, Kleine?«, schnappt sie in meine Richtung.

Ich hebe bloß meine Augenbraue, sehe sie abfällig von oben bis unten an und schüttele einfach nur den Kopf, jedoch nicht, ohne sie auch noch abwertend anzugrinsen.

»Was soll dieser dumme Blick, Bitch?«

»Hey!«, mischt Thorn sich ein. »Noch so ein Spruch in Richtung meiner Schwester und du siehst die Tür.«

Sie seufzt. »Dann soll sie mich nicht so dumm angrinsen.«

»Komm runter, Tiffany«, sagt Oren. »Keiner von uns will deine Schnulzen sehen, also leck weiter an Ridge rum und halt's Maul oder zieh ab.«

»Ich hätte es nicht besser sagen können«, brummt Thorn.

Ich zwinkere Tiffany, die ich hoffentlich nie wieder sehe, zu und konzentriere mich wieder auf den Film. Langsam fangen die erschreckenden Szenen an, weshalb ich immer wieder leicht zusammenzucke. Außerdem ist mir wegen der offenen Fenster verdammt kalt, weshalb ich näher zu Oren rutsche. Er breitet seinen Arm aus, woraufhin ich mich an ihn kuschele. O Gott, er ist so angenehm warm, dass ich schon kurz darauf die Augen schließe.

Irgendwann bekomme ich nichts mehr mit und schlafe traumlos.

♥♥♥

»Hope«, raunt Thorn.

Ich brumme, öffne aber weder die Augen noch reagiere ich irgendwie anders auf ihn.

»Lass sie schlafen«, sagt Ridge leise. »Ich bringe sie in ihr Zimmer.«

»Das übernehme ich«, erwidert Thorn, dann merke ich, wie ich hochgehoben werde. Verschlafen lege ich meine Arme um seinen Hals und meinen Kopf an seine Schulter.

Kurze Zeit später werde ich abgelegt und zugedeckt. »Schlaf gut, Kleine«, flüstert er. Schritte ertönen und verstummen, die Tür wird geschlossen und schon herrscht Stille.

Ich bin schlagartig hellwach. Ich strenge meine Ohren an, um eventuell Gesprächsfetzen mitzubekommen, da wird es laut auf dem Flur.

»Willst du mich verarschen? Du bringst mich nicht nach Hause?«, schnauzt diese Tiffany herum.

»Nein, so wie du dich heute Abend verhalten hast, werde ich ganz sicher nichts mehr für dich tun«, erwidert Ridge genervt. »Zieh mit deinen Mädels ab und geh mir aus dem Weg. Ich bin mächtig angepisst, weil du so über Hope hergezogen bist, und Thorn ist es auch.«

Ich stehe auf und gehe an die Tür, an die ich mein Ohr lege. Die Diskussion geht mit einigen Schimpfwörtern, die sich eindeutig auf mich beziehen, weiter.

»Du schießt mich ab, weil ich mich gewehrt habe, als diese dumme Bitch mich angemacht hat?«

»Sie hat nichts, aber auch gar nichts gesagt, Tiff. Du warst diejenige, die sofort herumgezickt hat!«

»Du bist so ein Wichser, Ridge!« Danach folgen die Geräusche von Stöckelschuhen und trampelnden Schritten die Treppen herunter, noch einmal gefolgt von: »Mädels, wir gehen!«

»Oh man«, stößt Ridge aus. Wieder Schritte.

Ich gehe zurück ins Bett und drehe mich auf die Seite, als sich die Tür zu meinem Zimmer öffnet.

»Schläfst du wirklich, Hope?«

»Hm?«, mache ich und hebe den Kopf.

Schemen kommen näher. »Alles klar?«

»Hast du mich echt nur geweckt, um mich das zu fragen?«, erwidere ich müde.

»Eigentlich schon. Dein Bruder bringt gerade die anderen nach Hause, da er der Einzige ist, der nicht getrunken hat.«

»Und warum bist du geblieben?«, möchte ich wissen.

Ridge knipst die Nachttischlampe an, woraufhin ich die Augen zu Schlitzen verenge. »Um auf dich aufzupassen, immerhin bist du schon mal abgehauen.«

»Ich bevorzuge es gerade zu schlafen.«

»Ich dachte, wir unterhalten uns etwas.«

»Hör auf mit dem Denken, es kommt nichts Gutes dabei heraus«, sage ich leise.

Urplötzlich beugt Ridge sich über mich und starrt in meine Augen. »Weißt du, dass du mich mit deiner vorlauten Art extrem anpisst?«

»Jetzt schon«, antworte ich, ohne den Blick von ihm zu nehmen.

»Gut«, knurrt er, anschließend senkt er seine Lippen auf meine.

Ekel durchfährt mich, da ich weiß, welche Lippen er vorhin geküsst hat. Ich presse meine Lippen zusammen und versuche, den Kopf wegzudrehen, doch Ridge hält mein Kinn fest. Daraufhin lege ich meine Hände an seine Brust und stoße ihn weg. »Tickst du noch sauber?«

Er hebt eine Augenbraue. »Sehr sauber sogar.«

»Scheinbar nicht. Raus!«

Grinsend steht er auf und verlässt mein Zimmer. Ich wische meine Lippen ab, entscheide mich aber, mir das Gesicht waschen zu gehen, damit ich vor lauter Ekel keinen Herpes bekomme. Wie kann er es nur wagen? Klar, er ist heiß, aber ich finde es so was von abartig, was er sich herausgenommen hat. Ganz besonders jetzt, da ihr Lipgloss noch an seinen Lippen klebt. Widerlich!

♥♥♥

Kapitel 5: Drei Wochen später

»Wow, dich erreicht man auch mal. Was ist mit deinem Handy los?«, fragt Give genervt. Ich habe das Gefühl, ihre angepisste Miene durch die Leitung hindurch sehen zu können.

»Hey, sorry, die Alten haben Stress gemacht, weil ich am Wochenende nicht nach Hause gekommen bin, sondern ohne Bescheid zu sagen bei dir gepennt hab«, antworte ich. »Ich musste ein bisschen Reue heucheln und jetzt sind sie auf Geschäftsreise, also außer Reichweite.«

Daraufhin lacht sie. »Fuck. Gab's großen Stress?«

»Angedrohter Hausarrest, aber ich habe mir mittlerweile einen Schlüssel für meine Balkontür nachmachen lassen, also kann ich kommen und gehen wann immer ich will. Die sollen sich nicht so anstellen und Thorn wird sowieso nichts merken, wenn seine Freunde da sind.«

»Wow, aus dir wird ja noch eine ganz Harte.«

»Ich bin schon hart genug«, entgegne ich amüsiert. »Was steht heute an?«

»Heute steht deine Aufnahme in unsere kleine erlauchte Gesellschaft aus Straftätern an«, antwortet sie kichernd. »Sei um sieben bei mir.«

»Oh, okay.« Ich schaue auf die Uhr. »Geht auch halb acht? Ich weiß nicht, ob ich es um sieben schaffe.«

»Sieben Uhr oder du brauchst dich nicht mehr blicken zu lassen«, sagt sie streng, es klickt und das Gespräch ist beendet.

Irritiert sehe ich mein Handy an. »Okay, dann bis gleich.« Ich seufze, werfe mein Smartphone aufs Bett und hole mir frische Kleidung aus dem Schrank, da ich heute den ganzen Tag in Jogginghose und Shirt herumgelaufen bin. Anschließend ziehe ich mich um.

Eine Viertelstunde später bin ich fertig. Meine Haare habe ich zu zwei Zöpfen geflochten; ich trage ein Beanie und schwarze Kleidung, damit mich niemand erkennt, sollte ich irgendeinen illegalen Quatsch machen müssen. Und ich wette, dass es darauf hinausläuft. Ich gehe nach unten und laufe ausgerechnet Thorn in die Arme.

»Wohin des Weges, Lady in Black?«

»Raus. Ich habe etwas vor.«

»Und was?«, hakt er nach, dabei fixiert der Blick seiner braunen Augen meine braungrünen.

»Ich treffe mich mit Freundinnen«, erwidere ich ausweichend.

»Also mit Giverney und ihrem Anhang?«, bohrt er weiter.

Ich verschränke die Arme vor der Brust. »Ja. Ist das ein Problem?«

»Wenn du mir sagst, was ihr vorhabt, wird es keines. Denk dran, seit Mom und Dad auf Geschäftsreise sind, habe ich die Verantwortung für dich«, sagt er grinsend, als würde es ihn freuen, dass er sich so aufspielen kann.

»Könntest du nicht irgendwas von deiner illegalen Scheiße machen und mich in Ruhe lassen? Das wäre total super«, entgegne ich lächelnd, dennoch schwingt Sarkasmus in meiner

Stimme mit. Was bildet sich dieser mit Testosteron vollgestopfte Hirnlose auch ein, mich bevormunden zu wollen?

»Ich denke ja gar nicht dran«, lacht er.

»Kannst du nicht irgendwas mit Ridge unternehmen?« Den habe ich übrigens eine gefühlte Ewigkeit nicht gesehen. Ich frage mich, warum er nicht mehr hier war.

»Ridge ist momentan mit anderen Dingen beschäftigt«, antwortet er.

»Und was ist mit Misha, Oren, Trace, Chase und Dax? Die sind doch sicher zur Stelle, wenn Daddy Thorn ruft, oder etwa nicht?«, hake ich nun belustigt nach.

Thorn fährt sich durch die kurzen braunen Haare. »Sag mir einfach, was ihr vorhabt, Hope, dann kannst du abhauen.«

»Wir wollen ein wenig Party machen. Give meinte, ich solle um sieben bei ihr sein, dann würden wir losgehen«, lüge ich.

»Wo geht ihr hin?«

»Das kann ich dir sagen, wenn wir uns nachher geeinigt haben, okay?« Ich setze meinen Welpenblick auf, damit er mich endlich gehen lässt, da ich langsam unter Zeitdruck stehe. Immerhin muss ich diesen verdammten Weg zu Fuß zurücklegen, weil ich immer noch kein Auto habe. Und Dad will mir so schnell auch keines kaufen. Passiert halt, wenn man sich in ein paar Wochen, die man erst hier ist, zwei Mal von der Polizei nach Hause bringen lässt.

»Alles klar, aber du sagst wirklich Bescheid.«

Ich nicke ihm zu. »Aye, Sir.«

»Du hast definitiv zu viel Outlander geguckt«, stößt er genervt aus.

Ich konnte die Serie nur im Wohnzimmer gucken und habe Delila mit meinem Jamie Fraser Wahn angesteckt, weshalb wir vorletztes Wochenende damit verbracht haben, alle Episoden auf Netflix zu schauen. Sehr zum Unmut meines Erzeugers und Thorns. Mit Delila verstehe ich mich inzwischen, aber das dient nur meinen Zwecken, denn habe ich mit Dad Ärger, kann ich bei ihr jammern. Mit meinem Welpenblick komme ich bei ihr genauso gut weiter wie bei Thorn. Sie sind anfällig für so etwas und ich habe es perfektioniert, indem ich dabei auch noch Tränen herausdrücke. »Ich weiß, aber jetzt bin ich weg.«

»Pass auf dich auf und denk dran, das Pfefferspray immer griffbereit zu haben, wenn du allein unterwegs bist«, sagt er.

»Ja ja ja«, erwidere ich, dabei habe ich es oben gelassen.

»Hast du es bei dir?«

»Ja, Thorn, ich hab's sicher irgendwo in meiner Tasche«, beruhige ich ihn.

»Zeig's mir«, verlangt er daraufhin.

Ich verdrehe die Augen. »Echt jetzt? Wie bescheuert ist das denn?« Ich krame in meinen Jackentaschen. »Ich habe es oben vergessen.«

»Dann holst du es jetzt und zeigst es mir, dann kannst du machen, was auch immer du willst, Hope«, entgegnet er ernst.

Noch einmal augenrollend wende ich mich von ihm ab und laufe zurück nach oben. Wegen des Rauchens bin ich außer Atem, als ich in meinem Zimmer ankomme. »Oh man, wie ich diesen Kerl manchmal verachte«, motze ich, während ich mich nach dem Pfefferspray umsehe. Als ich es habe, rase ich wieder nach unten. »Hier ist es!«, sage ich atemlos, zeige es ihm.

Mein Stiefbruder nickt knapp. »Wunderbar, dann hau jetzt ab.«

»Bis morgen.«

»Du bist um drei zu Hause!«

Ich brumme. »Alles klar, das ist aber trotzdem morgen.«

Daraufhin lacht er. »Bis morgen, Hope. Ruf an, wenn du in Schwierigkeiten steckst.«

»Aus denen komme ich auch allein wieder raus«, erwidere ich und verlasse anschließend das Haus.

♥♥♥

Nervös drehe ich die Zigarette in meinen Fingern, während Giverney anfängt mir zu erklären, worum sich meine Aufnahmeprüfung drehen wird. »Du wirst dich mit unserem Kontaktmann treffen, der dir ein Päckchen geben wird. Du wirst dort nicht hereinsehen, sondern es zu Miller bringen.«

»Wer ist Miller?«, möchte ich wissen.

»Der Dealer deines Bruders.«

»Dealer?«, hake ich nach. Ich habe ja mit vielem gerechnet und wäre auch für vieles bereit gewesen, aber ich habe nicht erwartet, dass Thorn Drogen nimmt.

Sie nickt knapp. »Richtig.«

»Seit wann nimmt Thorn Drogen?«, möchte ich wissen.

»Ich weiß nicht, ob er selbst welche nimmt, aber er verkauft Steroide und Marihuana, wobei ich nicht genau weiß, ob er noch mit Gras dealt. Jedenfalls sind in diesem Päckchen gestreckte Sachen, die Miller an Thorn weiterverkaufen soll, und du musst ihn davon überzeugen«, sagt Giverney ernst. »Und du solltest dich clever anstellen, denn Miller ist einer von den schnellen Schießern.«

Ich reiße die Augen auf. »Er würde mich erschießen?«

»Möglich. Adina hat sich schon mal eine Kugel von ihm eingefangen.«

»Oh fuck«, entfährt es mir. »Ich würde mich ungern sieben lassen.«

»Dann musst du dich ins Zeug legen«, erwidert sie und zuckt mit den Schultern.

Ich räuspere mich. »Gibt's vielleicht noch eine zweite Möglichkeit? Ich meine, ich hab echt ein bisschen Schiss, mich in so eine Gefahr zu begeben.«

Auf einmal fängt Zoila an zu lachen und die anderen stimmen ein. »Du bist ja mal voll verarscht worden«, prustet sie.

Ich verziehe meine Lippen zu einem beschämten Lächeln. »Ihr seid dezent scheiße.«

»Wissen wir«, kichert Give und schlägt die Beine übereinander. »Du musst das Päckchen holen, aber wir rufen die Cops und sagen ihnen, dass wir einen Drogendeal beobachtet haben. Du musst das Päckchen aber trotzdem zu Miller bringen, ohne dich schnappen zu lassen. Er weiß Bescheid und will sich melden, sobald er Zeit hat.«

»Das ist auch nicht viel besser«, stelle ich fest. »Aber einfacher anzustellen, als das andere, denke ich.«

»Du, die rücken manchmal mit ganzen Mannschaften an, also würde ich es mir nicht zu einfach vorstellen«, meint Davina, anschließend trinkt sie von ihrem Bier.

Ich straffe meine Schultern. »Ich werde es schon hinkriegen.«

»Hoffentlich. Ich gebe dir gleich noch eine andere Jacke und eine andere Mütze. Sobald du die Cops abgehängt hast, wirst du beides ausziehen und wegwerfen«, spricht Giverney schließlich weiter.

»Okay«, erwidere ich nickend. »Und wann geht's los?«

»Wenn ich es sage«, antwortet sie entschieden und nippt an ihrem Whiskey.

»Alles klar«, nuschele ich und leere meinen Energydrink. »Dann halte ich mich einfach bereit.«

»Ich hoffe, du lässt dich nicht schnappen und wenn doch, dann kannst du von Glück reden, dass nur Mehl in dem Paket sein wird«, lacht Nova.

»Ein bisschen Backpulver ist auch noch drin«, sagt Give unbeeindruckt.

»Oh man«, stoße ich amüsiert aus. »Ich hoffe nur, dass die mich nicht kriegen.«

Ihr Blick richtet sich auf mich, fixiert mich, als würde man mich mithilfe von Dolchen, die man unter meinen Schultern in mein Fleisch rammt, an der Couch feststecken. »Wenn sie dich kriegen, bist du raus.«

'Na das fehlt ja gerade noch', denke ich düster, dennoch lächle ich sie an. »Die werden mich nicht kriegen.«

Sie nickt knapp, dann sieht sie auf ihr Handy. »Gut, Mädels, trinkt aus. Wir machen uns auf den Weg.« Give steht auf und verlässt das Wohnzimmer. Wenige Augenblicke später kommt sie mit einem kleinen Päckchen zurück. »Das wirst du zu Miller bringen. Es könnte sein, dass dein Bruder oder Ridge in der Nähe ist, weil er sich auch noch mit ihnen treffen muss. Vielleicht ist das deine Gelegenheit, den Cops zu entkommen, oder auch nicht.«

»Alles klar.« Ich nehme ihr das Päckchen ab und stecke es in meine Sweatjacke, die glücklicherweise einen engen Bund hat. So kann ich es nicht verlieren, da ich es unter die linke Außentasche lege, um es festhalten zu können.

»Dann geht's los. Ich sage dir via SMS Bescheid, wenn wir die Cops gerufen haben. Das wird so fünf Minuten, bevor du dich mit Miller triffst, der Fall sein«, lässt sie mich wissen.

»Okay.« Ein wenig mulmig ist mir schon bei der Sache, aber wenn es sich nur um Mehl handelt, kann die Polizei mich doch sicher nicht festhalten, oder? Ich glaube, erst wenn ich Milzbrand oder so was auf das Packpapier kritzle wird es riskant für mich.

♥♥♥

»Geh schon«, verlangt Adina, die ewiglich schlechtgelaunte von uns, als wir an einer Kreuzung stehen. Von hier aus sind es wohl nur noch fünfzehn Minuten bis zu dem Treffpunkt, wo Miller auf mich wartet. Es soll geschützt sein, also dürfte es nicht allzu schwer werden, die Polizei abzuhängen.

»Und ihr sagt wirklich Bescheid?«, hake ich misstrauisch nach.

»Klar«, versichert mir Zoila lächelnd, doch kann ich diesem Lächeln gerade kein Vertrauen schenken. Es ist aufgesetzt und wer ihr das abkauft, ist nicht naiv, sondern einfach nur blöd.

Mit einer gehobenen Augenbraue sehe ich Giverney an. »Wirklich?«

»Entweder du hörst von uns oder nicht, aber geh jetzt! Miller wird nicht ewig warten«, sagt sie entschieden.

»Schon gut«, erwidere ich, wende mich von meinen neuen Freundinnen ab und jogge los.

»Nach rechts, Hope!«, ruft Give mir hinterher, woraufhin ich einen Haken schlage.

Aus meinem Joggen ist nach kurzer Zeit ein schnelles Gehen geworden, da ich nicht jetzt schon von meinen Kraftreserven zehren will. Ich brauche sie ganz sicher für gleich, wenn die Blaulichter aufleuchten. Ich habe überhaupt keine Lust, mir eine Verfolgungsjagd mit der Polizei zu leisten, aber was tut man nicht alles aus Gruppenzwang? Ich weiß, es ist dumm von mir, denn ich bin diejenige, die in der Scheiße sitzt, während die Mädels sich wahrscheinlich einen Ast lachen.

Die fünf Minuten sind längst vergangen, mein Handy ist still und von Weitem höre ich Sirenen, die allerdings nicht zwingend auf dem Weg zu mir sein müssen. Chicago hat eine verdammt hohe Verbrechensrate, also fahren sie möglicherweise sonst wohin.

»Hey! Hope?«, ruft ein Mann, der mich scheinbar schon aus der Entfernung gesehen hat.

Von wegen schwarze Kleidung hält einen nachts verborgen. Gut, ich bin unter Laternen entlanggegangen. Dumm gelaufen. Ich bin heute wirklich keine Intelligenzbestie, eher eine Intelligenzallergikerin. »Bist du Miller?«, frage ich mit ernster Stimme, damit er nicht merkt, dass ich mir vor Angst fast in die Hose mache. Ja, ich habe sonst eine mächtig große Fresse, aber jetzt? Jetzt bkönnte ich von einer Teppichkante Bungeespringen, da ich nur noch zwei Millimeter groß, mit Hut und verängstigt bin.

»Der bin ich.«

Ich gehe auf ihn zu und hole das Päckchen aus meiner Jacke. »Das soll ich dir geben.«

»Fallen lassen!«, brüllt auf einmal jemand und ich höre, wie Waffen geladen werden.

»Fuck! Hast du die Cops angeschleppt, du Schlampe?«, schreit Miller mich an.

So viel dazu, dass er Bescheid wusste. »Nein«, erwidere ich überfordert.

Miller packt mich und nimmt mich in den Schwitzkasten. Dann fühle ich das kalte Metall eines Pistolenlaufs an meiner Schläfe. Okay, das war's, das ist mein Ende. Ich fasse an seinen Arm, um ihn zu lösen, doch schlingt er sich nur fester um meinen Hals. »Waffen runter!«, verlangt er von der Polizei.

Ich werde es den Mädels nie verzeihen, dass sie mich in Lebensgefahr gebracht haben. Niemals. Oder doch, mal sehen wie dumm mein Erzeuger mir in nächster Zeit kommt. Ich lasse locker. Entweder Miller bringt uns hier irgendwie weg oder wir lassen uns erschießen. Die zweite Variante wäre einfacher, aber hoffen tue ich natürlich auf die erste. Ich schicke Stoßgebete gen Himmel, während er mich von dem Platz zu einem Wagen zieht. Ein Schuss löst sich und ein brennender Schmerz fährt durch meinen Arm, der mich zum Schreien bringt. Ich habe keinen Einschlag gespürt, aber ein Reißen, sicher war es ein Streifschuss. Es tut verdammt weh. Miller versteift sich kurz hinter mir, dann eröffnet er das Feuer. Er schießt genau neben meinem Ohr ab, was einen Tinnitus auslöst. Ich höre nichts mehr, mir wird übel und Adrenalin rauscht durch meine Adern. Vom Überlebenswillen gepackt, trete ich Miller kräftig auf den Fuß. Kaum dass er mich losgelassen hat, gehe ich in Deckung und schleiche hinter den Wagen. Als ich mich dort sicher fühle, platzt die Scheibe über mir und Scherben regnen auf mich nieder. Eine bohrt sich vertikal zwischen meine Schulterblätter, was wehtut, aber mich nur dazu bringt, die Flucht anzutreten. Wie von der Tarantel gestochen, renne ich los.

»Stehen bleiben!«, ruft mir ein Cop nach, wieder sausen Schüsse durch die Luft. Mehr als einmal ist da dieser brennende Schmerz. Morgen werde ich diese Aktion so was von bereuen. Ich bin froh, dass ich so extrem geschminkt bin, dass man mich nicht wiedererkennt, wenn ich normal auf die Straße gehe. Den Look mit den zwei geflochtenen Zöpfen und dem Beanie darüber werde ich mir abgewöhnen müssen, falls es ein Fahndungsfoto geben wird.

Ein Auto rast an mir vorbei, es hat einen Platten und fährt Schlangenlinien. Das kann nur Miller sein. Ein paar Meter weiter hält er. »Spring rein. Los!«, fordert er und ich springe auf den Beifahrersitz. Sofort schießt er wieder los. »Ich habe mir wegen deiner verfickten Aufnahmeprüfung fast eine Kugel eingefangen. Sei froh, dass es erstklassiger Stoff ist, den Giverney mir dort besorgt hat, sonst würde ich das nicht in Kauf nehmen«, knurrt er.

»Es waren doch Drogen?«, frage ich irritiert. In meinen Ohren rauscht es noch immer und ich habe ihn kaum verstanden.

»Steroide«, sagt er laut, nicht minder angepisst.

»Okay«, stoße ich aus. Ich sehe an mir herunter und schnappe nach Luft. »O Gott.«

»Was ist?«

»Das wird morgen erst so richtig wehtun«, erwidere ich.

»Deine Wunden? Keine Angst, sind sicher nur Streifschüsse.«

Ich lehne mich zurück und knurre auf. Dadurch hat sich diese verdammte Scherbe tiefer in mein Fleisch gebohrt. Mein Handy klingelt. Ein Wunder, dass es bei der Aktion nicht zu Bruch gegangen ist. »Was?«, melde ich mich.

Give lacht. »Wie ist es gelaufen?«

»Frag mich morgen noch mal«, antworte ich unter Schmerzen und beende das Gespräch.

»Morgen wirst du nicht mehr mit ihr reden können«, meint Miller neben mir.

Ich schaue ihn perplex an. »Warum nicht?«

»Weil wir beide uns jetzt um dich kümmern.« Dann klickt es.

Ich versuche den Türgriff zu ziehen, doch er ist blockiert. Der Penner hat die Türen verriegelt. »Alter, was soll das? Ich habe nur Gives Auftrag ausgeführt.«

»Und deinetwegen haben die Cops mein Gesicht auf dem Radar, weil du nicht schneller sein konntest. Hast du nicht gecheckt, dass du viel zu spät warst?«

»Nein«, stoße ich aus und rüttle noch einmal am Griff, jedoch gibt er nicht nach. Verdammte Scheiße!

»Tja, da es kein nächstes Mal geben wird, hättest du dich dieses Mal intelligenter anstellen sollen«, erwidert er desinteressiert.

Ich ziehe mein Handy aus meiner Tasche, aktiviere das GPS und tue das Einzige, was mir einfällt, ich sende es an das Handy meines Stiefbruders. Er wird mir helfen können. Hoffe ich, besonders da mein Handy in dem Fall ein 'Notfall! Hilfe! Hope in Gefahr. Mayday, mayday' mitsendet. Ich hätte nie damit gerechnet, dass ich die Funktion mal brauchen würde, deshalb ist diese Notrufnachricht so lächerlich formuliert. Thorn muss etwas für mich übrig haben, so gut wie wir uns seit geraumer Zeit verstehen. Eigentlich seit dem Abend, an dem ich mit ihm und seinen Freunden Filme geguckt habe. Klar knallt es zwischendurch, aber wir raufen uns meist wieder zusammen.

♥♥♥

Miller parkt irgendwo an einem Fluss am Industriehafen. Ausgerechnet an einem sehr stillen Fleck. Miller richtet die

Waffe auf mich. »Du wirst erst aussteigen, wenn ich es dir sage. Wenn du versuchst abzuhauen, jage ich dir eine Kugel in den Rücken, verstanden?« Seine Stimme jagt mir Schrecken ein.

Ich nicke knapp, starr vor Angst bin ich nicht zu mehr imstande.

Miller steigt aus und mein Blick verfolgt ihn. Dann reißt er die Beifahrertür auf und zerrt mich aus dem Wagen. »So, du kleines Drecksstück, hast du ein paar letzte Worte zu sagen?«

Ich schlucke schwer. »Ja ... Vielleicht diskutieren wir die Sache erst mal aus, bevor du mein Hirn verzierst«, sage ich leise und schiele auf den Lauf, den er an meine Stirn drückt.

Scheinbar amüsiert ihn mein Vorschlag, denn er lacht auf. »Ich muss nichts diskutieren, deinetwegen bin ich verbrannt, ich kann keine Deals mehr durchziehen und brauche jetzt Hintermänner! Also letzte Worte?« Nun klingt seine Stimme wieder hart wie Stein.

Ich sehe in seine Augen, was nur möglich ist, weil er den Arm gebeugt hat und die Waffe nun an meine Schläfe hält. »Nein.«

»Gut, dann schlaf schön, Kleines«, sagt er kalt und sein Finger am Abzug bewegt sich.

Ich schließe die Augen, um in möglichst kurzer Zeit mit allem Frieden zu schließen und zu bedauern, dass ich als verdammte Jungfrau sterbe, als sich der Schuss löst. Keine Schmerzen.

»Finger weg von meiner Schwester, du Wichser!«, schreit Thorn und ein weiterer Knall ertönt.

Ich starre schwer atmend meinen Stiefbruder und Miller an, die aufeinander losgehen.

»Bring sie hier weg, Ridge!«, fordert Thorn ungehalten und ich werde gepackt.

»Nein! Nein!«, kreische ich auf. »Thorn, komm mit. Thorn!« Ich bin hysterisch und kämpfe gegen das Paar starker Arme an, als sich ein weiterer Schuss löst und mein Stiefbruder einen tiefen Schrei ausstößt. Ich beobachte das Geschehen wie einen gottverdammten Film, der augenscheinlich kein Happyend haben wird. Dabei nehme ich allerdings wahr, dass die Waffe immer noch in die Luft ragt. Was hat Miller gemacht, um Thorn zum Schreien zu bringen? *Was?*

»Komm schon, er hat es im Griff!«, brüllt Ridge mich an, als ich mich losreißen kann.

Ich will zu meinem Stiefbruder rennen, dessen Shirt sich mit Blut tränkt, doch Ridge schlingt wieder die Arme um mich. Er trägt mich einfach weg, joggt und ich sehe, wie Miller zu Boden geht. »Thorn!«, kreische ich wie verrückt.

Er winkt mir, bevor er auf die Knie fällt.

»Lass mich runter. Er ist verletzt! Er ist verletzt!« Während ich meine Forderung hinausschreie, trommele ich mit den Fäusten auf Ridges Rücken. Er soll mich sofort loslassen, damit ich zu meinem Stiefbruder kann.

Ridge stellt mich ab. »Du wartest hier und bewegst dich nicht von der Stelle. Verstanden?« Seine Stimme ist so hart, dass ich erstarre.

Ich nicke hastig, als er sich abwendet und zu Thorn rennt. Wie angewachsen bleibe ich auf der Stelle stehen, sehe, wie

Ridge seinen besten Freund zu mir schleppt. Als sie bei mir ankommen, geht er mit Thorn, der die Hand auf seine Seite drückt, weiter. »Alles okay?«, frage ich leise, meine Schmerzen und Verletzungen ganz vergessend.

»Halt den Mund, Hope!«, verlangt Ridge und auch Thorn sieht mich verächtlich an.

Ich folge ihnen mit gesenktem Blick. 'Ich werde diesen Tag so was von bereuen', schießt es mir durch den Kopf.

♥♥♥

»Nein, Ridge, ich kann nicht immer deine Freunde zusammenflicken!«, antwortet Leila laut. »Was ist überhaupt passiert?«

»Thorn hat ein Messer abbekommen, als er einer Frau, die überfallen wurde, helfen wollte«, lügt Ridge ruhig. »Ich habe keine Ahnung, wie ich diesen verdammten Schnitt verbinden muss, damit er nicht zusammenklappt.«

»Wie wäre es mit einem Krankenhaus?«, hakt sie nach.

»Mom, bitte.«

Sie seufzt. »Okay. Ich hole den Verbandskasten, aber das ist das letzte Mal!«

»Ja, Mom.« Er richtet sich an Thorn, dessen Arm er über seine Schulter gelegt hat. »Geht's noch?«

»Alter, was mich nicht umbringt, macht mich nur stärker.«

»Ist es eine tiefe Wunde?«, mische ich mich vorsichtig ein. Ridge ist mehr als sauer auf mich, seit ich ihm auf dem Heimweg erzählte, warum ich mit Miller in Berührung kam. Dass er mich noch keinen Kopf kürzer gemacht hat, wundert mich daher ein wenig.

Ridge sieht mich finster an, weshalb ich meine Lippen zu einer schmalen Linie zusammenpresse. Er bringt Thorn ins Wohnzimmer, wo er ihm auf die Couch hilft.

»Um Gottes Willen, Hope, was ist denn mit dir passiert?«, fragt Leila schockiert.

»Nichts, alles gut«, antworte ich kleinlaut. »Helfen Sie bitte meinem Bruder.«

Ridge schaut mich verwundert an. »Ich dachte, er ist dein Stiefbruder.«

Ich atme schwer ein. »Ich sollte gehen.«

»Du solltest dir ansehen, was passiert, wenn kleine Mädchen stark sein wollen«, verlangt er, kommt zu mir herüber und zieht mich zur Couch. Thorns Shirt ist voller Blut, seine Augen sind geschlossen und er ist blass. »Wenn er draufgeht, hast du einen Feind mehr, egal wie gut du mir gefällst«, flüstert Ridge in mein Ohr, woraufhin meine Nackenhaare sich aufstellen.

»Hilf mir bitte, Ridge. Er muss auf die Seite gedreht werden, weil es ein langer tiefer Schnitt ist.«

»Woher wissen Sie denn, dass er keine inneren Verletzungen hat?«, möchte ich wissen, was mir einen weiteren wütenden Blick seitens Ridge einbringt.

»Wenn er innere Verletzungen hätte, wäre er nicht mehr am Leben. Die Wunde schließt sich bereits, was nicht passiert, wenn immer mehr Blut austritt«, erklärt sie mir.

»Okay«, stoße ich erleichtert aus. »Aber woher wissen Sie das?«

»Meine Mom ist Krankenschwester, Hope, und jetzt halt die Klappe!«, herrscht Ridge mich an.

Thorn knurrt, als Leila die Wunde reinigt. Ich wende meinen Blick ab.

»Sieh hin!«, verlangt Ridge.

»Hör auf, das Mädchen so anzuschreien, Ridge!«, mischt Leila sich ein. »Sie hat nur Angst um ihren Bruder.«

»Er ist ihr *Stiefbruder*. Nichts verbindet die beiden miteinander. *Nichts!* Sie hat ihn in Gefahr gebracht und jetzt will sie sich nicht einmal das Ergebnis ansehen!«, erwidert er barsch.

»Pass auf, wie du mit mir sprichst. Unter meinem Dach tust du, was ich dir sage!«, schießt sie zurück. »Und jetzt halt deinen Freund fest, damit ich ihn vernünftig verbinden kann«, sagt sie wesentlich ruhiger.

Mir ist schlecht. Ich brauche dringend frische Luft. »Ich ... bin im Garten«, verkünde ich und stolpere los. Bestimmt lässt das Adrenalin in meinem Blut nach. Ich habe es schon mehrmals erlebt, dass dann der Kreislauf rapide absackt. Deshalb bin ich schon mehr als einmal umgekippt, aber da ich davon ausgehe, dass sie sich erst um Thorn kümmern, spielt es keine Rolle, ob ich hier umkippe oder im Garten. Früher oder später werden sie mir helfen oder mich liegen lassen.

Ich erreiche die Hollywoodschaukel, stütze meine Ellenbogen auf meine Oberschenkel und verberge mein Gesicht in meinen Händen. Schmerzen rauben mir jeden klaren Gedanken, weshalb ich anfange zu weinen.

»Wirklich? Du heulst?« Es ist Ridge.

»Halt die Klappe«, antworte ich schluchzend.

»Thorn schafft's. Hab ihn schon Schlimmeres durchmachen sehen.«

»Gut. Dann kann ich ja gehen«, sage ich heiser.

»Du solltest bleiben. Zu Hause wärst du ganz allein und hier kann ich die Aufgabe deines Stiefbruders übernehmen, um auf dich aufzupassen«, erwidert er übellaunig.

»Dir ist doch egal, ob mir etwas passiert«, murmele ich.

Daraufhin packt er an meine Schultern und geht vor mir in die Hocke. »Deshalb bin ich auch sofort ins Auto gesprungen, als Thorn deine Nachricht vorgelesen hat. Hast du eigentlich eine Ahnung, was für einen Bullshit du von dir gibst, Hope? Ich hatte eine Scheißangst, dass Miller dich abknallt!«

Meine Lippen zittern, bevor ich wieder in Tränen ausbreche.

Ridge zieht mich in meine Umarmung und drückt mich an sich, was mir einen verkniffenen Schrei entlockt. Sofort löst er sich und sieht mich an. »Warum ist dein Rücken so nass?«

»Scherben«, wimmere ich.

»Kannst du gehen?«

Ich nicke langsam. »Ja, geht schon.«

Ridge erhebt sich und hilft mir auf. Gemeinsam gehen wir ins Haus und er lässt mich am Esstisch Platz nehmen. »Zieh die Jacke aus.«

Ich beginne vorsichtig, doch habe ich das Gefühl, dass ich es nur noch schlimmer mache. Ich komme lediglich dazu, den Reißverschluss zu öffnen. »Ich schaffe es nicht.«

Er hilft mir, sodass ich mich kaum bewegen muss, dann höre ich, wie er die Luft scharf einsaugt. »Man, warum hast du nichts gesagt?«

»Hättest du mir denn zugehört?«, frage ich leise.

»Mom! Wir brauchen dich!«, ruft er daraufhin. »Mit dem Verbandskasten!«

Eilige Schritte, die plötzlich verstummen. »Oh fuck!«, flucht sie. Sie kommt näher. »Wie geht's dir, Hope?«

»Es geht schon.«

»Hm«, schnaubt sie. »Ich habe noch nie so ein tapferes Mädchen wie dich gesehen. Was jetzt kommt, wird kein Spaziergang für dich.«

»Muss ich ins Krankenhaus?«

»Das kommt drauf an, wie tief die größeren Scherben in deinem Rücken stecken.«

»Warum ist dein Shirt zerrissen, Hope?«, mischt Ridge sich ein.

»Ich glaube, dass das auch von den Scherben kommt«, lüge ich, denn ich kann vor Leila kaum sagen, dass ich einen Streifschuss abbekommen habe.

Sie versorgt mich, doch weder zucke noch knurre oder jammere ich. »Du bist sehr hart im Nehmen, Hope.«

»Ich schreie innerlich, um nicht alle zu wecken«, erwidere ich leise, mit Händen, die verkrampft die Tischkante umklammern.

Leila befreit mich von den Scherben, nachdem sie mein Shirt hochgeschoben hat, und versorgt meine Wunden. »Du solltest dich auch hinlegen. Da Thorn auf der Couch liegt, sollten wir dich in Ridges Bett schaffen.«

»Da schläft er doch. Ich … gehe nach Hause, das ist kein Problem«, entgegne ich.

»Deine Eltern sind nicht da und du solltest keinesfalls allein bleiben«, sagt Ridge entschieden. Dann hebt er mich so geschickt hoch, dass sein Arm keine weiteren Schmerzen hervorruft. »Also bleibst du genauso hier wie Thorn. Morgen bringe ich euch nach Hause.«

»Lass mich runter«, fordere ich müde.

»Nein.« Danach geht er schon los und trägt mich in sein Schlafzimmer. Behutsam setzt er mich ins Bett. »Und jetzt zieh dein Shirt aus, ich will sehen, warum es zerrissen ist.« So wie er mich ansieht, lässt er sicher keinen Widerspruch zu.

Ich hebe die Arme und verziehe das Gesicht. »Ich kann sie nicht höher heben.«

»So«, seufzt er und setzt sich mir gegenüber. »Wirst du um das Ding trauern?«

Ich schüttele den Kopf.

»Gut, denn kaputt ist es sowieso.« Anschließend fasst er an den Kragen und reißt es auf. Er stockt kurz, als er einen Blick auf mein Dekolleté wirft, doch nimmt er sich schnell zusammen und zerstört mein Shirt völlig. »Was ist da passiert?«, fragt er und deutet auf eine Schürfwunde an meiner Seite.

»Das war dann wohl der Schuss, der das Brennen ausgelöst hat«, erwidere ich kleinlaut.

Er hebt eine Augenbraue. »Warum sagst du nicht, dass du angeschossen wurdest?«

»Ich wurde doch nicht angeschossen. Die Kugel hat mich gestreift!«, verteidige ich mich.

»Klar doch.« Er schnaubt. »Ich hole Desinfektionsmittel, dann machen wir das sauber und kleben eine Kompresse drüber, muss nicht sein, dass sich eine deiner Wunden entzündet. Und dein Gesicht behandeln wir auch, da hast du auch was abbekommen.«

Ich betaste sofort meine Wangen. »Nicht mein schönes Gesicht«, jammere ich.

»Nur ein paar Kratzer, davon werden sicher keine Narben zurückbleiben.« Ridge steht auf, anschließend lässt er mich allein. Ich hingegen taste mein Gesicht ab. Ich fühle kleine Splitter, während meine Finger über meine Wangen gleiten, auch Kratzer, aber keine tieferen Wunden. Sicher werden sich Narben bilden, weil ich ständig an Krusten herumpuhle. Hauptsache es blutet.

Nach ein paar Minuten kommt Ridge zurück. Er hält eine kleine Flasche Desinfektionsmittel, Kompressen und einen Verband in den Händen. »Entweder du legst oder du stellst dich hin, aber im Sitzen kann ich dir mit deiner Hüfte nicht helfen.«

Ich stehe auf und sehe zu ihm hoch. »Und jetzt die Arme hochnehmen?«

»Nur den unverletzten Arm, um alles Andere kümmere ich mich«, antwortet er und gibt Desinfektionsmittel auf eine

Kompresse. »Wie es aussieht, hast du ziemlich viel eingesteckt.«

»Ein wenig«, entgegne ich leise, knurre aber auf, als er meine Wunden berührt.

»Ich weiß, dass das kein Spaziergang ist, aber je entspannter du bist desto weniger tut es weh.«

»Was du nicht sagst«, seufze ich und schließe die Augen, um mich zumindest für den Augenblick in meine Gedanken zu flüchten.

»Ich hoffe, du bekommst keine weiteren Probleme mit Miller«, raunt Ridge.

»Warum sollte ich?«, frage ich kleinlaut und sehe ihn verdutzt an.

»Deinetwegen ist er verbrannt, dein Bruder hat ihn mehr als nur zusammengeschlagen. Das wird er sich sicher nicht gefallen lassen.«

»Was heißt das? Verbrannt?«

»Dass die Cops ihn auf dem Schirm haben. Du solltest auch aufpassen, wo du dich blicken lässt, da sie sicher auch dein Gesicht gesehen haben«, erwidert er.

Ich seufze gequält, als er sich einer neuen Schramme zuwendet. »Musst du das wirklich alles desinfizieren?«

»Wenn ich von deinem Bruder nicht auseinandergenommen werden will, schon.«

»Es ist euch doch sowieso egal, was mit mir passiert«, stoße ich ohne nachzudenken aus.

Ridge schnaubt, stellt die Flasche weg und fasst an meine Schultern. Sein ernster Blick bohrt sich in meinen. »Jetzt hör mir mal zu: Wenn wir nicht gewesen wären, würde dein Hirn jetzt an irgendeinem Frachtcontainer kleben. Ich weiß, dass Thorn sich um dich sorgt; ich tue es auch, also hör auf, so einen Scheiß zu erzählen! Verstanden?«

Ich nicke hektisch. »Ja. Sorry, ich … Ich habe nicht nachgedacht.« Dann schaue ich zwischen uns zu Boden. »Es tut mir leid, dass ich euch beide in Gefahr gebracht habe.« Tränen brennen wie Säure in meinen Augen, bevor sie über meine Wangen kullern und zwischen uns zu Boden fallen.

»Oh fuck, Hope, ich für meinen Teil hatte eine Scheißangst um dich«, sagt er leise und zieht mich in eine Umarmung.

Ich halte mich an Ridge fest, während ich meinen Gefühlen freien Lauf lasse. Er streichelt über mein Haar, krault meinen Nacken und legt seine Wange auf meinen Scheitel. »Schhh, es ist alles gut gegangen. Thorn kommt wieder auf die Beine und du auch. Du solltest nur nicht mehr mit Give und den anderen Mädels herumhängen, sie sind nicht gut für dich.«

»Es sind meine Freundinnen«, widerspreche ich weinend.

»Sie haben dich in Gefahr gebracht.«

»Und ihr beide habt mir geholfen.«

»Stell dir vor, was gewesen wäre, wenn wir nur zwei Minuten später dort angekommen wären. Du würdest jetzt nicht mit mir hier stehen.« Er lässt mich los und sieht ernst zu mir herunter. »Lass uns deine Wangen von den Splittern befreien, dann kannst du schlafen.«

Ich nicke langsam und setze mich, als er aufs Bett zeigt. Ridge zieht sich einen Stuhl heran und nimmt den Schirm von der Nachttischlampe, weshalb ich die Augen zu Schlitzen verenge. »Sorry, aber ich muss sehen, was ich hier mache«, entschuldigt er sich.

»Warum tust du das?«, möchte ich wissen.

»Weil ich dich mag, Hope.« Dann nimmt er eine Pinzette und beginnt, die Splitter aus meinen Wangen zu holen.

»Warum?«, frage ich vorsichtig.

»Warum ich dich mag?« Er zuckt mit den Schultern. »Schätze, manche Fragen kann man nicht beantworten. Es ist einfach so und ich weiß, dass du mich seit dem Filmabend nicht mehr ausstehen kannst.«

Ich schüttele den Kopf. »Das stimmt nicht.«

Wieder blickt er in meine Augen. Dieses Grau bohrt sich in das Braungrün meiner Iriden. »Nicht?« Während er spricht, zieht er die Augenbraue hoch.

»Nein, es stimmt nicht«, wispere ich und schaue auf seine Knie.

»Hm«, macht er.

Ich zische, als er die Schnitte säubert, und atme auf, als er endlich fertig ist.

»Möchtest du eine Schmerztablette?«

»Nein, ich denke, ich hab's verdient, dass es wehtut.«

Er lächelt mich zum ersten Mal, seit wir hier angekommen sind, an. »Ich weiß, was das für Schmerzen sind, du solltest lieber etwas dagegen nehmen.«

»Ich würde viel lieber meine Haare kämmen«, entgegne ich.

»Obwohl du die Arme kaum heben kannst? Bleib sitzen, ich hole die Bürste und helfe dir.« Ridge steht auf, verlässt abermals das Schlafzimmer und ich überlege, warum er mich mag. Ich habe mich ihm gegenüber immer zickig verhalten, seit dieses Weib mich so mies beschimpfte. Warum also mag er mich? Und auf welche Art und Weise mag er mich? So eine verfickte Scheiße! Ich will es wissen, will ihn aber nicht fragen.

Ridge kommt mit einer Bürste zurück. »Ich gebe dir gleich ein Shirt von mir. Wir sollten dir auf dem Balkon die Haare kämmen, weil du bestimmt noch ein paar Glassplitter in deinen Zöpfen hast.« Er reicht mir die Hand, die ich ergreife, und geht mit mir zu einer Balkontür. Als wir draußen sind, drückt er mich auf einen morschen Holzstuhl, dann fängt er an, meine Zöpfe zu öffnen. »Du hast wirklich schöne Haare.«

»Danke«, murmele ich.

»Fynns Mutter hatte auch Locken und ich habe sie ihr jeden Abend gekämmt, als sie schwanger war«, erzählt er nachdenklich.

»Ach so«, erwidere ich.

»Hm, sorry, interessiert dich wahrscheinlich nicht.«

»Schon gut, es ist nur so, dass ich sie nicht kannte. Ich muss mich also auf deine Worte verlassen und irgendwie ist es mir unangenehm, über verstorbene Menschen zu reden«, gestehe ich.

»Hast recht, Hope. Vergiss einfach, was ich erzählt habe«, sagt er. »Ich denke, gleich haben wir alle Splitter herausgekämmt.«

Es dauert eine Weile, bis er aufhört und mir meine Haargummis reicht. »Danke, Ridge.« Ich stehe auf und gehe wieder in sein Schlafzimmer, da ich mir draußen den Arsch abfriere.

Er folgt mir. »Hast du Hunger?«

»Nein, aber danke.«

»Willst du schlafen?« Er steht mir gegenüber und sieht so aus, als wüsste er nicht, was er sagen oder tun soll.

»Ja. Könntest du mir ein Shirt geben?«

Sein Blick gleitet noch einmal über meinen Körper, bevor er sich seinem Kleiderschrank zuwendet. Er holt ein T-Shirt für mich heraus, das sicher mehr als fünf Nummern zu groß für mich ist – natürlich ist das total übertrieben – und reicht es mir.

»Danke, Ridge«, sage ich erneut, nehme es an mich und drehe mich um. Auf einmal spüre ich seine Wärme in meinem Rücken, weshalb ich über meine Schulter nach oben sehe.

Durch dichte Wimpern schaut er zu mir herunter und legt seine Finger an meine Wange. »Jag uns nicht noch mal so einen Schrecken ein, okay?«

Ich nicke knapp. »Habe ich nicht vor.«

»Gut«, raunt er, während seine Lippen sich meinen nähern.

Ich schließe die Augen, bevor sie mich treffen. Ridge schiebt seine rechte Hand auf meinen Bauch, streichelt ihn und drückt mich gegen seine muskulöse Brust. Mit Mühe und Not unterdrücke ich einen Schmerzenslaut, stattdessen seufze ich in seinen Mund, als seine Zunge Einlass begehrt. Unsere Zungenspitzen treffen einander, nicht stürmisch, eher vorsichtig und umspielen einander. Ohne diesen Kuss lösen zu wollen, drehe ich mich zu ihm um, doch es passiert und er sieht mich entschuldigend an. »Sorry, ich vergaß, dass du nicht drauf stehst, einfach geküsst zu werden.« Er lächelt mich an.

Obwohl ich seine Lippen noch mal spüren will, trete ich einen Schritt zurück. »Stimmt, danke, dass du dich jetzt erinnerst«, erwidere ich überfordert und wende mich von ihm ab. Zügig hake ich meinen BH auf und lasse ihn fallen, danach ziehe ich das Shirt an. Als ich nach den Schuhen meine Jeans ausziehe, zischt er hinter mir. »Was ist?«

»Nichts, nichts«, schmunzelt er. »Leg dich hin, ich schlafe bei Fynn.«

»Dein Bett ist immer noch groß genug für uns beide«, erinnere ich ihn, bevor ich mich hinlege. Ich stöhne auf, als ich auf meinem Rücken aufkomme.

»Ich hole dir Tabletten, so wirst du sicher kein Auge zu machen.« Kaum hat er zu Ende gesprochen, verlässt er das Zimmer. Ich kann nicht einmal antworten.

Seufzend drehe ich mich auf die Seite. Mir wird bewusst, wie viel Glück ich heute hatte. Thorn und Ridge haben mir das Leben gerettet. Wäre das in New York passiert, hätte ich diesen Abend nicht überlebt. Mit Tränen in den Augen schließe ich die Lider, um nicht wieder zu weinen. Ich möchte nur noch schlafen und es vergessen, mich am liebsten an nichts mehr erinnern.

»Hey, Kleines«, sagt er nach einer Weile.

Ich schaue ihn müde an. »Hm?«

»Nimm die, dann schläfst du besser. Du siehst wirklich schlecht aus.«

»So was will eine Frau hören«, maule ich, richte mich auf und nehme ihm die Tabletten sowie das Glas Wasser ab. Ich nehme sie mit einem Schluck ein und stelle das Wasserglas zur Seite. »Danke dir.«

Ridge legt sich in Boxershorts zu mir. »Wie geht's dir?«

»Ich weiß es nicht. Ich bin müde, aber irgendwie doch nicht; ich habe Schmerzen, aber irgendwie ...«

»Doch nicht?«

Ich nicke langsam, nachdem ich mich zu ihm gedreht habe. »Richtig.«

Er betrachtet, nein, mustert mich ganz offensichtlich, bevor er seine Hand an meine Taille legt. »Du weißt gar nicht, wie froh ich bin, dass du hier liegst. Zwar ein wenig angeknackst, aber immerhin in einem Stück.«

»Danke, dass ihr so schnell gekommen seid.«

»Pass beim nächsten Mal, wobei ich hoffe, dass es kein nächstes Mal geben wird, einfach besser auf dich auf, okay?«

»Okay«, hauche ich und rutsche näher zu ihm. »Könntest du mich in den Arm nehmen? Ich ... kann gerade eine Umarmung brauchen«, flüstere ich.

»Klar.« Ridge legt seine linke Hand, auf deren Oberarm ich meinen Kopf gebettet habe, in meinen Rücken, die rechte lässt er an meiner Taille. »Besser?«

»Ja, danke.« Ich atme tief ein, rieche das Duschgel, das sich mit Deodorant, Aftershave und scheinbar auch Schweiß gemischt hat. Dann küsse ich seinen Halsansatz.

»Was tust du denn da?«, fragt er irritiert.

»Tu nicht so, als wolltest du es nicht«, antworte ich leise, während meine Lippen an seinem Hals entlangwandern. Ein wenig komme ich mir vor wie ein Vampir, der sich die passende Stelle für seinen tödlichen Biss sucht.

Er drückt mich weg, sodass ich auf meinem Rücken lande, und beugt sich über mich. »Hope, du solltest schlafen.«

Ich hebe eine Augenbraue. »Du hast mich vorhin geküsst. Jetzt will ich dir näherkommen und du weist mich ab?« Ich kann die Verletzung in meiner Stimme nicht verbergen, denn Ablehnung fühlt sich nie gut an.

»Warum willst du mir näherkommen? Weil du dich bedanken willst oder weil du mich magst?«, möchte er wissen, dabei klingt er ernst.

»Weil du *du* bist.«

»Morgen werde ich das so was von bereuen«, nuschelt er, dann küsst er mich endlich. Diesmal ist er forsch, keineswegs zärtlich, sondern besitzergreifend und herrisch.

Ich ziehe Ridge auf mich, sodass ich seinen Körper an meinem fühle. Er rutscht zwischen meine Beine, ich umklammere ihn mit meinen Schenkeln und halte mich an seinen Schultern fest. Mein Rücken schmerzt höllisch, aber in Anbetracht der Tatsache, was sie hier gerade abspielt, versuche ich, den Schmerz mit aller Kraft auszublenden. Seine Haut ist warm, so warm, dass meine kalten Finger beinahe Feuer fangen. Sie gleiten in sein Haar, während er das Shirt an meinem Körper hochzerrt. Um ihm zu helfen, gehe ich ins Hohlkreuz, und mit seiner Hilfe hebe ich meine Schultern und Arme, damit er es mir ausziehen kann. Er betrachtet meine

Brüste, bevor er ihnen seine volle Aufmerksamkeit schenkt. Ich stöhne auf, als seine Zunge um meinen linken Nippel kreist, während seine Finger den rechten zwirbeln. Sie richten sich ihm entgegen, mein Verlangen nach innigeren Berührungen wächst und ich spüre, wie sich die Feuchtigkeit zwischen meinen Beinen sammelt. Er lässt von meinen Nippeln ab und seine Lippen streicheln über meine elektrisierte Haut nach unten. Seine Zungenspitze kreist um meinen Bauchnabel, bis sie sich weiter zum Bund meiner Panty bewegt. »Sicher?«, fragt er leise, ohne erwartungsvoll zu klingen.

»Ja.«

Ridge zieht sie mir aus, als ich meine Beine hochstrecke. Er spreizt sie, küsst meinen Knöchel und von dort bewegen sich seine Küsse weiter zu meiner Mitte. Schließlich lässt er mein Bein los und ich winkle beide an. Plötzlich berühren seine Lippen meine Scham, was mich zusammenzucken lässt. Ich hebe den Kopf und sehe zu ihm herunter. »Entspann dich, Kleines«, raunt er, dabei spüre ich seinen warmen Atem an der empfindlichen Stelle. Ich lege meinen Kopf zurück aufs Kissen, dann stöhne ich auf, weil seine Zunge durch meine Spalte gleitet und auf meiner Klit pausiert, bis sie drumherum wirbelt. »O Gott, Ridge«, keuche ich und komme nicht umhin, ihm mein Becken entgegen zu heben. Diese Empfindung ist unbeschreiblich, es kribbelt, es lässt mich zucken und doch habe ich keine guten Worte dafür.

Schließlich lässt er von meiner Knospe ab, was mich verdutzt zurücklässt, im nächsten Moment aber dringt seine Zungenspitze in mich ein und seine Finger legen sich um meine

Klit. Er reibt sie zwischen Daumen und Zeigefinger, während seine Zunge mich erobert. Er stößt sie geradezu in mich, fickt mich damit, was mich in den Wahnsinn treibt. Ich weiß nicht, was dieses Gefühl ist, aber es ist warm und es breitet sich in meinem Körper aus. Es lässt mich immer lauter stöhnen, bis Ridge seine Hand auf meinen Mund legt. »Du weckst das ganze Haus auf«, warnt er mich mit sanfter Stimme, bevor er unbeeindruckt weitermacht.

Ich lege meine Hand auf seine, die andere an seinen Kopf, bis ich gegen seine Handfläche schreie. Er lässt von mir ab, während es mich noch schüttelt. Ich glaube, es war ein Orgasmus. Er hat sich so völlig anders angefühlt als die, die ich mir selbst beschafft habe.

Seine Lippen gleiten wieder über meinen Bauch, bis sie mein Schlüsselbein erreicht haben. Sie verweilen dort für einen Moment, saugen an meiner Haut, dann küsst er meinen Hals. Ich neige den Kopf, um es ihm zu erleichtern; genieße es mit geschlossenen Augen in vollen Zügen. Ich merke, wie er seinen Arm bewegt, höre eine Schublade und dann löst er sich von meinem Hals. Ich schaue zu ihm hoch, als er das Kondom öffnet. Anschließend beobachte ich, wie er es über seinen wirklich mächtig wirkenden Schwanz rollt. 'Oh man, das wird wehtun', schießt es mir durch den Kopf, während ich verkrampfe.

Ridge beugt sich wieder über mich und küsst meine Wange. »Bereit?«

»Wird es wehtun?«, will ich mich vergewissern.

Er streichelt meine Wange, sieht in meine Augen und küsst meine Lippen. »Ich würde lügen, wenn ich nein sage, aber ich passe auf.« Sein Raunen jagt einen Schauer über meinen nackten Körper. »Vertraust du mir?«

Ich nicke langsam.

»Dann entspann dich, Kleines.« Ridge legt seine Lippen auf meine, haucht Küsse darauf. Schließlich dringt seine Zunge wieder in meinen Mund ein. Ich fühle, wie er seine Männlichkeit durch meine Spalte schiebt, als wolle er sie anfeuchten, und schließlich, wie seine Eichel sich langsam in meine Öffnung drängt. Er keucht in meinen Mund. Mit der rechten Hand stützt er sich neben meinem Kopf ab, das merke ich, als das Kissen dort herabsackt, und die linke schiebt er in meine Kniekehle. Er winkelt mein Bein an, hebt es etwas zu meinem Bauch, bevor er tiefer in mich gleitet. Er löst den Kuss und sieht mir in die Augen. Seine Nasenspitze stupst meine an, als ich ein unangenehmes Ziehen spüre. Ich verziehe das Gesicht, als Ridge den Widerstand überwindet, und aus dem Ziehen ein Brennen entsteht. Wimmernd kralle ich mich in seinen Schultern fest. Er hält still, verharrt ohne die geringste Bewegung in mir. »Geht's?«, fragt Ridge leise.

Ich atme tief durch und nicke. »Jetzt schon.« Ich hebe meinen Kopf, um seinen Hals küssen zu können. Irgendwas muss ich tun, um mich von dem Schmerz abzulenken, und das hilft. Er greift an den Unterschenkel meines angewinkelten Beins und legt ihn auf seinen Rücken. »Versuch, es so zu halten und das andere dazu zu nehmen«, raunt er.

Ich tue es und stöhne auf, als er noch tiefer in mich rutscht. Dann stützt er mich mit seiner Linken im Nacken, während ich an seinem Ohrläppchen sauge, und fängt an, sich in mir zu bewegen. Mit jedem seiner Stöße reiben meine steifen Nippel über seine Brust. Meine Finger ertasten seinen Körper, das Spiel seiner ausgeprägten Muskeln und schließlich seinen steinharten Arsch. Ich entspanne, genieße, was er tut, und lege meine Stirn an seine Schulter. Die Schnittwunden am Rücken brennen mit jedem Mal, wenn ich über das Laken rutsche, aber ich verdränge den Schmerz. Durch die kleinen Schweißperlen, die sich auf meiner Haut gesammelt haben, fühlt sich jeder seiner Atemzüge wie ein arktischer Wind an, die mich zittern lassen. Seine Stöße sind nicht fest, allerdings auch nicht schwach, während er mir meine Unschuld nimmt. Mich vielleicht noch ein Stück weiter verdirbt. Meine rechte Hand gleitet an seiner Seite entlang, legt sich an seine Wange und mein Kopf sich in den Nacken, damit ich ihn ansehen kann. Er sieht mir geradewegs in die Augen, als suche er ein Einverständnis von mir, wofür auch immer, aber ich nicke. Daraufhin pumpt er fester in mich, was mich völlig die Kontrolle über mein Hirn verlieren lässt. Er kreist mit dem Becken, jedes Mal, bevor er einen harten Stoß hinterhersetzt.

»Ridge«, stoße ich aus, um ihn möglicherweise etwas zu bremsen, denn es tut weh. »Ridge, du ... Du tust mir weh.«

Sofort versteift er sich. »Alles in Ordnung?«

»Ja, aber ... bitte nicht so fest«, flüstere ich beschämt und spüre die Hitze in meinen Wangen.

Er lächelt mich an. »Sorry, ich ... habe vergessen, dass es dein erstes Mal ist.«

Ich lege meine Hände an seine Wangen und ziehe ihn zu mir. Mit einem Kuss will ich meine peinliche Widerrede aus seinem Gedächtnis jagen, während er wieder langsamer und sanfter in mir ist. Mit jeder Bewegung reibt sein Schambein über meine pulsierende Klit, was mich näher und näher an meine Grenzen stoßen lässt. Ich habe fast das Gefühl, dass er mich an die Hand genommen hat und losgerannt ist, ohne Rücksicht darauf zu nehmen, ob ich mithalten kann oder nicht. Ich bäume mich unter ihm auf, als sich zum zweiten Mal nach so kurzer Zeit die Wärme in mir ausbreitet. Ich denke, ich werde jeden Moment kommen, versuche mich allerdings davon abzulenken, weil Ridge so aussieht, als könne er es noch eine ganze Weile durchziehen. Er stöhnt nicht, keucht nur gelegentlich und spannt die Muskeln unter meinen Fingern an.

»Egal, wie es dir geht, aber ich halte das nicht mehr lange aus«, warne ich ihn stöhnend.

»Halt dich nicht zurück, ich tue es auch nicht«, raunt er und wieder folgt ein fester Stoß, der das Kribbeln in meinem Körper wie einen Schub verstärkt. Er stützt sich zu beiden Seiten meines Kopfs ab, pumpt in mich und ich explodiere wie eine Stange Dynamit. Ridge drängt sich fest gegen mich, als ich spüre, wie er sich in mir entlädt, dabei entfährt ihm zum ersten Mal ein tiefes, dennoch entspanntes Stöhnen.

Als wir uns beide beruhigt haben, beugt er sich zu mir herunter und küsst meine Nasenspitze. »Wie fühlst du dich?«

Meine Augenbraue schießt in die Höhe. »Möchtest du jetzt hören, dass es gut war?«, frage ich vorsichtig.

»Nicht ganz, ich möchte wirklich wissen, wie es dir geht. Ob du Schmerzen hast«, antwortet er lächelnd und ich meine, einen amüsierten Unterton zu hören.

»Es zieht nur ein wenig«, erwidere ich leise und streiche mit dem Daumen über sein Kinn.

»Das ist normal, denke ich«, raunt er und küsst meine Lippen. Allerdings nur kurz, dann sieht er mir in die Augen. »Könntest du deine Beine runternehmen? Ich sollte das Gummi loswerden und mich waschen.«

»Oh«, stoße ich peinlich berührt aus und lasse meine Beine locker, aber bewegen kann ich sie nicht. »Sie sind taub«, gebe ich kleinlaut zu.

Ridge schmunzelt und greift in seinen Rücken. Vorsichtig stellt er meine Beine auf, anschließend zieht er sich aus mir zurück. »Lauf nicht weg«, grinst er.

»Geht ja schlecht«, kichere ich, als er schon auf dem Weg zur Tür ist. Als ich alleine bin, decke ich mich zu und drehe mich auf die Seite, seiner zugewandt. Mich beschleicht das Gefühl, dass es nur etwas Einmaliges war, was eine beschissene Übelkeit in mir hervorruft. Als müsste ich kotzen, aber wegen eines Knotens in meinem Hals kann ich nicht einmal würgen.

Es dauert nicht lange, bis Ridge sich zu mir legt und mich wortlos zu sich heran zieht. Er schaltet das Licht aus, anschließend haucht er einen Kuss auf meinen Scheitel.

»Warum bist du so steif?« Er klingt misstrauisch, weshalb ich unsicher bin, ob ich ihn anlügen soll oder nicht.

»Irgendwie … fühle ich mich gerade nicht so besonders«, weiche ich aus.

»Was ist los, Kleines?«

Ich nehme all meinen Mut zusammen, denn mehr als mich rausschmeißen kann er nicht tun. Okay, vielleicht haut er mir eine rein, was ich ihm nicht zutraue, aber ich will es unbedingt wissen. »Lässt du mich jetzt fallen, nachdem du … mich gefickt hast?«

»Willst du es denn?«

Wie von selbst schüttele ich den Kopf. »Nein.« Auch das ist von allein passiert. Ich schwör's!

»Dann solltest du wissen, dass wir uns bedeckt halten müssen, wenn du weiterhin mit deinen Freundinnen abhängen willst. Und wir sollten es Thorn erst sagen, wenn er sich erholt hat, sonst knallt er mich vermutlich noch ab«, sagt Ridge leise.

»Hast du Angst vor ihm?«

»Nein, ich habe keine Angst vor Thorn, aber wenn er sowieso schon angepisst ist, weil er verletzt wurde, sollte man ihm nicht solche Dinge stecken.«

Ich atme tief ein. »Und die Mädels sollten es nicht erfahren, weil?«

»Gives kleine Gang und wir verstehen uns nicht so gut, was du mitbekommen haben dürftest. Ich denke, da Thorn sich noch Give schnappen wird, um sie wegen heute zur Sau zu machen, wird es nicht besser. Ich habe keinen Bock drauf, dass sie dich und mich damit erpressen, denn dazu sind sie imstande«, erklärt er.

Seufzend kuschle ich mich an ihn, lege meine Wange an seine Brust und schließe die Augen. »Also halten wir es geheim?«

»So gut es geht«, erwidert Ridge, während seine Fingerspitzen über meine Schulter gleiten.

»Okay«, wispere ich.

Er küsst noch mal meinen Scheitel. »Schlaf jetzt, Kleines.«

»Ja, Großer«, schmunzele ich und lege meine Hand an seine Hüfte. Vielleicht liebt er mich nicht und will es deshalb niemandem sagen. Möglicherweise bin ich ein Zeitvertreib für ihn. Klar, das würde wehtun, denn mein Herz schlägt gerade sehr viel schneller für ihn als noch heute Nachmittag oder vor ein paar Wochen, aber das vergeht wieder. Dann war es eben nur Sex. Und in dem Glauben, dass er mich wirklich nur mag und nicht in mich verliebt ist, sinke ich endlich in den Schlaf.

♥♥♥

Kapitel 6

Als ich am nächsten Morgen aufwache, wundere ich mich darüber, dass nicht mehr Ridge, sondern Fynn bei mir liegt. Er hat sich in meinen Arm gekuschelt, schläft und hat ein paar meiner Locken um seinen Finger gedreht. »Ach was soll's?«, nuschele ich, nehme ihn in den Arm und schließe noch mal die Augen. Es ist sowieso ganz praktisch, wenn ich weiterschlafe, da mein ganzer Körper höllisch wehtut. Ich schlafe die Schmerzen weg wie eine Erkältung, auch wenn die Wirkung nicht dieselbe ist.

»Hey, Rocker, du sollst dich doch nicht immer in mein Bett legen«, höre ich Ridge leise sagen.

Ich schaue ihn an. »Lass ihn ruhig, mich stört das nicht.«

Er erwidert meinen Blick überrascht. »Ich ging davon aus, dass es dich stört.«

Ich betrachte ihn. Er trägt eine Jeans, ein weißes Unterhemd und darüber eine schwarze Sweatjacke. »Nein, das tut es nicht.«

»Na schön … Willst du nicht aufstehen und vielleicht duschen gehen? Dein Bruder ist wach und will mit dir reden«, lässt er mich wissen.

»Ich komme hier gerade nicht weg.«

»Ridge?«, ruft Thorn in dem Moment. »Bist du oben?« Schritte.

'Scheiße!' »Hilf mir doch mal«, verlange ich alarmiert, während ich versuche, mich von Fynn zu lösen, ohne ihn zu wecken.

Ridge hebt ihn schmunzelnd von mir weg, als ich schon aufspringe, das Shirt anziehe, meine Sachen einsammle und ins Bad renne.

»Hope?«, vernehme ich noch Thorns verwunderte Stimme.

»Ja?«, frage ich außer Atem.

»Warum rennst du hier rum, wie vom Affen verfolgt?«, will er wissen.

»Weil ich dringend pinkeln muss und jetzt stör mich nicht länger«, entgegne ich durch die geschlossene Tür.

Mein Stiefbruder lacht. »Alles klar. Komm gleich bitte in Ridges Zimmer, wir haben zu reden«, folgt dann wesentlich ernster.

»Okay.« Ich atme durch, als ich mich der Dusche zuwende. Das Shirt lasse ich in den Wäschekorb fallen, dann gehe ich in die Kabine und drehe das heiße Wasser auf.

Als ich zwanzig Minuten später wieder in Ridges Schlafzimmer komme, unterhält er sich mit Thorn. Mit einem Räuspern mache ich auf mich aufmerksam und halte das trockene Handtuch weiter um meinen Oberkörper geschlungen. »Könnte ich mir vielleicht ein Shirt von dir borgen, Ridge?«, frage ich so neutral, wie es eben geht.

Thorn sieht mich an. »Nimm das Handtuch runter, ich will sehen, was Ridge meinte.«

»Nein«, widerspreche ich und halte es umso fester.

»Hope, mach keinen Scheiß, zeig mir deine Verletzungen. Die Kompressen müssen sowieso gewechselt werden, weil sie jetzt nass sind.«

»Ich hab sie abgenommen«, erwidere ich und gehe einen Schritt zurück, als er einen auf mich zukommt.

»Hope, ich bin dein Stiefbruder und alles was du hast, haben Millionen andere Frauen auch, außerdem ist mir die Anatomie des weiblichen Geschlechts bekannt, also los«, verlangt er herrisch.

»*Meine* Anatomie sollte dir ein Rätsel bleiben«, entgegne ich um Sarkasmus bemüht.

Ridge schnaubt amüsiert hinter mir. »Thorn, ich habe ihre Verletzungen gestern gesehen, die sind nicht so schlimm.«

Mein Stiefbruder sieht mich an. »Ihm zeigst du sie, aber mir nicht? Hope, ich bin deine Familie, er ist nur ein dahergelaufener Penner.« Er schaut zu Ridge. »Nichts für ungut, Mann.«

»Kein Problem, ich habe sie gestern genötigt, sie mir zu zeigen.«

Ich senke meinen Blick. »Lass es einfach gut sein, Thorn. Ich will es dir nicht zeigen, also ...«

Er unterbricht meinen Redeschwall, indem er mir das Handtuch entreißt. Ich stehe wie angewurzelt da und starre ihn an, bevor ich meinen BH vor ihm verberge. »Hast du da einen Knutschfleck am Dekolleté?«

Ich sehe herunter. Fuck, da ist wirklich einer. »Sieht so aus.«

Thorn drängt mich nur mit seinem Blick bis an die Wand. »Und woher hast du den?«

Ich schaue Hilfe suchend zu Ridge, der mit den Schultern zuckt und demonstrativ die Hände hochhebt.

Er sieht ebenfalls zu ihm. »Nein, oder?«

»Nein, was?«, frage ich.

»Warst du das?«, richtet er sich an Ridge und wendet sich ihm zu.

»Und wenn dem so wäre?«, hakt Ridge unbeeindruckt nach.

»Alter, vögelst du meine Schwester?«

Ich kann nicht behaupten, dass mein Stiefbruder sich irgendwie angepisst anhört, aber erfreut klingt er auch nicht.

»Thorn, komm runter«, verlangt Ridge gelassen und wirft mir das Shirt zu. »Zieh's an, Kleine.«

»Vögelst du meine Schwester?«, wiederholt Thorn. »Sag's mir, bevor ich es aus dir herausprügle!«

Er gibt sich unbeeindruckt. »Bevor du mich einmal geschlagen hast, liegst du auf dem Boden, das weißt du, Thorn.«

Thorn fokussiert wieder mich, nachdem ich meine Blöße bedeckt habe. »War er es?«

»War er was?«, gebe ich mich unwissend.

Daraufhin fasst er mich an den Schultern. »Hope, wer hat dich angefasst? Sag's mir, damit ich demjenigen die Hände abhacken kann.«

Ich schlucke. Abermals werfe ich einen Blick auf Ridge. »Er war's.«

»Oh man, Kleines«, stößt Ridge aus, als er Thorns Faust ausweicht und sie im nächsten Moment festhält. »Thorn, sei froh, dass ich es war und kein anderer. Du weißt, dass sie alle ein Auge auf sie geworfen haben, und meintest selbst, dass sie bei mir am besten aufgehoben wäre.«

»Bitte?«, mische ich mich ein. »Ihr … ihr redet über mich, als wäre ich eine beschissene Spielfigur auf einem verkackten Schachbrett, die man von einem Kerl zum anderen reichen kann?«

»Sicher nicht«, sagt Ridge.

Mein Stiefbruder sieht ebenfalls zu mir. »Nein, ich habe nur gesagt, dass Ridge von allen am besten für dich wäre, nichts anderes, Hope.«

»Oh und wenn ich mich mit Oren oder Dax getroffen hätte, hättest du ihnen die Hände abgehackt?«, bohre ich tiefer.

Thorn hebt eine Augenbraue, wirft mir einen skeptischen Blick zu, der schnell in Wut umschlägt. »Ja, weil es Schweine sind, selbst Ridge ist ein Schwein – nichts für ungut, Mann – aber nicht so ein widerliches wie die anderen.«

Ich schnaube. »Ich fahre nach Hause.«

»Mit welchem Auto?«

»Mit dem Bus, öffentliche Verkehrsmittel, schon mal gehört?«, schieße ich zurück.

»Kleines, bleib hier. Es ist doch überhaupt nichts passiert«, meint Ridge und kommt zu mir.

Kopfschüttelnd verlasse ich sein Schlafzimmer und gehe nach unten in die Küche.

»Hey, Hope«, grüßt Fynn mich gut gelaunt.

»Hey, Großer«, erwidere ich, als ich mich zu ihm setze.

»Morgen, Hope.«

»Morgen, Leila«, grüße ich auch sie und stütze meinen Kopf in meine Hände. »Tut mir leid, was gestern passiert ist.«

»Ich weiß nur, dass ihr einer Frau helfen wolltet«, entgegnet sie nachdenklich. »Wobei man da sicher nicht so hier hereinkommt wie ihr drei gestern Abend.«

»Es tut mir leid. Wirklich.«

Sie stellt ein Glas Saft vor mich und streichelt meine Wange. »Ich bin froh, dass ihr einigermaßen unbeschadet aus der Sache herausgekommen seid.«

Ich lächle gezwungen. »Ich auch.« Dann trinke ich einen Schluck. »Ich glaube nur, dass Thorn und Ridge da oben diskutieren.«

Leila schmunzelt. »Mach dir nichts draus, das tun sie ständig. Besonders deinetwegen.«

»Warum meinetwegen?«, möchte ich wissen.

»Weil Ridge deine Freundinnen für einen falschen Umgang hält und es deinem Bruder egal zu sein scheint.« Sie seufzt. »Ich habe seit Jahren nicht mehr erlebt, dass Ridge ein Mädchen so angesehen hat, wie er dich ansieht.«

»Was soll das heißen?«, hake ich irritiert nach.

»Er sieht dich an, wie er Fynns Mutter immer angesehen hat. Ich habe keine Ahnung, was du mit meinem Jungen gemacht hast, aber den Kopf hast du ihm auf alle Fälle verdreht«, kichert sie.

»Unbeabsichtigt«, erwidere ich kleinlaut.

»Daddy mag dich«, gluckst Fynn neben mir.

Hitze schießt in meine Wangen, weshalb ich meinen Blick auf den Tisch senke.

»Lass Hope in Ruhe, Fynn. Wieso gehst du nicht hoch zu Daddy und spielst eine Runde mit ihm?«, schlägt Leila vor.

»Ach manno«, mault er, rutscht vom Stuhl und rennt davon.

Sie setzt sich zu mir. »Ich hoffe du weißt, dass es Ridge nur gemeinsam mit Fynn gibt.«

Ich schaue sie perplex an. »Wie bitte?«, frage ich, nachdem ich mehrmals geblinzelt habe.

»Ridge, es gibt ihn nur gemeinsam mit Fynn.«

Ich stoße pfeifend die Luft aus. »Was auch immer du denkst, es ist falsch. Ridge und ich sind kein Paar und werden auch keines.«

»Na, das ist gut zu wissen«, sagt er hinter mir.

Ich drehe mich auf dem Stuhl um. »Ridge.«

»Immer noch mein Name, ja.« Er würdigt mich keines weiteren Blickes. »Ich bringe dich und Thorn nach Hause. Komm.«

»Okay«, sage ich kleinlaut, erhebe mich und nicke Leila zu. »Bis dann.«

»Mach's gut und gute Besserung, Hope.«

»Danke.« Dann folge ich Ridge zur Tür, an der er mich als Erste herausgehen lässt. »Es tut mir leid.«

»Was tut dir leid?«

»Was ich zu deiner Mom gesagt habe«, erkläre ich leise, da mein Bruder im Vorgarten steht.

»Schon okay. Jetzt weiß ich wenigstens, woran ich bin.«

»So war das nicht gemeint, aber sie hat mich überrumpelt«, versuche ich ihm klar zu machen.

»Womit denn?«

»Damit, dass ich dich nur im Doppelpack mit Fynn haben könnte. Ich bin 18, ich kann doch keinem Kind die Mutter ersetzen«, antworte ich vollkommen verwirrt.

»Das hätte dir von vornherein klar sein müssen, dass es mich nicht ohne meinen Sohn gibt.« Er fasst an meinen unverletzten Arm und führt mich zu seinem Auto. Dort angekommen öffnet Ridge die hintere Tür auf der Beifahrerseite. »Einsteigen.« Danach ruft er Thorn, der auf dem Beifahrersitz Platz nimmt. Ridge setzt sich hinters Steuer und fährt schweigend los.

Tränen brennen in meinen Augen, drohen mir die Sicht zu nehmen und ich schluchze einmal leise auf.

»Alles in Ordnung, Hope?«, erkundigt sich Thorn.

»Ja ... Alles okay«, lüge ich und wische über meine Wangen.

»Wahrscheinlich wird ihr klar, dass sie gestern Abend mächtig Scheiße gebaut hat«, brummt Ridge verächtlich.

Es fühlt sich an wie eine Ohrfeige.

»Wenn du mich fragst, meine ich«, fährt er fort.

»Halt's Maul, Alter, sie wird's wissen, also lass es einfach gut sein«, erwidert Thorn gelassen.

Ich lehne meine Stirn ans Fenster und sehe auf die Straße, die heruntergekommenen Häuser in der Gegend und schließe die Augen. Egal wie ich es mache, ich mache es falsch. Ich wollte doch nur nicht, dass Leila denkt, dass Ridge und ich ein

Paar sind oder eines werden. Ich sagte es, um uns beide mehr oder weniger zu schützen. Je weniger Leute davon wissen desto besser. Aber nein, es war ein Fehler und ich habe keine Ahnung, wie ich es Ridge erklären soll.

♥♥♥

»Kommst du noch mit rein?«, möchte Thorn wissen.

»Ja, dann kann deine Schwester mir gleich mein Shirt wiedergeben. Ich hab ihr mein Lieblingsshirt gegeben und will nicht, dass sie es behält, nur weil sie auf mich steht«, antwortet Ridge ruhig.

Ich steige aus, gehe auf die Haustür zu und öffne sie. Ich lasse sie offenstehen und mache mich auf den Weg in mein Zimmer, wo ich mir endlich saubere Kleidung anziehen kann.

Als ich es erreicht habe, bin ich außer Atem, leide unter Seitenstichen und keuche schwer. Dennoch ziehe ich Ridges Shirt in einer fließenden Bewegung aus, werfe es auf mein Bett und verschwinde in meinem Kleiderschrank. Dort befreie ich mich von meinen verdreckten Sachen, um mir eine Jogginghose und einen Hoodie überziehen zu kommen.

»Hope?«, vernehme ich Ridges Stimme.

»Dein Shirt liegt auf meinem Bett.«

»Und wo bist du?«

»Im Schrank.«

Er kommt an die Tür und sieht mich an. »Ich wollte mich verabschieden.«

Ich lehne mich gegen ein Regal und seufze schwer. »Du hast es missverstanden.«

»Welchen Teil? Den, dass aus uns beiden nichts wird?«

Ich nicke. »Ja.«

»Und was daran habe ich falsch verstanden?«

»Ich habe es gesagt, damit es eben nicht herauskommt. Ich weiß nicht, warum du so abgehst, aber ich wollte nicht, dass Thorn oder jemand von deinen Freunden oder meinen Freundinnen davon erfährt«, erkläre ich kleinlaut.

Er kommt auf mich zu und schiebt seine Hand in meinen Nacken. »Und das soll ich dir glauben?«

Ich schaue zu ihm hoch, suche seinen Blick. »Es ist die Wahrheit.«

»Okay«, raunt er, dann küsst er mich stürmisch.

Ich erwidere es erst nicht, doch je fordernder er wird desto mehr gehe ich darauf ein.

Ridge löst sich von mir, als es klopft. »Hope?«, fragt Thorn.

Ich lasse Ridge nicht aus den Augen. »Ja?«

»Hast du Ridge gesehen?«

»Ja, er ist hier. Er wollte sein Shirt holen«, antworte ich und trete an ihm vorbei. »Was ist denn?«, möchte ich wissen, als ich aus meinem Kleiderschrank komme.

»Wow, eine Beschränkte im Schrank«, schmunzelt Thorn und kommt zu mir. Über mich hinweg blickt er zu seinem besten Freund. »Wir müssen noch was klären, Alter, kommst du?«

Ich sehe über meine Schulter hinweg zu Ridge, der meinem Stiefbruder zunickt. »Klar, komme sofort.« Er kommt ebenfalls heraus, nimmt sein Shirt und folgt Thorn zur Tür. Dort dreht er sich noch mal zu mir um und zwinkert mir zu.

Ich lächle gezwungen, bevor sie mich allein lassen, dann lege ich mich ins Bett.

♥♥♥

Nach einer Weile höre ich die Stimmen von Oren, Dax, Chase, Misha und Trace. Ihre Unterhaltung ist so laut, dass ich sie selbst durch die geschlossene Tür noch verstehe.

»Ernsthaft? Du willst Give eins auswischen, weil sie deine Stiefschwester in Gefahr gebracht hat?«, fragt Dax überrascht. »Was ist überhaupt passiert?«

Thorn erzählt es ihm, Ridge wirft gelegentlich etwas ein und ich stehe an der Tür, um sie zu belauschen. »Wären Ridge und ich nicht so schnell Hopes GPS gefolgt, hätte ich meine Schwester vom Frachtcontainer kratzen können«, schließt er schließlich.

»Oh man«, stoßen sie durcheinander aus.

»Und was hast du jetzt vor?«, will Trace wissen.

»Giverney einen Besuch abstatten. Ich will, dass sie wieder Angst vor mir hat, auch wenn das Gewalt erfordert«, sagt mein Stiefbruder kalt.

Ich weiß nicht, ob ich Give anrufen soll oder nicht. Einerseits hätten die Mädels eine Abreibung verdient, andererseits weiß ich nicht, ob Thorn zu weit gehen würde. Ich gehe an mein Handy und hebe die Tastensperre auf, als es klopft. Ich zucke heftig zusammen, weil ich nicht damit gerechnet habe.

»Hope?«, fragt Thorn durch die geschlossene Tür.

Einmal mehr gehe ich dorthin, um sie zu öffnen. »Hm?«

»Wo hängen Give und die Mädels immer ab?«

»Keine Ahnung«, erwidere ich. »Ist unterschiedlich.«

»Und wo trefft ihr euch häufig?«

»Es ist unterschiedlich. Warum willst du das überhaupt wissen?«, hake ich nach.

»Weil ich etwas mit Give klären muss«, erwidert er gelassen.

»Ich kann sie und die Mädels einladen, wenn du mir versprichst, dass du nicht ausflippst«, biete ich an. »Ich meine, dass du sie wegen gestern nicht anmachen sollst. Ich habe es ja freiwillig gemacht.«

»Sieh einfach zu, dass sie herkommen. Ich habe etwas mit Give zu klären, was nicht warten kann«, sagt er entschieden, anschließend wendet er sich ab.

»Nein.«

Langsam dreht er sich zurück. »Was?«

»Ich sagte: Nein«, wiederhole ich nun ebenfalls entschieden.

Thorns Augenbraue wandert hoch. »Du solltest tun, was ich dir sage.«

»Du bist nicht mein Vater«, schnappe ich.

Daraufhin macht er einen Schritt auf mich zu. »Nein, aber du solltest auf mich hören, wenn du hier in Frieden leben willst, Hope. Ich habe mir deinetwegen ein paar Stichwunden eingefangen, also bist du mir etwas schuldig.«

Ich schaue trotzig in seine Augen. »Ich bin dir nicht schuldig, meine Freundinnen zu verraten!«

»Tu es einfach.«

»Nein!«

»Hope!«

»Thorn!«

Er fasst an meine Schultern. »Willst du, dass ich dich bis zu ihnen verfolge, oder willst du es mir nicht ein wenig erleichtern?«

Ich verdrehe die Augen. »Ich werde dich nicht zu ihnen führen. Du kannst mit deiner scheiß Karre sowieso nicht meine Schleichwege nehmen.« Danach befreie ich mich aus seinem Griff, schlüpfe an ihm vorbei und gehe nach unten.

»Hope, du wirst es tun.«

»Du kannst mich mal!«, rufe ich nach oben und nehme die restlichen Stufen schneller.

»Oh, wie ich es hasse, ein großer Bruder zu sein«, knurrt er. »Jungs!«, donnert es so laut durch das Obergeschoss, dass ich in der Küche noch zusammenzucke.

»Na, das ist ja wunderbar gelaufen«, murmele ich, als ich mir etwas zu essen mache. Glücklicherweise habe ich mein Handy bei mir und über Facebook bin ich nicht mit den Mädels vernetzt, außerdem ist mein Profil deaktiviert, weil ich keine Lust auf irgendein dummes Gerede alter Bekannter habe. Sicher haben sie sonst was für Statusbeiträge gepostet, warum ich nicht mehr in New York bin. Vielleicht haben sie Gerüchte in die Welt gesetzt, dass ich in einer Entzugsklinik wäre oder womöglich ein Kind bekommen hätte. Möglich ist bei diesen sensationsgeilen Leuten einfach alles.

Als ich mich mit dem Sandwich an den Tisch setze, kommt Ridge herein. »Nicht du auch noch«, sage ich sofort in Abwehrhaltung und werfe ihm einen vernichtenden Blick zu.

Er nimmt neben mir Platz, bemächtigt sich der anderen Hälfte meines Sandwichs und grinst mich an. »Ich halte mich raus. Es ist eine Sache zwischen dir und Thorn, aber ...«

»Aber was?«, hake ich nach.

»Aber du solltest ihn nicht noch wütender machen, als er sowieso schon ist.«

Ich mustere Ridge skeptisch. »Du hast aufs Maul bekommen«, stelle ich fest, da seine Lippe aufgeplatzt ist.

»Einen Schlag, aber den habe ich als berechtigt hingenommen, immerhin hab ich seine Schwester flachgelegt«, schmunzelt er.

Ich winde mich, da es mir unangenehm ist, dass Thorn ihm auf die Fresse gegeben hat, und das nur meinetwegen. »Und jetzt? Wissen sie es alle?«

Ridge schüttelt den Kopf. »Das war, bevor sie kamen. Thorn hält dicht, genauso wie ich und du solltest es auch niemandem sagen.«

Ich seufze. »Das habe ich auch nicht vor. Glaubst du, ich bin wirklich so blöd, dass ich es Give, Zoila, Adina, Davina oder sonst wem erzähle?«

»Nein, aber vertrau auch nicht der kleinen dicken Supernova, denn sie gibt sich nett und vertrauenswürdig, ist aber das schlimmste Klatschweib von allen«, erwidert Ridge amüsiert.

»Hast du Nova gerade Supernova genannt?«, bohre ich irritiert.

Er nickt knapp. »Sieh dir doch mal an, wie sehr die Kleine schwabbelt.«

Meine Gesichtszüge entgleisen. »Wie kann man nur so oberflächlich sein?« Ich bin wirklich entsetzt darüber, dass er sie nach ihrem Aussehen beurteilt. Menschen sind nun mal schlank oder mollig, aber das sollte sie nicht zum Spielball oder Mobbingopfer machen.

»Ich bin nicht oberflächlich, ich bin realistisch«, kontert er.

»Du bist ein Arsch«, stelle ich fest und nehme meine Hälfte des Sandwichs in die Hand. »Unhöflich, ungehobelt, pervers, ein absolutes Charakterschwein!«

Mit jeder Beleidigung wird sein Lächeln breiter. »Danke, das hört ein Mann gern, besonders einer wie ich es bin.« Dann beugt er sich zu mir und haucht einen Kuss auf meine Lippen. »Und von dir höre ich es sogar sehr gern.«

Kopfschüttelnd wende ich meinen Blick ab. »Es ist echt fies, sie wegen ihrer Figur zu beleidigen.«

»Tja«, brummt er. »So bin ich eben.«

»Ich sag ja, du bist ein Arschloch«, entgegne ich und lege mein Sandwich wieder hin. »Ein richtig mieses sogar.«

»Deshalb liegen mir die Frauen reihenweise zu Füßen«, kontert er abermals.

»Weil Frauen drauf stehen?«

Ridge nickt knapp, dabei sieht er mich mit einem verschmitzten Grinsen an.

»Und jetzt willst du mir vermutlich noch sagen, dass es dir gefällt, wenn du möglichst viele an deinen Fingern hast?«

Ein weiteres Nicken.

»Na toll. Vielleicht führen wir ja eine offene Beziehung, dann kann ich mich auch anderweitig amüsieren«, schlage ich mit Unschuldsmiene vor.

Daraufhin verfinstert sich sein Blick, seine Hand schnellt hervor und er fasst mir in die Haare. Dann zieht er mich nah an sein Gesicht. »Ich teile nicht.«

Ich verziehe das Gesicht, da mir sein Griff wehtut. »Okay«, gebe ich verkniffen zurück und fasse an seine Hand. »Könntest du mich jetzt loslassen?«

»Sag, dass du dich mit keinem anderen triffst«, verlangt er mit knurriger Stimme.

»Ich treffe keinen anderen«, sage ich leise und ziehe mich zurück, sobald er mich freigegeben hat. Ich reibe meinen Nacken, um das unangenehme Brennen unter Kontrolle zu bekommen, während ich auf meinen Teller schaue. 'So ein Wichser', schießt es mir durch den Kopf.

»Gut. Ich gehe wieder nach oben und sage Thorn, dass ich mit dir gesprochen habe, was Give und so betrifft, dann wird er dich sicher in Ruhe lassen«, lässt er mich wissen, dabei klingt er wieder außerordentlich gelassen.

»Alles klar«, erwidere ich kleinlaut und starre mein Sandwich an. 'Ob er mich auch schlagen würde?', frage ich mich im Stillen, weshalb mein Respekt – oder sollte ich meine Angst sagen? – gegenüber Ridge wächst.

Er geht und ich lehne mich zurück. Der Appetit ist mir zwar vergangen, aber essen sollte ich das Sandwich trotzdem. Ich zwinge mich dazu, es herunter zu würgen, während ich mich in der Küche umsehe.

»Hope, wir sind weg. Lass keinen rein!«, ruft Thorn nach einer Weile.

»Okay!«, antworte ich, anschließend stehe ich auf und entsorge das bisschen Brot, das ich nicht mehr runterbekommen habe. Als ich meinen Dreck weggeräumt habe, weil mein Stiefbruder mich sonst einen Kopf kürzer machen würde, gehe ich wieder in mein Zimmer.

♥♥♥

Es ist düster, als ich die Augen aufschlage. Ich muss eingeschlafen sein. Blind taste ich nach dem Lichtschalter meiner kleinen Nachttischlampe und verenge die Augen, als es mich blendet.

Auf einmal dröhnt der Klingelton des Handys in meinen Ohren, weshalb ich vor Schreck fast vom Bett falle. Ich nehme den Anruf entgegen. »Ja?«

»Hey, Hope, wie ist es gestern Abend ausgegangen?«, erkundigt sich Give mit ernster Stimme.

»Ziemlich gut, wenn man davon absieht, dass Miller mich erschießen wollte«, antworte ich trocken.

»Was?«, fragt sie schockiert.

»Ja, er wollte mir am Industriehafen eine Kugel in den Kopf jagen. Hätte ich Thorn nicht ein GPS-Signal geschickt, würde ich jetzt vermutlich nicht mit dir sprechen«, erkläre ich.

»Wurdest du verletzt?«

»Ich hab ein paar Schrammen, sonst nichts, aber Thorn hat Millers Messer in die Seite bekommen.«

»Oh fuck. Hätte ich gewusst, dass das so in die Hose geht, hätte ich dir eine andere Aufgabe erteilt«, sagt sie, allerdings klingt sie nicht so, als würde sie es wirklich bedauern.

»Hm, wer's glaubt«, entgegne ich trocken. »Aber Thorn tobt und ich glaube, er wird dir Ärger machen.«

Give räuspert sich. »Soll er es versuchen.«

»Das wird er sicher. Er wollte, dass ich euch einlade, aber ich habe es abgelehnt; dann wollte er wissen, wo wir abhängen, das habe ich ihm auch nicht gesagt.«

»Wie gesagt, er soll es versuchen, aber gut, dass du nicht vergessen hast, wer deine Freundinnen sind«, meint sie.

»Freundinnen, die mich absichtlich in Gefahr gebracht haben. Mit euch braucht man wirklich keine Feinde mehr«, erwidere ich seufzend.

Daraufhin kichert sie. »Stimmt, aber so bleibt dein Leben wenigstens spannend.«

»Ein bisschen weniger *Lethal Weapon* und ein bisschen mehr *Crazy, Stupid, Love* dürfte es schon sein«, kontere ich, kein bisschen amüsiert.

»Oh okay«, sagt sie, nachdem sie sich beruhigt hat. »Ich merke, du bist nicht in der Stimmung, Scherze mitzumachen.« Give atmet durch. »Willst du rüberkommen? Wir feiern das Bestehen deiner Aufnahmeprüfung.«

»Ich ziehe mich an, dann komme ich. In einer Stunde oder so bin ich da«, lasse ich sie wissen.

»Alles klar, bis gleich, Hope.« Giverney beendet das Gespräch und ich lasse mein Handy auf die Matratze fallen. Danach gehe ich ins Bad, um mich zu schminken. Es muss nicht sein, dass die Mädels die Kratzer auf meinen Wangen sehen, auch nicht, wie blass ich bin oder wie müde ich aussehe. Ich möchte einfach nur einen netten Abend verbringen, nachdem ich ihnen verbal die Ärsche aufgerissen habe. In Gedanken lege ich mir meine Worte schon zurecht, damit ich nachher nicht lange überlegen muss.

♥♥♥

In Bluejeans, weißem, mit Kunstfell gefüttertem, Hoodie und Turnschuhen mache ich mich auf den Weg zu Give. Sie hat mir eine Adresse geschickt, wo ich sie treffen soll, und ich weiß, dass ich ewig unterwegs sein werde.

Wieder klingelt mein Handy. »Was?«, melde ich mich.

»Wow, immer mit der Ruhe, Braune«, lacht Cynda, meine beste Freundin.

Ich stoße die Luft aus. »Sorry, ich hatte einen Scheißtag. Wie geht's dir?«

»Ganz gut, wenn man mal nicht darüber nachdenkt, dass ich mein Versprechen dir gegenüber vielleicht nicht einhalten kann«, mault sie.

Ich reiße die Augen auf. Meine Rückkehr nach New York ist also keine sichere Sache mehr. Scheiße! »Was ist denn los?«

»Mein Dad hat die Kohle gefunden und sie für die Telefonrechnung genommen. Ich meinte, ich zeige ihn an, da sagte er, dass ich erst mal beweisen müsse, dass er es genommen hat und so weiter. Ich weiß nicht, wie ich noch mal an 400 Dollar kommen soll, Hope«, erzählt Cynda geknickt.

»Hm«, stoße ich aus. »Halb so schlimm, ich ... denke, es ist sowieso besser, hierzubleiben.«

Cynda saugt scharf die Luft ein. »Was? Wieso? Ich meine, vor einer Woche wolltest du unbedingt noch zurück und jetzt auf einmal nicht mehr? Was ist passiert, dass du deine Meinung geändert hast?«

»Ein Mann«, antworte ich.

»Was?«, ruft sie überrascht aus. »Erzähl mir alles! Sofort!«

»Ich bin auf dem Weg zu deiner Cousine, Cynda, und ich will nicht, dass sie davon erfährt, okay?«

»Ich schwöre dir, ich werde schweigen wie ein Grab«, erwidert sie überzeugend.

Ich verziehe meine Lippen zu einem Lächeln. »Okay, er ist ein Freund meines Stiefbruders, heißt Ridge und ist verdammt heiß. Na ja, er scheint besitzergreifend zu sein, aber das stört mich nicht. Gestern haben wir das erste Mal miteinander geschlafen und ich dachte, ich bin im Himmel angekommen«, erzähle ich friedlich.

»Seid ihr zusammen oder hast du dich nur von ihm flachlegen lassen, um endlich in der Liga der großen Mädchen mitspielen zu können?«, fragt sie unverblümt.

»Oh man ... Nein, ich denke, wir sind ein Paar, weil er meinte, dass er mich nicht teilen will«, antworte ich naiv.

»Du weißt, wie doof das klingt, oder? Solche Kerle wollen ficken bis der Arzt kommt, aber meist keine Beziehungen. Lass dich bloß nicht zu seinem Fickstück machen.«

»Du, ich will nicht wirklich eine Beziehung, deshalb ist die Sache mit dem Fickstück, wie du es nennst, völlig okay.«

»Scheiße, du bist ziemlich abgebrüht, seit du in Chicago bist«, stößt sie verwundert aus.

»Nicht abgebrüht, nur ein wenig lässiger. Ich meine, was soll ich mit einem Kerl, der mich in einer Beziehung einengt? Das würde mir nicht gefallen, also kann es ruhig locker bleiben, guten Sex mit sich bringen und ungezwungen sein«, entgegne ich.

»Guten Sex mit sich bringen?« Sie lacht. »Du hast gestern dein erstes Mal erlebt und schon legst du Wert drauf?«

»Nein, aber es gehört dazu, oder nicht? Händchen halten kann ich auch mit meinem Stiefbruder, aber Sex habe ich nur mit Ridge.«

»Wäre auch irgendwie widerlich, wenn es anders wäre, da Thorn und du quasi Geschwister seid.«

»Glücklicherweise nur quasi, ich bin ihm zwar dankbar, dass er gestern meinen Arsch gerettet hat, aber wären wir blutsverwandt, hätte ich mich lieber erschießen lassen«, schmunzele ich und sehe mich an der Kreuzung, an der ich gerade angekommen bin, um. Ich gehe nach rechts, wie es in der Wegbeschreibung steht, die Giverney mir geschickt hat.

»Was ist denn passiert, dass er deinen Arsch retten musste?«

Ich schnaube und fange an, ihr von der verrückten Aufnahmeprüfung zu erzählen. Dabei lasse ich keine Details aus, sondern gebe es eins zu eins wieder.

»Fuck, das ist echt krass. Wundert mich, dass du dich noch auf die Straße traust.«

»Wieso sollte ich mich verstecken?«, hake ich irritiert nach.

»Wenn die Bullen hinter dir her sind, ist es vielleicht nicht ganz sicher für dich«, sagt sie besserwisserisch.

»Du weißt, wie wandlungsfähig ich bin, und in New York haben sie mich auch nie erwischt«, kichere ich.

»Ja, aber jede Glückssträhne hat mal ein Ende«, meint Cynda skeptisch.

»Solange ich meinen Glücksbringer habe, passiert mir nichts.«

»Immer noch diese bescheuerte Kette mit dem Elfenanhänger von deiner Grandma?«, möchte sie wissen.

»Ja, und ich habe sie immer dabei. Irgendwas muss ja an ihren Worten von damals dran sein, dass das Ding mir Glück bringt«, erwidere ich.

»Hm«, macht sie skeptisch. »Ich glaub nicht dran, aber solange du dran glaubst, hat das Ding sicher einen Placeboeffekt.«

Ich lache auf. »Wahrscheinlich hast du sogar recht, aber egal.«

»Ja, sicher. Lass uns noch mal zu diesem Ridge zurückkommen. Wie sieht er aus?«

Ich seufze verträumt. »Er ist groß, muskulös, hat graue Augen und etwas zu lange dunkle Haare. Wenn er lächelt, hat er mehrere Grübchen, die richtig sexy sind«, schwärme ich.

Cynda kichert. »Oh fuck, du bist ja richtig verknallt in den Kerl.«

»Quatsch«, verteidige ich mich.

»Aber hundertprozentig«, sagt sie überzeugt.

»Du erzählst einen Scheiß«, kichere ich. Ich erreiche unseren Treffpunkt. »Du, ich muss Schluss machen. Reden wir morgen noch mal?«

»Morgen fahre ich zu Lou, du weißt schon, der Kerl vom College. Ich melde mich, wenn ich wieder zu Hause bin, okay?«, fragt sie.

»Klar, meld dich einfach«, antworte ich.

»Gut, mache ich. Bis dann, Süße.«

»Bis dann, Babe«, erwidere ich und beende das Gespräch. Ich sehe mir die Lagerhalle, die definitiv verlassen ist, an. Musik dringt an meine Ohren, weshalb sich mir der Verdacht einschleicht, dass es vielleicht ein illegaler Club ist.

Nach einem tiefen Atemzug klettere ich durch das Loch, das im Maschendrahtzaun ist, und hoffe, dass ich mir nicht meinen Hoodie kaputtmache. Es ist mein einziger, der richtig schön warmhält, deshalb würde ich richtig abkotzen, sollte er reißen. Ich gehe an der Hauswand entlang, um den Eingang zu finden.

Wenige Minuten später habe ich eine Tür gefunden, drinnen stehen zwei Hünen, die ich nicht kenne. Sie hindern mich am Eintreten. »Ich will zu Give«, erkläre ich ihnen in meinem gewohnt desinteressierten Ton.

»Passwort?«

»Ich reiße dir den Arsch auf, wenn du mich nicht durchlässt?«, schlage ich mit den Wimpern klimpernd vor.

Er lacht. »Alles klar, du musst Hope sein. Die Mädels sind hinten.«

»Die bin ich und wer bist du?«, frage ich, nachdem ich ihn von oben bis unten gemustert habe.

»Carver.«

»Hm«, nicke ich und mache mich auf den Weg zu Giverney.

»Da bist du ja!«, ruft Nova, als ich mich ihnen nähere.

»Ja, hi. Ähm ... wieso wird der Eingang von diesen zwei Kerlen bewacht?«, frage ich in die Runde.

Give sitzt auf einer Steinbank, na ja es ist eher eine Mauer. »Damit sie deinen Bruder und seine nichtsnutzigen Freunde davon abhalten, uns zu stören.«

»Ach so«, erwidere ich und setze mich auf einen großen viereckigen Betonklotz. »Und hier wollt ihr feiern?«

Adina hebt eine Augenbraue. »Sieht so aus, hm?«

Ich zucke mit den Schultern. »Jedenfalls ist es nicht ganz mein gewohntes Umfeld.«

»Weil du mit dem goldenen Löffel im Maul herumläufst«, brummt sie.

Ich seufze. »Erstens habe ich einen Mund, zweitens laufe ich nicht mit goldenem Löffel im Mund herum, oder siehst du mich das Geld meines Erzeugers auf den Kopf hauen?«

»Mädels, jetzt streitet euch nicht«, mischt Davina sich ein und reicht mir eine Flasche Bier. »Wir sind zum Feiern hier, also feiern wir!« Sie öffnet meine Flasche mit einem Feuerzeug. »Cheers!«

Ich trinke einen Schluck und richte meine Aufmerksamkeit auf Crystal, die fix und fertig aussieht. »Alles okay bei dir?«

Sie sieht mich an. »Mein Kerl hat Schluss gemacht, weil er eine andere vögelt.«

»Oh, tut mir leid für dich, aber dann verdient er dich auch nicht«, sage ich aufrichtig.

»Ja, ich weiß, aber so sehr er mich nicht verdient, liebe ich ihn«, schluchzt sie und fängt an zu heulen.

»Na toll«, murmele ich. 'Lasst die Party beginnen.'

»Hör's Heulen auf, Crystal. Wenn Ridge eine andere fickt, ist es nicht dein Problem. Er verdient dich nicht«, sagt Nova ruhig.

Ich schlucke schwer. »Ridge Cavendish?«

»Welcher sonst?«, fragt Give. »Ich habe sie von vornherein gewarnt, aber sie wollte nicht hören, also muss sie damit klarkommen, dass er sie fallen ließ. Mit seiner Neuen wird es nicht anders laufen.«

Ich atme durch. »Tja, so ist das Leben. Männer sind Wichser, die nur vögeln wollen.« 'Ich werde ihm so was von den Arsch aufreißen!' »Ich wusste nicht, dass ihr ein Paar wart.«

»Weil wir es niemandem gesagt haben. Wir haben uns immer nur heimlich getroffen, damit Thorn nichts mitbekommt«, erzählt Crystal schniefend.

»Was glaubst du, woher wir so viel über Thorn und seine Jungs wussten?«, hakt Give amüsiert nach. »Crystal hat ihm nach und nach alles Wichtige entlockt. Eigentlich hat sie sich anfangs nur deshalb auf ihn eingelassen, aber dann hat sich ihr Herz an ihn geheftet.«

»Also wart ihr kein Paar?«, bohre ich weiter.

»Natürlich waren sie kein Paar, aber Crystal steigert sich gerne in so einen Crap hinein«, stöhnt Adina.

»Ich steigere mich überhaupt nicht in die Sache rein, aber ich bin nun mal verliebt und er hat mich eiskalt abblitzen lassen, als wir uns heute Nachmittag gesehen haben«, grätscht Crystal dazwischen.

»Also was jetzt? Steigerst du dich in die Sache rein oder nicht?«, frage ich genervt. »Kann doch nicht sein, dass du euch für ein Paar hältst und Ridge es nicht checkt. So blöd kommt er mir nicht vor, wenn ich ihn bei Thorn erlebe.«

»Es könnte sein, dass ich es etwas dramatischer darstelle«, gibt sie kleinlaut zu.

Ich nicke und trinke wieder. »Ich kann Ridge ja mal fragen, wer seine Neue ist. Vielleicht sagt er es mir.«

»Das würdest du?« Sie klingt hoffnungsvoll.

»Klar, wieso nicht? Du bist meine Freundin, er ist ein Arsch«, erwidere ich desinteressiert. Hoffentlich hat Ridge ihr nicht zu viele Details von sich, Thorn und den Jungs verraten, sonst können sie einpacken.

»Keine Ahnung, ich dachte, du könntest mich nicht ausstehen, weil wir kaum miteinander reden.«

Ich winke ab. »Ach Quatsch.« Ich nehme mir eine der Zigaretten, die auf dem mittleren Steinbock liegen. »Geht jemand mit mir nach draußen?«

Crystal springt auf. »Ich begleite dich nach draußen.«

»Super.« Wir verlassen die Halle und gehen raus, dorthin, wo uns die beiden Hünen nicht sehen. Ich sehe Crystal an. »Was hat Ridge dir denn erzählt?«

»Gar nicht so viel. Ich fürchte, ich habe ihm mehr anvertraut als er mir.«

Ich sehe sie fragend an. »Was meinst du?«

»Na ja, ich habe ihm gesagt, wo Give ihre Deals abzieht, du weißt schon, diese ganze Drogengeschichte. Was sie so gegen die Kerle plant. Wenn sie das herausfindet, bringt sie mich um«, antwortet sie vorsichtig. »Du darfst mich keinesfalls verraten. Bitte, Hope.«

»Ich werde dich nicht verraten, Crystal, keine Angst«, beruhige ich sie und nehme einen Zug von der Zigarette. Dieser Abend hat soeben die steigende Tendenz angenommen, mächtig beschissen zu werden.

»Danke, denn wenn ich vor einem Menschen Schiss habe, dann vor Give. Sie ist genauso unberechenbar wie Thorn.«

»Wie meinst du das?«

»Sie hat Linda, eine alte Freundin von uns, zum Krüppel gemacht, nachdem sie sich auf Dax eingelassen hatte. Das war kurz nachdem Thorn Give so verarscht hatte. Jedenfalls konnte Linda nicht damit leben und hat sich eine Kugel in den Kopf gejagt«, erzählt sie, woraufhin ich sie mit großen Augen ansehe.

»Also hat sie Linda auf dem Gewissen«, stoße ich nach Luft ringend aus.

Crystal nickt. »Ja und ich will nicht die nächste auf Gives Abschussliste werden. Es reicht schon, dass sie dich ...« Sie verstummt.

»Dass sie mich was?«, hake ich misstrauisch nach.

»Dass sie dich so einer Gefahr ausgesetzt hat, hat dir doch sicher gezeigt, dass sie sich selbst die Nächste ist, oder nicht?«, weicht Crystal errötend aus.

»Richtig, aber das wird Thorn regeln.«

»Hm, denke ich auch und ich weiß, dass das nicht schön ausgehen wird.«

»Wie meinst du das?«

»Ich gehe davon aus, dass diesmal beide ernst machen werden. Giverney hasst ihn, seit er sie fallen gelassen hat. Und Thorn hasst sie, seit sie ihn betrogen hat, deshalb hat er sie überhaupt erst verlassen«, entgegnet sie.

Wow, ich erfahre heute Abend Dinge, die ich nie hätte erfahren wollen. »Ich glaube nicht, dass er sie umbringen wird.«

»Nicht? Ich denke auch eher, dass sie ihn abknallt.«

»Mädels, wo bleibt ihr denn? So lange kann doch kein Mensch rauchen!«, ruft Zoila.

»Wir kommen gleich!«, antworte ich genervt klingend, weil man ständig in seinen Unterhaltungen unterbrochen wird. Unhöfliches Gesindel!

»Give will los, sie hat ein Ding zu drehen und wir sollen Wache schieben!«

Ich schaue Crystal an. »Wir sollen wobei Wache schieben?«

»Give braucht Kohle und heute Abend werden die Einnahmen von Mosby's vom Geldtransporter abgeholt. Wir haben sie in den letzten paar Wochen beobachtet und heute will sie zuschlagen.«

»Ich werde nicht mitgehen, die Bullen haben mich schon wegen gestern auf dem Schirm.«

»Du kannst nicht hierbleiben, Hope.«

Ich zucke mit den Schultern. »Macht ihr nur, ich gehe nach Hause.«

»Du gehst nirgendwo hin«, sagt Giverney. »Du kommst mit, nur du bist schnell genug, um in den Transporter zu springen und die Kohle zu holen.«

»Ich gehe nicht mit«, erwidere ich entschieden. »Ich habe keinen Bock drauf, im Knast zu enden, vor allem bin ich verbrannt, das wisst ihr so gut wie ich.«

Giverney zeigt mir eine Kanone. »Ich verteidige dich.«

»Nein, Give, ich komme nicht mit«, wiederhole ich.

»Carver!«, ruft sie, woraufhin der Hüne zu uns kommt.

»Was ist?«, möchte er wissen.

»Carver, Baby, sag unserer Hope doch bitte, was wir mit Leuten machen, die nicht tun, was ich verlange«, säuselt sie, während ihr Zeigefinger von seiner Brust bis zu seiner Leiste gleitet.

»Wir stören uns nicht dran und machen unser Ding alleine«, sagt er ungerührt.

»Stimmt … Hope, du bist raus. Verpiss dich«, wendet sie sich mit kalter Stimme an mich.

Ich hebe eine Augenbraue. »Bitte?«

»Du bist raus für heute. Hau ab, ich melde mich morgen bei dir.«

»Hm«, mache ich, nicke und verabschiede mich von Crystal. Als ich gehe, höre ich die beiden hinter mir tuscheln, was vielleicht kein gutes Zeichen ist, aber es ist mir für den Augenblick egal. Hauptsache, ich bin keine Zielscheibe, die sie vor die Cops schubsen, und sie somit ungeschoren davonkommen. Nach gestern Abend habe ich Give viel zugetraut, seit heute Abend traue ich ihr restlos alles zu und das bereitet mir Magenschmerzen. Wer weiß, wie irre die Schlampe wirklich ist? Niemand, außer ihre engsten Vertrauten, und das sind eindeutig die anderen Mädels. Ich bin immer noch die Neue, die Misstrauen erweckt, das habe ich vorhin gemerkt. Dennoch will ich diese Clique nicht verlieren. Ich finde hier anderweitig keinen Anschluss, da die meisten jungen Frauen mehr um ihr Aussehen und Partys bemüht sind als um tiefe Freundschaften. Diese Mädchen haben vom ersten Tag an anders gewirkt, positiv anders, obwohl sie kriminell sind.

Da ich nachdenklich herumlaufe, habe ich nicht aufgepasst, wo ich hingehe. Und jetzt habe ich keine Ahnung, wo ich bin. Ich fische mein Handy aus meiner Hosentasche und verdrehe die Augen, als ich sehe, dass mein Akku noch einen sagenhaften Prozent Saft hat. Das heißt so viel wie: Nach einer SMS bin ich tot, verreckt, wache erst wieder auf, wenn du mir Strom gibst. Seufzend werfe ich einen Blick aufs Straßenschild. Es kommt mir bekannt vor. Ich wende mich instinktiv nach rechts und komme schon nach kurzer Zeit in eine Wohngegend, die ich definitiv kenne. Ridge wohnt in der Gegend. Vielleicht sollte ich zu seiner Mom gehen, ein wenig quatschen und hoffen, dass sie ein passendes Ladekabel für mich hat. Und natürlich darauf hoffen, dass sie weder Ridge noch Thorn anruft, denn die beiden werden mir den Kopf dafür waschen, dass ich mit leerem Handyakku aus dem Haus gegangen bin.

♥♥♥

Ich klingle und warte darauf, dass Leila die Tür öffnet. Allerdings kommt niemand. Gut, war zu erwarten, da kein Licht brennt. Seufzend setze ich mich auf die Treppe der Veranda, darauf hoffend, dass Give und die anderen Mädels nicht ausgerechnet hier vorbeikommen.

Ich lehne meinen Rücken gegen das Geländer und schließe die Augen. Irgendwann wird Ridge schon auftauchen, dann bin ich hier. Meine Gedanken schweifen zu Linda, von der Crystal mir erzählte. Ich sollte Ridge nach ihr fragen, wenn ich nicht genauso wie sie enden will. Ich muss wissen, was genau passierte, was wirklich geschah. Es lässt mich einfach nicht in Ruhe.

Übers Nachdenken hinweg, sinke ich in einen unruhigen Schlaf. Ich sehe mich, wie ich von Giverney mit Waffengewalt zusammengeschlagen werde. Dann habe ich das Gefühl, es auch noch zu fühlen. Die Ereignisse rasen, bis ich mich selbst an einem Stützbalken im Haus meines Erzeugers hängen sehe. »O mein Gott«, stoße ich aus, als ich aufwache, und zucke sofort zusammen.

»Hey«, sagt Ridge, der neben mir auf der Stufe hockt und seine Hände abwehrend hochhält. »Alles okay?«

Ich sehe ihn kurz an, bevor ich mich an ihn klammere. »Ja, alles super. Ich hatte nur einen beschissenen Traum.«

Er streichelt meinen Rücken. »Was ist passiert? Warum bist du hier?«

»Ich habe mich von den Mädels abgeseilt, mein Akku war leer und ich dachte, ich warte hier auf dich«, antworte ich, als ich mich löse.

»Hm«, nickt er. »Ich muss leider noch mal weg, weil wir an einem kleinen Battle teilnehmen, aber du kannst mitkommen.«

»Was für ein Battle?«, frage ich unwissend.

»Hip-Hop? Wir nehmen gelegentlich dran teil, um die Preisgelder abzusahnen«, antwortet er lächelnd. »Ich muss mich umziehen, dann geht's wieder los.« Ridge schiebt seine Hände unter mich, hebt mich hoch und trägt mich ins Haus.

Ich halte mich an ihm fest. »Wo sind deine Mom und Fynn?«

»Bei meiner Großmutter.«

»Über Nacht?«

»Nach gestern Abend habe ich sie weggeschickt, sie sollen Urlaub machen und vor allem außerhalb der Schussbahn sein«, erwidert er.

»Deine Mom muss doch arbeiten, oder nicht?«

»Sie hat momentan Urlaub und ich hoffe, dass ich sie in ein bis zwei Wochen wieder herholen kann. Mir fehlt der Kleine«, entgegnet Ridge, während er mich nach oben in sein Schlafzimmer bringt.

»Wow, der harte Kerl hat einen weichen Kern«, schmunzele ich, als er mich schließlich absetzt.

»Er ist mein Sohn und das Einzige, was ich ...« Er schüttelt den Kopf und wendet sich seiner Kommode zu.

»Das Einzige was du ...?«, hake ich nach, dann gehe ich hinter ihn und schlinge meine Arme um seinen Bauch. Er ist so breit gebaut, dass meine Finger sich nicht berühren können.

»Er ist das Einzige, was ich von Nicky hab. Ich durfte nicht auf ihre Beerdigung, weil ihre Mutter mir die Schuld an ihrem Tod gab. Ich habe nur noch ein paar Fotos von ihr und Fynn, deshalb beschütze ich ihn mit meinem Leben«, sagt er heiser.

Ich streichele seinen nackten Bauch und hauche einen Kuss auf seinen Rücken. »Es tut mir leid, was passiert ist. Sie wäre sicher eine tolle Mom gewesen.« Normalerweise bin ich nicht besonders gut in mitfühlenden Worten, aber diese haben vielleicht ihren tröstenden Dienst erfüllt.

»Sie wäre die Beste von allen gewesen«, erwidert Ridge, während er seine Hände auf meine legt.

»Ganz bestimmt«, stimme ich ihm leise, dennoch überzeugt zu.

Ridge greift hinter sich an meinen Arm und zieht mich zwischen sich und die Kommode. »Wie kannst du nur so warmherzig und doch so eine Zicke sein?«

Ich zucke mit den Schultern. »Keine Ahnung, aber wie kannst du so ein harter Kerl sein?«

»Wegen der Dinge, die ich in meinem Leben erlebt habe«, antwortet er und hebt mich auf die Kommode.

Mit den Fingerspitzen streichele ich durch seine Bartstoppeln. Ich sage nichts, sehe ihn einfach nur mitfühlend an und beuge mich schließlich vor, um ihn zu küssen.

Ridge erwidert es flüchtig. »Kleines, ich muss mich fertigmachen.«

Ich stoße die Luft mit flatternden Lippen aus. »Ich wollte auch nur einen Kuss, mehr nicht.«

Er lächelt, als er seine Hand in meinen Nacken schiebt. »Den sollst du bekommen.« Sein Raunen geht mir einmal mehr durch Mark und Bein, dann verschließt er meine Lippen mit seinen.

Ich lege meine Hände an seinen Hals, erwidere diesen Kuss sanft und bin dann diejenige, die ihn beendet. »Du musst dich anziehen, auch wenn ich nicht abstreiten will, dass mir dieser Anblick richtig gut gefällt.« Danach grinse ich ihn frech an.

Ridge lacht leise, hebt meine Beine hoch und nimmt ein Shirt aus einer geöffneten Schublade. Es ist ein Basketballtrikot von den Chicago Bulls. Ich wette, dass auf der Rückseite Jordan steht. »Kommst du mit oder möchtest du hierbleiben?«

»Ich würde gerne mitkommen. Ich möchte euch auch mal rappen sehen.«

»Alles klar.« Er fasst mich an der Taille und hebt mich von der Kommode. Anschließend zieht er einen Hoodie über und setzt sich die Kapuze auf. »Dann lass uns los.«

»Triffst du dich vorher mit den anderen?«

Ridge sieht mich eindringlich an. »Nein, sie warten am Club auf mich. Wenn dich heute Abend irgendjemand begrapscht, flipp nicht aus, das sind ziemlich harte Kerle, die sich dort herumtreiben. Die fragen nicht, sondern tun es einfach. Du wirst mir Bescheid sagen und ich regle die Sache, verstanden?«

»Verstanden«, nicke ich, dann verlassen wir sein Schlafzimmer, anschließend das Haus und steigen draußen in sein Auto. Ich schnalle mich an, während er losfährt. »Also rappst du so Frauen verachtenden Kram oder über die Zustände in der Politik?«

Er schnaubt amüsiert. »Ich habe mich noch nicht festgelegt, also eigentlich rappe ich über die Sachen, die mich gerade beschäftigen.«

»Und was beschäftigt dich gerade?«, frage ich neugierig, dabei betrachte ich ihn unverhohlen.

»Du.«

»Ich?«

»Ja, du.«

»Warum ich?«, hake ich perplex nach.

»Weil es so ist«, erwidert er grinsend.

»Es muss doch einen Grund geben«, beharre ich, nicht minder irritiert.

»Ich mag dich, Kleines, das ist der Grund.«

»Oh«, stoße ich überrascht aus und beuge mich zu ihm herüber. Ich hauche einen Kuss auf seine Wange, ziehe mich allerdings nach einem mahnenden Blick zurück und lege bloß meine Hand auf seinen Oberschenkel.

Er nimmt sie zwischen seine Finger, sein Daumen streichelt meinen Handrücken. »Ich weiß, dass ich kein einfacher Kerl bin, sondern eher ein mieses Arschloch, aber ich weiß, dass ich dich mag und nicht teilen will. Ich werde mich für nichts entschuldigen, was ich tue, damit musst du leben, Kleines. Wenn du es nicht kannst, solltest du weit weg laufen.«

Ich hebe meine Augenbraue. »Warum sollte ich weglaufen?«

»Wenn ich mich einmal für ein Mädchen entschieden habe, wird es mich nicht mehr los«, sagt er mit tiefer Stimme.

»Vielleicht solltest du diese Stalkingneigung psychologisch behandeln lassen. Da gibt's sicher jemanden, der dir helfen kann«, schlage ich trocken vor.

»Ich meine es ernst, Hope.«

Oh, jetzt bin ich wieder Hope, dann hat es ihm nicht gefallen, was ich mir herausgenommen habe. Ich glaube, Ridge gegenüber muss ich mein Verhalten ein wenig anpassen, um keinen Streit zu provozieren, andererseits will ich mich für niemanden verstellen. Es reicht, dass ich das unfreiwillig vor meinem Erzeuger und seiner Frau tue, aber das werde ich nicht vor einem Mann tun, der mich will.

»Hast du jetzt keinen Bock mehr auf mich?«, möchte er wissen.

Ich schaue wieder zu ihm. »Ich habe nur darüber nachgedacht, dass ich mich für niemanden ändern will.«

»Das will ich auch gar nicht. Ich mag dich als die kleine charmante Zicke, die du bist.«

»Aber … Vergiss es einfach«, seufze ich, während ich ihm meine Hand entziehe.

»Was soll ich vergessen?«

»Ich habe es nicht ausgesprochen, es ist auch nichts Schlimmes, daher reden wir einfach nicht drüber«, schmunzele ich.

»Du hast das Talent, mich zu verwirren«, lacht er.

»Immerhin.«

Nun legt er seine Hand auf meinen Oberschenkel. »Was willst du eigentlich mit deinem Leben anfangen?«

»Wow ... Von dem Themenwechsel bekommt man fast ein Schleudertrauma.«

»Ich weiß, es kam mir gerade in den Sinn und ich will es wirklich wissen.«

Ich stoße die Luft aus. »Ich weiß es nicht. Ich gucke einfach, wohin mein Weg mich führt.«

»Also lässt du dich treiben, statt etwas aus deinem Leben zu machen«, stellt er fest.

»Könnte man so sagen.«

»Das ist dumm«, sagt Ridge kühl.

Ein Schlag in die Fresse wäre vielleicht nicht ganz so schmerzhaft gewesen. »Wie bitte?«

»Es ist dumm. Du bist klug, du kannst aufs College gehen.«

»Ich habe keinen besonders guten Abschluss gemacht«, erkläre ich.

»Dann wiederhol das Senior Year.«

»Keine Lust.«

»Manchmal muss man Dinge tun, auf die man keine Lust hat, um nicht als totaler Versager zu enden«, gibt er sich besserwisserisch.

»Du arbeitest nicht, du studierst nicht ... Du bist ein Krimineller und willst mir sagen, dass ich als Versagerin ende?«, entrüste ich mich angepisst.

»Woher willst du wissen, was ich mache?«

»Ich weiß, dass Thorn und du krumme Dinger drehen«, antworte ich, während ich die Arme vor meiner Brust verschränke. Wie kann dieses Arschloch sich nur wagen, mich so zu beleidigen?

»Und woher willst du das wissen?«, gluckst er.

»Von Give und, oh, von Crystal. Ich weiß auch, dass du sie mehr als einmal flachgelegt hast, weil du eine wandelnde Spermaschleuder bist!«

Ridge fährt rechts ran und tritt auf die Bremse. »Ich gebe dir jetzt die Möglichkeit, das noch mal zu sagen, aber du solltest dabei deinen Ton überdenken, Kleines!«, schreit er mich an.

Ich wiederhole es, aber nicht weniger unfreundlich. Ich sehe es nicht ein, mich von ihm dominieren zu lassen.

Plötzlich klappt der Sitz nach hinten und Ridge fixiert mich mit einer Hand. Dann öffnet er die Gurtschnalle und klettert über mich. Warum müssen diese Scheißautos auch so groß sein? »Ich habe Crystal nicht flachgelegt, sondern es sie lediglich glauben lassen, nachdem ich sie mehr als einmal abgefüllt hatte. Glaub mir, einer Frau mit einem Kater kann man viel erzählen, wenn sie sich an nichts erinnert. Ich habe in letzter Zeit nur dich flachgelegt und … ich studiere Medizin, nur momentan sind Sommerferien. Also PASS AUF, was du zu mir sagst!«

»Ich glaube dir kein Wort!«, erwidere ich wütend und versuche, ihn von mir zu stoßen.

Ridge lässt sich keinen Millimeter bewegen. Er fixiert mich mit seinem ganzen Körper, als er mein Gesicht in einen Klammergriff nimmt und seine Lippen auf meine drückt.

Ich schlage gegen seine Oberarme, doch sein Kuss wird intensiver, je mehr ich mich gegen ihn wehre, und schließlich erwidere ich ihn hungrig, der Zorn ist für einen Moment vergessen. Seine Küsse turnen mich an, denn Feuchtigkeit sammelt sich in meinem Schritt und ich weiß, dass ich ihn möglichst bald spüren will.

»Du solltest dich nicht gegen mich wehren, Kleines«, raunt er an meinen Lippen, küsst mich wieder.

Ich beiße zu. Solange, bis ich Blut schmecke. »Und du solltest merken, wenn jemand nicht will!«, herrsche ich ihn an, nachdem er sich ruckartig von mir gelöst hat.

Ridge sieht mich vernichtend an. »Ich mag dein Feuer.«

»Und ich hasse deine Aufdringlichkeit«, kontere ich.

Seine Hände gleiten unter meinen Hoodie. »Ich mag deinen Körper.«

»Ich … ich hasse …

»Ja, was?«, hakt er mit einem amüsierten Blitzen in den Augen nach.

Wie kann man nur so unverschämt sexy sein, dass man alles vergisst, was man ihm an den Kopf werfen will? »Ich hasse deine Art«, stammele ich schließlich.

Ridge beugt sich wieder zu mir herunter. »Nein, du liebst sie.«

»Überhaupt nicht«, erwidere ich kopfschüttelnd.

»Dein Körper verrät dich, Kleines«, raunt er, nur einen Moment bevor seine Finger meine steil aufgerichteten Nippel erreichen.

»Mir ist kalt«, stöhne ich, als er sie zwischen Daumen und Zeigefingern zwirbelt.

»Du lügst.« Er zieht meinen Hoody hoch, bis er meine Arme hebt und ihn mir auszieht. »Und ich weiß, dass du mich liebst.«

»Ich liebe dich nicht«, entgegne ich sofort, was abermals in einem Stöhnen untergeht, als er sich gegen meine Pussy drängt. O Gott, ich will ihn!

»Dann liebst du, was ich in dir auslöse«, mutmaßt er weiter, während er Küsse auf meinen Hals haucht.

»Das wäre wahrscheinlicher«, gebe ich wimmernd vor Lust zu.

Ridge löst sich von mir. Er zieht die Cups meines BHs herunter, dann öffnet er meine Jeans. »Soll ich dich ficken?«

Ich nicke schnell.

»Du willst wirklich, dass ich dich ficke?«

»Ja, verdammt!«

Nachdem er mir die Jeans ziemlich umständlich ausgezogen hat, spreizt er meine Beine. Ich stemme meine Füße gegen das Armaturenbrett, während er meinen String zur Seite schiebt. »Du bist ja schon wahnsinnig heiß auf mich. Sag, dass ich dich ficken soll.«

»Tu es endlich«, hauche ich, schon kurz davor, mich selbst zu befriedigen.

Als meine Hand zu meiner Pussy gleitet, hält er sie auf. »Ah, ah, ah. Wer wird denn hier gegen die Regeln spielen? Sag, dass ich dich ficken soll!«

»Du sollst mich ficken«, presse ich hervor.

»Sag es mit mehr Leidenschaft.«

»Herrgott, jetzt fick mich endlich, Ridge!«

Sein Mundwinkel zuckt, seine Augen leuchten und er öffnet seine Jeans. »Ich ziehe ihn raus, bevor ich komme.«

»Musst du nicht.«

»Willst du ein Kind, oder was?«

»Nein, aber ich nehme die Pille. Ursprünglich nicht zum Verhüten, aber scheiß drauf, fick mich endlich, Ridge!«, verlange ich diesmal mutig.

Daraufhin bringt er sich in Position und stößt ohne jede Vorwarnung so fest in mich, dass mir ein Schrei entfährt. »Du solltest mich wirklich nicht herausfordern«, knurrt er, dann folgt ein weiterer harter Stoß. Er fickt mich, wie ich es wollte, jedoch ohne Rücksicht auf Verluste. Ridge nimmt sich, was er will, und gibt mir nicht, was ich will. Er tut es auf seine Weise, ich hätte es zärtlicher bevorzugt.

Ich klammere mich an ihm fest, versuche zu genießen, aber es gelingt mir nicht. Dennoch schafft er es, mich so zu stimulieren, dass meine Nervenenden unter Strom stehen und zucken. »Es tut mir leid«, stoße ich aus, damit er sanfter wird, doch er wird es nicht. Nein, Ridge wird nur noch schneller, aber glücklicherweise nicht fester.

Er drängt wieder seine Lippen auf meine, küsst mich gierig. Seine Zunge kämpft regelrecht gegen meine, umspielt sie, drängt sie zurück. Ridge stöhnt in meinen Mund.

Mit einem letzten, diesmal mehr als kraftvollen Stoß in mich, kommt er und reißt mich mit sich. Ich beiße in seine Schulter, um nicht wieder aufzuschreien, bis er zischt.

Keuchend sieht er zu mir herunter, dabei verzieht er seine Lippen zu einem Lächeln. »Du solltest dich dran gewöhnen, dass es härter wird, wenn du mich geärgert hast.«

Ich atme ebenfalls schwer. »Das war nicht härter ... Das war brutal.«

»Und trotzdem bist du gekommen«, lächelt er und küsst mich sanft.

Ich erwidere es, klammere mich an ihm fest und lege meinen Kopf an seine Schulter, nachdem er sich von meinen Lippen gelöst hat. »Du hast mir wehgetan«, flüstere ich.

»So bin ich, Kleines, ich nehme mir, was ich will.«

»Keine Entschuldigung?«

»Ich habe dir gesagt, dass ich mich nicht für mein Verhalten entschuldige«, antwortet er, als er sich aus meiner Umklammerung befreit. »Zieh dich an, wir müssen uns beeilen.« Dann klettert er zurück auf den Fahrersitz und richtet seine Jeans.

Ich angle nach meiner und ziehe sie umständlich an. Kaum habe ich sie geschlossen und sitze, stellt er den Beifahrersitz wieder aufrecht. Ich richte meinen BH, ziehe den Hoodie herunter und lehne mich zurück.

»Alles okay?«, erkundigt er sich.

»Ja«, antworte ich kleinlaut und schaue aus dem Fenster.

»Sieht nicht so aus.«

Tränen brennen in meinen Augen, jedoch erwidere ich nichts, ich zucke bloß mit den Schultern. Ja, ich bin gekommen und ja, in gewisser Weise habe ich es genossen, wie hart er mit mir umgesprungen ist, andererseits hat er mir Angst gemacht.

Ridge legt seine Hand an meinen Oberarm. »Kleines?«

»Es ist alles okay«, schniefe ich und fange an zu heulen.

»Hey«, raunt er und umarmt mich. »Ich bin nun mal so, ich mag es manchmal auf die härtere Tour.«

»Das stört mich ja gar nicht«, verteidige ich mich schluchzend.

»Was ist es dann?«

»Du hast mir echt Angst gemacht«, gebe ich zu, während ich mich noch einmal an ihn klammere.

Ridge küsst meine Schläfe. »Es ist alles okay. Ich warne dich nächstes Mal vor, wenn mir nach der härteren Gangart ist, okay?«

»Okay«, nicke ich und lasse ihn los.

♥♥♥

»Hey, Alter!«, ruft Dax, als Ridge und ich uns meinem Stiefbruder und seinen Freunden nähern. »Wir haben schon auf dich gewartet und das Battle verschoben!«

»Sorry, aber Hope brauchte Hilfe, sonst wäre ich früher da gewesen!«, antwortet Ridge.

Dax schaut mich an, dann schnellt seine Augenbraue hoch. »Was ist passiert?« Die Frage galt eindeutig mir und eindeutig wurde sie von Thorn gestellt.

»Alles okay. Ich hatte nur einen Streit mit Give«, weiche ich aus und schaue mich um.

Thorn legt seinen Daumen seitlich an mein Kinn und schiebt meinen Kopf zurück, sodass ich ihn ansehe. »Was ist passiert?«

»Lass uns später darüber reden, okay?«, entgegne ich, weil ich keine Lust habe, den ganzen Laden mit den Vorfällen des Tages zu unterhalten.

»Nur eines: Gab es Ärger?«

Ich werfe Ridge einen Blick zu, doch glücklicherweise steht er mit dem Rücken zu mir, anschließend schaue ich wieder Thorn an.

»Hat er dir wehgetan?«

»Nur erschreckt«, antworte ich und verschränke die Arme vor der Brust.

Thorn streichelt meinen Oberarm. »Ich rede mit ihm.«

»Nein, lass es. Wir haben es geklärt. Ich muss nur den Kopf ein wenig freibekommen«, erwidere ich bittend. Ich brauche niemanden, der für mich vor Ridge spricht. Ich kann meine Probleme und Angelegenheiten alleine klären, dafür brauche ich weder meinen Stiefbruder noch sonst jemanden. Bisher kam ich immer alleine klar, bis auf den schiefgegangenen Deal mit Miller und die Fast-Vergewaltigung durch Mr Zahnlos und seine Freunde. Okay, ich gebe es zu, ich brauche ständig Hilfe, aber ich bin nicht hilflos, und gegen meinen Freund – Krass, wie sich das anhört: Mein Freund – komme ich an. Dafür brauche ich wirklich niemanden.

»Okay, aber du sagst es mir, wenn er dich schlecht behandelt, verstanden?« Das war keine Bitte, es war ein typischer 'Ich bin dein großer Bruder'- Befehl.

Ich nicke hektisch. »Mache ich!«

Thorn legt seinen Arm um meine Schultern. »Gut. Willst du was trinken?«

»Bier?«

»Du bekommst keinen Alkohol von mir«, sagt er entschieden.

Ich seufze. »Eine Cola?«

»Trace! Kannst du bei Finch eine Cola für Hope ordern?«, ruft er dann.

Trace zeigt uns einen gehobenen Daumen, dann schiebt er sich durch die anderen Besucher an eine Bar, die mit Schwarzlicht beleuchtet ist. Ich verliere ihn bloß wegen seines weißen Basecaps nicht aus den Augen.

»Wann seid ihr dran?«, frage ich Thorn interessiert.

Er schaut zu mir herunter. Wie Ridge trägt er heute eher weite Kleidung, ein Basecap und eine Goldkette, wie man sie nur von Zuhältern kennt. Ja, ich kenne solche Männer, man kommt in der Bronx mit ihnen in Kontakt, wenn man viel auf der Straße herumhängt. »Oren hat sich, als ihr gekommen seid, auf den Weg zu Finlay gemacht, also wohl jeden Moment.«

»Ach so.«

»Thorn, wir sind dran!«, ruft Oren einen Moment später.

Mein Stiefbruder wendet sich mir zu. »Rede mit keinem; fang keinen Streit an und beweg dich nicht vom Fleck. Klar?«

»Glasklar«, entgegne ich und stelle mich an den hohen Tisch, auf dem die Getränke der Jungs stehen.

»Bis gleich, Hope.«

»Viel Erfolg«, erwidere ich, lächle ihn an und sehe ihnen hinterher. Kaum waren wir hier angekommen, hat Ridge mich wie Luft behandelt. Klar, die anderen wissen nichts von uns, aber es ist hart, wie schnell sich sein Verhalten in ihrer Gegenwart verändert. Irgendwann erlebt mein Herz noch ein Schleudertrauma wegen ihm, weil es nicht mehr weiß, in welche Richtung es schlagen soll. In seine oder keine, vielleicht auch in meine? Jedenfalls bin ich in diesen und den kommenden Minuten extrem durch den Wind.

»Haltet eure miesen Mäuler, damit ich die Jungs ankündigen kann, die sich nun für euch battlen!«, schreit ein Mann in ein Mikro, weshalb ich mir die Ohren zuhalte. Es ist viel zu laut. »Macht euch bereit für die Damnation Devils, die gegen die White Ripper antreten!«

'Und wer ist nun wer?', frage ich mich, denn ich habe keine Ahnung, wie sich die Combo, falls man das so nennt, von Thorn nennt. Ich traue ihnen ja die White Rippers zu, andererseits würde Damnation Devils besser zu ihnen passen. Okay, ich gebe es auf, da durchblicken zu wollen, und hoffe, dass vor dem Battle angekündigt wird, wer von welcher Gruppe – inklusive Gruppennamen – antritt.

»Und hier Thorn, der Leader der Damnation Devils«, wird mein Stiefbruder angekündigt, woraufhin ich eine Augenbraue hebe. Ich bin gespannt, wie er sich anstellen wird. Immerhin ist es das erste Mal, dass ich ihn rappen höre. »Außerdem Beast, der Leader der White Ripper!«

'Beast' fängt mit einem sehr beleidigenden Rap über Nutten, dralle Frauen und Teenager an, die er alle ficken will, was ihm Buhrufe einbringt. Als mein Bruder übernimmt, verändert sich die Stimmung. »Du willst mir sagen, dass Frauen Nutten sind? Was bist du für ein Waschlappen, denkst du, dass du es bringst? Wie kann man nur so dumm sein, so ein Schwein, zieh ab oder zieh dir diesen Rhythmus rein!« Dann gibt er das Mikro an Ridge weiter, der übernimmt: »Bitches sind Frauen, aber nicht alle Frauen Bitches. Sieh dir meine an, sie ist das was man Lady nennt, was hier keiner kennt, weil ihr ständig Chancen verpennt. Deine Augen sind weit offen, aber was du nicht mehr kannst ist hoffen, vom Alltag besoffen, nie hat eine in dein Herz getroffen. Aber weißt du was ich hab? Fast einen Meter siebzig Hoffnung!« Danach zwinkert er mir zu.

Ich applaudiere mit den anderen, jedoch etwas verhaltener, denn er hat uns gerade geoutet.

♥♥♥

Nachdem das Battle von der Gruppe meines Bruders gewonnen wurde, haben die Jungs gefeiert. Zwischendurch habe ich Thorn gebeten, mich nach Hause zu fahren, da ich echt fertig bin. Jetzt sitzen wir in seinem Auto. Er ist vollkommen aufgekratzt, da sie mit dem Sieg eine Möglichkeit bekommen haben, ihr Demo an einen Radiosender zu geben, der es abspielen wird. »Hast du Beasts Gesicht gesehen, nachdem wir mit ihm fertig waren?«, fragt er amüsiert.

»Habe ich«, erwidere ich.

»Und was sagst du dazu?«

»Es ist kein Wunder, dass ihr ihn auseinandergenommen habt, nachdem er alle Frauen als Huren und Nutten, die er ficken will, betitelt hat«, antworte ich gelassen.

Thorn nickt knapp. »Deine Laune ist heute aber auch ziemlich beschissen, hm?«

»Es war ein beschissener Tag.«

»Was ist passiert? Und was war eigentlich mit dir und Ridge los?«, bohrt er nach.

»Ich habe mich über meine Freundinnen geärgert; ein paar Dinge erfahren, die ich ziemlich beängstigend finde. Dann bin ich mit Ridge aneinandergeraten, weshalb er den Macker markiert hat«, entgegne ich.

»Inwiefern hat Ridge den Macker markiert?«

Ich seufze. »Ich will nicht darüber reden, okay? Ich kriege das selbst hin. Ich weiß, dass ich keine Beziehung mit ihm führen will, nur hat er uns heute Abend quasi als Paar geoutet, was mir Probleme bringen könnte, falls ein paar von Gives Leuten dort waren, die mich auch kennen.« Mit jedem Satz wird meine Stimme höher, zeigt meine Angst und Unsicherheit.

»Wären welche von Gives Leuten dort gewesen, hätte er sich gebremst. Dass du keine Beziehung willst, musst du mit ihm klären, nicht mit mir. Aber ich gebe dir einen Rat, lass mich in der Nähe sein, wenn du es ihm erklärst«, sagt er mit ruhiger Stimme.

»Warum?«, möchte ich wissen.

»Weil Ridge dich mit niemandem teilen wird, er wird dich nicht aufgeben.«

»Der Kerl ist also wirklich ein Stalker«, stelle ich trocken fest.

»Nicht direkt ein Stalker, nur sehr ehrgeizig, die Frau, die er will, zu bekommen.«

Ich brumme in mich hinein, bevor ich wieder das Wort an meinen Bruder richte: »Sehr ermutigend. Danke, Thorn. Ich habe schon richtig Bock drauf, mit ihm zu reden.«

»Mir gegenüber kannst du dir den Sarkasmus klemmen. Ich habe dir nur gesagt, dass ich in der Nähe sein sollte, falls er sich nicht unter Kontrolle hat.«

»Du meinst, er würde mir gegenüber ausflippen?«

»Könnte sein.«

»Okay, ich denke, ich versuche es mit ihm, weil ich keine Lust auf ein dummes Drama habe«, schmunzele ich.

»Hope, du bist 18, oder? Du bist jung, genieß es, und wenn ihr keinen Bock mehr auf den andern habt, wird eben Schluss gemacht«, sagt Thorn grinsend.

»Ja, ich denke, so kann man es betrachten. Ich habe ja nichts zu verlieren.«

»Stimmt.«

»Kann ich dich was fragen?«, erkundige ich mich.

»Das war schon eine Frage, aber schieß los«, erwidert er gut gelaunt.

»Studiert Ridge wirklich Medizin?«

Thorn fängt an zu lachen. »Hat er das gesagt?«

»Ja«, nicke ich und sofort beschleicht mich das Gefühl, dass Ridge mich belogen hat.

»So viel ich weiß, hatte er es vor und wurde angenommen, muss sich aber im Moment noch die Kohle zusammenkratzen, um das Studium bezahlen zu können«, erklärt er.

»Also studiert er noch nicht?«

»Nein, er wird ein wenig vorgegriffen haben, weil er drauf hofft, bald zu studieren.«

»Hm«, stoße ich aus, nicke abermals knapp und lehne mich zurück. »Schön, dass er mich belügt.«

»Vielleicht hast du ihn einfach falsch verstanden?«, meint er.

»Man versteht an 'Ich studiere Medizin' nichts falsch, oder doch?«, schnappe ich.

Thorn schüttelt den Kopf. »Eigentlich nicht.« Dann atmet er tief durch. »Ich denke, er wollte dich beeindrucken, immerhin kommst du aus einem recht wohlhabenden Haus, er musste sein ganzes Leben lang kämpfen und hat quasi nichts außer seiner Mutter und Fynn. Lass ihm die Illusion, dass du es glaubst, okay?«

»Ich versuch's, aber ich garantiere nicht dafür, dass es nicht noch in Streit ausartet.«

»Oh man«, stößt Thorn aus. »Ihr beide seid wie füreinander geschaffen. Ihr seid Streithähne, Zicken und kleine Arschlöcher, weißt du das?«

»Ich bin kein Arschloch.«

»Stimmt, du bist ein fieses Miststück«, lacht er, woraufhin ich gegen seinen Oberarm schlage.

»Du bist ein Mistkerl.«

»Das liegt dann wohl in der Familie«, kontert er.

»Oder der Arsch von meinem Vater hat auf dich abgefärbt.«

»Sollte er das getan haben, werde ich die Hotelkette erben und nicht du.«

»Mir steht ein Pflichtteil zu«, erinnere ich ihn.

»Aber aufgrund deiner Art kannst du enterbt werden.«

»Dann suche ich mir eben einen reichen Kerl, der mich aushält«, singe ich daraufhin.

»Du bist nicht kultiviert genug.«

»Dann werde ich das.«

Es bringt das Fass zum Überlaufen und wir brechen beide in Gelächter aus. Denn wenn jemand keineswegs kultiviert ist, dann bin ich es. Ich habe ja nicht mal gute Manieren außer am Esstisch, weil ich schlechte Essmanieren echt zum Kotzen finde. Im wahrsten Sinne des Wortes.

Bis wir uns beruhigt haben, vergeht eine ganze Weile. Es ist schön, dass ich mit Thorn auch lachen kann, denn das kam in letzter Zeit viel zu selten vor. »Wann kommen die alten Herrschaften eigentlich zurück?«

»Keine Ahnung, aber Mom meldet sich immer rechtzeitig, damit ich das Haus in Ordnung bringen lassen kann«, antwortet er lächelnd.

»Oh okay. Hoffentlich lassen sie sich noch ein bisschen Zeit.«

»Ganz sicher. Wieso auch nicht?«

»Keine Ahnung. Wie schnell hat man noch gleich Geschäftsreise und Urlaub hinter sich gebracht?«

»Bei den beiden dauert es schon mal eine Weile«, schmunzelt Thorn und fährt bei uns in die Auffahrt.

Ich mustere ihn, lege den Kopf schief und frage mich, wie er sein Geld verdient. All die Andeutungen über illegale Dinge haben mich neugierig gemacht, aber ich kann mir nicht vorstellen, dass Thorn so ein rücksichtsloses Arschloch ist. »Darf ich dir eine Frage, außer dieser, stellen?«

Er nickt. »Sicher.« Dann steigt er aus.

Ich folge ihm zum Haus. »Womit verdienst du dein Geld?«

Obwohl er gerade dabei war, die Tür zu öffnen, erstarrt er in seiner Bewegung und betrachtet mich skeptisch, misstrauisch. »Warum willst du das wissen?«

Ich ziehe die Schultern hoch und lasse sie wieder herabsacken. »Vielleicht will ich ja mein Bild von dir verbessern.«

»Ich mache ein paar Geschäfte, Hope, mehr musst du nicht wissen.«

»Illegale?«, frage ich dennoch weiter. Ich will nicht locker lassen, denn was auch immer er tut, früher oder später werde ich es erfahren.

»Auch, aber mehr musst du wirklich nicht wissen, denn so kannst du mich nicht bei den Cops verpfeifen«, erwidert er, darauffolgend zwinkert er mir zu.

Ich seufze und mir fällt Linda ein. »Noch eine Frage.«

Thorn lässt die Hände sinken und lehnt sich mit der Schulter an die Haustür. »Was noch, Hope?«

»Weißt du von einer Linda, die etwas mit Dax hatte?«

Mein Stiefbruder erstarrt zur Salzsäule. »Ich weiß genug, um zu wissen, dass die Toten ruhen sollten.« Anschließend schließt er die Tür auf, geht hinein und lässt mich stehen.

Ich schließe die Tür hinter mir ab und folge ihm erneut. »Was ist damals passiert? Crystal sagte, dass sie sich das Leben genommen hätte. Warum habt ihr überhaupt Probleme mit

Give und den Mädels? Ich würde gerne wissen, auf was für eine kranke Scheiße ich mich hier eigentlich einlasse!«

Er bleibt am Kopf der Treppe stehen und sieht zu mir herunter. »Komm mit nach oben, dann erzähle ich dir, was du wissen musst.«

»Okay.« Ich jogge zu ihm hoch und langsamer gehen wir weiter, bis wir sein Zimmer erreichen.

Aus einem kleinen Kühlschrank, der neben seinem Bett steht und den ich gerade zum ersten Mal sehe, holt er zwei Dosen Pepsi und wirft mir eine zu. Dann setzt er sich in seinen Sessel und deutet auf die Couch.

Ich nehme Platz, streife meine Schuhe ab und ziehe die Beine hoch. »Also?«

»Linda und Dax waren ein Paar«, beginnt er, während er die Dose mit einem zischenden Laut öffnet.

»Und?«

»Linda und Give waren die besten Freundinnen, zu der Zeit haben Give und ich uns auch noch ziemlich gut verstanden, waren ein Paar ...«

Ich reiße die Augen auf. »Dann hat sie also gar keinen Scheiß erzählt.«

»Nein ... Give wollte unbedingt einen gefährlichen Deal durchziehen, weil sie Geld brauchte, das ihre Eltern ihr nicht geben wollten. Sie hatte die Mädchen um Stillschweigen gebeten, doch Linda sprach mit Dax. Der Deal ging schief, weil wir uns einmischten, um ihr zu helfen, da der Kerl handgreiflich wurde. Giverney wurde dabei angeschossen und Linda bekam die Schuld dafür. Sie verlangten von ihr, dass sie sich von Dax trennen sollte. Zwischen Give und mir lief es zu der Zeit schon nicht mehr so gut, sie hat mich betrogen, dann habe ich sie betrogen. Eines führte zum Anderen. Linda wollte sich nicht von Dax trennen, Giverney schlug sie krankenhausreif, zum Krüppel, und Dax bedrohte Give. Die Katastrophe war fast perfekt, denn daraufhin trennte Linda sich von Dax. Er wollte es nicht wahrhaben, kam zu mir, gemeinsam rauchten wir ein paar Tüten ...« Thorn atmet tief durch.

»Und was ist dann passiert?«

»Dax drehte durch, rief Linda mehrmals an, ohne zu wissen, dass sie von den Mädchen bedroht wurde – wir haben es hinterher von ihrer Schwester erfahren –, und er machte sie ordentlich zur Sau. Na ja, die Mailbox jedenfalls. Irgendwann nahm sie das Gespräch an, sagte ihm, dass sie ihn trotz allem liebe, aber dieses Leben nicht mehr leben könne. Wir haben den Schuss gehört, einen Aufprall und sie war tot.«

Es läuft mir eiskalt den Rücken herunter. »Und seitdem bekriegt ihr euch?«

»Wir bekriegen uns nicht. Wir gehen einander aus dem Weg, zumindest gehen wir Give aus dem Weg, da Dax sie sonst fertigmachen würde ... Sie versucht uns ständig in die Quere zu kommen, wir wehren uns und es hat schon handfestere Streitereien gegeben.« Er zieht sein Hemd hoch und zeigt mir eine lange Narbe. »Da hat mich die kleine Irre mit einem Messer erwischt.« Thorn atmet erneut tief durch. »Du solltest dich von ihnen fernhalten. Am Anfang, ich gebe es zu, warst du mir scheißegal, Hope, aber jetzt, da du mit Ridge zusammen bist ... Du solltest auf Abstand gehen, damit sie dich nicht auch noch fertigmacht. Ich will nicht, dass dir etwas passiert, und wir haben gesehen, wohin dich diese Freundschaft führt. Du hast Streifschüsse abbekommen, die glücklicherweise nur deine Haut gestreift haben, und du warst in Lebensgefahr. Jetzt sollte der Spaß vorbei sein, denn es wird nicht besser mit Giverney, es wird immer nur schlimmer, bis sie dich so weit verdorben hat, dass du dein Leben wegwirfst.«

Ich hebe meine Augenbraue. »Sie sind meine Freundinnen. Ja, sie sind mies, kriminell und vielleicht ein wenig irre, aber ...«

»Aber was?«

»Mit ihnen fühle ich mich nicht ganz alleine in dieser gottverdammten Stadt«, antworte ich. »Ich werde aufpassen. Ich werde Give keinen Grund geben, mir etwas zu tun. Es wird anders laufen als bei Linda und Dax.«

»Ich bezweifle es«, sagt er mit einem darauffolgenden Seufzen.

Ich trinke einen Schluck, dann lege ich den Kopf in den Nacken. »Ich mache dir einen Vorschlag. Sobald ich nicht mehr sicher bin, ob sie es gut mit mir meinen oder nicht, werde ich dir Bescheid sagen, okay?«

»Mehr kann ich nicht verlangen, hm?«

»Nicht wirklich«, gebe ich lächelnd zu.

»Nur damit ich das richtig verstehe: Du kennst die Geschichte und willst dich nicht mit wehenden Fahnen von diesen Weibern verabschieden, sondern wirst das Risiko eingehen, dass sie dir den Arsch aufreißen, weil mein bester Freund dich flachlegt?«

»Richtig.«

»Störrisches, kleines Miststück«, knurrt er.

»Tja, so bin ich«, kichere ich.

»Und ich hoffe, dass du deshalb keine Probleme bekommen wirst. Wirklich, Hope.«

Ich strecke mich und gähne. »Ich werde keine Probleme bekommen.«

»Doch, denn wenn du jetzt nicht ins Bett gehst, bringe ich dich dorthin. Ich werde keine Rücksicht darauf nehmen, ob ich dich halbnackt sehen darf oder nicht, wenn ich dich in deinen Schlafanzug zwänge«, lacht er.

Ich stelle die Getränkedose ab, anschließend erhebe ich mich. »Bin schon weg. Gute Nacht, Thorn.«

»Gute Nacht, du kleine Zicke.«

»Arsch.«

»Miststück.«

»Du wiederholst dich«, necke ich ihn, als ich zur Tür gehe.

»Damit du es dir endlich mal merkst.«

»Schlaf gut«, sage ich amüsiert und verlasse sein Schlafzimmer, um ins Bad zu gehen.

»Das dauert noch eine Weile, weil ich die Jungs herbestellt habe.«

»Oh okay. Sag ihnen, dass ich jedem in den Arsch trete, der durchs Haus trampelt und mich weckt.«

»Sie werden sicher vor Angst erzittern«, lacht er.

»Sollten sie, weil ich ganz gut im Zwergenaufstand bin«, kichere ich und verschwinde im Bad. Ich putze mir die Zähne, wasche mich eilig und gehe schließlich in Unterwäsche in mein Schlafzimmer. Nachdem ich mir ein Top und eine Hotpants angezogen habe, lege ich mich ins Bett.

Es dauert nicht lange, bis ich eingeschlafen bin.

♥♥♥

Kapitel 7

Ich habe Ridge vier Tage nicht mehr gesehen, er nimmt meine Anrufe nicht an und Thorn gibt mir auch keine Antworten, wenn ich ihn nach Ridge frage. Was ist eigentlich los? Erst sagt der Kerl, dass er mich nicht teilt, und dann ignoriert er mich? Was soll der Mist? Ich glaube, wer Männer versteht, kann auch durch Null teilen. Normal ist das doch nicht, oder? Keine Ahnung, vielleicht ticken sie ja so, dass es ihnen scheißegal wird, was mit einem ist, wenn man die Frau erst mal flachgelegt hat. Zum Kotzen!

»Hope?«, ruft Delila.

»Oh fuck«, entfährt es mir. Wann kamen sie zurück? »Komme!«, antworte ich, verlasse mein Zimmer und renne die Treppen herunter. Im Erdgeschoss bremse ich scharf ab. »Ihr seid zurück«, stelle ich atemlos fest.

»Ja, sieht so aus«, erwidert sie lächelnd. »Und ihr Ferkel habt mir einen Saustall als Willkommensgeschenk hinterlassen.«

Ich beiße die Zähne zusammen und ziehe den linken Mundwinkel herunter. »Sorry. Thorn meinte, ihr würdet Bescheid geben, wenn ihr zurückkommt, damit wir rechtzeitig saubermachen können.«

Delila schmunzelt. »Halb so wild, du kannst mir gleich beim Aufräumen helfen.«

»Eigentlich habe ich etwas vor«, versuche ich meinen Kopf aus der Schlinge zu ziehen.

»Hallo, Hope«, sagt mein Vater. »Ich hab schon das Willkommensgeschenk in der Küche gesehen. Wartet im Wohnzimmer auch noch eines?« Seine Stimme klingt streng, dabei hatte ich gehofft, dass er entspannt ist, wenn er zurückkommt. Andererseits kann so ein Chaos auch jegliche Entspannung zerstören.

»Ich weiß es nicht, meistens war ich in meinem Zimmer, also wenn du etwas findest, dann hat Thorn es dir hinterlassen«, antworte ich. »Aber wisst ihr, ich sage den Mädels einfach ab und räume auf, sobald ich Thorn erreicht habe. Was in zehn Minuten der Fall sein dürfte. Mache ich es damit wieder gut?« Ich hasse ihn dafür, dass er mich überreden konnte, mich zu Hause zu verstellen, um nicht ständig mit den beiden aneinander zu geraten. Und das Schlimmste ist, dass ich die schlechteste Putzfrau der Welt bin. Lässt man mich Fenster putzen, sehen sie hinterher schlimmer aus als vorher. Es ist ein Teufelskreis. Spülen bekomme ich noch hin, aber putzen? Nein, das geht gar nicht. Mom hat es mich nie machen lassen, nachdem der Tisch später mehr geklebt hatte als vor dem Essen. Und auch, nachdem sie die Erfahrung mit den Fenstern gemacht hatte. Von meinem Händchen für Waschmaschinen will ich gar nicht erst anfangen.

Delila und mein Vater nicken synchron. »Das wäre ein Angebot. Dann ruf deinen Bruder an und pfeif ihn nach Hause, damit er dir hilft, immerhin bist du nicht alleine für dieses Chaos verantwortlich«, sagt er ruhiger.

»Alles klar. Ich komme gleich wieder runter und lege dann los.« Ich wende mich nach ihrem Einverständnis ab und jogge nach oben. Als ich dort bin, schnappe ich mir mein Handy, um Thorn anzurufen.

»Was ist?«, meldet er sich unfreundlich.

»Äh ja, die Herrschaften sind wieder da und wollen, dass wir den Saustall, den wir hinterlassen haben, beseitigen. Wann bist du hier, um mir zu helfen?«, erwidere ich für meine Verhältnisse unglaublich freundlich.

Er schnaubt, ob amüsiert oder genervt weiß ich nicht. »Ich soll putzen? Sicher nicht, Hope! Ich komme vor morgen nicht nach Hause.«

Ich brumme wütend. »Du hast da unten ganze Arbeit geleistet und ich soll jetzt alleine aufräumen? Bist du bescheuert, du Arsch?« Ja, ich weiß, ich bin sehr temperamentvoll und werde unverschämt, wenn man mich hängen lässt. »Du sagtest, du sponserst die Putzkolonne, hast du nicht getan. Ich werde dir Arbeit übrig lassen.«

»Hope, ich habe etwas Wichtiges zu erledigen, also bitte nerv mich nicht und mach's alleine. Wenn sie das nächste Mal weg sind, kümmere ich mich um alles, okay?«, bietet er versöhnlich an.

»Nein, es ist nicht okay. Beweg deinen Hintern her, wir sind zu zweit schneller, und wenn du deine Freunde mitbringst, sind wir sogar noch schneller.«

»Ich habe Nein gesagt, mach es alleine oder lass es bleiben, aber ich habe Wichtigeres zu tun, als jetzt unser Chaos zu beseitigen!«, herrscht er mich an, anschließend legt er auf.

Wutentbrannt werfe ich mein Handy aufs Bett, dann ziehe ich mir eine Jogginghose und ein altes T-Shirt an, denn wenn ich schon aufräumen muss, will ich mir meine Alltagskleidung nicht versauen. Ja, auch beim Putzen kann man dreckig werden, außerdem schwitzt man.

Als ich meine Haare zu einem Dutt gebunden habe, mache ich mich wieder auf den Weg nach unten. Von meinem Erzeuger und seiner Frau ist keine Spur, weshalb ich vermute, dass sie ihre Koffer auspacken. Ich gehe in den Flur, wo ich mir aus dem Abstellschrank den Putzeimer, einen Wischmopp und Lappen hole. Als ich auch noch Reiniger und Gummihandschuhe gefunden habe, fülle ich den Eimer mit heißem Wasser und kippe die halbe Flasche des Allzweckreinigers hinein. Wenn schon sauber, dann auch rein. Wobei ich bezweifle, dass mehr Reiniger hilft, aber sicher ist sicher.

Ich fange an, aufzuräumen, wische die Arbeitsflächen und Schränke ab, dabei wringe ich immer wieder den Lappen im Wasser aus, um den Dreck hinaus zu bekommen. Von der Musik aus dem Küchenradio begleitet, ist die Arbeit gar nicht so schlimm, ich verbinde sie einfach mit einem kleinen Tanz.

Als ich mit den Arbeitsflächen und dem Spülen fertig bin – na ja, als die Spülmaschine fertig gespült hat, wische ich den

Boden. So wie ich wische, ist es hier eine Gefahrenzone, denn es ist verdammt rutschig.

»Hope?«, ruft Delila wieder.

»Ja?«, antworte ich. Dann drehe ich mich um und rutsche aus. »Scheiße!«, schreie ich auf, nachdem ich hart auf meinem Arsch gelandet bin. »Das gibt blaue Flecken«, stelle ich leise fest und versuche aufzustehen, rutsche auf den nassen Fliesen aber immer wieder weg. »Was ist denn?«, rufe ich schließlich, da es noch eine Weile dauern kann, bis ich wieder auf meinen Füßen stehe. Kurzerhand rutsche ich auf dem Hintern zur Tür.

»Könntest du mir die Wäsche abnehmen? Dann könnten dein Dad und ich einkaufen gehen«, erkundigt sie sich, als sie mit dem Wäschekorb die Treppe herunterkommt. Als sie mich sieht, verkneift sie sich das Lachen. »Was ist passiert?«

Ich seufze und zucke mit den Schultern. »Ich bin ausgerutscht und der Boden ist so rutschig, dass ich nicht mehr aufstehen konnte.«

Daraufhin lacht sie. »Komm, ich helfe dir auf.« Sie stellt den Wäschekorb ab und reicht mir die Hand.

»Danke«, seufze ich und lasse mich von ihr hochziehen. »Thorn hat sich übrigens gedrückt. Scheinbar hat er etwas Wichtigeres zu tun.« 'Was sicher nicht ganz legal ist.'

»Dann wird er eben die Dachrinne saubermachen, wenn er wieder zu Hause ist«, erwidert sie amüsiert.

»Na, das will ich sehen«, schmunzele ich und stackse wieder durch die Küche.

»Du weißt, wie die Waschmaschine funktioniert?«, möchte sie wissen.

»Wäsche rein, Waschpulver und Weichspüler dazu, schließen, fertig?«, frage ich, obwohl ich keine Ahnung habe.

»Richtig. Wasch die Sachen bitte auf 30 Grad im Feinwäscheprogramm, da die Hemden deines Vaters empfindlich sind, und ich möchte nicht, dass er sich aufregt, weil eines eingelaufen ist.«

»30 Grad, Feinwäsche«, wiederhole ich. »Ist gespeichert.«

»Gut, dann sehen wir uns später«, sagt sie gut gelaunt, bleibt allerdings an der Tür stehen.

»Delila?«

»Ja, Hope?«

»Könntest du mir Oreo's mitbringen?«, frage ich kleinlaut.

»Klar, mache ich.«

»Danke dir, bis später.«

Sie wirft mir noch ein Lächeln zu, bevor sie sich abwendet und mich alleine zurücklässt.

♥♥♥

Die Wäsche läuft, und ich bin inzwischen im Wohnzimmer beschäftigt. Den Müll habe ich bereits weggeräumt, nun staubsauge ich und überlege, ob ich auch die Couch absaugen soll. Besser wäre es wohl, da offene Chipstüten auf den Polstern lagen. Außerdem würde es sicher Eindruck auf Thomas und Delila machen. Ich versuche, eines der Sitzpolster herauszuziehen, aber es scheint sich nicht lösen zu lassen. Seufzend stecke ich das Saugrohr in die Ritze und ziehe es durch, so wie es rieselt, waren wohl sehr viele Krümel dazwischen. Plötzlich blockiert etwas und ich ziehe den Sauger heraus. Ein violettes Stück Stoff schaut aus dem Schlitz. Ich greife hinein und ziehe es heraus. »O Gott, wie abartig«, quietsche ich und werfe den Slip weg, der zum Vorschein gekommen ist. »Oh man, diese Kerle sind so abartig.« Brummend mache ich weiter und stehe schließlich zufrieden auf. Jetzt ist es jedenfalls sauber. Mit dem Schürhaken vom Kamin hebe ich den Schlüpfer auf und trage ihn von mir weg haltend in die Küche. »Oh fuck!«, fluche ich und wate durch Schaum zur Waschmaschine. »Warum lassen die mich auch an technische Geräte, mit denen ich mich nicht auskenne?«, frage ich mich verzweifelt, dann rutsche ich aus. Ich bin in einem Meer aus Seifenschaum untergegangen und es wird immer mehr. »Scheiße, scheiße, scheiße! Warum passiert so was immer mir?«

Ich stehe mühsam auf und baggere mich quasi durch die Schaumwand, bis ich die Waschmaschine erreiche. »Geh aus, du Drecksding!«, verlange ich ungehalten und spiele an den Reglern. Die Maschine fängt an zu schleudern, was den Schaum aus ihr herauskatapultiert. Oh man. Mein einziger Gedanke ist: Raus hier, weglaufen und nie wieder zurücksehen! Ich fische mein Handy, das ich mittlerweile bei mir habe, aus meiner Hosentasche und wähle Thorns Nummer.

»Was willst du, Hope?« Oh, er klingt nicht gerade erfreut.

»Ich brauche unbedingt, ganz dringend, lebensnotwendigerweise deine Hilfe, Thorn«, antworte ich verzweifelt.

»Was ist passiert?«

»Die Waschmaschine. Ich sollte die Wäsche von Thomas und Delila waschen, aber scheinbar habe ich zu viel Waschpulver genommen, und jetzt ist die ganze Küche voller Schaum. Ich kriege das Scheißding nicht abgeschaltet und ich werde sicher nicht mit nassen Händen an den Stromstecker fassen«, erwidere ich. »Du musst mir unbedingt helfen.«

»Sei froh, dass wir gerade auf dem Weg sind. Ich bin in fünf Minuten da.« Bevor er auflegt, höre ich noch den Motor aufheulen.

Ich stecke mein Handy weg und schiebe den Schaum mit den Händen zur Seite. »Die werden mich ... ins Kloster stecken oder ... umbringen, aber ... eines von beidem tun sie«, stammele ich, als ich mit glitschigen Fingern den Regler auf Aus stelle. Endlich hört sie auf zu schleudern, doch es quillt noch immer Seifenschaum heraus, was klar ist, da sich die Trommel noch dreht. Ich atme tief durch. »Jetzt muss ich irgendwie den Schaum hier herausbekommen«, maule ich und habe keine Ahnung, wie ich das anstellen soll.

»Hope!«, ruft Thorn und kommt zur Küchentür. »Oh fuck.« Er schaut sich um, dann sieht er mich fassungslos an. »Was hast du gemacht?«

»Wäsche gewaschen?«, schlage ich unschuldig grinsend vor.

Daraufhin lacht er. »Du kannst nicht mal Wäsche waschen?«

»Ich kann nicht mal einen beschissenen Toast toasten, du Arsch!«

Hinter ihm tauchen seine Freunde auf, die in Gelächter ausbrechen, sogar Ridge.

»Hahaha«, äffe ich sie übellaunig nach. »Sehr lustig, ja!«

»Wir müssen schnellstmöglich den Schaum hier rauskriegen. Macht das Fenster auf, wir müssen ihn irgendwie rauskehren«, sagt Thorn und kommt vorsichtig in die Küche.

Ich gehe schnell zum Fenster und gerate ins Schlittern. »Whoo«, schreie ich auf und fange mich am Tisch ab.

Sie lachen noch lauter.

»Hört auf zu lachen!«, herrscht Thorn sie an, obwohl er sich selbst über mich amüsiert.

Ich gehe vorsichtig weiter zum Fenster, öffne es und schiebe den Schaum, der sich dort gesammelt hat, heraus.

»Wenn du noch mal auf die Idee kommst, eine hauseigene Schaumparty zu veranstalten, mach's im Garten, Hope«, neckt Thorn mich, weshalb ich ihm einen vernichtenden Blick zuwerfe.

»Hättest du dein beschissenes Versprechen eingehalten, wäre das nicht passiert, aber nein, du verhältst dich wie jeder Mann. Du machst große Versprechungen und hältst sie nicht ein!«, schnauze ich ihn an. »Und wenn die Alten kommen, bin ich die Gearschte!«

»Vollkommen zu Recht«, mischt Dax sich schmunzelnd ein.

»Halt den Mund!«, dröhnt es nun synchron von Thorn und mir. Was für Spinner. »Leute, wirklich, statt große Töne zu spucken, sollten wir Hope aus der Scheiße helfen, sie wird uns dafür sicher einen Gefallen tun.«

»Jeden«, stimme ich zu und verziehe anschließend das Gesicht. Das war das Dümmste, was ich hätte sagen können!

»Wunderbar«, grinst Thorn und pfeift sie heran.

Ridge sieht mich kurz an, bevor er sich daran macht, seinen Freunden zu helfen. Ich hingegen schleiche zurück zur Waschmaschine und stelle sie auf Pumpen, damit das Wasser aus der Trommel gesaugt wird. Die Jungs reiben sich gegenseitig mit dem Schaum ein, was mich zum Kichern bringt, aber ich fange mich schnell wieder, um das jetzige Chaos zu bereinigen.

Wir schaffen es irgendwie, die Küche in ihren normalen Zustand zurückzuversetzen und ich putze noch mal den Boden, während die Jungs die Schränke abwischen.

Schließlich schütte ich das Putzwasser in die Toilette und bringe die Utensilien weg. »Ich gehe duschen«, lasse ich Thorn wissen, der mit den anderen am Küchentisch sitzt.

»Alles klar. Was ist mit der Wäsche?«

Ich winke ab. »Ich fasse diese metallene Ausgeburt der Hölle nicht mehr an.«

Er nickt knapp. »Ich schalte sie gleich noch mal an.«

»Okay.« Ich wende mich ab und trete auf den Schürhaken. »Ach ja ...« Ich hebe ihn auf und der Slip baumelt noch daran. »Ihr Schweine, steckt so was bitte nicht mehr in die Sofaritzen, wer auch immer das war.« Dann reiche ich ihn meinem Stiefbruder. »Bis dann.«

»Der dürfte doch von dieser Kleinen von letzter Woche sein, oder?«, höre ich Ridge fragen, als ich zur Tür gehe.

»Keine Ahnung, ich hab mir nicht gemerkt, was Trace ihr ausgezogen hat«, lacht Thorn. »Hier, nimm deine Trophäe mit und ehrlich, Alter, hätte meine Mutter das Teil gefunden, hätte sie mich wieder in die Kirche geschleppt.«

Ich grinse in mich hinein, als ich mich auf den Weg nach oben mache.

Als ich im Bad stehe, ziehe ich mich mühsam aus, da die enge Kleidung an meiner Haut klebt. Plötzlich klopft es an der Tür. »Wer stört?«

»Ich bin's, Ridge.«

»Bleib draußen.«

Der Türknauf dreht sich, aber ich habe abgeschlossen. »Lass mich bitte rein, Kleines.«

»Du guckst mich tagelang mit dem Arsch nicht an, aber sobald ich duschen gehe, willst du zu mir? Geht's noch?«, hake ich empört nach.

»Ich will nur mit dir reden; dir erklären, warum ich nicht erreichbar war und mich von dir ferngehalten habe«, antwortet er.

»Das kannst du in 20 Minuten auch noch«, entgegne ich entschieden.

»Komm schon, Kleines.«

»Nein!«, gebe ich aufgebracht zurück. Dann bin ich nackt und steige in die Duschkabine.

»Hope, bitte.«

»Ich sagte: Nein. Aber ich kann es noch auf ein ‚fick dich' erweitern, wenn du mich jetzt weiter abfuckst!« Anschließend drehe ich den Wasserhahn auf. Das Prasseln der Dusche übertönt, was er möglicherweise noch sagt, aber das stört mich nicht im Geringsten.

Nachdem ich mich gewaschen habe, steige ich im Handtuch aus der Dusche und schrecke zusammen. »Wie bist du hier reingekommen?«

»Unterschätz mich nicht. Warum hast du nicht aufgemacht?«, fragt Ridge gelassen.

»Weil ich nicht mit dir reden will. Könntest du bitte rausgehen? Ich will mich anziehen.«

Er schüttelt den Kopf. »Lass mich dir erklären, warum ich mich nicht gemeldet habe.«

»Nein«, erwidere ich, während ich die Arme vor der Brust verschränke. »Ich will es nicht wissen, weil wir kein Paar sind, also ist es mir schlichtweg scheißegal!« Danach gehe ich zur Tür, doch Ridge hält mich auf, dreht mich zu sich herum.

»Rede mit mir, Kleines«, verlangt er mit starrem Blick in meine Augen.

»Lass mich los oder ich rufe nach Thorn. Du willst sicher nicht, dass er sieht, wie du mich bedrängst«, drohe ich ihm mit zusammengebissenen Zähnen.

Sein Mundwinkel zuckt, doch folgt dem kein weiteres Zeichen der Belustigung. »Ich bin sein bester Freund, kenne ihn seit Kindertagen ... Du bist nur seine Stiefschwester, die er erst ein paar Wochen kennt.«

Ich reiße mich los und gehe in mein Zimmer, die Tür schließe ich hinter mir ab und verkante noch einen Stuhl unter dem Türknauf.

»Komm schon, Hope.«

»Lass mich einfach in Ruhe!«, rufe ich zurück, trockne mich zügig ab und ziehe mich an.

»Lass mich rein, damit wir reden können«, wiederholt er.

Ich will nicht mit ihm reden, allerdings weiß ich, dass er erst Ruhe geben wird, wenn ich ihm die Tür geöffnet habe. Ich ziehe den Stuhl weg, dann lasse ich ihn herein. »Was willst du noch?«

»Zuerst wissen, ob du wirklich Schluss machst«, antwortet er, während ich meine Haare trocken rubble.

Ich schnaube. »Du Arsch, du meldest dich vier Tage nicht, ignorierst mich und reagierst nicht auf meine Anrufe. Was sollte das?«

»Ich hatte zu tun und es war gefährlich. Hätte ich dich mit reinziehen sollen?«, möchte er wissen.

»Ich hätte es gerne gewusst. Thorn hat mir nichts gesagt, außer 'Klär das mit Ridge, wenn er wieder Zeit hat' und die anderen sind mir auch ausgewichen!«, entgegne ich aufgebracht. Ich setze mich aufs Bett und schaue skeptisch zu ihm. »Was hast du gemacht?«

»Dinge erledigt. Hör zu, Kleines, ich will dich wirklich nicht in die Sache reinziehen, deshalb ist es besser, wenn du nichts weißt, okay?«, sagt er versöhnlich und setzt sich zu mir.

So kenne ich ihn nicht, normalerweise ist er anders, härter. »Okay«, gebe ich klein bei, denn ich kann es ihm sowieso nicht entlocken. »Und jetzt willst du mir sagen, dass wir ein Paar sind und du mich nicht gehen lässt, selbst wenn ich keinen Bock mehr auf dich habe?«

Diesmal verziehen sich seine Lippen zu einem Lächeln, einem äußerst charmanten Lächeln. »Richtig.«

Ich schnaube wieder. »Hatte es etwas mit Give und den Mädels zu tun?«

»Unter anderem, aber mehr werde ich dir nicht sagen.«

»Du hast dich wieder mit Crystal getroffen, stimmt's? Sie war komischerweise auch nicht da, als ich bei Give war«, hake ich nach.

Ridges Lächeln erstickt. »Ja, aber ich hatte nichts mit ihr. Ich habe ihr erklärt, dass zwischen uns rein gar nichts gelaufen ist und ich eine Freundin habe; sie fragte, wer meine Freundin sei, aber das hat sie nicht aus mir herausbekommen.«

Ich verdrehe die Augen. »Hältst du mich jetzt wirklich für so dumm, dass ich dir das abkaufe?«

»Ich halte dich nicht für dumm, sondern hatte darauf gehofft, dass du mir vertraust«, sagt er genervt.

Ich stehe auf und gehe durch mein Zimmer. »Ich vertraue dir nicht, nach allem was ich gehört habe. Ich kann mir nicht vorstellen, dass Crystal mich anlügt. Bei Thorn und dir kann ich es mir eher vorstellen.«

Ridge springt auf, kommt zu mir und fasst an meine Schultern. Er zwingt mich, ihn anzusehen. »Bist du völlig irre? Alles, was ich dir gesagt habe, war und ist die Wahrheit. Ich habe es nicht nötig zu lügen, weil ich jede haben könnte, aber ich will dich und ich will dich ganz. Ich will kein billiges Flittchen wie Crystal, Give oder Zoila haben, sondern nur dich! Wann verstehst du das endlich?«

»Wenn du es mir bewiesen hast«, antworte ich unterkühlt und befreie mich von ihm.

»Wie soll ich das tun?«, hakt er nach.

Ich drehe mich weg. »Keine Ahnung. Lass dir etwas einfallen.« Danach lasse ich die Schultern hängen. »Und fass mich nicht immer so hart an, ich will nicht noch mehr blaue Flecke haben.«

»Noch mehr?«, fragt er perplex.

»Ja«, hauche ich.

»Wer hat dir wehgetan?«

»Du, vor vier Tagen, die Nummer im Auto! Du warst ziemlich rücksichtslos und das hat Spuren hinterlassen«, erwidere ich, nachdem ich mich langsam zu ihm umgedreht habe.

»Fuck«, stößt er aus. »Sorry, ich … Ich wollte dir nicht wehtun, Kleines.«

Ich hebe eine Augenbraue. »Ich dachte, du entschuldigst dich nicht?«

Nun zuckt er mit den Schultern, reibt seinen Nacken und sieht mich entschuldigend an. »Normalerweise tue ich es auch nicht, aber du veränderst mich.«

»Und ich glaube, dass du nicht gut für mich bist«, sage ich leise.

»Was gibt dir das Gefühl?«

»Mein Kopf.«

»Was sagt dein Herz?«

»Nimm ihn dir, er ist toll.«

»Und dein Bauch?«, fragt er weiter.

»Hört auf zu streiten, euer Gezeter kann ja keiner mehr ertragen?«, schlage ich vor.

Ridge lacht und kommt nah vor mich. Sanft legt er seinen Finger unter mein Kinn, das er vorsichtig nach oben drückt. »Dann lass die beiden streiten und wir zwei freuen uns«, raunt er, dann küsst er mich.

Ich lege meine Hände in seinen Nacken, erwidere es und lasse mich von ihm zum Bett schieben. Ridge schubst mich rücklings darauf, lässt sich mit mir fallen und treibt mir mit der Landung auf meinem Körper die Luft aus den Lungen, sodass ich mich von ihm lösen muss.

»Was ist los?«

»Du bist schwer«, keuche ich und atme gierig ein, als er seinen Oberkörper etwas anhebt.

»Das haben Muskeln so an sich«, erwidert Ridge grinsend und rollt sich neben mich.

Ich drehe mich auf die Seite und sehe in die funkelnden grauen Augen, die mir entgegenblicken. »Wie hast du es eigentlich geschafft, dass Crystal glaubt, du hättest sie flachgelegt, obwohl du es nicht getan hast? Nur am Alkohol kann es doch nicht liegen.«

Er dreht den Kopf weg. »Ich habe sie abgefüllt und noch etwas Anderes getan, worauf ich nicht stolz bin, aber ich musste die Dinge eben erfahren ... Jedenfalls denkt sie, dass wir ein Paar waren, aber das waren wir nie.«

»Hm.« Ich lege meine Wange auf seine Brust und schließe die Augen. »Könntest du heute hier bleiben oder kann ich mit zu dir kommen?«, frage ich leise.

»Du willst bei mir übernachten?«

»Wenn du nichts dagegen hast«, entgegne ich.

»Habe ich nicht. Mir wäre es sowieso lieber, wenn ich dich öfter bei mir hätte«, sagt er gut gelaunt.

»Also soll ich ein paar Sachen mitnehmen?«, hake ich grinsend nach.

»Ja.« Er hebt den Kopf und küsst meinen Scheitel. »Vielleicht lasse ich dich auch gar nicht mehr gehen.«

Ich lache leise. »Mein Vater würde dir etwas erzählen, wenn ich nicht mehr nach Hause käme.«

»Thorn auch, aber weißt du, ich würde drauf scheißen, weil ich dich bei mir haben will. Da können die beiden nichts dran ändern«, schmunzelt er. Ridge streichelt durch mein Haar. »Und so würde ich auch wissen, wann du wohin gehst.«

»Musst du das denn wissen?«

Er nickt, was ich wegen der Berührung seines Kinns an meinem Kopf merke. »Klar, immerhin … bist du meine Freundin.«

Ich seufze. »Ridge?«

»Hm?«

Ich weiß, dass ich mit dem, was ich wissen will, alles zerstören könnte, aber ich muss es einfach erfahren. »Liebst du mich?«

Sein plötzliches Verspannen ist wohl negativ zu deuten. »Das ist das, was du dir wünschst, hm?«

Ich hebe den Kopf und nicke.

Ridge legt seine Hand an meine Wange. »Ich kann dir nicht sagen, dass ich dich liebe.«

Daraufhin ziehe ich mich zurück. »Warum nicht?«, frage ich, als ich neben ihm auf dem Bett knie.

Er richtet sich auch auf. »Ich habe es das letzte Mal zu Nicky gesagt und sie ist gestorben. Ich habe das Gefühl, dass etwas passiert, wenn ich es auch zu dir sage.«

»Könntest du mich denn eines Tages lieben?« Meine Stimme ist leise, da ich kurz davor bin, zu heulen. Ich fühle mich abgelehnt und ungeliebt. Normalerweise bin ich nicht so unsicher, aber in seiner Gegenwart ist es, als würde mein Ich eine 360 Grad Wende hinlegen.

Er sieht mich ratlos an, bevor sein Blick ebenfalls traurig wird. »Wie könnte man dich nicht lieben, Kleines?«, raunt er, während sein Daumen auf meiner Wange kreist.

»Du kannst es scheinbar nicht.«

»Falsch«, sagt er leise. »Ich sage es nur nicht, aber glaub mir, du bist der liebenswerteste Mensch, den ich kenne.«

Als die erste Träne fällt, senke ich meinen Blick.

»Hey«, flüstert Ridge, der seinen Zeigefinger unter mein Kinn legt, um es anzuheben. »Warum weinst du jetzt?«

»Weil ... du mich ja anscheinend nicht liebst.«

Er seufzt schwer. »Hope!«

Ich schaue weg, weil ich ihm nicht meine Schwäche zeigen will. Er soll einfach nicht sehen, dass ich seinetwegen weine.

»Sieh mich an.« Ridge nimmt mein Gesicht in seine Hände und haucht einen Kuss auf meinen Mundwinkel. »Ich liebe dich.«

»Sagst du das jetzt, um mich zu beruhigen, oder weil du es wirklich so meinst?«, hake ich kleinlaut nach.

»Weil ich es so meine«, raunt er wieder und verschließt meine mit seinen Lippen.

Innerlich atme ich auf, denn meine Unsicherheit ist wie weggefegt, auch wenn meine Tränen noch nicht versiegt sind. Er liebt mich, mein Wunsch hat sich erfüllt. Und ich denke, ich liebe ihn auch, denn so wie in seiner Gegenwart habe ich mich noch nie gefühlt. Ich fühle mich sicher, gut aufgehoben, verstanden und begehrt.

Seine Zunge dringt in meinen Mund ein und ich empfange sie gebührend. Ich bin diejenige, die ihm nun keine Luft zum Atmen gibt, falle regelrecht über ihn her, sodass er mich ausbremst. »Wow, was ist denn jetzt los?«, keucht er.

Ich erröte. »Sorry.«

»Nein, schon okay, aber könntest du meinen Kragen loslassen? Ich hab's nicht so gern, wenn man daran herumzerrt«, schmunzelt er.

Ich schaue auf meine Hände, die seinen Kragen umklammert haben. Sofort ziehe ich sie zurück. »Sorry.« Mehr fällt mir gerade echt nicht ein.

»Hör auf, dich für deine Leidenschaft zu entschuldigen, okay?«

Ich nicke hektisch, dabei richte ich mich auf. »Willst du … ?«

»Ridge?«, ruft Thorn, womit er mich unterbricht. »Beweg deinen Hintern nach unten, wir müssen los!«

»Komme gleich!«, antwortet er meinem Stiefbruder und sieht mich an. »Will ich was?«

»Nichts, schon gut … Du musst los.«

»Kommst du später zu mir?«, möchte er wissen.

»Wann denn?«

»Ich rufe dich an, wenn ich auf dem Heimweg bin, um dich abzuholen, alles klar?«

»Okay«, erwidere ich lächelnd. »Ich packe schon mal meine Tasche.«

Ridge steht auf, dann beugt er sich zu mir herunter und haucht einen Kuss auf meine Schläfe. »Bis später, Kleines.«

»Bis später«, entgegne ich über meine Schulter schauend, als er schon zur Tür geht.

Von dort aus zwinkert er mir zu, bevor er aus meinem Sichtfeld verschwindet. Seufzend lasse ich mich auf den Rücken fallen, denke allerdings nicht daran, dass ich mit jenem zum Boden sitze, und falle vom Bett. »Autsch«, stoße ich aus und schließe die Augen.

Eine ganze Weile bleibe ich so liegen, ich starre die Decke an und frage mich, ob Ridge mir jemals wieder sagen wird, dass er mich liebt.

♥♥♥

Das war definitiv das letzte Mal, dass ich mich habe verarschen lassen. Ich bin so sauer auf Ridge, das wird mir kein Mensch glauben. Er rief mich an, dass er auf dem Heimweg sei, ich brachte meine Tasche nach unten, woraufhin er mir fünf Minuten später wieder absagte, weil er doch noch etwas zu erledigen habe. Eine Stunde später ging das Spiel wieder von vorne los. Nun ist es 22 Uhr und von ihm gibt's keine Spur. Ich habe es echt satt. Erst fällt er mit sehr hartem Sex über mich her, dann ignoriert er mich tagelang, und dann spielt er so ein dummes Spiel mit mir. So ein Wichser! Wirklich. Ich bin kurz davor, ihm Eine zu scheuern, sobald er mir unter die Augen tritt. Nun liege ich auf meiner Couch, sehe fern und wünsche dieser dummen Love Interest des Hauptdarstellers einen qualvollen Tod. Wie kann man sich so einen Schmalz nur freiwillig reinziehen? Wie kann ich es? Ich habe keine Ahnung. Vermutlich werde ich ein Weichei.

Mein Handy holt mich in die Gegenwart zurück. Es ist Cynda. »Hey, wie geht's dir?«, melde ich mich.

»Hey, mir geht's super und dir?«

»Ganz gut, danke.«

Sie quietscht. »Yay. Wie sieht's an der Ridgefront aus?«

»Wolkig mit Aussicht auf Fleischbällchen«, erwidere ich trocken, woraufhin sie auflacht.

»Das hört sich nach Ärger an.«

»Na ja, er wird Ärger haben und ich meinem Luft machen. Wieso rufst du an und fragst direkt danach?«, möchte ich wissen.

»Ich habe dir doch von Jeremy Walters erzählt, ne?«

Ich denke einen Moment lang nach. »Ja richtig, der Kerl, der nach Chicago zieht und sich mit mir treffen wollte.«

»Genau. Er hat sich jetzt eingelebt, hat er mir erzählt. Und er hat mich noch mal nach deiner Nummer gefragt, aber ich wollte sie ihm erst geben, wenn du einverstanden bist«, erzählt sie.

Ein Treffen mit ihm wäre die perfekte Gelegenheit, um Ridge eins reinzuwürgen. »Klar, gib sie ihm ruhig.«

»Wow.«

»Was?«

»Du scheinst ja echt sauer auf diesen Kerl zu sein, wenn du treue Seele deine Nummer von mir weitergeben lässt«, kichert sie.

»Ich bin extrem angepisst, deshalb wähle ich den Spaß, statt den Frust. Gib ihm meine Nummer und sag ihm, dass er mich jederzeit anrufen kann«, erwidere ich mit einem inneren Lächeln.

»Okay, ich sag ihm gleich Bescheid. Du kannst dich ja heute noch mit ihm treffen, um deinem Kerl eins reinzuwürgen«, lacht Cynda.

So scheiße es ist, aber sie hat recht. Ridge hat es verdient, dass ich ihm zeige, dass er so nicht mit mir umspringen kann. Gut, ich bin 18 und er ist der erste Mann, mit dem ich sehr intim geworden bin – ja gut, der mich gefickt hat –, was aber nicht heißt, dass er mit mir machen kann, was er will. Ich werde jetzt nach meinen Regeln spielen. Friss oder stirb. Ich werde wieder egoistisch! »Alles klar. Quatschen wir morgen oder so mal?«

»Klar, ruf einfach an.«

»Mache ich, bis dann, Süße.«

»Bis dann, Schnecke«, erwidert sie und ich lege auf.

Seufzend schaue ich wieder auf den Fernseher, um mir anzusehen, wie diese furchtbare Schnulze ausgeht. Müsste ich nicht, ich weiß, diese Kackbratzen bekommen ja immer ihre Happyends. Dafür werden sie bezahlt. Ich frage mich nur, wie bekifft die Drehbuchautoren sein müssen, die so einen Scheiß überhaupt schreiben. Vielleicht leiden sie auch unter

Realitätsverlust, denn es kommt niemals, niemals, niemals ein Millionär angelaufen, der die arme Studentin will. Oder der Milliardär, der die Putzfrau will, wie in diesem Film. Vielleicht soll sie auch Zimmermädchen sein, aber das ist mir egal. Fakt ist: Diesen Scheiß gibt's nicht!

Ich brauche jemanden, der das Feuer in meinen Augen sieht und sich traut, damit zu spielen. Mein Handy klingelt erneut, es ist eine Chicagoer Nummer. »Hallo?«, melde ich mich.

»Hey, hier ist Jeremy, spreche ich mit Hope?«

»Ja, hi ... Das ging aber schnell«, antworte ich lächelnd. Ich weiß, er sieht es nicht, aber er kann es sicher hören.

Er gluckst. »Cynda sagte, du hättest jetzt Zeit, und ich dachte, es schadet nicht, wenn ich die Gelegenheit beim Schopf packe.«

Oh man redet der hochgestochen. »Hehe, du lässt also nichts anbrennen«, stelle ich fest.

»Selten, aber in deinem Fall habe ich länger gewartet als üblich.«

»Soso«, entgegne ich.

Jeremy atmet tief durch. »Hättest du vielleicht Lust, dich heute Abend mit mir zu treffen?«

Hm, wenn ich ehrlich bin, habe ich keine Lust. »Sorry, aber ich hab mich schon umgezogen und wollte gleich ins Bett, aber wenn du Lust hast, können wir uns Samstagabend treffen.« Das wären ein paar Tage, die ich damit verbringen könnte, herauszufinden, warum Ridge mich so verarscht.

»Klar, gegen acht?«

»Ich hoffe doch, du meinst abends«, kichere ich.

»Klar, morgens um die Zeit bekommt man mich nicht aus dem Bett, wenn ich Ferien habe«, lacht er.

»Alles klar. Wo treffen wir uns?«

»Wenn du mir deine Adresse gibst, kann ich dich abholen und wir gehen ins Kino oder so?«, schlägt er vor.

»Ich schreibe sie dir gleich per SMS, okay?«

»Cool. Dann störe ich dich mal nicht länger, Hope, schlaf gut.«

»Du auch, Jeremy.«

»Bye.«

»Bye«, zitiere ich ihn und lege auf.

Der Film endet, Schmalzlocke und Putze haben einander bekommen und ich bin so genervt, dass es mich müde macht. Ich schalte den Fernseher ab, anschließend gehe ich ins Bett. Zu guter Letzt mache ich das Licht aus. Ich kann mich nicht daran erinnern, wann ich das letzte Mal vor 24 Uhr im Bett gewesen bin. Öde!

♥♥♥

Kapitel 8: Drei Tage später

Ich hasse ihn, ich liebe ihn, ich hasse ihn, ja definitiv, ich hasse ihn! Ridge kann mir gestohlen bleiben. Nie wieder werden mich diese grauen Augen überzeugen. Auch kein geheucheltes 'Ich liebe dich'. Es reicht einfach, denn er hat mich wieder einmal ignoriert. Wieder einmal bekam ich auch von meinem Stiefbruder keine Antwort. Ich war bisher selten so fuchsteufelswild und angepisst wie momentan. Mittlerweile sollte ich mich dran gewöhnt haben, denn er hat mich schon einmal tagelang ignoriert, doch diesmal räche ich mich. Wenn er von dem Date mit Jeremy erfährt, wird er sauer. Genau das will ich.

Fertig bin ich schon und ich habe mich so dermaßen herausgeputzt, dass Jeremy sicher Augen machen wird. Ich trage ein Kleid, was für mich ungewöhnlich ist, passende Schuhe hat Delila mir geliehen. Ich habe ihr erzählt, dass es mein allererstes Date ist, ich vorher nie einen Freund hatte und ich ganz dringend die Hilfe einer Mutter bräuchte. Sie hat mir geholfen, meine Haare frisiert und mir Make-up Tipps gegeben. Eigentlich ist sie nett, aber immer noch ein wenig zu aufdringlich. Ich nehme mir die schwarze Handtasche, die ich mir mal auf einem Flohmarkt gekauft habe, und stopfe meine Sachen hinein.

»Hope, dein Freund ist da!«, ruft Thomas von unten.

Ich stecke noch meine Kaugummis in die Tasche, anschließend gehe ich zur Treppe.

»Dein Freund?«, fragt Thorn hinter mir.

»Ein Freund, Problem damit?«, entgegne ich, nachdem ich mich zu ihm umgedreht habe.

»Nein«, erwidert er schulterzuckend und kommt an mir vorbei. »Aber ich werde mir mal ansehen, wer dich heute Abend ausführt, denn Ridge wird es nicht sein.«

»Wehe du sagst ihm etwas«, brumme ich, als ich ihm folge.

»Wieso sollte ich denn meinem besten Freund verschweigen, dass seine Freundin sich mit einem anderen trifft?«

»Aus demselben Grund, warum du mir verschweigst, wo sich mein Freund herumtreibt. Misch dich einfach nicht in meine Angelegenheiten ein, verstanden?«, zische ich, als wir die zweite Treppe nach unten nehmen.

»Mal schauen«, sagt er mit einem charmanten Lächeln.

»Hey, Hope«, begrüßt mich Jeremy, als ich die Stufen noch nicht einmal hinter mir gelassen habe.

Ich schaue zu ihm. »Hey.« Ich lächle ihn an, dann spaziere ich zu ihm, und nur um Thorn zu ärgern, grüße ich ihn noch mit Wangenküssen.

Mein Stiefbruder räuspert sich. »Hi, ich bin Thorn, wenn du meine kleine Schwester antatschst, muss ich dir leider die Finger brechen.«

Jeremy sieht mich verblüfft an, doch ich winke ab. »Hör nicht auf ihn, er erzählt immer so einen Müll.«

»Ich meine es ernst, Hope.«

»Stiefschwester! Und ich glaube, du solltest dich um deinen Scheiß kümmern«, flöte ich und wende mich wieder an mein heutiges Date. »Gehen wir?«

»Unbedingt«, nickt er.

»Leute, ich bin weg. Wartet nicht auf mich!«, rufe ich meinen 'Eltern' zu und hake mich bei Jeremy ein, nachdem er es mir angeboten hat.

»Hope?«, fragt Thorn hinter mir, weshalb ich ihm einen Blick zuwerfe.

»Bitte?«

»Provoziere nichts, was du nicht im Griff hast«, sagt er, wendet sich ab und geht wieder nach oben.

Ich schlucke. Einen deutlicheren Hinweis auf Ridge hätte er mir nicht geben können.

»Was war das denn?«, hakt Jeremy irritiert nach.

»Nichts, vergiss es einfach. Thorn tickt nicht ganz richtig«, schmunzele ich und hoffe, dass er nicht merkt, wie ich mich dazu zwinge.

»Wo möchtest du hin?«, erkundigt er sich, als wir einen schrottreifen BMW erreichen.

Ich zucke mit den Schultern. »Irgendwohin.«

»Das ist ein ziemlich breit gefächerter Ort«, grinst er, doch ich checke es nicht.

»Ähm ja ... Du wolltest doch ins Kino, oder nicht?«

»Welchen Film?«

»Keine Ahnung, wir gucken einfach mal, was läuft, und wenn wir uns nicht einigen können, knobeln wir es aus«, schlage ich vor, bevor ich einsteige.

Jeremy schließt die Beifahrertür, anschließend geht er um den Wagen herum und nimmt auf dem Fahrersitz Platz. »Sorry, das Auto gehört mir nicht, ich hab es mir von meinem Mitbewohner geliehen.«

Ich kichere. »Kein Problem. Hauptsache es fährt.«

»Also dann zum Kino.« Er startet den Motor, fährt los und sieht konzentriert auf die Straße.

Ich muss zugeben, dass ich keine Ahnung habe, worüber ich mich mit ihm unterhalten soll.

»Was treibst du so, Hope?«, möchte er wissen, nachdem er ebenfalls eine Weile geschwiegen hat.

»Ein paar Dinge. Ich treffe mich gelegentlich mit ein paar Mädels, die ich hier kennengelernt habe, sonst streite ich mich mit Vorliebe mit meinem Stiefbruder oder meinen Eltern«, antworte ich. »Und du? Ich habe gehört, dass du hier studierst.«

Er lächelt zu mir herüber. »Ja, das tue ich.«

»Und was studierst du?«

»Rechtswissenschaften«, erwidert er gut gelaunt.

»Oh wow, der nächste Obama sitzt neben mir«, necke ich ihn.

»Na ja, wenn ich eine Lehrtätigkeit an der Uni bekomme oder Präsident werde, dann kannst du mich so nennen, aber jetzt bin ich erst mal nur ein Student«, lacht er.

»Wer weiß, was die Zeit bringt«, sinniere ich.

»Alter, aber egal. Studierst du?«

Ich schüttele den Kopf. »Nein. Mein Abschluss war nicht besonders gut und ich habe auch keine Lust, mich noch mal für vier Jahre irgendeiner Schule zu verpflichten.«

»Warum nicht?«

»Warum denn doch?«, hake ich nach.

»Weil du etwas im Leben erreichen willst«, sagt er überzeugt.

»Bill Gates hat auch nicht zu Ende studiert und sich mit Microsoft den Arsch vergoldet«, erwidere ich trocken. »Michael Dell hat sein Studium ebenfalls abgebrochen und wir alle kennen Tarantino, der hat nicht mal einen Schulabschluss.«

»Dafür hat Tarantino eine Schauspielausbildung«, hält Jeremy dagegen.

»Ich glaube nicht, dass das ein Studium aufwiegt«, kontere ich wieder, als ich ihn mit schief gelegtem Kopf ansehe.

Er schüttelt ungläubig den Kopf. Sicher ist er verwundert, dass ich nicht studieren will, aber wofür soll das gut sein?

Ich arbeite mir den Arsch für einen Job wund, den ich wahrscheinlich niemals ausüben werde. »So viele junge Leute studieren und enden arbeitslos, da bleibe ich lieber gleich ohne Tätigkeit. Außerdem haben Thomas und Delila so viel Kohle, dass ich genügend erbe, wenn sie mal nicht mehr sind.« Um Gottes Willen, was sage ich hier? Ich wollte nie so werden, mich niemals mit dem Geld anderer schmücken, sondern für mich selbst sorgen. Irgendwie werde ich das schaffen, auch wenn ich absolut keinen Bock aufs College habe.

»Nicht wirklich, dennoch hat er eine Ausbildung. Definitiv haben alle drei etwas aus ihren Leben gemacht«, reißt er mich schließlich aus meinen Gedanken.

»Wenn du mich für eine Versagerin hältst, dann sag es einfach, okay?«, sage ich mehr als neutral. Es ist mir gleich, was andere Leute von mir denken, aber sie sollen es mir geradewegs ins Gesicht sagen und nicht drumherum reden. Es gibt nichts Schlimmeres als Menschen, die einem ins Gesicht lächeln und einem hinterrücks das Messer in den Rücken jagen, sobald man sich wegdreht. Ich kann solche Menschen nicht ausstehen.

Jeremy sieht mich brüskiert an. »Ich halte dich ganz und gar nicht für eine Versagerin. Du bist einfach jung und solltest dein Leben nicht wegwerfen, weil du keine Lust aufs College hast. Dann geh eben arbeiten oder mach deinen Abschluss erneut, verbessere ihn und mach dann etwas aus deinem Leben, statt dich auf dem Geld deiner Eltern auszuruhen«, erwidert er.

»Ich ruhe mich nicht auf deren Geld aus.«

»Vorhin hast du etwas Anderes gesagt. Ich erinnere dich ans Erbe«, meint er.

»Na und? Ich bin 18, ich darf mich unüberlegt ausdrücken«, stänkere ich amüsiert.

»Ich bin 19 und tue es nicht«, neckt er mich grinsend.

Ich verdrehe gespielt die Augen. »Nänänä.«

Daraufhin lacht er. »Du kleine Zicke.«

»Na und? Ich bin spätpubertär, ich darf das«, kichere ich.

»Merkt man kaum«, seufzt er, während er parkt.

Ich stupse gegen seinen Arm. »Na danke.«

»Ich stimme nur dem zu, was du von dir behauptest«, verteidigt er sich lachend.

»Du könntest auch so charmant sein und mir sagen, was für eine tolle Frau ich bin«, schlage ich vor, bevor ich aussteige. Dann gehe ich um den Wagen herum und grinse ihn an.

Jeremy seufzt gespielt, anschließend legt er seine Hände an meine Oberarme und sieht mir in die Augen.

'Nicht in dem Braun verlieren, nicht in dem Braun verlieren', ermahne ich mich in Gedanken und spüre die Hitze in meinen Wangen. O Gott, hoffentlich werde ich nicht so rot, dass er es sieht.

»Du bist eine tolle Frau, Hope«, raunt er, streichelt mich, danach gibt er mich frei.

Ich atme auf, glücklicherweise nicht hörbar, und hake mich wieder bei ihm ein. »Danke.«

»Jetzt könntest du mir sagen, was für ein toller Kerl ich bin«, gluckst er.

»Hm, nein«, erwidere ich nachdenklich.

Jeremy schaut zu mir herunter. »Warum nicht?«

»Weil ich nicht dafür da bin, männliche Egos aufzubauen«, kichere ich, als wir zum Kino gehen.

»Sehr nett.« Den Sarkasmus konnte er sich anscheinend nicht verkneifen.

»So bin ich, wenn man bedenkt, dass Nett die kleine Schwester von Scheiße ist.« Ich merke, wie er sich das Lachen verkneift, indem er zittert.

»Dann weißt du ja, wie es gemeint war«, sagt er und führt mich zur Kinokasse, an der Programme ausliegen. »Was möchtest du dir ansehen?«

Ich nehme eines der Programmhefte und blättere es durch. »Wie wäre es hiermit?« Dabei zeige ich auf den neuen Horrorfilm, der gerade läuft.

Er hebt eine Augenbraue, sieht mich skeptisch an. »Horror? Sicher?«

Ich lächle ihn frech an. »Was ist? Hast du Angst?«

»Wovor sollte ich Angst haben?«, möchte er wissen.

»Hm«, mache ich und zucke mit den Schultern. »Vielleicht vor einem Monster unter deinem Bett.«

Jeremys leises Lachen klingt wie Musik in meinen Ohren, bevor er sich an die Mitarbeiterin wendet. »Zwei Mal Deliver Us from Evil.«

Sie kassiert und er reicht mir eine Karte. »Ich habe keine Angst vor Horrorfilmen.«

»Sehr gut«, grinse ich und gehe mit ihm an die Snackbar. »Möchtest du Popcorn?«

»Lieber Nachos«, antwortet er.

»Dann hole ich beides.«

Bevor ich bestellen kann, hält er mich am Oberarm fest. »Ich lade dich ein, also zahle ich auch.«

Ich hebe abwehrend die Hände. »Okay, aber bitte halt mich nicht fest, ich mag das nicht.«

Sofort lässt er die Hand sinken, anschließend fährt er sich damit durchs Haar. »Sorry, ich … wollte dich einfach aufhalten und nicht verärgern.«

»Kein Problem«, erwidere ich verwundert, denn Ridge lässt mich nie los, wenn ich es von ihm verlange. Er ist viel dominanter als Jeremy, weshalb mir mein heutiges Date wirklich gut gefällt. Es ist fast so, als wären wir auf Augenhöhe. »Lass uns die Snacks holen.« Ich ergreife seine Hand.

Jeremy schmunzelt, sagt allerdings nichts. Er lässt mir den Vortritt beim Bestellen und sieht mich mit großen Augen an, als ich zwei Portionen Nachos und eine Pepsi für mich bestelle.

»Sorry, ich bin verfressen«, entschuldige ich mich und lege zehn Dollar auf den Tresen. »Nimm's einfach, okay? Ich will dir nicht die Haare vom Kopf fressen.«

Er lacht auf. »Kein Problem.« Dann wendet er sich an den Mitarbeiter. »Ich hätte außerdem noch gerne eine große Pepsi.«

Sie tippt sie ebenfalls ein, kassiert, dann bekommen wir unsere, wohl eher meine große Bestellung.

Ich esse schon ein paar Nachos, da ich mich in Gegenwart von solchen Snacks nie lange zusammenreißen kann. Ich sehe es schon kommen, dass mir nachher übel sein wird.

Er mustert mich amüsiert. »Kannst du nicht warten?«

»Selten«, gebe ich zu, lege allerdings den Nacho zurück und nehme beide Schalen hoch. »Du müsstest die Getränke nehmen.«

»Mache ich glatt.«

Als wir alles haben, machen wir uns auf den Weg zum Kinosaal.

Wir betreten ihn, Jeremy wendet sich an der Treppe gleich nach rechts und geht hoch in die letzte Reihe, ich folge ihm. In der Mitte der Sitzreihe nehmen wir Platz.

»Ich bin gespannt, wie der Film ist«, sage ich leise, obwohl wir völlig allein hier oben sind. Die meisten anderen Besucher sitzen in den Reihen vor uns, weiter in der Mitte oder fast vor der Leinwand in der ersten Reihe.

»Ich auch, wobei ich nicht so der Horrorfan bin.«

»Was schaust du gerne?«

»Thriller, Actionfilme … und so weiter.«

»Dann haben wir heute beide etwas davon, denn es ist ein Horror-Thriller«, kichere ich und lehne mich zurück.

Jeremy legt seinen Arm auf meine Sitzlehne. »Sehr gut.«

Ich sehe ihn skeptisch an. »Was wird das?«, dabei deute ich auf seine Haltung.

»Ich bin es gewöhnt, so zu sitzen. Das sollte keine Anmache werden.«

»Okay.« Es mag naiv von mir sein, aber da ich keine Lust auf einen Streit habe – mit Ridge habe ich definitiv genug davon –, sage ich nichts weiter.

Nach einigen Minuten, in denen Werbung lief, startet der Film.

♥♥♥

»Oh man, was für ein Film«, schmunzelt Jeremy, der seinen Arm um mich gelegt hat.

»Ja, ein wenig erschreckend, wenn du mich fragst«, erwidere ich überfordert, denn teilweise bin ich fast von meinem Platz gesprungen, weil ich mich so sehr erschreckte. Letztlich hatte ich mich bei Jeremy versteckt.

»Hättest du Lust, noch einen Spaziergang zu machen?«

»Klar«, antworte ich, drehe mich aus seinem Griff und hake mich bei ihm ein. »So ist es etwas einfacher zu laufen«, sage ich auf seinen fragenden Blick hin.

»Lass uns an den Chicago River fahren, da gehe ich gerne spazieren«, meint er, als er mich zu seinem Auto führt.

Nach einer Weile parkt Jeremy in der Nähe des Flusses. Ich fühle mich in der Nähe von Wasser nicht mehr wohl, seit Miller mich abknallen wollte, doch das werde ich vor diesem Mann neben mir unter Verschluss halten müssen. Wir steigen aus und gehen schweigsam los. Ich habe keine Ahnung, worüber ich mit ihm reden soll, weil mir bereits bewusst ist, dass wir völlig verschiedene Interessen haben.

»Hast du eigentlich einen Freund?«, fragt Jeremy interessiert.

Ich schaue zu ihm hoch. »Eigentlich nicht.« Warum sollte ich von Ridge sprechen? Es versaut meine Laune und verhält sich keineswegs wie ein Freund.

»Wirklich nicht?«

»Na ja, es gibt da jemanden, den ich mag, aber der ignoriert mich«, gebe ich dann doch zu, weil ich keine untreue Schlampe sein will.

»Also weißt du nicht, ob er dich auch mag?«

»Er hat es behauptet, aber wenn es stimmen würde, wäre er doch nicht zwei Mal hintereinander für drei Tage verschwunden, oder?«, hake ich nach, weil ich die Männer endlich mal verstehen will.

»Wenn man ein Mädchen mag, wird man so etwas nicht tun, denke ich. Ich meine, ich kann nicht für mein Geschlecht sprechen, sondern nur für mich, und ich würde dich nicht so behandeln«, sagt er, nachdem wir am Geländer stehen geblieben sind.

Ich schaue aufs Wasser, in dem sich das Licht der Stadt und die Sterne spiegeln. Nachdenklich verliere ich mich in den glitzernden Wellen.

»Hope?«

Ich schließe die Augen, verdränge den Gedanken an Ridge mit einem Kopfschütteln und schlage sie wieder auf. »Ja?«

»Ist dir kalt? Du zitterst«, fragt er.

»Nein, mir ist nicht kalt«, erwidere ich und ziehe meine Jeansjacke zu. »Nur meine Gedanken haben mir einen Schauer über den Rücken gejagt.« Ich drehe mich zu ihm und lehne meine Hüfte gegen die Brüstung. »Gibt's ein Mädchen, das du magst?«

Jeremy tut es mir gleich. »Ja.«

Ich schaue zwischen uns zu Boden. »Oh wow.«

»Was denn? Findest du es scheiße, dass ich mit dir ausgehe, obwohl es sie gibt?«, möchte er wissen.

»Schon, ja«, antworte ich neutral.

»Musst du nicht.«

Ich hebe meinen Blick. »Warum nicht?«

Er legt seine Hände an meine Wangen. »Weil du diejenige bist, die ich mag«, raunt er, dabei nähern sich mir seine

Lippen. Ich kann nicht so schnell meinen Kopf abwenden, wie er mich küsst. Und dann … werde ich auch noch schwach. Seine Lippen sind weich, der Kuss sehnsüchtig und voller Wärme. Und ich bin voller Verwirrung.

Abrupt hört es auf. »Hast du Wichser gerade meine Freundin geküsst?«, schreit Ridge.

Für einen Moment bin ich wie erstarrt, doch dann, als Ridge zum ersten Schlag ausholt, kommt Leben in mich. »Ridge, hör auf!«, rufe ich und fasse an seinen Arm. »Lass ihn los!« Ich werde von hinten gepackt und weggezogen. »Lass mich los!« Ich strample und trete nach hinten. Was ist denn nur mit Ridge los? Er ignoriert mich und benimmt sich dann wie ein Gorilla auf Koks. Das ist doch echt nicht wahr!

»Hör auf, dich lächerlich zu machen, Hope«, sagt Dax hinter mir.

»Er soll ihn loslassen!«, schreie ich ihn an. »Ridge!«

»Ja, Mann, ich habe sie geküsst, weil du Penner dich einen Scheiß für sie interessierst!«, brüllt Jeremy derweil Ridge an.

Es knackt.

»Ridge!«, kreische ich. »Hör auf!« Dann trete ich Dax auf den Fuß und laufe zu diesem hirnrissigen Vollidioten. Ich ziehe Ridge weg. »Du sollst aufhören! Ich wollte, dass er mich küsst, du blödes Arschloch!«

Ridge lässt Jeremys Kragen los. »Ist das wahr?«

»Ja, verdammt!«, herrsche ich ihn an.

»Hope«, keucht Jeremy.

»Es tut mir leid, Jeremy«, entschuldige ich mich kleinlaut, als Ridge mich packt. »Lass mich los«, verlange ich aufgebracht, als er mich wegzieht.

»Wir werden jetzt reden.«

»Du kannst mich mal«, erwidere ich und reiße mich los.

»Gut, du hast es nicht anders gewollt.« Ridge packt mich, wirft mich über seine Schulter und trägt mich weg.

»Lass mich sofort runter!«, kreische ich wütend. »Ich schwöre dir, ich mache dir das Leben zur Hölle, wenn du mich nicht sofort runterlässt!«

Er lacht, gibt mir allerdings keine Antwort, weshalb ich wieder strample.

»Ridge, wirklich!«

»Beruhig dich einfach, Kleines«, sagt Dax, der neben uns geht, gelassen.

Ich werfe ihm einen vernichtenden Blick zu. »Fick dich, du Pisser!«

Daraufhin schlägt Ridge mir fest auf den Hintern. »Hüte deine Zunge!«

Ich schaue zu Jeremy, der uns folgt. Ich schüttele heftig den Kopf, doch Dax dreht sich um und hält Jeremy auf. »Lass sie gehen, wenn du den heutigen Abend überleben willst.«

»Hope!«, ruft er hingegen.

»Sorry, ich … Ich erkläre es dir morgen!«, antworte ich und kämpfe abermals gegen Ridges Griff, allerdings ist dieser unbarmherzig und unnachgiebig.

Dann werde ich auf den Rücksitz seines Wagens gesetzt. »Du bleibst da!« Er schlägt die Tür zu und dreht sich um. »Dax, komm schon, bevor ich den Wichser zerreiße!«

Dax kommt zum Wagen gejoggt und setzt sich auf den Beifahrersitz, während ich versuche, die Tür zu öffnen.

»Dumm gelaufen, Kleines, ich hab die Kindersicherung aktiviert«, knurrt Ridge vom Fahrersitz, als er ebenfalls sitzt.

»Du lässt mich sofort aussteigen«, verlange ich.

»Sicherlich nicht, sonst wirfst du dich noch dem nächsten Kerl an den Hals.«

Ich schnaube wütend. »Warum habe ich das wohl getan? Weil du widerliches Stück Scheiße mich ignoriert hast, obwohl du es nicht tun wolltest!«

»Hope«, knurrt er wieder. »Reiß dich zusammen.«

»Ich lasse mir gar nichts mehr von dir sagen«, blaffe ich zurück, anschließend hole ich mein Handy heraus. »Und wenn du mich jetzt nicht sofort aussteigen lässt, rufe ich die Cops.«

Ridge lacht verächtlich. »Die suchen dich noch wegen der Sache mit Miller, vergiss das nicht.«

Ich verdrehe die Augen. »Verdammt was soll der Scheiß? Reicht es nicht, dass du Jeremy aufs Maul gegeben hast?«

»Nein. Wir beide werden uns zu Hause unterhalten!«

»Gut«, seufze ich und wähle Thorns Nummer. »Ich rufe meinen Bruder an.«

»Du kleine Heuchlerin, immer wenn du ihn brauchst, ist er dein Bruder, sonst nur dein Stiefbruder. Das ist echt armselig«, meint Ridge.

In der Zwischenzeit dreht Dax sich auf dem Beifahrersitz um und greift nach meinem Handy. Ich ziehe mich rechtzeitig zurück.

»Hallo?«, meldet sich Thorn.

»Hey, könntest du …«

Dax hat mein Handy. »Hey, Alter, alles gut. Deine Schwester will mit zu Ridge fahren und wollte fragen, ob du deinen Eltern Bescheid geben kannst … Klar, sie hatte ein Date, muss aber ein totaler Pfosten gewesen sein … Warum ich dran bin? … Hope hat mir ihr Telefon gegeben.«

»Er lügt«, mische ich mich ein.

»Sie ist nur aufgewühlt, weil dieser Jeremy sie begrapscht hat … Ja, die Kerle sind heute alle nur auf das Eine aus … Ich sage Ridge Bescheid … Jo, bye, Alter.« Dax beendet das Gespräch. »Du solltest nicht versuchen, deinen Bruder gegen uns auszuspielen.«

Ich hebe eine Augenbraue. »Gib mir mein Handy. Was ihr zwei hier macht, ist Freiheitsberaubung, dafür geht ihr in den Knast.«

»Mach dich nicht lächerlicher als sowieso schon, Kleines«, sagt Ridge und tritt aufs Gas.

Dann fährt er so rasant in die Kurve, dass ich von der einen Seite zur anderen rutsche. »Pass doch auf!«

»Halt endlich dein Maul, Hope!«, schreit er mich an, als er sich zu mir umdreht.

Ich presse meine Lippen zu einer schmalen Linie zusammen. Ich hasse ihn. Jetzt tue ich es wirklich!

♥♥♥

»Steig aus«, verlangt Ridge.

»Fahr mich nach Hause!«, stelle ich meinen Standpunkt fest und verschränke die Arme vor der Brust. Ich sitze in der Mitte der Rückbank und bleibe trotzig. Als ob ich mir von ihm etwas sagen ließe. Nein! So eine bin ich nicht. Ich werde nicht seine Hausdevote!

»Jetzt reicht's wirklich.« Er beugt sich hinein und zieht mich heraus. Mit festem Griff um meinen Arm zerrt er mich zum Haus.

»Du tust mir weh!«

»Du verdienst es gerade nicht anders!«, herrscht er mich an.

»Alter, du musst sie echt nicht so grob anpacken«, mischt Dax sich ein.

»Halt dich da raus!«, schreien wir ihn synchron an, während ich allerdings versuche, mich weiter von Ridge zu befreien. »Jetzt lass mich los, Ridge. Ich gehe mit dir rein, aber nur, wenn du mich endlich loslässt«, sage ich versöhnlich, weil mir langsam echt der Arm wehtut.

Er schnaubt, lockert seinen Griff und nimmt schließlich die Hand weg.

Ich gehe auf die Tür zu, die Stufen hoch und werde an der Hand herumgezogen.

»Du hast mir heute auch wehgetan«, raunt er und küsst mich zu meiner Verwunderung.

Eigentlich müsste ich ihm eine scheuern. Er kann mich doch nicht so beschissen behandeln! Dafür werde ich ihn ordentlich zu Kreuze kriechen lassen. Hoffe ich.

Er löst sich von mir. »Wir reden drinnen in aller Ruhe, okay?«

Ich nicke langsam, als ein Wagen mit quietschenden Reifen losfährt. Ich schaue an ihm vorbei, sehe aber nichts weiter außer der Rauchwolke, die das Auto hinterlassen hat. Wieso fährt hier jemand so rasant los? Vor allem ist es für diese Uhrzeit ungewöhnlich. Mit einem Kopfschütteln wende ich mich um und gehe an die Tür.

»Gleich nach oben«, sagt er, als er sie öffnet.

Ich trete an ihm vorbei, nehme die Treppe nach oben. Ich bin immer noch sauer. »Ich brauche mein Handy zurück.«

»Warum? Um den Kerl anzurufen?«, hakt er brummig nach.

Ich schlucke. »Ja, nein … Ja, ich will wissen, ob es ihm gut geht, mehr nicht.« Okay, es gibt doch wieder Streit.

Als wir in seinem Zimmer sind, setze ich mich aufs Bett, schaue ihn allerdings nicht an.

Ridge nimmt auf seinem Stuhl Platz. »Was sollte das?«

»Ich habe mich mitreißen lassen«, gebe ich kleinlaut zu.

»Und deshalb stellst du mich bloß?«

»Ich wusste ja nicht, dass du in der Nähe warst«, antworte ich, während ich meine Hände knete. Was soll ich sonst sagen? Vielleicht, dass es geplant war, ihm wehzutun, weil er mich ignoriert hat?

»Ach so«, stößt er sarkastisch aus.

»Ridge, du hast mich schon wieder tagelang ignoriert, glaubst du, dass das toll ist? Jeremy hat mich eingeladen, er war nett und dann hat er mich geküsst, ich habe es erwidert.

Es ist passiert und ich werde nicht um Verzeihung bitten, weil du mich regelrecht in die Arme eines anderen Mannes getrieben hast«, sage ich mutig, nachdem ich meinen Blick gehoben habe.

Er steht auf, geht auf und ab und fährt sich dabei durch die inzwischen kurzen Haare. »So ist das also. Ich sage dir, dass ich dich liebe, und melde mich nicht, weil ich etwas Wichtiges zu tun habe, und deshalb schmeißt du dich sofort in die Arme eines anderen.« Er kommt zu mir und stützt seine Hände links und rechts von meinen Oberschenkeln ab, sodass wir uns auf Augenhöhe befinden. Das Grau seiner Augen bohrt sich in das Braungrün von meinen. »Ich habe dir gesagt, dass ich nicht teile, und jetzt habe ich dem Kerl mit größter Wahrscheinlichkeit deinetwegen die Nase gebrochen. Bist du stolz darauf?«

Ich schüttele den Kopf.

»Und dass du mich wirklich verletzt hast, setzt der Sache noch die Krone auf.«

»Ich dachte, dass du mich angelogen hast. Wie kannst du mir sagen, dass du mich liebst, und dann wieder für Tage verschwinden? Ich habe mir Sorgen gemacht, Ridge, Thorn hat mir kein Wort gesagt. Ihr schließt mich aus, um irgendeine Scheiße abzuziehen, dabei bin ich deine Freundin. Ich sollte Bescheid wissen, wenn du unterwegs bist, sollte wissen, wo du bist, und nicht ahnungslos zu Hause sitzen und fürchten, dass deine Mom mich vielleicht anruft, um mir zu sagen, dass du erschossen wurdest oder so«, sage ich mit Tränen in den Augen. »Du behandelst mich nicht gut.«

»Ich behandle dich nicht gut?«, fragt er wie vom Blitz getroffen.

Ich ziehe die Jacke aus und zeige ihm meine geröteten Arme. »Nennst du das eine gute Behandlung?« Das Schluchzen unterdrücke ich.

»Es tut mir leid, Kleines«, flüstert er.

»Das macht es auch nicht wieder gut. Du kannst dich nicht ständig wie ein Testosteronmonster aufführen und dann hoffen, dass damit alles erledigt ist!«, schniefe ich.

Daraufhin entfährt ihm ein schweres Seufzen und er setzt sich neben mich. Danach legt er den Arm um mich und zieht meinen Kopf an seine Schulter. »Ich war so wütend, als ich euch beide gesehen habe.«

»Woher wusstest du überhaupt, wo wir waren?«, möchte ich wissen.

»Thorn hat mich angerufen, nachdem dieser Spinner dich abgeholt hatte. Dax und ich haben vor dem Kino gewartet, sind euch gefolgt und dann habe ich Rot gesehen.«

»Na toll.«

»Eins scheint dir noch nicht klar zu sein.«

»Und was?«, möchte ich wissen.

»Ich meine, was ich sage, Kleines.«

Ich atme schwerfällig ein und löse mich von ihm. »Ich bezweifle, dass du gut für mich bist. Jeremy wäre besser.«

Ridge sieht mich ungläubig an. »Wenn du mit mir zusammen bist, bist du mit dem zusammen, der am besten für dich ist, Hope. Du darfst mich nicht verlassen.«

»Warum nicht?«

»Weil du den kümmerlichen Rest meines Herzens mit dir nehmen würdest, wenn du gehst. Bitte, ich werde ab sofort alles anders machen und nicht mehr so ein Wichser sein, okay? Nur noch eine Chance.« Seine Stimme klingt trotz der eher traurigen Worte fest, entschieden.

»Ridge, ich ... Ich kann das nicht. Erpress mich nicht damit, dass ich dir wehtun würde, das treibt mich nur noch weiter weg.«

»Liebst du mich?«, fragt er, wobei ich keine Ahnung habe, was diese Frage nun soll.

Ich nicke.

»Sag es bitte.«

»Ich liebe dich«, hauche ich mit verletzter Stimme. »Sehr sogar.«

»Dann bleib bei mir und ich beweise dir, dass ich verfickt noch mal der Beste für dich bin.« Danach zieht er mich an sich, umarmt mich fest.

Ich keuche erst, doch dann lege ich meine Hände auf seinen Rücken. »Okay. Letzte Chance, aber wenn du die vergeigst, bin ich echt weg und ich will mein Handy wieder haben.«

Er küsst meine Wange, danach lockert er seine Umklammerung etwas, um mir mein Handy zu geben. »Darf ich dich nur um eine Kleinigkeit bitten, Kleines?«

Ich nicke knapp, nachdem ich mich von ihm gelöst habe, um ihn anzusehen.

»Triff dich nicht mehr mit anderen Kerlen, wenn niemand dabei ist. Es ist mir sogar egal, ob deine kleine Bitchbrigade dabei ist oder nicht, aber Hauptsache du bist nicht allein mit einem Kerl unterwegs.«

Ich stoße die Luft aus. »Okay.«

Ridge legt seine Hand auf meine, sein Daumen streichelt meinen Handrücken. »Ich bin eben ein sehr besitzergreifender, abgefuckter Penner.«

»Merkt man kaum«, erwidere ich trocken und schaue auf mein Handy. Vielleicht hat Jeremy geschrieben. Und ja, er hat es tatsächlich. 'Geht's dir gut? Bitte melde dich bei mir, denn ich mache mir Sorgen um dich. Meiner Nase geht's gut, er hat sie bloß ein wenig malträtiert. Sorry für den Kuss, Hope.' Ich atme tief durch und antworte: 'Es geht mir gut, habe es mit ihm geklärt – er hat sich entschuldigt. Es tut mir leid, dass er dir eine reingehauen hat, und ich hoffe, dass du nicht sauer auf mich bist.'

Wenige Augenblicke später kommt eine Antwort: 'Ich bin nicht sauer, aber erleichtert, dass es dir gutgeht. Melde mich morgen bei dir, schlaf gut.' Danach lege ich mein Handy auf den Nachttisch und schaue Ridge an. »Soll ich hier bleiben?«

»Dax hat Thorn gesagt, dass du hier bleibst, also lasse ich dich heute Nacht sicher nicht gehen. Ich muss den Spinner nur kurz nach Hause bringen«, entgegnet er.

»Okay.«

Er beugt sich zu mir und küsst meine Lippen, was ich sehnsüchtig erwidere, obwohl er mich heute Abend so beschissen behandelt hat. »Bis gleich, okay?«

»Lass mich nicht wieder drei Tage warten«, flüstere ich mit einem Blick in seine Augen, dabei streichele ich seine Wange.

»Höchstens eine Stunde«, lächelt er, als er aufsteht.

»Die halte ich durch.«

»Bis gleich, Kleines.« Er verlässt sein Schlafzimmer, bevor ich etwas sagen kann.

Ich gehe ans Fenster, sehe, wie Ridge und Dax zurück zum Auto gehen und schließlich wegfahren. Was soll ich tun? Ich könnte abhauen, aber im Kleid durch diese Gegend laufen? Nein, da könnte ich gleich 'Vergewaltigt mich' schreiend durch einen Männerknast laufen.

Schweren Herzens gehe ich ins Badezimmer und verschwinde unter die Dusche.

♥♥♥

Ich habe mir ein Shirt und Boxershorts von Ridge genommen, da ich nicht im Kleid und auch nicht in meiner Unterwäsche schlafen will. Mittlerweile ist es nach Mitternacht, er ist seit mehr als einer Stunde weg und ich liege frustriert im Bett. Ist es möglich, sich drei Mal so derbe verarschen zu lassen? Er fickt mich, dann lässt er mich fallen. Na geil. Ich sollte lesbisch werden. Sicher ist etwas an dem Spruch dran, dass es wahre Liebe nur unter Frauen gibt.

Ich wälze mich von einer Seite zur anderen, darauf wartend, dass er sich endlich neben mich legt, aber ich habe seit 45 Minuten kein Auto gehört. Es herrscht absolute Stille, als würde ein Sturm herannahen. Beängstigend. Enttäuscht schließe ich die Augen, um etwas Schlaf zu finden, doch mein Hirn scheint nicht den Mund halten zu wollen.

'Er liebt dich nicht.'

'Er hat dich angelogen.'

'Wahrscheinlich vögelt er gerade Crystal, die er heißer findet, weil sie mehr Erfahrung hat als du.'

'Er liebt dich nicht.'

'Er belügt dich.'

'Du bist nur ein Spielzeug für ihn.'

'Er hat kein Herz.'

Verdammte Zweifel! Sie halten mich wach, gönnen mir keinen Schlaf und lassen mich nicht zur Ruhe kommen. Ich bin ganz alleine in diesem Haus, aber da ich hier nicht wohne, möchte ich nicht herumschnüffeln. Wobei ich aber zugeben muss, dass ich ein Foto von Nicky sehen will. Ich frage Ridge einfach danach. Wenn er mit mir zusammen sein will, wird er mir sicher auch seine Vergangenheit offenlegen. Es ist ja nicht so, dass ich an sie heranreichen will, ich möchte nur wissen, wie sie aussah.

Langsam habe ich das Gefühl, dass ich dumm bin. Ich bin in diese Beziehung gerast, als hätte ich Angst vorm Singledasein und bin so viele Kompromisse eingegangen – kein Treffen mit anderen Männern, wogegen ich bereits verstoßen habe; Ridge nicht auf die Füße treten, wogegen ich auch verstoßen habe; und so weiter – ich merke, dass ich meine Identität verliere. Ich verändere mich, treffe kaum noch meine Freundinnen, telefoniere nur noch mit ihnen. Ich lasse mich zum Affen machen.

Es poltert im Flur, weshalb ich aufstehe und an die Tür gehe.

»Verfickte Scheiße!«, flucht Ridge, als ich das Licht einschalte. Er schaut mich an. »Hey, Kleines.« Er lächelt mich an, kommt auf mich zu.

»Hey. Wo hast du solange gesteckt?«, möchte ich wissen.

»Dax kam auf die bahnbrechend blöde Idee, deinem Bruder zu erzählen, was passiert ist, und ich durfte mich Judge Thorn stellen«, antwortet er, seufzt anschließend.

»Oh. Hattest du Ärger mit ihm?«

»Ärger ist zu lasch, ein persönliches Armageddon trifft es schon eher.« Ridge beugt sich zu mir herunter, um meine Schläfe zu küssen. »Ich konnte nicht anrufen. Hätte ich das Handy rausgeholt, hätte ich sofort aufs Maul bekommen.«

Ich betrachte ihn. »Deine Lippe ist aufgeplatzt. Ich hole einen Waschlappen.« Dann gehe ich an ihm vorbei.

»Ich komme mit ins Bad, ich muss sowieso duschen.«

»Okay.«

Er folgt mir ins Bad und lehnt sich dort gegen die Kommode, in der die Handtücher untergebracht sind. »Ich wäre gerne früher zurück gewesen.«

»Wäre mir auch lieber gewesen, aber langsam habe ich das Gefühl, dass man es uns mit Absicht schwer macht«, erwidere ich nachdenklich, während ich einen sauberen Waschlappen unter warmes Wasser halte.

Ridge zieht seinen Hoodie aus, wirft ihn zur Seite und fixiert mich mit seinem Blick, als ich mich vor ihn stelle. »Was denkst du gerade?«

»Dass ich sauer auf Thorn bin, auf dich und Dax sowieso.« Ich tupfe das verschmierte Blut von seinem Kinn, anschließend von seiner Lippe.

Er streichelt meine Wange, weshalb ich die Augen schließe. »Ich wollte wirklich schneller wieder hier sein.«

»Und ich wollte einen schönen Abend mit Jeremy verbringen.« Ich zucke mit den Schultern. »Wir haben also beide nicht bekommen, was wir wollten.«

Sein Blick zeigt mir seine Verwunderung darüber, dass ich ihm die kalte Schulter zeige. Was soll ich auch sonst tun? Ihm sagen, dass er alles spitze gemacht hat? Sicher nicht. Das ist das, was er am wenigsten verdient hat. Am liebsten würde ich Ridge eine scheuern, sodass er denkt, der Chicago Tower sei eine verdammte Imbissbude, aber ich halte mich zurück, denn ich will keinen Kollateralschaden riskieren. Wenn er aus Reflex zurückschlagen würde, würde ich sicher für eine Weile nicht aufstehen.

»Ich verstehe, dass du sauer bist«, sagt er.

Ich schnaube, teils aufgebracht, teils amüsiert. »Sauer? Glaub mir, sauer ist gar kein Ausdruck für die Wut, die ich in mir habe.«

Er stößt die Luft aus. »Das habe ich verdient.«

»Und noch so viel mehr«, entgegne ich übellaunig, während ich vorsichtig seine Lippe vom Blut befreie.

Ridge schließt die Augen. »Eines wundert mich.«

»Was?«

»Deine Berührungen stellen einen echt krassen Gegensatz zu deinen Worten dar«, antwortet er nun nachdenklich.

»Weil ich dir nicht wehtun muss, um meine Wut zum Ausdruck zu bringen«, entgegne ich und ziehe mich zurück. »Du bist fertig. Geh duschen.« Anschließend wende ich mich ab, um das Bad zu verlassen. »Ich gehe ins Bett.«

»Kleines?«

Ich drehe mich um und zucke zusammen, da er genau vor mir steht. »Was ist?«

Ridge legt seine Hände an meine Wangen. »Du bist verdammt heiß, wenn du sauer bist.«

»Tze«, entfährt es mir und ich nehme seine Hände herunter.

Als ich mich abwenden will, zieht er mich mit dem Rücken an sich, dann gleiten seine Hände über meinen Bauch. »Sei nicht mehr sauer auf mich«, raunt er, als er meine Brüste berührt.

Dämlicher, verräterischer Körper! Meine Brustwarzen richten sich voller Verlangen auf. »Du glaubst doch nicht ernsthaft, dass du mich jetzt ficken darfst, oder?«

»Ich hatte es gehofft, damit könnte ich es wiedergutmachen«, schmunzelt er.

Ich reiße mich los und stolpere in den Flur. »Du bist so ein Arsch, Ridge!«, speie ich ihm entgegen, nachdem ich mich zu ihm umgedreht habe.

»Ich weiß«, sagt er schlicht, während er auf mich zukommt.

»Bleib mir vom Leib«, erwidere ich entschieden.

Er setzt ruhig einen Fuß vor den anderen.

Ich schnaube, schüttele den Kopf, dann gehe ich in sein Schlafzimmer. Ich höre seine Schritte, als ich meine Sachen zusammensuche. Ich habe keine Lust, mich mit ihm zu streiten, oder zu diskutieren. Er hat sowieso immer das letzte Wort.

»Kleines.«

Ich schließe die Augen. »Lass mich einfach nach Hause gehen, Ridge.«

»Bleib bei mir, bitte.«

»Nein.« Ich ziehe das Shirt aus und nehme meinen BH an mich, um ihn anzuziehen. Als ich die Häkchen schließen will, drehe ich mich zu ihm herum. »Mir reicht's für heute, okay?«

Er fasst an meine Hüften. »Ich will aber, dass du bei mir bleibst.«

»Und du als Vater solltest wissen, dass man nicht immer seinen Willen bekommen kann.«

»Komm schon, Kleines.«

Ich schüttele den Kopf und will mich wegdrehen, doch er hebt mich hoch. Zuerst bin ich stocksteif, bis er mich auf seine Kommode setzt. »Ich finde das echt verdammt kindisch von dir.«

»Und ich finde dein zickiges Verhalten kindisch, also haben wir wieder etwas gemeinsam.«

Ich verdrehe die Augen. »Leck mich.«

»Zu gern.« Seine Finger haken sich in den Bund der Boxershorts ein, die ich trage.

»Das meinte ich nicht.«

»Was denn dann?«, fragt er mit glänzenden Augen.

»Lass mich runter und …«

Mit einem Kuss versiegelt er die Worte hinter meinen Lippen, während seine Hände meine Oberschenkel streicheln. Ridges Zunge streift meine Unterlippe, bevor er versucht, meinen Mund zu erobern. Ich schmelze dahin. Dieser Kerl ist so ein verdammt guter Küsser – und ein Arschloch. Meine Fingerspitzen legen sich wie von selbst an seine muskulöse Brust, berühren die feinen Härchen und gleiten durch sie hindurch. Meine Zunge tanzt einen leidenschaftlichen, doch auch wilden Tanz mit seiner.

Während wir übereinander herfallen, schiebt er eine Hand in meinen Rücken, hebt mich an und zerrt mit der anderen die Boxershorts herunter, bis er sich von mir lösen muss. Ich will sie noch festhalten, doch er ist schneller. Dann reißt er mir förmlich den BH vom Leib.

»Soll das jetzt Versöhnungssex werden?«, frage ich interessiert.

»Besser«, erwidert er knurrig und hebt mich von der Kommode. »Wutsex.«

Ich hebe meine Augenbraue, doch er küsst mich schon wieder. Diesmal fest, keineswegs sanft, und ich steige erneut darauf ein. Ridge stolpert mit mir zum Bett, auf das ich rücklings drauf falle. Bevor er auf mir landet, stützt er sich ab. Seine Lippen gleiten über meine Wange, hinab an meinem Hals und weiter über mein Dekolleté. Ich keuche, als seine Zungenspitze um meinen steifen Nippel kreist. »Ridge, du bist ein Arsch.«

»Ich weiß«, raunt er, danach macht er weiter.

Ich merke, wie er seine Shorts herunterzieht, dann spüre ich seinen Schwanz an meiner Mitte. Er ist hart, sehr hart und wandert zu meiner Öffnung, die wegen dieser wilden Küsse und seiner Zunge an meinem Nippel bereits feucht ist. »O Gott, nimm mich«, bettle ich erregt. Er hat es geschafft, dass meine Wut verraucht ist, jedenfalls in diesem Moment. Wie es später aussehen wird, weiß ich noch nicht.

Ridge richtet sich auf, bringt seinen Schwanz in die richtige Position, dann stößt er ihn fest in mich. Ich stöhne laut auf. Dieser Kerl hat mich für jeden versaut. Ich stehe auf ihn, will nur ihn und kann es mir nicht vorstellen, jemals mit einem anderen Mann Sex zu haben. Er zieht sich langsam zurück, nur um dann erneut fest in mich einzudringen.

Ich kreische auf, weil er sich jedes Mal so plötzlich in mir versenkt, mich ruckartig dehnt und mich doch zu Höhenflügen verleitet.

»Bin ich immer noch ein Arsch?«, fragt er keuchend.

»Halt den Mund«, erwidere ich atemlos, als ich mich seinem Rhythmus anpasse, um mich mit ihm im Einklang bewegen zu können. Ich gehe ins Hohlkreuz, bevor er mich hochzieht.

Ridge kniet sich hin, ich sitze auf seinem Schoß. Er hat seine Hände an meinem Arsch, den er knetet. »Du bist so verdammt sexy, Kleines«, knurrt er, als er anfängt, mich auf und ab zu bewegen.

Ich küsse ihn wild, während ich mein Becken ungestüm kreisen lasse. Es ist unglaublich heiß, geil, wie es sich anfühlt. Wie er fest in mich dringt, mich in Besitz nimmt.

Ridge knabbert an meiner Schulter, beißt mehrmals fester zu und hinterlässt einen Abdruck seiner Zähne. »Jetzt habe ich dich markiert«, raunt er.

Ich kann nicht reden, nur meiner Lust mit lautem Stöhnen Ausdruck verleihen. Durch diese Stellung trifft er einen Punkt in mir, den er beim letzten Mal zwar auch getroffen hat, aber nicht so intensiv wie jetzt. Mein Unterleib fängt an, um seinen Schwanz zu pulsieren. Ich spüre die Spasmen, die durch meinen elektrisierten Körper fahren, mehr als doppelt so intensiv und werde deshalb unruhiger. Ungestüm bewegt er mich auf und ab, immer schneller, bis ich meine Fingernägel in seinen Rücken bohre. »O Gott, Ridge!«, schreie ich auf, als der Orgasmus über mich hinwegrollt. Er ist so heftig, dass bunte Punkte vor meinen Augen tanzen.

Ridge legt mich wieder auf den Rücken, dann pumpt er so hart und schnell in mich, dass meine Brüste wackeln. In einer Tour bin ich laut, weil er mich während eines Höhepunkts noch einmal weiter treibt. Ich kneife die Augen zu, als sich mein Stöhnen in ein Kreischen verwandelt. Mit einem Klatschen drängt er sich ein letztes Mal in mich und ich merke, wie er seine Ladung in mich spritzt. Er brummt, als er kommt, versteift sich und legt schwer atmend seinen Kopf an meine Schulter. »Oh man«, keucht er.

»Ja«, wimmere ich, weil ich fix und fertig bin. Ich könnte so einschlafen, da er mir förmlich das Hirn rausgevögelt hat. Ich ziehe meine Hände zurück, lege eine an seine Wange und streichle ihn. »Wow.«

»Kann man so sagen«, schmunzelt er, dabei reibt er seine stoppelige Wange über meine empfindliche Haut. »Du riechst verdammt gut.«

»Ich rieche nach Sex.«

»Deshalb ja.«

Ich lache leise. »Und ich bin immer noch sauer.«

»Oh, dann starten wir einfach Runde zwei«, sagt er, nachdem er seinen Kopf gehoben hat, um mich anzusehen. Seine Augen strahlen wie poliertes Silber.

»Bitte nicht«, erwidere ich lächelnd, hebe ebenfalls meinen Kopf und hauche einen Kuss auf seine Lippen. »Sonst bin ich nachher ohnmächtig. Ich wäre vorhin schon fast weg gewesen.«

Er grinst mich spitzbübisch an. »Ich hätte dich schon wieder wach bekommen.«

»Ach ja?«

»Na klar«, sagt er überzeugt.

»Will ich wissen wie?«, hake ich mit gehobener Augenbraue nach.

»Ich denke nicht«, gluckst er, dabei zieht er sich aus mir zurück und steht auf.

Ich drehe mich auf die Seite, um ihn mit meinem Blick zu verfolgen. »Ich bin zwar neugierig, aber wenn du meinst, es wäre besser, wenn ich es nicht weiß, will ich es nicht wissen.«

»Besser so«, sagt er amüsiert. »Ich gehe schnell duschen, okay?«

»Klar.«

Ridge holt sich saubere Boxershorts aus seiner Kommode und verlässt das Schlafzimmer. Ich hole mir jene, die ich vorhin schon trug, dann lege ich mich wieder ins Bett und warte auf ihn.

Eine Viertelstunde später liegt er neben mir, hält mich im Arm, während seine Hand meinen Oberarm streichelt. »Mir ist die Sicherung durchgebrannt, als ich sah, wie dieser Kerl dich geküsst hat.«

»Hm, lass uns nicht mehr davon sprechen, sonst werde ich wieder wütend und dafür bin ich im Moment zu müde«, erwidere ich, anschließend gähne ich und kuschle mich enger an ihn.

»Lass uns schlafen«, raunt er.

»Das hatte ich vor«, entgegne ich müde und schließe die Augen.

»Schlaf gut, Kleines.«

»Du auch, Großer«, antworte ich, dabei lege ich mein Bein über seines.

Er legt seine Hand an meine nackte Brust. Wir tragen beide nur Shorts, doch ich genieße es, Haut an Haut mit ihm zu liegen; seine Wärme zu spüren und sein Herz zu hören.

»Ich denke, ich liebe dich«, wispere ich, bevor ich wegnicke.

♥♥♥

Kapitel 9: Eine Woche später

Ridge und ich haben uns wieder versöhnt und ich will mich heute mit den Mädels treffen. Ich habe seit Tagen nichts von ihnen gehört, aber ich habe auch nichts von mir hören lassen. Ich hatte Giverney bloß eine SMS geschrieben, dass ich keine Zeit hätte, mich mit ihnen zu treffen. Ein paar Notlügen, dass ich Delila und meinem Dad bei etwas helfen müsste, außerdem Hausarrest wegen des Chaos hätte, das Thorn und ich verursacht hatten.

Ja, es ist definitiv nicht richtig, sie anzulügen, besonders weil sie mir den Arsch aufreißen wird, wenn sie es erfährt, aber es gibt Schlimmeres. Ich werde damit klarkommen, weil ich mich nicht von ihr fertigmachen lasse, so wie Linda zu ihrer Zeit. Ich bin nicht schwach und Ridge wird Give in der Luft zerreißen, wenn er erfährt, dass sie mir ein Haar krümmen wollte. Es ist schon praktisch, so einen Gorilla als Freund zu haben.

Ich flechte meine Haare zu seitlichen Zöpfen, danach ziehe ich ein Basecap über, das ich mir von Thorn 'geborgt' habe. Er hätte sein Zimmer abschließen sollen, denn von einem ‚Keep out' Schild lasse ich mich nicht beeindrucken. Es stört mich nicht, wenn er sich aufregt. Es ist ja nicht sein Lieblingsstück, sondern so ein billiges Basecap, das keinen Aufdruck hat. Es lag in einer verstaubten Ecke, deshalb habe ich es genommen. Er wird es schon nicht vermissen, geschweige denn wiedererkennen, da ich es erst mal saubermachen musste.

Nachdem ich meinen Pony gestylt habe, wohl eher gekämmt, damit er ordentlich unter dem Basecap hervorlugt, verlasse ich mein Zimmer. Ich habe eine hellblaue Jeans an, ein weißes Top und darüber einen roten Hoodie.

»Delila, ich bin draußen!«, rufe ich, als ich die Haustür erreiche.

»Alles klar. Komm nicht zu spät oder sag Bescheid, wenn du bei Ridge übernachtest!«, antwortet sie.

»Mache ich.« Ich verlasse das Haus, stöpsle die Kopfhörer in mein Handy und schalte meine Musik ein. DMX sollte echt mal etwas Neues rausbringen, ich bin es leid, immer die alten Lieder zu hören. 2Pac kann schlecht neue Lieder veröffentlichen, an dem habe ich mich inzwischen auch satt gehört. Und sonst gibt's kaum Rapper, die meine Aufmerksamkeit auf sich ziehen, weil sie nur Pussy-Hip-Hop bringen. Also etwas für diese kleinen Tussis, die meinen, dass sie cool wären, wenn sie Schimpfwörter kennen. Die ganz großen Gangster. Hach ja, ich bin froh, dass ich nicht so bin. Ich bin ein Miststück, eine Bitch, das weiß ich, aber ich höre die Musik schon ewig.

Ich jogge mehr oder weniger zu unserem Treffpunkt, der heute wieder in dieser verlassenen Halle liegt, was mich wundert. Bis auf wenige Ausnahmen haben wir uns immer bei Give getroffen, aber vielleicht sind ihre Eltern wieder da. Keine Ahnung. Es ist mir ehrlich gesagt auch egal, aber es nervt, dass ich meinen Arsch über so viele Meilen zu ihnen schleppen muss, auch wenn er weiß Gott nicht schwer ist.

Mein Handy klingelt. Mit einem Knopfdruck am Headset nehme ich den Anruf an. »Ja?«

»Hey, Hope. Ich bin's, Jeremy. Wie geht's dir?«

»Hey. Danke, ganz gut und dir? Sorry, dass ich mich nicht mehr gemeldet habe, aber ich hatte viel um die Ohren«, lüge ich, was die Funkstille zwischen uns betrifft.

»Auch gut. Was treibst du so?«, möchte er wissen.

»Ich bin gerade auf dem Weg zu meinen Freundinnen. Warum?«

»Ich wollte fragen, ob du Zeit hast, einen Kaffee trinken zu gehen, aber scheinbar nicht.«

»Nein, tut mir leid«, erwidere ich atemlos, da ich zwischen joggen und sprechen kaum Luft hole.

»Wann hättest du denn mal wieder Zeit?«, hakt er nach.

»Ich glaube, es ist besser, wenn wir uns nicht mehr treffen, Jeremy. Mein Freund ist beim letzten Mal schon ausgeflippt und ich will das nicht noch mal erleben.« Damit kann ich ihn vielleicht abwimmeln.

»Ich schwöre, ich werde dir nicht mehr zu nah kommen, ich möchte nur quatschen. Du bist die Einzige, die ich hier etwas näher kennengelernt habe, und ich würde gerne mit dir befreundet sein«, erklärt er.

Ich seufze schwer. »Wie wäre es mit nächster Woche, da halte ich mir gerne einen Tag für dich frei.«

»Geht es nicht früher?«, fragt er weiter.

Daraufhin verdrehe ich die Augen. »Okay, übermorgen, aber das kann ich dir nicht fest versprechen, und wir gehen nur einen Kaffee trinken. Wenn du mich noch mal küsst, garantiere ich für nichts, weil Ridge dich dann zerfetzen wird.« Ich hoffe, dass die Warnung deutlich war, denn ich weiß, dass es nicht gut ausgeht, sollte Ridge noch mal ausrasten. Und mir ist bewusst, dass ich ihn nicht noch mal bremsen kann.

»Meldest du dich deshalb noch mal?«

»Klar, mache ich. Du, Jeremy, es tut mir leid, aber ich muss dich abwürgen, okay?«

»Alles klar, kein Problem. Bis dann, Hope.«

»Bye.« Ich beende das Gespräch mit einem Knopfdruck und schaue mich an der Kreuzung um. Gejoggt bin ich seit der Hälfte des Telefonats nicht mehr, weil es mir Seitenstiche bescherte, aber gegen meinen schnellen Gang konnte ich nichts machen. Ich bin es gewöhnt, mich zu beeilen.

Zwanzig Minuten später habe ich die Halle erreicht und suche wieder das Loch im Zaun, durch das ich schlüpfen kann.

»Hey, Carver«, grüße ich den Hünen, der wieder vor dem Eingang steht.

»Hope«, brummt er.

»Sind sie drinnen?«

Er nickt knapp. »Ja und an deiner Stelle wäre ich nicht so vorlaut, Gives Laune ist explosiv.«

Mit gehobenen Augenbrauen gehe ich rein und sehe mich nach den Mädels um. Sie sitzen wieder auf den Steinblöcken und sehen alle nicht gut gelaunt aus. »Hey«, begrüße ich sie lächelnd.

»Da bist du ja«, sagt Give und steht auf. Dann kommt sie auf mich zu, holt aus und verpasst mir einen Punch ins Gesicht.

Ich stolpere zur Seite. »Hast du sie noch alle?«, herrsche ich sie an, weil ich Blut schmecke und außerdem keine Ahnung habe, wofür das gewesen sein soll.

»Du fickst Ridge Cavendish, du kleine Verräterin!«, antwortet sie erstaunlich ruhig.

»Das ist doch Blödsinn«, rede ich mich heraus und sehe sie verächtlich an.

Sie hebt eine ihrer perfekt gezupften Augenbrauen. »Du willst also sagen, dass Crystal lügt?«

Ich spucke das Blut aus, das sich in meinem Mund gesammelt hat. »Ich war bei Ridge, aber nur, weil er mich von einem Date weggeholt hat, und das in Thorns Auftrag. Ich ficke dieses Ekel doch nicht«, lüge ich, bemüht darum, es mir nicht anmerken zu lassen. 'Crystal, du bist so was von unten durch.'

Give streckt die Hand aus. »Gib mir dein Handy.«

»Ich denk nicht dran«, erwidere ich entschieden.

»Weil es dich verraten könnte?«

»Weil es dich einen Scheißdreck angeht, mit wem ich SMS schreibe oder wen ich anrufe«, antworte ich genervt. »Und da du mir schon die Fresse poliert hast, ist es mir sowieso egal, was du denkst.«

»Gib mir dein Handy, Hope!«, schreit sie mich an.

Ich wende mich kopfschüttelnd ab, doch da stehen schon Zoila und Adina vor mir. »Sie will dein Handy sehen«, sagt Adina bewusst unfreundlich und schubst mich zurück.

»Leute, habt ihr sie noch alle?«, frage ich überrumpelt. Was stellen die sich eigentlich so an? »Crystal lässt sich von Ridge ficken und ihr sagt nichts; ich stehe im Verdacht und bekomme sofort aufs Maul.«

»Crystal tat es für die Gruppe«, meint Adina, als Zoila mein Handy aus der Tasche meines Hoodies holt.

»Leute, ihr habt echt so einen Schuss weg, das ist nicht mehr normal«, stelle ich angepisst fest. Ich nehme Zoila mein Handy aus der Hand. »Ich steige aus.« Danach gehe ich an den beiden vorbei, jedoch nicht, ohne sie anzurempeln.

»Das wird dir leidtun, Hope!«, ruft Giverney mir hinterher.

»In etwa so leid, wie Thorn die Beziehung zu dir tut?«, frage ich interessiert, um sie zu verletzen.

Sie zischt, also habe ich sie getroffen.

»Das lässt du dir gefallen, Give?«, höre ich Davina fragen.

»Sie wird sehen, was sie davon hat.«

Ich verlasse die Halle und verabschiede mich von Carver. Am besten gehe ich über Umwege zu Ridge oder erst mal nach Hause. Variante zwei wäre wohl besser.

Ich fasse an meine Lippe. Sie ist aufgeplatzt und blutet wie Sau, weshalb ich meinen Ärmel daran halte. Keine Ahnung, was ich Delila sagen soll, wenn sie mich sieht. Am besten, dass ich gestürzt sei oder so, wobei ich dann malträtierter aussehen müsste. Es wird schon schwer genug, Ridge davon abzuhalten, Give auseinander zu nehmen.

♥♥♥

Als ich zu Hause hereinkomme, passiert genau das, was ich befürchtet habe.

»Um Gottes Willen, wie siehst du denn aus?«, stößt Delila erschreckt aus.

»Wie sehe ich denn aus?«, erkundige ich mich.

»Thorn!«, ruft sie daraufhin. »Deine Schwester wurde scheinbar überfallen.« Sie schaut mich wieder an. »Deine Wange ist rot, dein Kinn voller Blut und dein Pullover auch. Was ist passiert, Hope?«

Ich seufze. »Ich bin mit jemandem aneinandergeraten«, gebe ich zu.

»Mit wem? Ich sollte die Polizei rufen«, sagt sie überfordert.

»Lass gut sein, Mom. Du musst nicht die Cops rufen«, mischt Thorn sich ein und sieht mich an, als wüsste er Bescheid.

Ich nicke nur und forme ein tonloses Danke.

»Ich gehe mit Hope nach oben, damit sie sich waschen kann. Mach dir keine Sorgen«, beruhigt Thorn sie, während er mich durchwinkt.

»Ich kann das nicht einfach ignorieren, Thorn«, erwidert Delila.

»Ich werde mit ihr reden, okay? Mir wird sie sagen, was passiert ist.«

Sie seufzt schwer. »Ich hoffe nur, dass es nichts Schlimmes ist. Dieses Mädchen ist so …«

»Was?«, hakt er nach.

»Schweigsam, wenn es um ihre Ausflüge geht. Sie erzählt nichts und langsam glaube ich, dass sie die falschen Freunde hat«, antwortet sie.

»Die hat sie definitiv, aber wenn du ihr den Umgang verbietest, dann wird sie sich trotzdem mit ihnen treffen, also musste sie die Erfahrung selbst machen«, schmunzelt Thorn. »Ich rede mit Hope, mach dir keine Gedanken.« Danach höre ich seine Schritte auf der Treppe, weshalb ich eilig die zweite nach oben nehme.

Er kommt kurz nach mir im Dachgeschoss an und mustert mich. »Das war wohl Gives rechter Haken, was?«

»Du scheinst deine Ex ja super zu kennen«, brumme ich, als ich ins Bad gehe.

Thorn folgt mir. Er nimmt mir den Waschlappen aus der Hand und macht ihn nass. »Ziemlich gut und mit so was fängt es meistens an. Warum hat sie dir überhaupt eine reingehauen?«

»Weil sie denken, dass ich mit Ridge schlafe«, erwidere ich.

»Wurdet ihr zusammen gesehen?«

»Crystal hat uns gesehen, und da Ridge sie verarscht hat, hat sie etwas gegen ihn. Sie denkt, dass Ridge und sie ein Paar waren, aber er meinte, dass er sie nur abgefüllt und ihr eingeredet hätte, dass sie Sex hatten«, entgegne ich und zische, weil er meine Lippe abtupft.

»Zwischen den beiden war wirklich nichts. Ich war dabei, wenn Crystal mit ihm unterwegs war. Er hat ihr ziemlich viele Sachen über Gives Pläne aus der Nase ziehen können, dabei war es ihre Aufgabe, ihn auszufragen. Tja, die Liebe lässt einen seine Aufgaben vergessen, hm?«, schmunzelt er.

Ich verdrehe die Augen. »Und was noch?«

»Er hat Crystal nur Blödsinn erzählt, nichts Genaues, was uns betrifft. Also haben sie gegen uns nichts in der Hand, aber wir wissen nun ein paar Dinge, die Give das Genick brechen könnten. Miller weiß schon Bescheid, dass sie ihm gestrecktes Zeug besorgt hat, dabei hat er für reinen Stoff bezahlt. Das wird ihr noch Probleme bringen. Die Cops werden noch ein paar nette Aufnahmen von ihrem letzten Raub bekommen, wie es aussieht, wird sie für eine Weile verschwinden«, sagt er.

»Sie wollte mein Handy haben, aber ich habe es ihr nicht gegeben.«

»Gut so. Haben sie nicht versucht, es dir abzunehmen?«

»Doch, aber ich konnte es Zoila rechtzeitig wegnehmen. Give meinte, dass es mir leidtun werde, worauf ich fragte, ob es mir genauso leidtun werde wie dir die Beziehung zu ihr«, kichere ich.

Thorn lacht auf. »Du bist wirklich ein Biest.«

»Ich weiß.«

Er legt den Waschlappen weg. »Ich sage Ridge Bescheid. Ich denke, wir werden die Fotos in den nächsten Tagen den Cops übermitteln. Miller wird sich auch noch um dieses Miststück kümmern.«

Ich atme tief durch. »Ich sollte erst mal nicht zu Ridge gehen, hm?«

»Wäre besser«, nickt er.

»Na toll. Ich bin ausgestiegen, also sollten sie mich eigentlich in Ruhe lassen.«

Daraufhin sieht er mich fassungslos an. »Ausgestiegen?« Er klingt nicht nur überrascht, sondern auch entsetzt.

»Ja. Ich lasse mich von dieser Bitch doch nicht schlagen und krieche ihr dann noch in den Arsch«, antworte ich. »Die können mich alle mal. Ich will mich nicht vor ihnen verstecken.«

Thorn atmet tief durch. »Pack ein paar Sachen und zieh dich um. Ich bringe dich doch zu Ridge. Er kann eher auf dich aufpassen als ich. Ich bin ständig unterwegs.«

Jetzt verwirrt er mich. »Was ist das denn auf einmal? Ich dachte, ich soll ihn erst mal nicht treffen.«

»Spontane Meinungsänderung«, antwortet er und zeigt raus. »Geh packen. Ich sag Mom und Dad, dass wir für ein paar Tage in die Berge fahren, da habe ich eine Waldhütte, die meinem Dad gehört hat.«

»Wir fahren aber nicht wirklich dorthin, oder?«

»Kommt drauf an, wie weit sie gehen.«

»Okay«, erwidere ich und verlasse das Bad.

Thorn folgt mir, verschwindet allerdings in seinem Zimmer. »Ja, sie wissen Bescheid … Nein, Hope hat ihnen nichts gesagt, aber sie werden sie jetzt im Auge behalten … Wie wieso? Weil sie ausgestiegen ist und wir wissen, wie es beim letzten Mal geendet ist … Ridge, Alter, ich will nicht das Hirn meiner Schwester irgendwo abkratzen, weil sie es sich weggeballert hat … Ich weiß, dass sie nicht an meine Waffe kommt, trotzdem will ich nicht, dass ihr etwas passiert … Du musst auf sie aufpassen … Es tut mir leid, dass du deine Mom anlügen musst, aber das tust du ständig, also hab dich nicht so. Ich dachte, ihr seid ein Paar, dann verhalte dich entgegen deiner Natur auch wie ein liebender Freund … Ja, ich bringe sie gleich zu dir … Ja, ich parke in der Garage … Alles klar, bis nachher … Danke, Alter.«

Ich weiß, ich hätte es nicht mitanhören sollen, besonders weil mir jetzt ziemlich schlecht ist, aber ich denke auch, dass Ridge mir helfen kann. Er wird die Mädels nicht in meine Nähe lassen, und wenn er auch eine Waffe hat, dann ist es noch besser, schlimmstenfalls kann er ihnen einfach die Knie kaputt schießen.

»Hast du schon gepackt?«, erkundigt sich Thorn, als er in mein Zimmer schneit.

»Nein, aber fast«, antworte ich, während ich Kleidung aus meinem Kleiderschrank hole. »Ich weiß nicht, wie viel ich mitnehmen soll.«

»Ich gebe dir eine Sporttasche, die machst du voll. Wir sollten sichergehen, dass du erst zurückkommst, wenn Give und die Mädels weggesperrt sind.«

»Wieso auch die Mädels?«

»Mitgehangen, mitgefangen?«, fragt Thorn, dabei zwinkert er mir zu, dann lässt er mich noch mal allein.

»Oh, okay.« Ich hole noch mehr aus dem Schrank. Jeans, Hoodies, Shirts, Unterwäsche und Socken. Ich weiß nicht, ob alles in die Tasche passen wird, aber es ist besser als nichts. »Was ist eigentlich mit meinem Handy?«, rufe ich ihm nach.

»Muss abgeschaltet werden, aber ich gebe dir gleich eine neue Sim-Karte, damit du für uns erreichbar bist«, antwortet er, als er wieder zu mir kommt und die Tasche mit der Kleidung vollpackt. »Hast du eigentlich mit jemandem darüber gesprochen, dass du und Ridge ein Paar seid?«

»Mit Cynda, sie ist meine beste Freundin und … fuck. Sie ist Gives Cousine«, entgegne ich, danach plumpse ich aufs Bett. »Sie wird es ihr sicher erzählen, wenn sie hört, dass ich ausgestiegen bin.«

Thorn brummt. »Fuck, Hope, warum erzählst du so etwas ausgerechnet Gives Cousine?«

»Weil sie meine beste Freundin ist.«

»Ja und Blut ist dicker als Wasser, du Idiotin.«

»Na danke, das habe ich echt gebraucht. Ich hab schon aufs Maul bekommen, da könntest du wenigstens nett zu mir sein«, maule ich.

»Die Tasche ist voll«, stellt er fest. »Hol deine Kosmetik und pack sie in einen Rucksack oder so, wir werden nichts neu kaufen, bis Gras über die Sache gewachsen ist.«

Ich seufze schwer. »Okay, ich wette, ich muss mich in deinem Wagen verstecken, hm?«

»Du gehst auf die Rückbank unter die Decke. Ich habe in der Garage geparkt, also sehen sie nicht, wer das Haus verlässt. Bei Ridge werde ich auch in der Garage parken und du steigst erst aus, wenn das Tor zu ist. Du darfst dich nicht in der Nähe der Fenster zeigen.«

»Oh man«, maule ich und gehe mit meinem Rucksack ins Bad.

»Es ist besser so, Hope.«

»Es ist übertrieben. Was sollen sie schon machen?«, möchte ich wissen.

»Hast du Linda schon vergessen?«

Es trifft mich wie eine Axt im Rücken. »Nein, habe ich nicht.«

»Dann erübrigt sich deine Frage«, sagt er, als er an der Tür auftaucht. »Beeil dich bitte, ich muss gleich zu einem Termin mit Miller, um den Vorfall am Hafen zu klären.«

Ich sehe ihn wie geschlagen an. »Bist du irre? Der Kerl hat auf dich eingestochen!«

»Ich habe die Jungs dabei und das hier ...« Er zieht sein Shirt hoch und ich sehe eine schwarze Weste. »Das ist eine schusssichere Weste, hat mir ein Kumpel besorgt, der Cop ist, also kann nichts passieren.«

»Wieso? Trägst du etwa noch 'nen Helm?«, hake ich nach.

»Nein, warum?«

»Weil der Spast dir in den Kopf schießen könnte, du vollkommen Irrer!«, herrsche ich ihn an.

Thorn lacht auf. »Soso, meine kleine Stiefschwester hasst mich nicht mehr. Wunderbar. Dabei dachte ich, dass wir zwei uns nie verstehen oder umeinander sorgen würden.«

Ich lasse mich von seinem Gelächter anstecken. »Du bist mein Bruder, nicht nur mein Stiefbruder.« Ich gehe auf ihn zu und umarme ihn.

Er erstarrt. »Wo kommt das denn auf einmal her?«

»Ich weiß auch nicht, ich habe diese familiären Gefühle seit dem Abend am Hafen. Hat Ridge dir nicht erzählt, dass ich seitdem fast nur noch Bruder gesagt habe?«

Thorn streichelt meinen Rücken. »Hat er nicht, wahrscheinlich wollte er dich nicht in die Scheiße reiten. Du bist auch wie eine kleine Schwester für mich und deshalb schwingst du jetzt deinen kleinen Prachtarsch zu deinem Rucksack und beeilst dich endlich!«, sagt er streng.

Ich gehe kichernd zum Waschtisch und packe meine Kosmetika ein, danach schließe ich den Reißverschluss. »Wir können los.«

»Gut, ich bringe deine Tasche ins Auto, dann erkläre ich Mom und Dad was los ist, damit sie niemandem sagen, wo du bist«, erwidert er, nimmt mir den Rucksack ab und lässt mich allein.

Ich gehe zurück in mein Schlafzimmer, um meine Handtasche zu packen. Wenigstens komme ich so dazu, Ridge noch besser kennenzulernen.

♥♥♥

»Ich glaube echt nicht, dass ich mir den Scheiß gebe«, brumme ich eine Stunde später von der Rückbank in Thorns Auto.

»Hmhm«, sind die einzigen Laute, die er von sich gibt. Ich höre, wie sein Handy klingelt. »Ja, Ridge?« Thorn schaltet die Lautsprecher am Telefon an.

»Ist sie bei dir?«, höre ich ihn fragen.

»Ja, unter der Decke auf der Rückbank, wir dürften in einer Viertelstunde bei dir sein«, antwortet Thorn amüsiert.

»Ich find's nach wie vor scheiße«, maule ich gedämpft, da ich die muffige Decke im Gesicht habe.

Beide schmunzeln. »Meine Mom weiß Bescheid, ich konnte sie nicht dazu bringen, noch mal mit Fynn zu meiner Großmutter zu fahren. Sie denkt jetzt, dass Hope bedroht wird, und hat die Magnum aus dem Safe geholt. Ich gehe also davon aus, dass sie die erste ist, die Give eine Ladung Blei in den Arsch jagt, wenn sie dem Haus zu nahe kommt«, erzählt Ridge.

So krass hätte ich Leila nicht eingeschätzt, aber gut. Seine Mom wird auch nur ihr Heim beschützen wollen. In der Wohngegend wundert es mich nicht, dass die Leute Knarren im Haus haben.

»Nicht dass deine Mom sich noch in die Scheiße reitet«, sagt Thorn.

»Wird sie nicht, sie wird Give höchstens einschüchtern wollen«, antwortet Ridge.

»Daddy, komm mit«, jammert Fynn.

»Du hast ihn gehört, ich muss mich eine Weile mit ihm beschäftigen, sonst ist er beleidigt«, verabschiedet sich Ridge.

»Bis gleich.«

Gespräch beendet.

»Die Decke stinkt«, stelle ich trocken fest.

»Weil da normalerweise Chase' Köter drauf liegt«, lacht Thorn.

»O Gott, du bist doch echt widerlich«, stoße ich aus.

»Ich weiß, aber ich hatte nichts anderes, und ich werde sicher keine von Moms Blumendecken in mein Auto legen«, erwidert er.

»Manchmal kann man dich nur hassen«, schnaube ich und halte die Decke etwas hoch, damit sie nicht auf meinem Gesicht liegt. Es ist einfach nur ekelhaft.

Eine gute Viertelstunde später parkt Thorn bei Ridge in der Garage. Ich merke, dass es dunkler wird, also werden sie sicher das Tor geschlossen haben. »Kann ich rauskommen?«, erkundige ich mich.

»Ja.«

Ich schlage die Decke zurück und atme tief durch. »O Gott, das war ekelhaft. Ich gehe sofort duschen.«

Ridge hilft mir aus dem Auto und will mich küssen, doch ich weiche aus. »Lass das lieber, ich lag unter der Decke von Chase' Hund.«

Er verzieht das Gesicht. »Das ist widerlich. Geh dich duschen, Bronx ist ein sabberndes Vieh.«

»Sofort.« Ich wende mich ab, eile durch eine Tür ins Haus und gleich nach oben. »Hoooope!«, jubelt Fynn und kommt mir entgegen. Er umarmt mein Bein. »Spielen wir gleich?«

Ich schüttele ihn vorsichtig ab, weil ich immer noch etwas zurückhaltend ihm gegenüber bin. »Machen wir. Ich muss nur kurz duschen, Großer.«

»Okay. Wo ist Daddy?«

»In der Garage, bei Thorn.«

Fynn läuft nach unten, während ich mich ins Bad verziehe. Woher ich das weiß? Kinder trampeln, da scheinen sie ein extra Gen für zu haben.

Angewidert von dem Geruch meiner Kleidung, ziehe ich mich aus und steige in die Duschkabine ein. Das warme Wasser ist eine Wohltat, aber die Seife noch mehr. Ich hätte nicht gedacht, dass ich in meinem Leben mal so dankbar für eine Dusche sein würde, obwohl ich echt schon die heftigsten

Schweinereien mitgemacht habe. Also nichts Perverses, aber Essens-, Schlamm- oder Schneeballschlachten waren dabei, teilweise endeten sie richtig schmutzig. Teilweise sogar blutig. Aber in mit Hundespeichel getränkten Decken habe ich noch nie gelegen und das ist mit Abstand das Ekelhafteste. Ich hoffe nur, dass ich keinen Herpes bekomme.

Als ich aus der Dusche trete, bin ich nicht nur sauber, sondern auch froh darüber, dass der Juckreiz aufgehört hat, der mich im Auto überkam. Meine Tasche steht im Bad, was mir verrät, dass Ridge oder Thorn sie hier abgestellt hat. Ich gehe eher davon aus, dass es Ridge war, denn Thorn betritt nicht einfach das Bad, wenn ich dusche. Nachdem ich mich abgetrocknet habe, hole ich mir saubere Kleidung aus meiner Tasche, ziehe mich an und verlasse mit ihr in den Händen den Raum. »Ridge?«

Er kommt mir entgegen und nimmt mir die Reisetasche ab. Dann küsst er mich. »Super, du riechst wieder menschlich.«

»Na danke«, brumme ich, als wir in sein Schlafzimmer gehen. »Hat Fynn dich gefragt, ob du mit ihm spielst?«

»Ja, aber ich musste ihn ein wenig vertrösten, weil Thorn und ich uns noch unterhalten haben.«

»Okay. Wie sieht der Schlachtplan aus?«, erkundige ich mich.

Thorn räuspert sich. »Wenn einer schon mal überhaupt nicht schlachtet, dann du, Hope.«

Ich verdrehe die Augen. »Die wollen an mich heran, also kann ich mich wehren.«

»Gegen sechs Verrückte kommst du nicht an«, sagt er überzeugt.

Ich seufze schwer. »Man könnte mich auch einfach ausliefern.«

»Nein«, grätscht Ridge sofort dazwischen. »Die haben Linda auf dem Gewissen und Nicky ist wegen Give damals die Treppe runtergefallen. Ich lasse dich nicht mehr in die Nähe von ihnen.«

»Sie ist was?«, hake ich nach.

»Alter«, stöhnt Thorn.

»Ich wollte es dir nicht erzählen, Hope, aber Nicky fiel hochschwanger die Treppe herunter, weil Give sie geschubst hatte. Dabei löste sich die Plazenta und sie starb. Man sollte diese Geisteskranke nicht unterschätzen«, erklärt Ridge.

Ich schlucke. »Warum habt ihr mir nicht die ganze Wahrheit erzählt?«

»Weil du selbst herausfinden musstest, wie deine sogenannten Freundinnen drauf sind«, antwortet Thorn.

Ich setze mich aufs Bett und stütze mein Kinn auf meine Hand. »Und deshalb lasst ihr mich mit so einer Irren herumhängen?«

»Manchmal geht man davon aus, dass Menschen sich ändern«, erwidert mein Bruder. »Und ich weiß selbst noch nicht lange, dass Give Nicky schubste. Ich wusste nur von einem Streit zwischen den beiden.«

»Oh man«, stoße ich kopfschüttelnd aus. »Was habt ihr denn jetzt vor?«

»Erst mal bringe ich das Treffen mit Miller hinter mich und setze ihn auf Give an, in den nächsten Tagen gehe ich dann zu den Cops«, erklärt er.

»Und ich bleibe in deiner Nähe«, sagt Ridge, der sich neben mich setzt.

»Yay, ein Bodyguard. Ich werde aber nicht singen«, erwidere ich.

Daraufhin lacht er. »Miststück.«

»Arsch«, kontere ich grinsend.

Seine Augenbraue schießt in die Höhe, weshalb ich meinen Blick senke.

Thorn lacht auf. »O Gott, du musst mir sagen, wie du das geschafft hat, bei mir hält sie nie die Klappe.«

»Das willst du lieber nicht wissen, Alter«, erwidert Ridge, während ich meine Hände knete.

Ich könnte brechen, dass er mich nur mit einem Blick so sehr einschüchtern kann. Wäre er nicht meine einzige Möglichkeit, Give, Zoila, Nova und Co aus dem Weg zu gehen, hätte ich schon längst etwas dagegen gesagt. Da ich aber später mit ihm alleine sein werde, will ich nicht noch so eine harte Nummer riskieren wie damals in seinem Auto. Wenn ich mich daran erinnere, erregt es mich zwar, aber es verängstigt mich gleichermaßen. Dieser verdammte Hund hat mich einfach viel zu sehr unter Kontrolle. Ich höre ihnen nicht zu, sondern verliere mich in meinen Gedanken.

»Kleines?«, holt Ridge mich in die Gegenwart zurück.

Ich blinzle, schüttle den Kopf und schaue ihn an. »Hm?«

»Denk dran, dass du dich von den Fenstern fernhältst, okay?«, sagt Thorn.

Ich nicke knapp. »Nicht an die Fenster, nicht an die Tür und am besten gehe ich auch nicht in den Garten.«

Er lächelt. »Gut, sorry, dass du eingesperrt wirst, aber es ist besser so.«

»Kein Problem, aber klärt den Scheiß, ich hab echt keine Lust, Rapunzel zu spielen und im Turm herum zu sitzen.«

»Keine Sorge, gib mir drei oder vier Tage, dann ist die Sache erledigt«, meint er und erhebt sich. »Alter, komm mit zum Auto, ich muss noch etwas mit dir besprechen.«

Ridge steht auf, stupst gegen mein Kinn und ich schaue zu ihm hoch. Er zwinkert mir zu, anschließend lassen er und Thorn mich allein.

Ich springe auf. »Thorn?«

»Was denn?«

Ich laufe zu ihm und umarme ihn. »Danke.«

»Ich wundere mich immer noch, wo das auf einmal herkommt.«

»Nimm's einfach hin«, sage ich leise, löse mich und lasse die Schultern hängen.

»Wir regeln das, Hope, keine Sorge.«

Ich nicke knapp und sehe ihnen hinterher, als sie nach unten gehen. Dann gehe ich zurück ins Schlafzimmer. Auf dem Bett sitzend starre ich Löcher in die Luft.

»Hope?«, vernehme ich Fynns Stimme.

»Ja, Großer?«

Er kommt langsam näher. »Würdest du mit mir spielen?«

»Was möchtest du denn spielen?«, frage ich interessiert.

»Ritter?« Er zeigt mir ein Plastikschwert, das ich als Kopie von 'Stich' aus *Der Herr der Ringe* erkenne.

»Wohl eher Hobbit, hm?«, schmunzele ich.

»Daddy lässt mich das nicht gucken, aber Grandma hat's mich schauen lassen«, erzählt er grinsend.

Ich hebe meine Augenbrauen. Selbst ich weiß, dass diese Filme nichts für einen fünfjährigen Jungen sind, aber ich mische mich nicht in die Erziehung ein. Hinterher bin ich die Gearschte und das muss nicht sein. »Oha, das ist aber bestimmt dein Geheimnis, oder?«

»Und Grandmas«, lacht er.

Ich stehe auf. »Lass uns in dein Zimmer gehen und spielen. Ich bin mir sicher, dass dein Dad gleich dazukommt.«

Fynn ergreift meine Hand und führt mich in sein Kinderzimmer. Es ist mit hellen Möbeln eingerichtet und voller Spielzeug. Ganz anders als der Rest des Hauses, was wahrscheinlich daran liegt, dass Ridge ihn verwöhnt. Sicher wird es so sein, denn Fynn ist das Einzige, was er noch von Nicky hat. Und ich weiß, wie sehr er sie geliebt hat.

Fynn gibt mir ein anderes Spielzeugschwert. »Kämpfen wir?«

»Okay«, erwidere ich und strecke den Arm aus. »Aber wir stechen uns nicht fest, ja?«

Er schüttelt den Kopf. »Ich weiß, dass ich vorsichtig sein muss.«

»Genau.« Ich sehe zum Fenster. Es zeigt zum Garten heraus, rundherum sind andere Gärten, da ich aber nicht weiß, inwiefern man hier hereinsehen kann, ziehe ich die Vorhänge zu. Es ist nicht völlig dunkel im Zimmer, da die Sonne sich trotzdem einen Weg durch den dünnen Stoff bahnt.

»Attacke!«, ruft Fynn und rennt auf mich zu.

Ich drehe mich lachend weg und haue ihm mit der flachen Seite des Plastikschwerts auf den Hintern. »Touché.«

»Oh oh, das war unfair!« Er kommt wieder zu mir, diesmal weiche ich nicht aus, um ihm auch ein Erfolgserlebnis zu gönnen.

»Aaaah«, rufe ich gespielt aus und gehe auf die Knie. »Jetzt hast du mich.«

»Für die Ehre!«, quietscht er und sticht mich leicht, woraufhin ich das Schwert zwischen meinem Arm und meinem Oberkörper einklemme und mich zur Seite fallen lasse.

Ridge lacht leise. »Ich sehe, ihr zwei habt Spaß.«

Ich richte mich auf. »Ein wenig.«

»Hope spielt mit mir, nicht wie du«, mosert Fynn, als Ridge hereinkommt.

»Wir können auch alle zusammen spielen«, schlägt Ridge lächelnd vor.

»Verstecken?«

»Nein, du weißt, dass Grandma das nicht so gerne hat, wenn wir im Haus Verstecken spielen«, erwidert er. »Aber wir können mit deinen Legosteinen etwas bauen, oder wir spielen Mensch ärgere dich nicht.«

Fynn sieht ihn trotzig an. »Das ist doof.«

»Dann lass uns einfach weiter kämpfen, hm?«, frage ich und stehe wieder auf.

Ridge sieht mich dankbar an, dann erhebt er sich ebenfalls und geht an die Tür. »Ich bin im Garten eine rauchen. Schick Fynn raus, wenn etwas ist.«

»Du könntest auch hierbleiben und mit uns spielen«, erwidere ich geduldig.

Er seufzt.

»Ridge, dein Sohn würde sich freuen und es ist eigentlich nicht meine Aufgabe, ihn zu bespaßen«, erinnere ich ihn.

»Du hast recht«, gibt er nach.

Ich reiche Ridge mein Plastikschwert und nehme mir selbst einen Bogen. So einen, dessen Pfeile statt Spitzen Saugnäpfe haben.

»Hope ist ein Elb«, quietscht Fynn, woraufhin Ridge ihn misstrauisch ansieht.

»Woher kennst du Elben?«

»Hab Werbung gesehen«, antwortet Fynn, dabei senkt er den Blick.

»Lass ihn einfach, wir wollen spielen«, flöte ich und schieße einen der Pfeile auf diesen großen Kerl, der mein Freund ist. Meine Treffsicherheit war auch schon mal besser, denn ich schieße geradewegs an ihm vorbei.

Er lacht auf. »Das solltest du noch mal üben.«

»Ja, hast recht«, antworte ich trocken und setze zu einem weiteren Schuss an, allerdings hat Fynn es schon wieder auf mich abgesehen. »Aaaw«, gebe ich gespielt von mir, dabei lasse ich mich ein weiteres Mal fallen.

Der Kleine lacht, freut sich über die Aufmerksamkeit.

Noch eine ganze Weile machen wir weiter, bis Fynn und ich beschließen, uns gemeinsam gegen Ridge zu wenden.

»Auf ihn!«, ruft er und stürzt sich auf seinen Vater. Ich folge ihm lachend, als Ridge am Boden liegt, und lasse mich auch auf ihn fallen.

»Oho, Gott, ihr brecht mir alle Knochen«, stößt Ridge amüsiert aus und schließt die Arme um uns. »Ihr Monster.«

♥♥♥

Am Abend habe ich Fynn ins Bett gebracht, da er unbedingt wollte, dass ich es tue. Ridge wartet im Schlafzimmer auf mich und Leila ist immer noch bei der Arbeit.

Nach zwei vorgelesenen Geschichten schläft er tief, weshalb ich mich aus seinem Zimmer schleiche.

»Hast du ihn zum Schlafen gebracht, oder muss ich nach ihm sehen?«, erkundigt sich Ridge, als ich das Zimmer betrete.

»Er schläft tief und fest«, antworte ich zufrieden, als ich mich zu ihm lege.

Er zieht mich in seinen Arm. »Er mag dich.«

»Ich finde ihn auch ganz … nett«, entgegne ich etwas überfordert.

Ridge schnaubt amüsiert. »Du bist die Erste, die ich in seine Nähe lasse. Ich weiß, dass es schwer sein muss, das Kind einer anderen zu akzeptieren.«

Ich drehe mich auf den Bauch, dann hebe ich den Kopf, um ihn anzusehen. »Ich kenne dich nur als Dad, also wieso sollte es mich stören, dass es Fynn gibt? Klar, es ist ungewohnt oder eher ungewöhnlich, dass ich einen Freund habe, der schon

Vater ist, aber was soll's? Ich finde Fynn echt niedlich und habe kein Problem mit ihm.«

»Deshalb bist du meine Freundin«, grinst er, nimmt mein Gesicht in seine Hände und drückt mir einen Kuss auf die Lippen.

Gerade, als ich ihn meine Zunge spüren lassen will, klingelt Ridges Handy. »Was?«, meldet er sich genervt.

Ich richte mich auf, schaue ihn fragend an.

Er hebt den Zeigefinger, damit ich still bin. »Kann keiner der anderen? ... Die sind bei dir? ... Und jetzt brauchst du mich auch noch? ... Ah okay ... Ja, verstehe ... Ich muss Hope fragen, ob sie auf Fynn aufpassen kann ...«

Ich nicke ihm zu. »Kann ich machen.«

'Danke', formt er tonlos und brummt ins Handy. »Ja, sie passt auf ihn auf ... Wo soll ich hin? ... Alles klar, bin in einer halben Stunde da ... Ja, bis gleich ... Ja.« Ridge legt auf und atmet durch. »Dein Bruder hat Ärger mit Miller und jetzt muss ich einen Botengang machen, um die Jungs aus der Scheiße zu holen.«

Ich hebe eine Augenbraue und will gerade zum Reden ansetzen, als Ridge den Kopf schüttelt. »Glaub mir, du willst nicht wissen, was ich erledigen muss«, sagt er, weshalb ich erst gar nichts sage. Er steht auf und haucht einen Kuss auf meine Lippen. »Ich beeile mich. Lass niemanden ins Haus, geh nicht ans Telefon und denk dran, halt dich von den Fenstern fern.«

»Alles klar«, erwidere ich.

»Es tut mir leid.«

»Seit wann entschuldigst du dich? Du hast mal zu mir gesagt, dass du nicht der Typ für Entschuldigungen bist und jetzt tust du es ständig«, frage ich verwirrt.

»Du veränderst mich«, lächelt er, drückt einen weiteren Kuss auf meine Lippen und zieht dann eine Sweatjacke an. »Ich bin später wieder da. Warte am besten nicht auf mich.«

»Okay.« Ich stehe auf und ziehe meine Sachen aus, da ich müde bin und auch schlafen möchte.

»Oh man«, brummt er.

»Was denn?«

»Du weißt, dass ich los muss, und zeigst mir das, was ich gerade am meisten haben will.«

»Dann musst du dich entweder beeilen oder dich gedulden«, necke ich ihn, zwinkere ihm zu und lasse meinen BH fallen. Danach wende ich ihm den Rücken zu.

Ridge kommt hinter mich, anschließend legt er seine Hände auf meinen Bauch und bewegt sie nach oben. »Wie gut, dass ich jetzt etwas habe, woran ich denken kann.« Er drückt seinen harten Schwanz, der hinter seiner Jeans gefangen ist, an meinen Po und reibt sich an ihm. »Freu dich auf etwas, wenn ich nach Hause komme«, raunt er dann, knabbert an meinem Ohrläppchen und lässt von mir ab.

Ich atme durch. »Danke.«

»Für?«

»Fürs Geilmachen«, erwidere ich und ziehe mein Shirt über.

Er lacht auf. »Ich werde es später wiedergutmachen, wenn du willst.«

»Mal schauen.« Ich drehe mich zu ihm um, damit ich ihn ansehen kann. »Ich lege mich jetzt auch hin, weil ich keine Lust auf fernsehen hab. Aber das Handy ist an, das Thorn mir gegeben hat.«

»Habe ich die Nummer schon?«

Ich zucke mit den Schultern. »Keine Ahnung, soll ich dich anklingeln, um es zu testen?«

Ridge nickt einmal knapp.

Ich gehe zum Bett, setze mich unter die Decke und nehme das Handy vom Nachttisch. Mein Smartphone haben wir zu Hause gelassen, aber Thorn hat mir sowieso ein besseres Gerät gegeben. Ich wähle Ridges Nummer, die bereits eingespeichert ist, und sehe ihn an.

Er hält sein Smartphone in der Hand und nickt, als es klingelt. »Speichere ich gleich, aber jetzt muss ich los.«

»Pass auf dich auf«, sage ich besorgt, weil ich mir vorstellen kann, dass dieser Botengang nicht ungefährlich wird. Wo bin ich hier nur hineingeraten? In New York haben wir zwar Scheiße gebaut, aber was hier abgeht, ist um Einiges schlimmer.

»Werde ich«, raunt er, als er neben mir in die Hocke geht. Er küsst mich sanft. »Und du auch auf dich und Fynn.«

»Mache ich«, wispere ich.

»Könnte sein, dass er sich wieder zu dir legt, weil er im Moment mit Albträumen zu kämpfen hat«, sagt er, als er zur Tür geht.

»Kein Problem, ich bin ja hier.«

»Gut. Bis später, Kleines.«

»Bis dann, Großer.«

Ridge verschwindet und ich lasse mich auf den Rücken fallen.

♥♥♥

Ich werde wach, als Fynn zu mir ins Bett klettert. »Hey«, nuschele ich und schaue auf den Wecker. Es ist zwei Uhr nachts. »Kannst du nicht mehr schlafen?«

»Ich hatte einen Albtraum«, antwortet er heiser.

»Oje, dein Dad kommt gleich nach Hause«, sage ich leise und lasse es zu, dass er sich in meinen Arm legt. Ich decke ihn zu, und da ich auf der Seite liege, lege ich meinen linken Arm um ihn.

Fynn nimmt meine Hand zwischen seine. »Kann ich trotzdem hier schlafen?«

»Aber so was von. Daddy soll dann einfach bei dir schlafen, okay?«

»Okay«, murmelt er und sein Kopf sackt schwer auf meinen Oberarm.

Ich kuschle mich an ihn, um ihn zu beruhigen, doch hoffe ich, dass Ridge nichts Falsches denken wird, weil ich seinen Sohn im Arm habe. Dann schlafe ich wieder ein.

♥♥♥

»Steh auf!«, sagt eine Frauenstimme.

Ich schlage die Augen auf und verenge sie sofort zu Schlitzen, da das Licht brennt. Als sie sich an dieses gewöhnt haben, sehe ich in den Lauf einer Pistole. »Was ...«

Ich kann nicht zu Ende sprechen, weil ich mit der Waffe geschlagen werde. »Gott!«, fluche ich.

»Ich sagte, steh auf. Sofort, Hope!« Es ist Giverney.

Ich atme tief durch. »Was machst du hier?«

»Wir sind alle hier.«

Ich stehe langsam auf. »Willst du mich erschießen?«

»Mal schauen«, erwidert sie mit einem Schulterzucken und schaut auf Fynn. »Du kommst auch mit, Kleiner!« Sie weckt ihn unsanft.

»Hör auf, Give. Er hat nichts mit der Sache zu tun!«, herrsche ich sie an und will auf sie zugehen, doch ich werde festgehalten.

»Danke, Carver«, sagt sie lächelnd.

»Lass ihn in Ruhe, Give!«

Fynn wird wach und schaut auf Gives Pistole. »Boah, darf ich die mal anfassen?«

»Du darfst gleich eine Kugel fangen, wie findest du das?«, fragt sie ihn.

'Sie ist vollkommen durchgedreht.' »Give, halt ihn bitte da raus, er ist noch ein Kind!«

Sie packt Fynn so grob am Arm, dass er anfängt zu weinen.

»Fynn, sieh mich an, sieh mich an«, sage ich.

Er schaut zu mir. Die Tränen in seinen Augen lassen mich auch fast losweinen.

»Es wird alles gut. Daddy kommt gleich und rettet uns.«

»Halt's Maul, Hope!«, schreit Give mich an.

»Er wird kommen, Fynn, und jetzt müssen wir beide ganz tapfer sein, okay?«

»Ich sagte, du sollst still sein!« Dann schießt sie in die Decke.

Ich zucke zusammen, von dem Knall pfeift es in meinen Ohren. »Du bist vollkommen übergeschnappt.«

Carver schubst mich zur Treppe, bugsiert mich nach unten.

Sie bringen uns in den Vorgarten und Give schreit Fynn immer wieder an, weil er zappelt.

»Give, bitte lass den Jungen in Ruhe. Er hat mit der Sache wirklich nichts zu tun«, flehe ich sie an. Wenn sie Fynn ein Haar krümmt, ist es ihr Ende. Ich weiß, dass Ridge sie umbringen würde.

Die Mädchen stehen um uns herum, ich Give gegenüber, Carver hält mich immer noch fest.

»Mädels, ihr könnt euch jetzt an Hope austoben. Zeigt ihr, dass man nicht einfach aussteigt, ohne ein paar ... Abschiedsgeschenke zu hinterlassen«, kichert Give und Zoila baut sich vor mir auf.

»Du hättest die Wahrheit sagen sollen, stattdessen finden wir dich hier bei Ridge, du kleine Lügnerin«, sagt sie verächtlich, ballt die Faust und rammt sie mir in den Magen.

»O Gott«, keuche ich, will mich krümmen, aber Carver zwingt mich dazu, aufrecht stehen zu bleiben.

Zoila schlägt noch zwei Mal zu, zum Abschluss tritt sie mir in den Unterleib. »Schlampe!«

Ich versuche, ruhig zu atmen, aber es gelingt mir nicht. Auch nicht, nachdem Davina und Adina mit mir fertig sind.

Dann kommt Crystal. »Und ich dachte, du wärst meine Freundin.« Sie holt aus.

Blut schießt aus meiner Nase, während ich ihre Prügel einfach hinnehme. Ich hoffe, dass ich sie damit davon abbringen kann, auch Fynn etwas anzutun.

»Jetzt sag doch was!«, schreit sie mich an.

»Du kannst mich mal«, erwidere ich leise.

»Immer noch eine große Fresse«, stellt sie fest und schlägt noch mal zu.

»Das reicht«, mischt Give sich ein. »Lass Nova noch etwas übrig.«

Nova tritt vor mich, nachdem Crystal zur Seite getreten ist. »Ich schlage sie nicht.«

»Wie bitte?«, empört sich Give.

»Ich schlage sie nicht, weil ich mir an einer Hure die Finger nicht schmutzig machen will«, antwortet sie abfällig.

Ich hebe eine Augenbraue. Ein Wunder, dass ich noch dazu imstande bin, da mein Gesicht schmerzt, als würde ein Höllenfeuer darauf züngeln.

»Dann du, Carver. Tob dich aus«, fordert Give ihn auf.

»Ich schlage keine Frauen, Give.«

»Mach sie fertig!«, herrscht sie ihn an.

»Nein, Give. Es ist genug, sie hat genug«, sagt er entschieden.

»Gut.« Sie richtet die Waffe auf mich.

Carver lässt mich los und sie bilden einen Gang zwischen mir und Giverney.

»Na los, erschieß mich«, fordere ich sie heraus. »Aber lass Fynn in Ruhe. Er hat nichts mit der Sache zu tun.« Meine Stimme ist schwach, meine Beine wackelig und vor meinen

Augen tanzen Punkte. Ich weiß nicht, wie lange ich mich noch aufrecht halten kann.

Nicht mehr lange.

Ich falle auf die Knie, stütze mich auf meinen Händen ab und atme tief durch. Mein ganzer Körper schmerzt. Ich spucke Blut aus, dann hebe ich den Blick. »Lass ihn los, Give. Bitte.«

Sie schüttelt den Kopf. »Ich zerstöre euch beide.« Anschließend geht sie rückwärts.

»Give, lass das Kind los«, sagt Carver mit fester Stimme. »Es ist mir egal, was ihr einer Erwachsenen antut, aber bei Kindern hört der Spaß auf.«

»Hope«, weint Fynn.

»Alles ist okay, Baby, wirklich«, versuche ich, ihn zu beruhigen, aber mir versagt die Stimme. Ich stehe auf und stolpere zu ihr.

Ein Schuss, der mich zusammenzucken lässt. »Ich habe die Cops gerufen, am besten verpisst ihr euch jetzt!«, ruft jemand.

'O Gott, danke', schießt es mir durch den Kopf. »Fynn, komm zu mir«, bitte ich ihn, als Give ihn losgelassen hat.

Er kommt auf mich zu, doch dann löst sich noch ein Schuss und er fällt in meine Arme. »Nein!«, kreische ich auf und drehe ihn. Ich spüre, dass sein Blut über meinen Oberschenkel läuft.

»Es … tut … weh«, stammelt er.

Tränen treten mir in die Augen. »Was hast du getan?«, schreie ich Give an, die mich anlächelt.

»Bist du vollkommen übergeschnappt?«, brüllt Carver. »Du hast ein Kind erschossen.«

Ich konzentriere mich auf Fynn. »Bleib bei mir, okay? Einfach wach bleiben, Baby.«

»Mommy«, stöhnt er.

»Ich bin da. Ich bin bei dir«, erwidere ich. In meinem Schockzustand werde ich nicht widersprechen, er soll denken, dass seine Mutter bei ihm ist.

Sie laufen weg, fahren mit quietschenden Reifen davon. Ein Nachbar kommt zu mir und sieht Fynn an. »Hey, Sportsfreund. Da kommt gleich der Krankenwagen für dich, die helfen dir.«

»'kay«, keucht Fynn.

»Ich weiß nicht, wo sie ihn getroffen hat«, weine ich. »Ich weiß es nicht.«

»Vermutlich am Rücken«, erwidert der Nachbar, auf Fynn konzentriert.

»Ridge muss es erfahren.«

»Ich rufe ihn gleich an.«

♥♥♥

Kapitel 10

Ich gehe vor dem OP auf und ab. Da ich nicht mit Fynn verwandt bin, durfte ich ihn nicht begleiten. Man wollte mich behandeln, aber das habe ich verweigert, da ich in seiner Nähe sein möchte.

Ridges Nachbar hatte mein Handy und Kleidung für mich geholt, beides habe ich inzwischen am Körper. Mit der Polizei habe ich auch schon gesprochen. Ich habe meine Aussage gemacht, mich wegen der Schießerei mit Miller selbst belastet und erklärt, dass ich aus der Clique aussteigen wollte. Übermorgen muss ich aufs Revier, meine Fingerabdrücke abgeben und Fotos machen lassen. Vielleicht komme ich gar nicht mehr heraus, sondern werde gleich weggesperrt. Allerdings habe ich der Polizei auch gesagt, dass Mehl in dem Päckchen war, wie es mir gesagt wurde, auch wenn ich nun weiß, dass Drogen darin waren. Die Mädchen konnte ich gar nicht mit ihren vollen Namen angeben, da ich nur Gives Nachnamen kenne.

»Hope!«, ruft Thorn und ich drehe mich um. »Was ist passiert?« Er mustert mich. »Gott, wie siehst du aus?«

»Wo ist Ridge?«

»Bei seiner Mom, sie kommen gleich her.« Er fasst mich am Arm. »Was ist passiert?«

»Er kommt gleich?«, hake ich nach. Ich muss immer noch unter Schock stehen.

»Ja, aber jetzt sag mir, was passiert ist!« Dafür nimmt er mich mit zu einem Warteraum.

»Give hat Fynn … erschossen.«

»Was?«

»Sie hat ihm in den Rücken geschossen«, sage ich leise. Wieder laufen Tränen über.

»O mein Gott«, stößt er aus und zieht mich in eine Umarmung. »Weißt du, wie es ihm geht?«

»Sie sagen mir nichts, weil ich nicht mit ihm verwandt bin«, schniefe ich.

Thorn streichelt meinen Rücken, meinen Nacken und mein Haar. »Wir sollten dich zu einem Arzt bringen.«

»Nein, ich will hier bleiben«, widerspreche ich.

»Hope, du musst zu einem Arzt, wer weiß, was diese Schlampen bei dir angerichtet haben.«

»Okay«, gebe ich klein bei, nachdem er mich losgelassen hat. »Aber ich will noch auf Ridge warten.«

»Du solltest ihm aus dem Weg gehen.«

»Warum?«

Er seufzt. »Weil er auf 180 ist.«

»Aber es ist doch nicht meine Schuld«, erwidere ich überfordert.

»Als Vater denkst du nicht rational, wenn deinem Kind etwas passiert, Hope«, sagt er mit fester Stimme.

»Ich will ihn sehen.«

Er seufzt. »Na schön.« Dann setzt er sich.

Da ich keine Ruhe finde und ein Sturm in mir tobt, gehe ich wieder auf und ab. »Ich wollte das nicht. Sie sind ins Haus eingebrochen«, sage ich geistesabwesend.

»Sie sind eingebrochen?«

»Ja. Ich hab das auch alles der Polizei gesagt«, antworte ich.

»Du hast eine Aussage gemacht?«, bohrt er entsetzt nach.

»Ja, Thorn, ein Kind wurde verletzt. Jetzt ist der Spaß vorbei. Ich habe mich und die Mädels belastet, von euch habe ich nicht gesprochen, keine Angst.«

»Oh man«, stößt er aus und reibt seine Hand von seiner Stirn zu seinem Kinn. »Dann geht das Chaos jetzt richtig los.«

»Ich konnte sie nicht mit ihren vollen Namen angeben, ich habe nur Give schwer belastet, aber die anderen werden sowieso für sie aussagen«, erwidere ich.

»Wo ist er?«, fragt Ridge, der mit seiner Mutter aufgetaucht ist.

Ich bleibe stehen und schaue ihn verzweifelt an, bekomme allerdings kein Wort heraus.

»Im OP«, antwortet Thorn.

»Weiß man, wie es ihm geht?«

»Sie sagen mir nichts«, sage ich nun und mache einen Schritt auf ihn zu.

Ridge hält mich auf, indem er die Hand hebt. »Bleib weg.«

»Aber ...«

»Nein, Kleines, du hättest auf ihn aufpassen müssen und jetzt kämpft mein Junge um sein Leben!«, herrscht er mich an.

»Alter, die sind bei euch eingebrochen und haben Hope überfallen. Wie hätte sie sich denn wehren sollen?«, mischt Thorn sich ein.

»Ridge, beruhige dich. Fynn wird es schaffen«, meint Leila und schiebt ihn zu einem Stuhl.

»Ridge, ich ...«

»Du sollst nicht mit mir reden, Hope!«, schreit er mich an, sodass ich zusammenzucke.

»Okay«, nuschele ich.

Thorn steht auf. »Ich bringe Hope jetzt zum Arzt. Sie war die ganze Zeit hier, ohne sich versorgen zu lassen.«

Leila sieht mich entschuldigend an. »Er ist aufgebracht, morgen sieht die Welt schon anders aus«, wendet sie sich leise an mich.

Ridge hingegen wirft mir verächtliche Blicke zu. Doch statt etwas zu sagen oder mich anzuschreien – im Moment wäre mir alles recht – schweigt er und ich sehe die Kälte, die Enttäuschung in seinen Augen.

»Rede doch mit mir«, bitte ich ihn kleinlaut.

»Es wäre besser, wenn du mir jetzt aus den Augen gehst«, knurrt er.

»Ridge ...«

»Ich bringe Hope zum Arzt«, grätscht Thorn dazwischen und schiebt mich aus dem Warteraum.

»Aber er muss doch mit mir reden«, weine ich.

»Lass ihm Zeit, er muss sich auch erst mal beruhigen.«

»Thorn?«, ruft Dax, der gemeinsam mit den anderen auf uns zugelaufen kommt. »Wie geht's ihm?«

»Wir wissen nichts«, antwortet er. »Ridge und Leila sitzen im Warteraum. Am besten geht ihr zu ihnen, während ich mit Hope beim Arzt bin.«

Ich zittere und heule mir die Seele aus dem Leib, weil ich mir so schreckliche Vorwürfe mache. Wenn Fynn stirbt, ist es meine Schuld. Weil ich Give provoziert habe. O Gott, ich war so dumm. Ich werde es mir nie verzeihen, dass Fynn meinetwegen verletzt wurde. Niemals.

Ich merke, dass Thorn mich durch die Gänge bringt, bis wir vor der Notaufnahme stehen.

Er redet, aber ich höre nicht was. »Hast du mich verstanden, Hope?« Seine Stimme klingt weit entfernt.

»Was hast du denn gesagt?« Ich schaue auf seine Lippen.

»Du musst gleich sagen, dass du vorhin mit Fynn Cavendish kamst, dich aber nicht behandeln lassen wolltest, weil du wissen wolltest, was mit ihm ist. Damit du schneller dran kommst«, erklärt er langsam.

Ich nicke.

»Und ich rufe gleich Mom und Dad an, damit sie herkommen«, sagt er, als er mich zur Anmeldung schiebt.

»Ich habe das schon ausgefüllt«, lasse ich ihn wissen.

»Umso besser.« Er sieht die Krankenschwester an, die hinter der Theke sitzt. Thorn erklärt ihr, was passiert ist, woraufhin sie mich mustert.

»Ich hole sofort einen Arzt«, sagt sie.

»Das geht sicher nur so schnell, weil hier heute nichts los ist«, murmele ich, als ich mich umsehe. Ich weiß nicht, ob ich gerade Schmerzen habe, aber ich weiß, dass es morgen richtig wehtun wird.

»Ms Vanderbelt?«, fragt die Schwester.

Ich drehe meinen Kopf, um sie anzusehen.

»Sie können mitkommen.«

»Ich warte hier, um Mom und Dad anzurufen«, sagt Thorn, auf den ich nun meine Aufmerksamkeit richte. Er hingegen hat seine auf etwas Anderes gerichtet.

Ich folge seinem Blick und sehe zwei Nonnen. Mit einer gehobenen Augenbraue sehe ich wieder zur Schwester und nicke ihr zu.

Sie führt mich in einen Behandlungsraum und lässt mich auf einer Liege Platz nehmen. »Dr Anderson kommt gleich zu Ihnen.«

»Danke«, erwidere ich, während ich darüber nachdenke, warum Thorn die Nonnen fixierte. Was hat er mit ihnen zu schaffen? Oder steht er auf Pinguine? Denn nicht anders sehen die Frauen in ihren Kutten aus. Ich sollte ihn bei Gelegenheit fragen. Vielleicht hat er auch nur über seinen Glauben nachgedacht, auf jeden Fall muss es irgendwas in ihm ausgelöst haben.

Ich warte darauf, dass der Arzt zu mir kommt, weil ich schnellstmöglich wieder zu Ridge will. Er wird zwar nicht mit mir reden, aber ich will bei ihm sein. Er soll wissen, dass ich für ihn da bin. Es kann ja nicht sein, dass ich mich jetzt aus dem Staub mache, während er sich Sorgen um seinen Sohn macht.

»Ms Vanderbelt?«

Ich hebe den Blick und sehe einen jungen Arzt vor mir stehen, dann nicke ich.

»Wie geht's Ihnen?«

»Ich spüre nichts«, antworte ich leise.

»Können Sie mir sagen, was passiert ist?«

Ich atme tief durch, bevor ich anfange, ihm von dem Vorfall zu erzählen. Ich beschreibe ihm, wo und wie sie mich getroffen haben, dabei durchlebe ich den ganzen Scheiß noch einmal. Ich bin froh, dass Carver nicht auch noch zugeschlagen hat, sonst wäre ich jetzt sicher nicht ansprechbar.

Er sieht mich verblüfft an, als ich fertig bin. »Oh man«, stößt er dann aus. »Das ist eine harte Sache.«

Ich nicke langsam. »Ja, aber wie gesagt, ich spüre keine Schmerzen.«

»Das wird am Schock liegen. Ich werde jetzt ein paar neurologische Tests mit Ihnen durchführen, danach müssen Sie zum Röntgen, damit wir Brüche und innere Blutungen ausschließen können, Ms Vanderbelt.«

»Okay«, erwidere ich und atme tief durch, was dann doch wehtut.

♥♥♥

Nachdem ich geröntgt worden bin, gehe ich zurück zu dem Behandlungsraum. Mein Vater steht vor der Tür und scheint auf mich zu warten. Als er mich sieht, kommt er auf mich zu gelaufen. »Gott, Hope, was ist passiert?«

»Hat Thorn es dir nicht gesagt?«, frage ich müde.

»Du wurdest wirklich von deinen Freundinnen zusammengeschlagen?«, hakt er aufgebracht nach. Ich habe keine Ahnung, ob es an seiner Sorge oder an eventueller Wut liegt.

»Ja«, antworte ich knapp und setze mich auf den Stuhl. »Aber es geht schon, beim Röntgen haben sie nichts gefunden.«

Er schnaubt. »Du musst sie anzeigen.«

»Ich weiß, ist auch schon passiert.«

»Ich schicke dich zurück zu deiner Mutter. Ich habe dich genauso wenig unter Kontrolle bringen können, also soll sie sich wieder mit dir herumschlagen«, sagt er nachdenklich.

Ich schlucke. »Ich will bleiben, Dad.«

Daraufhin sieht er mich überrascht an. »Du nennst mich Dad?«

»Der bist du doch, oder nicht?«

Thomas verdreht die Augen. »Du hast es sonst nicht getan, und wenn ich eines nicht leugnen kann, dann dass du meine Tochter bist, Hope, trotzdem schicke ich dich zurück nach New York.«

Tränen. So eine Scheiße! Man, warum heule ich denn ständig los? »Okay.« Goodbye, Ridge, Fynn, Thorn und alle anderen.

»Okay? Das ist alles, was du dazu sagst?«

Ich nicke knapp. »Ja, ich kann mich doch sowieso nicht dagegen wehren, oder?«

»Ich werde es noch mit Delila besprechen müssen, weil sie dich ins Herz geschlossen hat, obwohl du so ein Biest bist«, erwidert er. »Aber wahrscheinlich wirst du dich nicht dagegen wehren können.«

Tief durchatmend nicke ich. »Okay.«

Dr Anderson kommt dazu. »Sind Sie Mr Davenport?«, wendet er sich an meinen Dad. Ich hatte ihm gesagt, dass mein Vater einen anderen Nachnamen hat als ich, was daran liegt, dass ich den Mädchennamen meiner Mutter angenommen habe, nachdem sie und mein Dad sich hatten scheiden lassen.

»Ja, der bin ich«, antwortet er, dann reicht er meinem Arzt die Hand. »Ist mit meiner Tochter alles okay?«

»Sie hat nur ein paar Prellungen und Hämatome. Ich habe hier ein Rezept für Ms Vanderbelt. Falls die Schmerzen zu stark werden sollten, soll sie zwei von diesen hier nehmen.« Er zeigt auf das Rezept. »Und diese«, er zeigt wieder darauf, »sind dafür, dass sie schlafen kann, aber davon sollte sie nicht mehr als eine pro Tag nehmen. Nächste Woche sollte sie herkommen, damit wir schauen können, wie die Verletzungen verheilen.«

Dad nickt knapp. »Alles klar. Kann ich Hope jetzt mitnehmen?«

»Ja, es ist alles in Ordnung. Wir können innere Blutungen und Brüche ausschließen.« Dr Anderson schaut mich an. »Sie sollten sich viel ausruhen, Ms Vanderbelt.«

»Mache ich«, erwidere ich und stehe auf. Als ich an Dads Seite stehe, legt er seine Hand in meinen Rücken. »Können wir noch mal zu Ridge gehen?«

»Klar doch, aber vorher gehen wir zu Thorn und Delila.«

»Okay«, sage ich kleinlaut und lasse mich von ihm in den Wartebereich schieben.

»Um Gottes Willen«, stößt Delila aus, als sie mich sieht. Dabei wurde mein Gesicht von Dr Anderson gereinigt und ich habe Pflaster auf den beiden Platzwunden kleben, die zuvor gereinigt wurden.

»Es ist alles okay mit ihr. Nur ein paar blaue Flecke und Prellungen«, erklärt mein Vater.

Delila nimmt mich vorsichtig in den Arm. »Ich hab mir solche Sorgen gemacht, nachdem Thorn angerufen hatte.«

»Schon okay, tut nicht weh«, erwidere ich leise und löse mich von ihr.

Thorn kommt an ihre Seite. »Ich gehe wieder zu Ridge. Bringt ihr Hope nach Hause?«

»Hope möchte auch zu ihm«, entgegnet Dad. »Nimmst du sie mit? Dann hole ich für deine Mutter und mich Kaffee.«

»Ich nehme sie beide mit und du kommst dann einfach in den Warteraum der Unfallchirurgie, okay?«

»Alles klar«, antwortet Dad und schiebt mich zu Thorn.

Er legt den Arm um mich. »Alles okay bei dir?«

»Hm.« Ich senke den Blick, als wir uns auf den Weg in die Unfallchirurgie machen. Mir ist kalt. Ich spüre die Gänsehaut regelrecht an meinen Armen, schüttle mich wegen der Schauer auf meinem Rücken und habe wacklige Beine. »Es geht mir nicht so gut«, sage ich dann doch.

»Dann wird's jetzt durchkommen«, meint er und zieht mich enger an sich.

Ich lehne meinen Kopf an. »Dad will mich zurück nach New York schicken.«

Thorn schnaubt. »Warum das denn?«

»Weil er meint, dass er mich nicht unter Kontrolle hat.«

»Hat er sonst noch etwas gesagt?«, schaltet Delila sich ein.

»Dass er es mit dir bereden will«, erwidere ich.

»Dann werde ich wohl für dich in die Bresche springen müssen«, sagt sie.

»Ich springe mit«, stimmt Thorn zu. »Aber vorher kümmern wir uns noch um ein paar Dinge.«

Wortlos gehen wir weiter.

Als wir die Unfallchirurgie betreten, steht Ridge mit einem Arzt auf dem Flur. Ich sehe bis hier, dass er Tränen in den Augen hat.

»Setzt euch, ich gehe zu ihm«, meint Thorn und lässt mich los. Dann geht er an Ridges Seite.

Ich bleibe an der Tür des Wartebereichs stehen, weil ich wissen will, was mit Fynn ist.

»Hallo, Leila«, sagt meine Stiefmutter. »Wie geht's ihm?«

Ich schaue zu Ridges Mutter. »Sie wissen nicht, ob er die Nacht überlebt. Sie können uns erst morgen etwas Genaues sagen«, weint sie.

»Es tut mir so leid«, mische ich mich ein. »Ich wusste nicht, dass sie das tun würden. Ich wäre nicht mitgekommen, wenn ich es gewusst hätte«, entschuldige ich mich.

Leila schaut mich verzweifelt an. »Es ist nicht deine Schuld, Hope.«

»Doch, das ist es«, sagt Ridge hinter mir. »Geh nach Hause, Hope. Ich will dich hier nicht sehen.«

»Hör auf, Ridge. Sie kann nichts dafür«, mahnt Thorn ihn.

»Ich sagte, sie soll gehen!«, schreit er, woraufhin ich mich erschrecke.

»Ridge, ich ...«

»Ich will es nicht hören. Geh! Und wage es nicht, noch einmal in die Nähe meines Sohnes zu kommen!« Er packt mich am Oberarm und zieht mich raus. »Du wirst dich von mir fernhalten, sonst bringe ich zu Ende, was Give angefangen hat!«

Ich schnappe nach Luft. »Ich wollte nicht, dass das passiert, Ridge, das musst du mir glauben.«

»Du hättest dich wehren können.«

»Ich habe es doch versucht, aber Carver hatte mich festgehalten. Ich wusste nicht, dass sie so weit gehen würde«, stammele ich, wieder mit Tränen in den Augen.

Ridge drückt mich gegen die Wand. »Mach. Das. Du. Wegkommst!«

»Okay«, hauche ich.

Daraufhin lässt er mich los. »Gut.«

»Ich liebe dich, Ridge«, sage ich leise, bevor ich mich abwende. Danach gehe ich zu den Aufzügen.

»Hope!«, ruft Thorn.

Ich reagiere nicht, sondern betrete die Kabine. Ich will nur hier weg. Als ich mich umdrehe, rennt er los, doch die Türen schließen sich und lassen ihn nicht mehr zu mir.

Als sie sich im Erdgeschoss öffnen, steige ich aus, anschließend verlasse ich das Krankenhaus. Ich habe keine Ahnung, wo ich hingehen soll, denn ich habe nicht mehr als mein Handy bei mir.

Ridge hat Schluss gemacht. Nicht direkt, aber dass er mich nicht mehr sehen möchte, ist doch dasselbe. Er ist emotional, weil sein Sohn schwer verletzt wurde, das verstehe ich, aber warum gibt er mir die Schuld? Hat sich wirklich sein rationales Denken abgeschaltet?

»Hope!« Es ist wieder die Stimme meines Bruders.

Ich drehe mich nicht um, steuere geradewegs den Park der Klinik an und hänge meinen Gedanken nach. Ich muss allein sein, um mit der Trennung klar zu kommen. Ich liebe Ridge und nun hat er mich fallen lassen. Irgendwie kommt es mir so vor, als hätte er mich nicht geliebt. Als hätte er mich nur flachlegen wollen. Alle Kerle wollen doch die Jungfrau ficken, um sich damit zu brüsten.

»Hope, wo steckst du?«, ruft Thorn wieder.

Ich hole das Handy aus der Hosentasche und setze mich auf eine Bank. Dann rufe ich ihn an.

»Wo bist du?«

»Irgendwo auf einer Bank im Park, aber ich höre dich reden«, antworte ich leise. »Ich will allein sein.«

»Bist du irre? Es ist viel zu kalt, um nur in deinen dünnen Klamotten draußen zu sitzen.« Er kommt an mir vorbei.

»Du bist gerade an mir vorbeigelaufen«, sage ich heiser und schaue zu ihm.

Er dreht sich um, beendet das Telefonat und atmet auf. Thorn kommt zurück, er setzt sich neben mich und legt seine Hand auf mein Knie. »Er ist gerade nicht er selbst.«

»Er will mich nicht mehr sehen.«

»Er liebt dich.«

»Selten so einen Scheiß gehört«, antworte ich und weine hysterisch los.

Thorn nimmt mich in den Arm. »Er ist einfach durch den Wind. Wir wissen alle nicht, was in ihm vorgeht. Ich bringe dich jetzt nach Hause, du legst dich hin und morgen fahren wir zusammen hierher, okay? Dann könnt ihr euch beide erst mal beruhigen.«

»Du hast ihn doch gehört«, weine ich. »Er will mich nicht mehr sehen.«

»Hope, er ist erschöpft und hat Angst. Ich habe Ridge auch noch nie so erlebt, aber Fynn ist das Einzige, was er noch von Nicky hat, also musst du ein wenig Verständnis zeigen.«

Ich nicke, weil ich nicht mehr imstande bin, noch irgendwas zu sagen. Ich bin durch den Wind, spüre inzwischen die Schmerzen und habe Angst. Außerdem wurde ich gerade abserviert, was das Ganze absolut nicht besser macht.

»Lass uns nach Hause fahren. Ich sage Mom und Dad Bescheid.« Kaum hat Thorn es gesagt, klingelt sein Handy. »Ja?« Ich höre jemanden reden. »Wir fahren jetzt nach Hause. Macht ihr euch auch auf den Weg? ... Dann sehen wir uns gleich zu Hause ... Ich frage sie, ob sie noch etwas essen will ... Ja, bis gleich, Mom ... Bye.« Er legt auf und hebt mich hoch. »Mom fragte, ob du Hunger hast.«

»Nein, hab ich nicht.«

Er hält mich im Rücken und in den Kniekehlen fest. Trägt mich so, wie man eine Braut über die Schwelle trägt, dabei sind wir Geschwister. Na ja, Stiefgeschwister.

Ich lege meinen Kopf an seine Schulter und schließe die Augen. Einfach einschlafen. Das wär's jetzt. Nicht mehr aufwachen wäre noch besser.

♥♥♥

Früh am Morgen wache ich in meinem Bett auf und schaue mich um. Ich habe höllische Kopfschmerzen und das Sonnenlicht brennt mir in den Augen. Ich richte mich langsam auf. Nachdem ich das Bett verlassen habe, schleiche ich ins Bad. Im Haus ist es ruhig, was vielleicht heißt, dass alle anderen noch schlafen. Kein Wunder, denn als ich zuletzt auf die Uhr geguckt habe, war es schon fünf.

Nachdem ich vorsichtig mein Gesicht gewaschen und mich vor meinem Spiegelbild erschreckt habe, das mir mit vielen blauen Flecken entgegensah, verlasse ich das Bad. Ich bin unruhig, weshalb ich mich in Shirt und Shorts – keine Ahnung, wer mich umgezogen hat – auf den Weg in die Küche mache.

Als ich dort bin, sehe ich Dad und Delila am Tisch sitzen. »Morgen«, sage ich leise.

»Guten Morgen, Hope«, erwidert mein Vater. »Hast du Hunger?«

»Nein, danke.« Ich nehme mir eine Tasse Kaffee und setze mich zu ihnen. »Also wann geht's nach Hause?«

Sie sehen mich nachdenklich an. »Dein Vater, Thorn und ich haben den ganzen Morgen diskutiert. Thorn und ich sind dafür, dass du bleibst, also haben wir deinen Vater nach unserer Hausdemokratie überstimmt. Du wirst nicht nach New York geschickt. Wir haben allerdings ein paar Bedingungen.«

»Welche wären das?«, frage ich Delila.

»Du triffst diese Mädchen nicht mehr: Nummer eins. Du kümmerst dich darum, dass du deinen Schulabschluss nachholst: Nummer zwei. Und du wirst aktiver im Haushalt helfen«, zählt sie auf.

Damit könnte ich leben, allerdings weiß ich nicht, ob ich hier bleiben will, wenn Ridge seine Meinung nicht ändert. »Okay.«

»Du nimmst das einfach so hin?« Sie klingt überrascht.

»Ja, ich denke schon«, antworte ich, während ich in meine Tasse schaue. Ein öliger Film hat sich auf dem Kaffee gebildet, aber das ist normal. Bisher habe ich noch keinen Kaffee ohne Ölfilm gesehen. »Ist Thorn im Bett?«

»Nein, er ist einkaufen gefahren«, sagt mein Vater.

»Und ihr müsst nicht arbeiten?«

»Wir haben uns freigenommen, falls du Hilfe brauchst. Na ja, ich habe heute frei und Delila ist ja meistens hier«, korrigiert er sich.

Ich nicke langsam. »Wisst ihr was von Fynn?«

»Ja«, entgegnet meine Stiefmutter. »Er ist über den Berg und wach. Ridge hat vorhin angerufen und Thorn hat es an uns weitergegeben.«

»Hm.« Ich trinke etwas. »Ich würde ihm gerne etwas kaufen, aber … ich hab kein Geld mehr … Könntet ihr mir etwas leihen? Ich suche mir meinetwegen auch einen Job, um es euch zurückzugeben.«

Dad sieht mich überrascht an. »Wo kommen diese ganz neuen Töne her?«

Ich lasse die Schultern hängen. »Ich glaube, dieser Überfall hat mir gezeigt, dass es so nicht weitergehen kann. Ich werde zwar nie eine Mustertochter sein, aber ... ich will mich ändern.« Das will ich wirklich. Es kam mir zwar erst in den Sinn, als ich mein Spiegelbild gesehen habe, aber ich will es durchziehen. Ich muss es einfach schaffen, von meiner asozialen Ader wegzukommen, schon um meinetwillen. Ich muss endlich etwas mit meinem Leben anfangen, das sinnvoll ist. Nicht nur trinken, rauchen und Scheiße bauen. Dafür ist es zu wertvoll. Das wurde mir klar, als ich diesen kleinen schwerverletzten Jungen in den Armen hielt und die schlimmsten Ängste meines Lebens durchmachte. Ich hoffe, dass Fynn wieder auf die Beine kommt und nur durch die Narbe gezeichnet sein wird, statt durch Ängste.

Dad nickt verstehend. »In Ordnung. Wenn du willst, frage ich, ob im Hotel noch ein Zimmermädchen gebraucht wird. Du wirst eingearbeitet und kannst dort weiterhin arbeiten, wenn du wieder zur Schule gehst.«

Daraufhin schüttle ich den Kopf. »Ich will nicht für dich arbeiten.«

»Was willst du dann machen?«

»Ich weiß es nicht. Vielleicht in einem Supermarkt arbeiten, aber nicht in euren Hotels. Mir reicht's, dass ihr hier meine Chefs seid«, antworte ich.

»Okay.«

Wow, ich hätte nicht gedacht, dass er so schnell nachgibt, wenn er erst mal das Hotel erwähnt hat.

»Ich könnte Barbara fragen, ob du bei ihr in der Tankstelle arbeiten kannst«, sagt Delila.

»Das wäre schon eher nach meiner Vorstellung«, erwidere ich.

»Alles klar, dann mache ich das«, nickt sie und erhebt sich. »Ich rufe sie an und ihr beide … quatscht noch ein wenig oder geht eurer Wege, aber geht euch bitte nicht an die Gurgel.«

Ich grinse sie an. »Ich tue ihm nichts.«

Dad lacht. »Gut zu wissen. Vor ein paar Wochen hätte ich es dir nicht abgenommen.«

»Hm.« Mein Grinsen erstickt und ich konzentriere mich wieder auf die aufgewärmte Tasse in meinen Händen. »Würdest du Delila verlassen, wenn mir etwas unter ihrer Obhut passieren würde? Ich meine, wenn Mom tot und ich das Einzige wäre, was du noch von ihr hättest«, frage ich ihn vorsichtig.

Er legt den Kopf schief, sieht mich nachdenklich an und zum ersten Mal erkenne ich, wie alt mein Dad in den Jahren geworden ist. Ich erinnere mich nur an den Mann mit den dunkelbraunen Haaren und braunen Augen, nun sind viele graue Strähnen zwischen den dunklen Haaren. Außerdem haben sich einige Falten in seinem Gesicht gebildet. »Ich würde ihr Vorwürfe machen, denke ich, aber ich würde nicht so heftig reagieren, wie Ridge es getan hat.«

Ich seufze schwer und möchte etwas sagen, doch er fährt mir über den Mund: »Allerdings ist so was eine sehr emotionale Sache, Hope. Seine Freundin ist damals bei Fynns Geburt gestorben, das weißt du, er hat nur noch den Kleinen und seine Mutter, die zu ihm halten. Ridge hat furchtbare Angst um seinen Sohn, was ich verstehen kann. Die größte Angst eines Vaters ist es, sein Kind zu verlieren. Auch ich kenne diese Ängste, denn ich hatte diese Angst gestern, als Thorn anrief und sagte, dass du überfallen worden wärst. Ich bräuchte Zeit, um mich zu beruhigen, Schatz. Gib Ridge auch etwas Zeit.«

»Er fehlt mir«, gebe ich zu.

»Das glaube ich dir, aber ich wette, dass ihr euch wieder zusammenrauft. Wie gesagt, gib ihm Zeit.«

»Okay.« Ich trinke meinen Kaffee aus, dann stehe ich auf. »Meinst du, ich kann Fynn besuchen?«

»Versuch es, aber ich bezweifle, dass er schon auf einer normalen Station ist.«

Ich stelle meine Tasse in die Spüle und zähle die Wassertropfen, die sich in dem Metallbecken gesammelt haben. »Weißt du, er hat mich Mommy genannt und … ich habe ihn nicht einmal aufgehalten.«

»Wann war das?«, möchte Dad wissen und ich habe das Gefühl, dass sein Blick sich in meinen Rücken bohrt.

»Gestern Nacht. Er sagte Mommy und ich sagte, ich bin da, ich bin bei dir.«

»Das war der Schock, Hope.«

»Ich weiß«, erwidere ich heiser und wische die Träne von meiner Wange. Danach drehe ich mich um, lehne mich gegen die Anrichte und schaue meinen Vater an. »Eigentlich konnte ich Kinder nie ausstehen, aber er ist mir ans Herz gewachsen.«

»Hm«, macht er. »Die beiden werden schon wieder ein Teil deines Lebens sein, Hope. Denk einfach positiv.«

Die Haustür fällt mit einem Krachen ins Schloss. »Kann ich dir helfen, Thorn? ... Aber nein, danke, das geht schon«, mosert mein Bruder von der Tür aus.

Ich gehe ihm entgegen. »Hi und ich nehme dir was ab.« Damit habe ich schon zwei Taschen aus seiner linken Hand genommen und bringe sie in die Küche.

»Danke«, brummt er hinter mir.

Ich stelle die Einkäufe auf die Anrichte. »Brauchst du noch Hilfe?«

»Ja, aber eher von Dad, weil noch Getränke im Wagen sind.« Er schaut zu meinem Vater. »Könntest du mir helfen?«

Sie verlassen gemeinsam die Küche, während ich mich daran mache, alles aus- und wegzuräumen.

♥♥♥

»Und du willst wirklich ins Krankenhaus?«, hakt Thorn noch einmal nach.

»Ja«, erwidere ich. »Ich möchte Fynn etwas kaufen und ihn dann besuchen. Ridge mag mich vielleicht nicht mehr sehen wollen, aber vielleicht möchte der Kleine mich sehen.«

Er sieht mich skeptisch an. »Ridge ist immer noch ziemlich geladen.«

»Das ist mir egal. Ich möchte nur das Geschenk abgeben, ihm sagen, dass er wieder gesund wird, und dann haue ich ab.«

»Na gut. Und ich soll dich begleiten?«, fragt er wiederholt.

»Ja, du bist der Einzige, der Ridge in Schach halten kann, falls er mir an den Hals geht«, sage ich erneut. »Auch wenn ich bezweifle, dass er es tun wird.«

»Hehe, ja, es lebe der Glaube in die Menschheit«, stößt er trocken aus.

Ich sehe ihn mit einer gehobenen Augenbraue an. »Es mag sein, dass Ridge pissig ist, aber Fynn hat mich Mommy genannt, als er in meinen Armen lag, und gelächelt, als ich sagte, dass ich bei ihm bin. Ich werde mich also nicht wortlos zurückziehen und dieses Kind nie wieder sehen. Ich will ihm nur ein Geschenk geben, das ihn an mich erinnern soll, dann bin ich weg. Dagegen kann Ridge ja wohl unmöglich etwas sagen.«

»Stimmt, unmöglich ist es nicht, dass er etwas sagt.«

»Thorn, bitte, er ist dein bester Freund, du wirst ihn doch vielleicht für fünf Minuten ablenken können. Letztlich könnte ich die ganze Scheiße auch auf euch schieben. Hättest du mich nicht zu Ridge gebracht und er mich nicht mit Fynn allein gelassen, weil du etwas gebraucht hast, wären Give und die Mädchen gar nicht so weit gekommen«, stelle ich ihm einen anderen Blickwinkel dar. »Also rein theoretisch, sogar auch praktisch, wurde diese Kette viel früher ausgelöst und irgendwie müssen sie ja auch rausgefunden haben, dass ich bei Ridge bin.«

Mein Bruder lacht. »So kann man es auch sehen, aber ich bin nicht derjenige, der dich zur Schuldigen macht. Ich weiß, dass es genauso gut Ridge hätte passieren können. Niemand hat Schuld an der Sache, außer Giverney selbst.«

»Und was macht ihr jetzt mit ihr?«

»Sobald Fynn aus dem Krankenhaus entlassen wurde, schicken wir den Cops die Fotos.«

»Warum nicht früher?«

»Weil wir Fynn in Sicherheit wissen wollen. Miller ist schon auf sie angesetzt, aber er will sich auch Zeit lassen. Die Sache mit Fynn hat sich dank der Jungs in unseren Kreisen ziemlich schnell herumgesprochen, wer Schuld hat auch, also dürfte Give es in nächster Zeit sowieso nicht so leicht haben. Es gibt eine Sache, die wir alle beherzigen, und das ist, dass niemals Kinder verletzt werden. Sie hat gegen diesen Grundsatz verstoßen, jetzt muss sie aufpassen, dass sie nicht zur Zielscheibe wird«, erklärt er.

»Also hat sie quasi gegen eine Art Ehrenkodex verstoßen?«, hake ich verwirrt nach, denn so etwas gibt es bei uns in New York nicht. Dort scheißt man drauf, ob ein Kind zwischen der Kugel und dem Ziel steht oder nicht. Andererseits kommen dort auch weniger solche krassen Dinge wie die vor, die Give abgezogen hat.

»Richtig, das hat sie und da die Mädchen und dieser Carver dabei waren … hat man gleich mehrere Anlaufstellen.«

Verstehe ich nicht und genauso sehe ich ihn auch an.

Thorn zeigt mir eine Reihe strahlender weißer Zähne. »Du musst es nicht verstehen, Hope.«

»Ich versuche es auch gar nicht erst, ist sowieso unmöglich, Männer zu verstehen.«

»Und wer Frauen versteht, kann auch durch Null teilen«, kontert er.

Ich sehe ihn an, dann pruste ich los. Es tut zwar weh, weil die ganzen Prellungen ihren Tribut fordern, doch ich kann mich kaum beruhigen.

»Was ist denn so lustig?«

»Ich ... Hahaha ... Ich sage das ... hahaha ... auch immer ... aber ... hahaha ... umgekehrt ... hahaha.«

Daraufhin fängt er auch an zu lachen. »Und deine Hahahas waren gespielt, was?«

»Ich kann nicht mehr«, keuche ich und halte mir den schmerzenden Bauch.

Er beruhigt sich schneller als ich. »Dann lass uns mal irgendwas für Fynn kaufen und zu ihm bringen.«

»Okay«, keuche ich noch kichernd, nehme allerdings zwei Schmerztabletten, damit ich die nächsten Stunden schmerzfrei überstehe. Ich bin froh, wenn diese Verletzungen verheilt sind, denn ich hasse es, Schmerzen zu haben.

Wir verlassen mein Zimmer, nachdem ich mich umgezogen und meine Handtasche gepackt habe. Inzwischen habe ich wieder mein Handy bei mir, nicht mehr das von Thorn, und checke die Nachrichten, als wir im Auto sitzen. Jeremy hat mir geschrieben, gefragt, ob unser Treffen noch steht. Ich antworte ihm, dass ich ihn am Samstag zum Kaffee treffen kann, allerdings an einen belebten Ort möchte. Warum würde ich ihm dann erklären. Er fragt zwar, ob ich es ihm jetzt nicht in Kurzform sagen könnte, doch ich lehne es ab, weil ich keine Zeit habe. Ich möchte auch nicht alles via SMS klären. Ist denn noch keinem aufgefallen, dass man Sachen auch in fünf Minuten in einem Gespräch klären könnte, statt in vielen

Stunden, die man mit SMS schreiben verbringt? Nicht? So was aber auch.

Thorn fährt wie vom Teufel gejagt durch die Straßen und es wundert mich, dass wir keine Polizeistreife auf den Fersen haben, nachdem wir voll durch eine Radarfalle gerast sind.

»Du hast es nicht rein zufällig eilig, hm?«, erkundige ich mich.

»Nein, wieso?«

»Weil du fährst wie eine angesengte Sau«, antworte ich.

Er grinst. »Ich weiß, ist mein normaler Fahrstil, wenn die Straße frei ist.«

Ich schaue nach vorne. »Die Straße ist nicht frei.«

»Für meine Verhältnisse schon.« Er fährt in Schlangenlinien zwischen den Autos vor uns hindurch, überholt, schert aus und überholt wieder. Ich komme mir vor wie auf der Rennbahn, wobei selbst NASCAR Fahrer nicht so abgehen wie mein Bruder.

♥♥♥

Ich habe einen Teddy und zwei Spielzeugautos für Fynn gekauft. Es ist nicht viel, aber ich konnte meinen Dad nicht zu mehr als 25 Dollar überreden. Thorn hat mir noch fünf Dollar geliehen, weil ich mich nicht zwischen den Autos entscheiden konnte.

Nun stehen wir im Aufzug im Krankenhaus. Mein Herz schlägt fest gegen meine Brust und ich habe das Gefühl, dass ich jeden Moment kotzen muss, aber ich unterdrücke diesen Drang. »Ist Fynn schon auf der normalen Station?«

»Ja, er wurde heute Morgen verlegt«, antwortet Thorn. »Ich hab seine Zimmernummer, also keine Sorge, wir verirren uns schon nicht.«

»Hätte ich auch nicht gedacht«, erwidere ich nachdenklich. »Glaubst du, Ridge wird wütend, wenn er mich sieht?«

Als ich zu ihm hochschaue, zuckt er mit den Schultern. »Möglich ist alles, aber ich denke, er wird eher abweisend sein.«

»Vielleicht kannst du ihn auch ablenken, damit ich allein zu Fynn kann?«

Er schüttelt den Kopf. »So was würde mir im Traum nicht einfallen. Ich gehe dazwischen, wenn er sich aufregt, aber ich hole ihn nicht von seinem Sohn weg, um ihm in den Rücken zu fallen, Hope.«

Ich seufze schwer. »Okay.«

Wir verlassen den Fahrstuhl und machen uns auf den Weg zu Fynns Zimmer. Ich halte den Teddy am Arm fest und habe eine kleine Geschenktüte in der Hand. Hoffentlich freut er sich über die Sachen, aber noch mehr hoffe ich, dass Ridge sich nicht aufregt. Eigentlich hoffe ich sogar, dass er gerade einen Kaffee trinken oder unterwegs ist, denn so könnte ich sicher sein, dass er sich nicht aufregt.

»Bereit?«, fragt Thorn, als wir vor der Tür stehen.

Ich nicke ihm zu. »Jetzt oder nie.«

Er klopft und ein brummiges »Herein« tönt uns entgegen. Thorn öffnet die Tür. »Hallo, zusammen.« Er betritt das Zimmer, ich folge ihm.

Ridge versteift sich, als er mich sieht. »Was willst du hier?«

»Hope, hallo«, sagt Fynn lächelnd, jedoch mit schwacher Stimme.

»Hey, Großer«, erwidere ich und möchte näher treten, doch Ridge steht auf.

»Keinen Schritt mehr«, warnt er mich.

Ich bleibe stehen. »Ich möchte ihm nur etwas geben.«

»Wir brauchen deine Sachen nicht«, entgegnet er übellaunig.

»Alter, sie hat ihm etwas zum Spielen gekauft und keine Kalaschnikow im Rücken«, mischt Thorn sich ein.

Ridge baut sich zu seiner vollen Größe auf, was mich beeindruckt, aber Thorn wohl weniger, da er genauso groß ist wie er. »Ich will nicht, dass sie meinem Sohn zu nahe kommt.«

Ich senke meinen Blick und stelle die Sachen auf den Tisch. »Hab's verstanden. Behalt es für ihn oder wirf es weg, aber dein Verhalten zeigt mir deutlich, wie du wirklich empfunden hast«, sage ich leise. Anschließend schaue ich zu Fynn. »Komm schnell wieder auf die Beine, Großer.« Dann wende ich meine Aufmerksamkeit auf Ridge. »Und du, lass mich in Ruhe, auch wenn dir klar wird, dass ich keine Schuld an allem habe.« Danach wende ich mich ab.

»Ich bringe dich nach Hause, Hope«, sagt Thorn, der plötzlich neben mir steht.

»Nicht nötig, bleib bei deinem Freund, er hat sicher einiges über mich loszuwerden«, erwidere ich. »Und sag ihm, dass ich wohl gut genug war, um entjungfert zu werden, aber nicht gut genug bin, um wirklich geliebt zu werden … Und dass eine Beziehung nicht bedeutet, nur gute Zeiten zu erleben.« Mit

Tränen in den Augen schaue ich zu ihm hoch. »Ich warte in der Cafeteria auf dich.«

»Alles klar«, raunt er, als er die Tür für mich öffnet.

»Wage es dich nicht, noch mal herzukommen, Hope!«, ruft Ridge mir hinterher.

»Ich hätte gerne mit Hope gespielt«, höre ich Fynn noch maulen, bevor sich die Tür schließt.

»Musste das sein?«, vernehme ich dann Thorn. »Du behandelst sie wie Dreck, obwohl sie keine Schuld hat!«

Bevor die Situation dort drin eskaliert, suche ich das Weite. Außerdem schreibe ich Thorn eine SMS, dass er es gut lassen soll. Es soll keinen Streit zwischen ihm und Ridge geben.

Noch ehe ich die Cafeteria erreiche, bekomme ich eine Antwort von ihm: 'Ich rücke ihm nur den Kopf zurecht, er hat's verdient!'

'Okay', ist meine knappe Rückantwort. Dann gehe ich mir einen Kaffee holen und setze mich ans Fenster. Ich schaue raus auf den sonnigen Hof des Krankenhauses. Ich verliere mich in meinen Gedanken, als ich dort unten glückliche Paare sehe. Warum fallen sie einem eigentlich krasser auf, wenn man gerade eine Trennung durchmacht? Weil das Herz masochistisch ist? Ich habe keine Ahnung, aber es ist definitiv scheiße. Vielleicht liegt es ja daran, dass man immer das bemerkt, was man will, aber nicht haben kann.

♥♥♥

Kapitel 11

Ridge ließ nichts von sich hören, obwohl ich darauf hoffte, nachdem Thorn mir erzählt hatte, was er ihm alles an den Kopf geworfen hat. Mein Bruder will nicht, dass ich seinem besten Freund noch eine Chance gebe, da dieser sich wie ein sturer Vollidiot aufführt, aber ich kann nichts für den Willen meines Herzens. Es schreit nach ihm, lässt mich nicht schlafen und zeigt mir immer wieder auf, was ich verloren habe. Liebeskummer ist wohl das Unfairste, was es auf dieser Welt gibt. Und die menschliche Psyche ist ein masochistisches Miststück, das es liebt, gefoltert zu werden.

Von Thorn bekomme ich Updates zu Fynns Zustand. Es geht ihm wohl von Tag zu Tag besser, dennoch muss er noch eine Weile im Krankenhaus bleiben. Ich schätze, es dauert, bis ich mich wieder gefahrlos draußen bewegen kann, aber ich will mich nicht von der Welt abkapseln. Seit dem Vorfall habe ich nichts mehr von Cynda gehört und sie auch nicht erreicht. Ich schätze, für sie ist Blut dicker als Wasser, wie für die meisten anderen Menschen auch. Ich verstehe es, immerhin habe ich ihre Cousine betrogen, gleichwohl dass sie den Sohn meines Freundes, meines Exfreundes angeschossen hat. Ich weiß nicht, wie ich reagiere, wenn ich Give oder den anderen über den Weg laufe. Ich hoffe, dass ich einen Adrenalinschub bekomme und jeder von ihnen das geben kann, was sie verdienen, aber das wird sicher nicht passieren. So ein Glück habe ich selten.

Heute treffe ich mich mit Jeremy, ich bin sogar schon auf dem Weg zu dem Café, in dem wir uns treffen wollen. Ich achte darauf, dass ich Wege nutze, wo viele Menschen sind, damit Give oder die anderen mir nicht auflauern können. Noch so einen Übergriff überlebe ich sicher nicht, denn ich weiß, dass die Kugel, die Fynn traf, für mich bestimmt war. Give sagte, dass ich es bereuen würde, ausgestiegen zu sein, und sie hat recht. Ich tue es. Nicht um ihretwillen, diese Mädchen sind mir inzwischen egal, sondern wegen Ridge. Weil ich ihn verloren habe. O Gott, ich kenne nicht mal jede Facette dieses Penners und leide so krass unter der Trennung. Der Teufel in mir hofft, dass er auch leidet, sogar noch mehr als ich. Der verkorkste kleine Engel wünscht sich, dass er zu mir kommt, mir sagt, dass er mich liebt, und mich schließlich küsst. Keines von beidem wird der Fall sein. Ridge ist so ein abgefuckter unterkühlter Penner, dass er weder das eine noch das andere jemals zugeben würde.

Als ich das Café erreiche, sehe ich Jeremy an einem Tisch davor sitzen. Ich gehe zu ihm, bemühe mich um ein Lächeln und sage schließlich: »Hey, ich dachte, du würdest drin sitzen.«

Er hebt seinen Blick, dann steht er auf und umarmt mich knapp. »Ich dachte, wir könnten das Wetter genießen. Sonne hat noch niemandem geschadet.«

Ich nicke knapp. »Ja, stimmt.«

Er mustert mich. »In wessen Fäuste bist du denn gelaufen?«

Wir setzen uns, ich bestelle mir einen Cappuccino und fange an, ihm von der schicksalhaften Nacht zu erzählen. Ich spare auch nicht aus, dass Ridge Schluss gemacht hat, allerdings lasse ich durchblicken, dass ich kein Interesse an etwas Neuem habe. Ich muss meine Wunden lecken, das Salz herauswaschen, das mit Ridges ablehnendem Verhalten hinein gestreut wurde.

Als ich fertig bin, schaut Jeremy mich schockiert an. »Oh man.«

»Kannst du laut sagen«, stimme ich zu, während ich Zucker in meinen Cappuccino rühre. »Aber so ist der Gang des Lebens. Man bekommt nicht alles, was man sich wünscht, aber solange man das Beste aus dem macht, was man hat, ist es okay.«

»Das sind weise Worte für eine 18-jährige.«

Ich nicke knapp. »Mag sein.« Ich atme tief ein. »Und wie war deine Woche so?«

Er schnaubt amüsiert. »Sicher nicht so aufregend wie deine.«

»Ja, mal abgesehen davon, dass ich nächste Woche zur Polizei muss, um mich vielleicht wegsperren zu lassen«, brumme ich.

Er hebt eine Augenbraue. »Warum das? Du hast doch nichts mit der Sache zu tun, oder?«

»Nein, aber ich hab anderen Mist gebaut. Eigentlich hätte ich gestern dorthin gemusst, aber mein Dad hat darauf bestanden, dass ich von seinem Anwalt begleitet werde, und der hat dafür gesorgt, dass der Termin auf nächste Woche verschoben wird, weil er bis dahin ein paar andere Dinge zu erledigen hat.«

»Es ist ein Wunder, dass du ohne Punkt und Komma reden kannst. Du sprichst richtige Satzraupen«, merkt er grinsend an.

Ich verziehe meine Lippen zu einem Lächeln. »So bin ich eben.«

Daraufhin nickt Jeremy. »Ich freue mich, dass es dir gut geht, wenn man mal von deinen Verletzungen absieht.«

Ich winke ab. »So gut geht's mir gar nicht.«

»Klar, so eine Trennung ist scheiße, aber wenn der Kerl nicht deine Hand nimmt, nachdem du gesagt hast, dass er dich in Ruhe lassen soll, dann hat er dich nicht verdient.«

»Ich habe keine Ahnung, was du mir damit sagen willst«, erwidere ich verwirrt.

»Mein Vater hat das mal zu mir gesagt: 'Wenn eine Frau dir sagt, dass sie in Ruhe gelassen werden möchte, dann nimm sie an die Hand und lass sie nicht in Ruhe, denn das ist, was sie wirklich will. Wenn du sie wirklich liebst, dann liebst du sie auch, wenn es mal nicht so gut läuft. Man darf nicht von einer Beziehung sprechen, wenn man nur in guten Zeiten füreinander da ist, denn in schlechten Zeiten sollte man auch für seinen Partner da sein. Zu ihm stehen. Nur wenn du das beherzigst, mein Junge, dann hast du eine richtige Beziehung, nur das macht eine gute Partnerschaft aus'«, zitiert er.

»Und inwiefern passt das jetzt zu meiner Situation?«, bohre ich irritiert nach.

»Es passt eher zu der deines Ex.«

Ich nicke knapp, dabei ziehe ich meine Mundwinkel nach unten, aber das nur, um meinem Gesichtsausdruck den nötigen Sarkasmus zu verleihen. »Ach so, na ja, dann sag's doch ihm und nicht mir.«

Jeremy lacht leise. »Wenn ich wüsste, dass er mir nicht die Knochen bricht, würde ich das sogar tun.«

Ich schüttle den Kopf. »Lass uns einfach das Thema wechseln, ich will nicht mehr von Ridge sprechen. Ich muss realisieren, dass ich ihm egal bin.«

»Tut dir das überhaupt nicht weh?«

»Oh doch und wie. Ich bin ein Wrack, aber ich habe die Spuren meiner Tränen mit genügend Make-up verdeckt.«

»Ich sehe es. Bis auf die Pflaster und das ziemlich große Hämatom an deiner Wange verrät dich nichts.«

»Egal. Es ist wirklich egal, was man sieht oder was mich verrät.« Ich schaue mich um.

»Musst du weg?«, fragt er, nachdem ich einen Blick auf meine Uhr geworfen habe.

»Nein, ich … Nein, ich muss nicht weg.«

»Hast du Lust, spazieren zu gehen?«, erkundigt er sich.

»Aber bitte an belebten Orten, okay?«

»Klar, wir können an den Fluss gehen, wenn du willst«, sagt Jeremy lächelnd.

»Aber nur, wenn du versprichst, mich nicht wieder zu küssen«, necke ich ihn, dabei grinse ich ihn frech an.

Er gluckst, ruft die Bedienung und bezahlt unsere Getränke. Dann trinkt er seinen Kaffee aus.

»Ich hole meinen Abschluss nach«, erzähle ich, als wir das Café verlassen haben.

»Was hat dich dazu bewogen?«

»Eine Bedingung meiner Stiefmutter, damit ich in Chicago bleiben darf. Aber mittlerweile weiß ich gar nicht mehr, ob ich noch hier sein will. Ich meine, Ridge hat Schluss gemacht; die Mädels wollen mir das Licht ausknipsen; und zu Hause in New York habe ich Freunde, die zu mir halten«, antworte ich. »Hier habe ich nur Thorn und dich.«

»Thorn ist noch mal wer?«

»Mein Stiefbruder.«

»Ach so. Verstehst du dich gut genug mit ihm, um eventuell doch zu bleiben?«, hakt er nach.

»Eigentlich schon, aber er ist ständig unterwegs, und ich muss sowieso bald wieder die Schulbank drücken, außerdem mache ich bald ein Praktikum.«

»Wo machst du das?«

»In irgendeinem Laden, der der Freundin meiner Stiefmutter gehört. Ich will mir etwas Geld dazuverdienen, damit ich meinem Vater nicht auf der Tasche liege.«

Jeremy nickt und stößt ein anerkennendes Pfeifen aus. »Wie kommt's, dass du dich um 180 Grad gedreht hast?«

»Na ja, ich habe gemerkt, wie schnell es vorbei sein kann und will nun etwas aus meinem Leben machen. Meine Träume verwirklichen«, antworte ich, als ich mich bei ihm einhake.

»Es ist gut, dass du deine Zukunftspläne überdacht hast, denn ich denke, dass du Großes leisten kannst, so wie du drauf bist.«

»Wie bin ich denn drauf?«, bohre ich überrumpelt nach.

Jeremy schmunzelt. »Na ja, du hast einen Gerechtigkeitssinn, auch wenn du versuchst, ihn zu verbergen, und du bist ein liebevoller Mensch, was ich schon in New York bemerkt habe ... Ich denke, du kannst wirklich viel aus deinem Leben machen.«

»Oh, okay.« Verwirrender Kerl, ich habe nämlich überhaupt keine Ahnung zu welcher Art von 'Großem' ich in der Lage sein soll. Wie war das noch mit dem Verständnis für Männer und der bescheuerten mathematischen Sache?

♥♥♥

Wir gehen eine Weile spazieren, sind in unser Gespräch vertieft, bis ich bemerke, dass wir auf einmal an einem Ort sind, der so gar nicht belebt ist. »Lass uns zurückgehen«, sage ich mit einem mulmigen Gefühl im Bauch.

»Was ist denn los?«

Ich schaue zu ihm hoch. »Wir wollten an einem belebten Ort bleiben, jetzt sind wir an einem, an dem keine Menschenseele zu sehen ist.«

»Und du hast Angst?«, hakt er nach.

»Nein, aber ich fühle mich nicht wohl. Lass uns zurückgehen.«

»Hallo, Hope«, sagt jemand hinter mir.

Ich drehe mich langsam um. Miller. »Lass uns gehen, Jeremy.«

»Du gehst nirgendwo hin, Hope«, meint Miller und Jeremy geht an seine Seite. Er bekommt Geld von dem kriminellen Scheißkerl, der mich fast ins Jenseits befördert hat.

Danach sieht Jeremy zu mir. »Sorry, Hope, aber so ein Leben als Student wirft nicht genug ab, und er hat mir echt ein super Angebot gemacht.«

Meine Kinnlade klappt herunter. Langsam gehe ich rückwärts, werde aber leider aufgehalten. 'Das gibt's nicht', schießt es mir durch den Kopf. »Was willst du von mir, Miller?«

»Thorn sagte, dass Give mir gestreckten Stoff verkauft. Give und ihre Mädels sagten, dass du der Kopf hinter dieser bahnbrechenden Idee bist, also gehen wir zwei uns ein wenig unterhalten«, erwidert er, dabei spielt er mit einer Pistole.

»Ich habe nichts mit dieser ganzen Drogengeschichte zu tun«, verteidige ich mich und will seinem Schergen ausweichen, der packt mich allerdings schnell und drückt genau auf die Stellen, die mir immer noch Schmerzen bereiten.

»Danke, Jeremy, wir brauchen dich jetzt nicht mehr«, meint Miller.

Jeremy kommt an mir vorbei. »Wenn dein Kerl mich nicht zusammengeschlagen hätte, hätte ich dich echt mögen können.«

»Du Wichser«, beschimpfe ich ihn, während ich versuche, mich aus dem Griff, der mich schraubzwingenartig festhält, zu winden.

Er zuckt mit den Schultern, zwinkert mir zu, nur um dann mit einem schleimigen Grinsen im Gesicht zu gehen.

Wären wir bei Jeopardy, würde die Frage für 500 Dollar jetzt lauten: Wie viel Scheiße kann Hope Vanderbelt in nur wenigen Tagen passieren?

»Komm, Carver«, fordert Miller ihn auf und ich sehe über meine Schulter.

Na toll, der Kerl, der mich nicht schlagen wollte, kidnappt mich jetzt. Klasse. Großes Kino. Fast oscarreif. Carver bugsiert mich zu einem schwarzen Van, was mich dann doch an einen schlechten Gangsterfilm erinnert. Er schubst mich hinein, rückt nach, dann wird die Tür geschlossen. Die Fenster wurden mit schwarzer Farbe blickdicht gemacht. Nur wenig Licht fällt ins Innere des Wagens, dennoch taste ich mich voran, um Carver zumindest für den Zeitraum der Fahrt zu entgehen. »Und jetzt? Bekomme ich Betonschuhe und werde im Chicago River versenkt?«, frage ich mit zitternder Stimme. Ja, ich gebe es zu, ich habe eine Scheißangst!

Miller lacht auf dem Fahrersitz. »Nein, wir fahren dorthin, wo man dich nicht schreien hört, damit wir zwei uns ein wenig unterhalten können.«

»Du bist doch krank.«

»Nein, ich will nur mein Geld zurück und das bekomme ich auch«, erwidert er entschieden. »Carver, bring sie zum Schweigen!«

Carver kommt auf mich zu, weshalb ich bis in die Ecke rutsche. »Komm schon, Hope, ich will dir nicht wehtun.«

»So wie ich dich einschätze, wirst du das.«

Er stellt sich vor mich und ich sehe keine andere Möglichkeit, als ihm mit meinem Fuß die Beine wegzuziehen. Ich hole aus und ziehe durch. Er gerät ins Straucheln und fällt nach hinten. Ich nutze die Gelegenheit, um die Tür hinter mir zu öffnen. Solche Idioten, sie haben sie nicht gesichert. Ich springe aus dem Van, renne los und hoffe, dass ich vor ihnen die Ausfahrt des Parkplatzes erreiche.

Hinter mir quietschen Reifen, sie holen mich ein. Ich versuche, schneller zu werden, renne um mein Leben, doch dann wird mir der Weg abgeschnitten. Ich schere aus, um einen anderen zu finden, aber hinter mir ertönen schnelle Schritte. Nur wenige Sekunden später werde ich gepackt und weggetragen.

»Lass mich los!«, kreische ich. »Du sollst mich loslassen!« Meine Stimme hallt von den Wänden wider, doch nichts und niemand reagiert, weil der Ort verlassen ist. Nur der Müll, der hier verteilt ist, ist Zeuge des Geschehens. »Loslassen!« Ich strample wie verrückt, zapple, und dann setzt mich ein fester Schlag in meinen Nacken außer Gefecht.

♥♥♥

»Wach auf, Schlampe!« Ein Knall und ein feuriger Schmerz schießt in meine ohnehin schon geschundene Wange.

Ich blinzle, dabei stöhne ich voller Schmerz auf. Mein Kopf pocht, in meinen Ohren rauscht es und es ist so verdammt dunkel. Wo bin ich hier? Die Schweine haben mir die Augen verbunden.

»Bist du wach?«

»Ja«, antworte ich leise und versuche, etwas zu erkennen. Als ich an meine Augen fassen will, stelle ich fest, dass meine Hände auf meinem Rücken gefesselt sind.

»Willst du mir sagen, wo du mein Geld versteckt hast?« Es ist Miller, wer sonst sollte Geld von mir wollen? Give und die Mädels haben ihn mir auf den Hals gehetzt, damit er mich fertigmacht. Dabei hatten Thorn und seine Freunde ihm doch unmissverständlich klargemacht, was Give mit ihm abgezogen hat.

»Ich bin noch … nicht lange genug in der Stadt, um dir … jahrelang gestreckten Stoff unterzujubeln«, stammele ich.

Eine weitere Ohrfeige. »Verkauf mich nicht für dumm, du kleine Hure!«

Ich beiße die Zähne zusammen und sehe endlich etwas. »Ich verkaufe dich nicht für dumm, Miller. Ich habe mit dieser Sache nichts zu tun!«

»Du hast mir die letzte Lieferung gebracht!«, schreit er mich an. »Und deinetwegen bin ich verbrannt, weshalb ich nicht mal mehr meinen üblichen Geschäften nachgehen kann. Willst du mir etwa sagen, dass Giverney auch daran schuld ist? Genau wie dein Bruder es mir weismachen wollte?«

»Ich hatte nichts mit dem Stoff zu tun. Ich bekam ein Päckchen, das ich dir bringen sollte, um in die Clique aufgenommen zu werden, mehr nicht. Ich wusste, dass sie die Bullen rufen, aber ich wusste nicht, dass wirklich Drogen in dem Paket sind. Give hat das alles geplant!«, erkläre ich verzweifelt.

Noch eine Ohrfeige.

Ich hätte ihm mehr Kreativität zugetraut.

»Lüg mich nicht an!«

»Ich lüge nicht, du verfickter Bastard!«, schreie ich ihn an.

»Leg los, Carv«, fordert Miller ihn auf und jetzt mache ich mir wirklich Sorgen um meine Gesundheit.

Etwas Metallisches berührt meinen nackten Oberarm. Ich versuche, die Augenbinde loszuwerden. »Nein, nein, die bleibt schön drauf. Du sollst ja erraten, was er mit dir macht«, sagt Miller amüsiert und schiebt sie wieder über meine Augen.

Mein Körper, zumindest der ungefesselte Teil, zittert. »Miller, bitte. Ich habe nur getan, was Give von mir verlangt hat, um in ihre Clique aufgenommen zu werden. Ich wollte nicht, dass die Bullen dich sehen. Echt nicht«, versichere ich ihm unter Angst.

»Leg los, Carver.«

»Nein, bitte ... Miller, bitte nicht, was auch immer Carver machen soll.«

Plötzlich spüre ich etwas Warmes an meinem Ohr. Zweifellos sein Atem. »Willst du wissen, was er mit dir machen wird?«

»Irgendwas sagt mir, dass ich es nicht wissen will.«

»Man hat immer die größte Angst vor den Dingen, die man nicht sehen kann«, raunt er und leckt durch meine Ohrmuschel.

Ich schüttele mich vor Ekel. »Bitte lass mich gehen. Ich werde nicht zur Polizei gehen, auch Thorn erfährt nichts davon.« Meine Stimme überschlägt sich beinahe.

»Jetzt hör auf, die Verängstigte zu spielen, Hope.«

»Carver?«, sage ich leise.

»Was willst du?«, fragt er kalt.

»Vor ein paar Tagen sagtest du noch, dass du keine Frauen schlägst«, stottere ich.

»Vor ein paar Tagen hattest du mich und die Mädchen auch noch nicht an die Polizei verraten«, erwidert er ungerührt.

»Ich habe dich mit keinem Wort erwähnt«, sage ich. »Nur Give und die Mädchen, die mich geschlagen haben.«

»Das reicht schon«, knurrt er.

Ich höre, wie er sich bewegt, dann fährt ein höllischer Schmerz von meinem linken Knie aufwärts durch meinen Körper, der mich zum Schreien bringt.

»Willst du es jetzt zugeben?«, erkundigt sich Miller.

»Ich kann nicht zugeben, was nicht stimmt«, weine ich.

Die Qual wiederholt sich, diesmal an meinem rechten Knie. Ich verleihe der Pein, die mich benommen macht, wieder laut Ausdruck. Mittlerweile weiß ich, dass er mit einem Hammer oder einem anderen stumpfen metallischen Gegenstand meine Beine malträtiert.

»Gib es endlich zu!«, herrscht Miller mich erneut an.

»Ich habe nichts getan, außer Gives Anweisungen zu folgen!«, kreische ich hysterisch.

Diesmal bekomme ich wieder eine Ohrfeige versetzt.

Ich weiß nicht, wo ich bin, nicht, was sie noch tun werden, aber ich ahne, dass das richtig böse ausgehen wird. Allerdings ist mir noch nicht bewusst, für wen von uns dreien. »Ich hatte wirklich nichts damit zu tun«, weine ich.

Keine Ahnung, wer von ihnen es ist, aber er treibt mir rücksichtslos die Faust ins Gesicht. Es ist so fest, dass ich samt dem Stuhl, an den ich gefesselt bin, nach hinten kippe und mit dem Kopf auf dem Boden aufschlage. »Wir machen jetzt ein hübsches Video für deinen Bruder, in dem du dich von ihm verabschiedest, verstanden?«

»Also wirst du mich umbringen?«, frage ich unter Todesangst.

»Wenn du mir nicht die Wahrheit sagst«, haucht er in mein Ohr. »Aber vorher wird Carver sich noch ein wenig an dir austoben.«

Dem folgt wieder ein Schlag mit dem metallischen Gegenstand. Ich spüre, wie meine Kniescheibe zerspringt, was mir einen markerschütternden Schrei abverlangt. Ich finde mich am Rand meines Bewusstseins wieder, kurz vor einer Ohnmacht, weil mein Körper nicht einmal in der Lage ist, genügend Adrenalin auszuschütten, um es mich ertragen zu lassen. Womit habe ich das verdient? Ist es Karma? Möglicherweise. Ich habe in meinem Leben so viel Mist gebaut, dass es sich nun rächt. »Ich habe nichts getan«, stoße ich aus, bevor meine Welt schwarz wird.

♥♥♥

Mein Herz rast und der Stich an meinem Arm pocht. Was haben sie getan?

»Ah, der Sonnenschein ist wach«, stellt Miller emotionslos fest. »Jetzt machen wir unser kleines Filmchen für deinen Bruder und verschicken es gleich mit deinem Handy.«

Ich atme schwer, denn mein Puls geht so schnell, dass es mir in der Brust wehtut, wie an vielen anderen Stellen meines Körpers auch. »Was soll ich denn sagen?«

»Leb wohl, Thorn, ich komme nicht mehr nach Hause, weil ich eine kleine Betrügerin bin. Sucht nicht mithilfe der Cops nach mir, sonst sterbe ich.« Ein Piepsen. »Kamera läuft.« Mein Kopf wird hochgerissen.

»Thorn, ich weiß nicht, wann du das hier siehst, aber ... ich komme nicht mehr nach Hause ... Sucht bitte nicht nach mir ... Keine Cops ... Ich werde sonst sterben ... Und sag Ridge, dass ich ihn liebe.«

»O Gott, so emotional«, seufzt Miller. »Sag ihm, dass er mir 20.000 Dollar zu bringen hat, wenn er dich lebend wiedersehen will.«

»Es ist doch schon auf Band.«

»Carver.«

Ein Schlag, ein Schrei.

»Bring Miller 20.000 Dollar, wenn du mich lebend wiedersehen willst«, weine ich.

»Brave Schlampe. Thorn, du hast sie gehört. Besorg das Geld und ruf auf ihrem Handy an. Übrigens, du kannst es nicht orten, das GPS ist deaktiviert und das Internet ist nach dem Senden dieser Nachricht auch abgeschaltet.«

Hat der Spast noch nie etwas von Sendemasten gehört? Ich weiß, davon gibt's in Chicago eine Menge, aber wenn Thorn gut ist, wird er mein Handy über so eine komische Software tracken. Oder eben anders. Mein Anti-Virus-Programm, das auf dem Smartphone installiert ist, hat auch eine Trackingfunktion, aber ich glaube, die funktioniert ohne Internet nicht.

»So, dein Bruder bekommt nun dein kleines Filmchen. Warten wir mal ab, wann er sich meldet.« Miller lacht. »Mach ruhig noch ein bisschen weiter, Carver. Sie sieht mir noch nicht schlimm genug aus. Du kannst sie auch losbinden, falls dich ihre Gegenwehr geil macht.«

Wie pervers können Menschen sein? Ich meine nicht den sexuellen Aspekt, da ist ein wenig Perversion schon geil, denke ich, aber was den gewalttätigen betrifft, gibt es vielleicht keine Grenzen.

Carver bindet mich los und schubst mich vom Stuhl. Ich ziehe die Augenbinde herunter und sehe, wie er sich über mir aufbaut. Ich liege auf der Seite, als er mich am Kragen packt, die andere Hand hat er zur Faust geballt. Dann holt er aus.

Mein Handy klingelt, was ihn innehalten lässt. 'Gott sei Dank! Alter Mann, wenn du tatsächlich da oben auf einer Wolke sitzt, dann wäre eine Plage sterbender Straftäter, die mich totschlagen wollen, vielleicht hilfreich', bete ich im Stillen.

»Thorn, das ist aber schön, dass du dich meldest.«

Ich höre die extrem aufgebrachte Stimme meines Bruders und Miller lacht. »Du kennst die Bedingungen mein Freund. Bring mir das Geld, dann kriegst du deine Schwester. Ob am Stück oder in Scheiben weiß ich noch nicht.«

Erneut brüllt Thorn etwas und Miller gibt Carver ein Zeichen. Er schlägt zu.

»Aufhören, ich kann nicht mehr ... Hör bitte auf«, flehe ich ihn an.

»Du willst deine Schwester sprechen? Moment ... Jetzt kannst du reden, der Lautsprecher ist an«, sagt er.

»Hope?«, ruft Thorn. »Hope, geht's dir gut?«

»Hilf mir, Thorn«, kreische ich, dabei spucke ich mein Blut über Carvers Hand.

»Miller, wenn du ihr auch nur noch ein Haar krümmst, bringe ich dich um«, knurrt mein Bruder.

»Ich krümme ihr kein Haar, das erledigt Carver für mich«, schmunzelt Miller und wird schlagartig ernst. »Du hast zwei Stunden, sonst landet sie im Fluss.«

♥♥♥

Nicht imstande mich zu bewegen, liege ich auf dem staubigen Boden einer gottverlassenen Halle. Ich weiß nicht, ob Tag oder Nacht ist, ob ich lebe oder tot bin, ob ich so verletzt bin, dass ich keine Schmerzen mehr spüre oder einfach nur abgestumpft bin. Ich weiß nichts mehr.

Autoreifen quietschen. Türen werden geöffnet und zugeschlagen. »Wo ist meine Schwester?«, schreit Thorn.

Etwas klickt. »Wo ist mein Geld?« Miller!

»Dax, Trace, sucht Hope.«

»Hier, ich bin hier«, hauche ich, darauf hoffend gehört zu werden.

»Das würde ich nicht tun. Carver hat die Waffe auf sie gerichtet und knallt sie ab, wenn du mir mein Geld nicht gibst.«

Es hört sich an, als würde ich es durch Watte hören. Das Blut rauscht in meinen Ohren, weshalb ich mir zusätzlich vorkomme, als würde ich an einem tosenden Fluss sitzen. Ich kann nicht mehr. Wieso ist es mir nicht erlaubt, einfach loszulassen? Zu gehen? Es wäre so viel leichter, als das hier zu ertragen.

Ich zwinge mich, die Augen zu öffnen, und sehe ein Paar schwarzer Schuhe direkt vor mir. Zitternd und mit meiner letzten Kraft hebe ich meine Hände an ein Bein und ziehe es weg. Ich weiß nicht, warum ich es schaffe, denn ich fühle mich, als könnte ich nicht einmal mehr einen Grashalm ausreißen, aber ich bringe den Kerl zu Fall.

Ein Schuss löst sich, doch keine Kugel trifft mich. Glück?

Dann bricht das Chaos los. Schuss um Schuss fällt, Schreie, dann absolute Stille, bevor mein Name gerufen wird.

»Oh fuck, Hope!«, stößt Thorn aus. »Hope.«

Ich stöhne. »Hilfe.«

»Bekommst du.« Er berührt mich, was mich wimmern lässt. »Ridge!«, schreit er.

Schritte nähern sich. »Das sieht nicht gut aus«, vernehme ich die tiefe Stimme, die mir vor einigen Tagen noch so süße Worte zugeflüstert hat, bevor ich loslasse.

♥♥♥

Kapitel 12

Piepsen.

Stimmen.

Nerviges Piepsen.

Summende Stimmen.

Richtig nervtötendes Piepsen.

Stimmen, die sich vermischen und sich anhören, als wäre ein verfickter Bienenschwarm in meinem Kopf.

»Schnauze«, stoße ich müde aus.

Piepsen.

Piepsen.

Keine Stimmen? Nein, nur dieses beschissene Piepsen.

»Hope?«

Meine Lider flattern, sie sind schwer und ich habe Mühe, sie langsam zu öffnen.

»Hey, Hope?«, wiederholt er.

Als ich die Augen aufschlage, sehe ich nicht wie erhofft in die grauen Augen, die ich so gerne gesehen hätte. Stattdessen sehe ich in Braune, in Thorns.

»Wie fühlst du dich?«

»Wie geschlagen«, antworte ich leise.

Sein Mundwinkel zuckt. »So siehst du auch aus und deine Witze sind selten passend zum Augenblick.«

»Ernst.« Ich schiele auf meine Nase, sehe den Schlauch, den ich darin habe, der mir Sauerstoff spendet.

»Du hast uns 'nen ganz schönen Schrecken eingejagt«, seufzt er.

»War auch ... volle Absicht.«

Thorn setzt sich auf die Bettkante. »Ich hatte 'ne Scheißangst, Hope. Es sah echt nicht gut für dich aus.«

»Und jetzt?«

»Jetzt sieht's besser für dich aus, aber du selbst machst 'nen ziemlich beschissenen Eindruck.«

»Na danke«, erwidere ich heiser. Ich hebe meine Hand, die mir vorkommt, als bestehe sie aus Blei, und lege sie auf seine. »Danke.«

»Immer, Hope, ich helfe meiner kleinen Schwester immer.«

Ich versuche zu lächeln, was sicherlich richtig blöd aussieht, aber die Geste zählt. Zumindest hat meine Mutter das immer über die schrottigen Geschenke behauptet, die ich ihr gemacht hab. »Dad?«

»Mom und Dad sind in der Cafeteria, aber es gibt jemanden, der dich sprechen will.«

»Wer?«

»Hallo, Hope«, sagt eine Kinderstimme.

Thorn hilft mir, meinen Kopf zu drehen, dabei geht er extrem vorsichtig mit mir um. Fynn sitzt in einem Rollstuhl neben meinem Bett. »Hey, Großer«, hauche ich, die große Hand auf seiner Schulter ignoriere ich bewusst, auch wenn es Zeiten gab, in denen sie mich gestreichelt hat.

»Wie geht's dir?«, fragt er.

Als würde man nicht sehen, dass ich nicht gerade das blühende Leben bin. »War schon mal besser.«

»Wurde dir wehgetan?«

»Ja, Großer, aber das heilt wieder.« Diese Schmerzmittel muss ich mir verschreiben lassen. Ich fühle mich, als würde ich auf einer rosafarbenen Zuckerwattewolke liegen, und das Schönste daran ist, dass mir so ziemlich alles scheißegal ist.

»Fynn hat etwas für dich gemalt«, mischt Ridge sich ein und entfaltet ein Blatt.

»Oh«, mache ich leise. Sollten die nicht einen Arzt rufen oder zumindest eine Krankenschwester? Ich meine ja nur, weil ich wach bin und so. Da gibt's doch sicher Werte zu checken.

Ridge hält es mir hin, sodass ich es ansehen kann.

Als ich meine Hand hebe, um Fynn nach den Sachen zu fragen, die er gemalt hat, sehe ich, dass sie in einer Schiene steckt. »Erzählst du mir … was das ist?«

Thorn steht auf und schiebt den Rollstuhl näher ans Bett.

»Das da«, er zeigt auf eine Figur mit wirren braunen Haaren, »bist du und das hier«, nun deutet er auf eine, die wesentlich größer ist als 'ich', »ist Daddy und der hier«, die kleinste Zeichnung, »bin ich.« Ich lese die Worte über den Figuren. 'Mommy, Daddy, Me.' Tränen treten mir in die Augen.

»Ich bin aber nicht deine …«

»Er sieht es so«, fährt Ridge mir über den Mund.

»Da ist unser Haus«, erzählt Fynn weiter.

Ich nicke knapp, mehr kann ich sowieso nicht tun, da ich kaum etwas spüre. Ich schaffe es auch nur, die linke Hand zu heben, im rechten Arm habe ich keinerlei Gefühl. »Und das?« Ich zeige auf die andere Ecke.

»Das ist die Sonne.«

Ich glaube, jedes Kind malt die Sonne in die Ecke eines Bildes, weil sie dort so gut hinpasst. »Okay.«

»Und das hier ist die Schaukel im Garten.«

Sie steht quer hinter den Figuren. Ich wundere mich, dass so viel auf so ein kleines Blatt Papier passt, aber vielleicht ist meine Größenwahrnehmung gestört. Ich lächle Fynn an. »Danke, Großer.«

»Kommst du mich bald besuchen?«

»Ich glaube, jetzt musst du mich eine Weile besuchen kommen«, antworte ich müde. »Aber sobald ich hier rauskomme und dein Daddy es erlaubt ... besuche ich dich.«

»Stichwort. Fynn, wir gehen Kuchen essen«, mischt Thorn sich ein, zieht den Rollstuhl weg und stürmt regelrecht mit Fynn nach draußen.

»Was war ... ?«

»Thorn denkt, dass ich dich zurück will«, unterbricht Ridge mich, dabei setzt er sich auf die Bettkante. »Dich hat's ziemlich heftig erwischt.«

»Ach.«

Seine Augenbraue schießt in die Höhe und dieser Blick löst ein Kribbeln und gleichzeitig Demut in mir aus. »Miller wird keine Probleme mehr machen, Carver auch nicht.«

»Habt ihr ... ?«

»Nein. Die Cops kamen, beide sind in Untersuchungshaft. Es war das einzige Mal, dass Thorn sie freiwillig eingeschaltet hat. Give und die Mädels sitzen auch ein, weil die beiden sie belastet haben.«

»Woher … ?«

»Kontakte, Kleines.«

Oh, jetzt bin ich wieder sein Kleines. »Aha.«

»Wenn ich ehrlich bin, weiß ich nicht, warum ich noch hier bin, also … sollte ich jetzt auch gehen«, sagt er heiser, während er mich betrachtet.

»Ridge, ich … weiß, dass du mich hasst.«

Sein Blick entrückt, als hätte ich ihn geschlagen. »Hass? Nein, es ist definitiv kein Hass. Ich habe nur festgestellt, dass ich nicht glücklich sein sollte, weil dann so eine Scheiße passiert. Give ist immer zur passenden Zeit am passenden Ort, um es mir zu verdeutlichen. Es ist besser, wenn wir uns nicht mehr sehen.«

Mir fällt das Atmen immer schwerer. Diese Ansage wiegt mit jedem Wort schwerer auf meiner Brust, schnürt mir die Luft ab, bricht mir das Herz.

»Du warst nicht nur ein bedeutungsloser Fick, aber jetzt bist du eine bedeutungslose Ex.«

Ich schnappe nach Luft.

Es piepst.

Es piepst schneller.

Noch schneller.

Ich höre nicht, ob es zwischen den Lauten auch mal aufhört. Kommt mir vor, als wäre es ein Countdown zum Sterben.

»Kleines?«, fragt er irritiert.

Ich keuche und mein Körper bäumt sich von alleine auf.

»Kleine!«, schreit er mich an. Schnelle Schritte, ein Türöffnen. »Hilfe. Sie kollabiert!«, brüllt er auf den Flur, kommt zurück und reißt mir etwas aus der Hand.

Ich kriege keine Luft, bekomme Panik und versuche mich bemerkbar zu machen, als ich mehrere Leute höre.

Mir wird die Decke weggerissen. »Sie krampft.«

♥♥♥

Als ich aufwache, sind wieder die Stimmen da.

Eine Mischung aus Piepsen und Summen, aber die Stimme, die ich herauszufiltern versuche, höre ich nicht.

Er ist gegangen.

Er hat mich verlassen.

Endgültig.

»Hey, Kleines.«

Ein Hoffnungsschimmer.

Ich sehe Umrisse, doch der Rest ist verschwommen. Es könnte jeder sein.

»Wie fühlst du dich?« Eine Hand legt sich auf meine.

Das Piepsen wird wieder schneller. »Ridge?«

»Ich bin bei dir«, raunt er und Fingerspitzen gleiten über meine Stirn. »Du liebst es, mich zu erschrecken, hm?«

»Ridge?«

»Was denn?«

»Du Arsch«, hauche ich und schließe die Augen.

»War das jetzt ein Kompliment?«

Ich schlafe ein.

♥♥♥

Langsam reicht es. Ich werde ständig wach, kaum dass ich eingeschlafen bin. So kommt es mir zumindest vor, denn ich fühle mich nach wie vor gerädert. Mittlerweile ist mein Zimmer leer, nur noch ich bin hier und starre Löcher in die Luft. Wenn ich nur wüsste, wie ich den verdammten Fernseher einschalten kann, ohne mit dem ganzen Bett zum Tisch zu fahren. Ja, irgendein Spezialist hat die Fernbedienungen auf den kleinen Tisch gelegt, der nicht in meiner Reichweite ist. Nur dafür eine Krankenschwester zu rufen, erscheint mir unverschämt. Also was kann eine derart gedopte Frau tun, um sich die Zeit zu vertreiben?

»Ein Schaf ... zwei Schafe ... drei Schafe«, murmele ich.

Eine halbe Stunde später bin ich bei 837 verfickten Drecksschafen, die hoffentlich bald zum Schlachter gebracht werden.

Ich erinnere mich kaum an die Dinge, die heute passierten. Liegt sicherlich daran, dass ich nicht viele wache Minuten hatte. Fynn war da, auch Thorn und Ridge. Ob Dad und Delila hier waren, weiß ich nicht.

Nach einer Weile finde ich heraus, dass die Fernbedienung in meiner Hand zwar nicht für den Fernseher ist, mir aber eine Dosis Schmerzmittel verabreicht, sobald ich auf den Knopf drücke.

Total zugedröhnt schließe ich die Augen. Bis zum 860. Schaf schaffe ich es noch zu zählen, dann schlafe ich ein.

♥♥♥

Fünf Tage später wache ich auf und schaue mich in meinem Krankenzimmer um. Inzwischen kann ich meinen Kopf bewegen, Schmerzmittel wurden teilweise abgesetzt und ich muss zur Krankengymnastik, weil Carver bei meinen Knien ganze Arbeit geleistet hatte. Sie wurden operiert, aber ich habe sowohl die Operation als auch die Tage danach vollständig verschlafen. Insgesamt muss ich bis zum ersten Aufwachen eine Weile weggetreten gewesen sein. Vorgestern war die Polizei hier und hat mich befragt, ich habe ausgesagt, wie ich in Millers Fänge geraten bin, Jeremy belastet und mich wie eine dämliche Petze gefühlt. Er wird nun wegen Beihilfe zur Freiheitsberaubung oder so gesucht.

Gestern wollte ich keinen Besuch, da ich nach der Physiotherapie zu müde war. Fynn war als Einziger kurz bei mir, um mir wieder ein Bild zu geben. Er wird morgen entlassen, was mich für ihn freut. Er ist wieder ganz der Alte, lebensfroh, aufgeweckt und glücklicherweise kein nervliches Wrack, weil die gestörte Alte ihn niedergeschossen hat.

»Guten Morgen, Kleines«, sagt Ridge, als er hereinkommt.

»Morgen«, brumme ich und reibe mir mit der linken Hand die Augen. Die andere ist immer noch unbeweglich, taub.

»Wie hast du geschlafen?«

»Gut, denke ich.«

Er nickt. »Stimmt, du hast geschlafen wie ein Engel. Wie ein besoffener Engel mit Nebenhöhlenproblemen. Wie ein sabbernder, besoff ...«

»Ich hab's verstanden, Ridge«, fahre ich ihm über den Mund. »Das liegt an der trockenen Luft hier drin.«

»Dass du schnarchen kannst wie Amor auf Jim Beam, ist schon mal ein gutes Zeichen«, schmunzelt er.

»Und dass ich immer noch nicht viel Bewegung in meinen Körper kriege, ist kein gutes Zeichen, ich weiß.«

»Das kriegst du auch noch hin.«

»Hm«, brumme ich. »Warum kommst du eigentlich täglich her, wenn ich doch nur deine bedeutungslose Ex bin?«, möchte ich wissen.

»Weil ich Thorn versprochen habe, ein Auge auf dich zu werfen, während er beruflich unterwegs ist«, antwortet er.

»Also wieder irgendeine illegale Scheiße?«

»Ob du es glaubst oder nicht, aber dein Bruder ist ein verdammt cleverer selbstständiger Kerl«, erwidert Ridge.

»Heißt?«

»Er hat eine kleine Firma, er gestaltet Websites und solche Sachen, aber niemand außer mir weiß davon.«

»Aha«, sage ich und atme tief durch. »Wie geht's Fynn?«

Ridge setzt sich wieder zu mir auf die Bettkante, doch diesmal ziehe ich meine Hand weg, bevor er seine darauf legen kann. Ich will keine Intimität mehr zwischen uns. »Ganz gut. Ich bin froh, dass ich ihn morgen nach Hause bringen kann.«

»Glaube ich dir.«

Er ergreift einfach meine Hand und hält sie zwischen seinen. »Ich bin auch froh, wenn du hier rauskommst.«

»Hm.« Ich entziehe ihm meine Hand langsam. »Ich auch.«

»Was ist los?«, fragt er mit einer gehobenen Augenbraue.

»Wir sind kein Paar mehr, deshalb möchte ich nicht, dass du meine Hand hältst«, entgegne ich in neutralem Ton. »Oder mich anfasst.«

»Du bist kollabiert, als ich Schluss gemacht habe.«

»Ist ja nicht so, als hätte ich topfit hier rumgelegen«, kontere ich.

Ridge seufzt schwer. »Ich liebe dich.«

Ich hebe eine Augenbraue. »Bist du vielleicht in der Menopause oder hast PMS? - Sofern Männer das überhaupt kriegen können.« Ich kann nichts für meinen Sarkasmus. Nachdem er mich so mies behandelt hat, nur weil ich mich um Fynns Zustand sorgte, kann ich ihm nichts mehr glauben.

Wieder einmal sieht er mich streng an, aber heute lasse ich mich von diesem Blick nicht in die Knie zwingen. »Du bist frech geworden.«

»Nein, ich bin wie immer, wenn ich mit Medikamenten vollgeballert werde«, entgegne ich.

Daraufhin schüttelt Ridge den Kopf. »Ich weiß, dass ich komplett falsch reagiert habe. Aber als ich dich dort liegen sah ... Kleines, ich dachte, der ganze Scheiß wiederholt sich und du würdest sterben. Da ist mir klar geworden, dass ich ohne dich nicht mehr sein will. Du bist mir neben Fynn das Wichtigste geworden und er mag dich. Er nennt dich Mom, wenn du nicht dabei bist.«

»Und das ist ein Grund, dir noch eine Chance zu geben?«, hake ich irritiert nach. Klar, ich könnte auch mein Kind vorschieben, wenn ich eines hätte. Nur erweichen würde es ihn nicht, warum dann mich?

»Nein, aber einer, um es in Erwägung zu ziehen«, sagt er leise. »Fühlst du nichts mehr für mich?«

Ich weiche seinem Blick aus, indem ich den Kopf zur Seite drehe. »Du hast mir wehgetan.«

»Ich weiß und ich bereue es. Dein Bruder hat mir so dermaßen den Arsch aufgerissen, dass ich dachte, ich könnte ewig nicht sitzen. Ich will nur noch eine Chance, Kleines.«

Ich atme tief durch. Jetzt sagt er das, was ich mir vor einer Woche noch sehnsüchtig gewünscht habe. Andererseits habe ich ihn so weit, dass er sicher kämpfen würde. »Lass uns darüber reden, wenn ich wieder auf den Beinen bin, okay?« Dann schaue ich ihn wieder an.

»In Ordnung.« Er schaut auf meine Beine. »Meinst du, die funktionieren schon wieder?« Er grinst.

Ich seufze schwer. »Das ist nicht witzig. Carver hat mir die Kniescheibe zertrümmert. Es dauert sicher noch ein wenig, bis ich wieder ohne Hilfe stehen kann.«

»Wie geht's deinem rechten Arm? Immer noch taub?«

»Er kribbelt zwischendurch, aber bewegen kann ich ihn nicht«, erwidere ich nachdenklich.

»Wissen die Ärzte, was damit ist?«

»Bei dem Sturz ist irgendwas passiert, sie haben es mir erklärt, aber ich habe es vergessen, wenn ich ehrlich bin. Es ist irgendwas mit dem Nerv, aber der Neurologe meinte, wenn es kribbelt, ist es ein gutes Zeichen.«

Ridge nickt verstehend. »Das wird schon wieder.« Er schaut auf die Uhr. »Willst du Fynn sehen?«

»Warum?«

»Weil ich ihn dann holen würde, Kleines.«

»Okay ... Hol ihn, dann hab ich wenigstens einen netten Gesprächspartner«, necke ich ihn grinsend.

Ridge lacht leise. »Biest.«

»Arsch.«

Wieder dieser mahnende Blick, der mich aber gerade kalt lässt. »Vorsicht.«

»Sonst?«, fordere ich ihn heraus.

Er beugt sich zu mir herunter. So nah, dass seine Lippen beinahe meine berühren. »Sonst setze ich mich darüber hinweg, dass du mich momentan nicht willst.«

Diese irgendwie sinnliche Drohung jagt mir einen Schauer über den Rücken, der sich explosionsartig zwischen meinen Beinen entlädt. Ich schaue auf seine Lippen, dabei beschleunigt sich meine Atmung. Oh, ich hasse es, dass er diese Wirkung auf mich hat!

»Und auf einmal ist sie still«, sagt er amüsiert und will sich aufrichten, doch ich kriege noch rechtzeitig seinen Kragen gepackt.

Ich ziehe ihn wieder zu mir und küsse ihn sanft.

Ridge stützt sich mit seiner linken Hand neben meinem Kopf ab, während seine rechte meine Wange streichelt, in mein Haar gleitet. Meine Zunge spaltet seine Lippen, dringt in seinen Mund ein, um seine zu umspielen.

Als mein Verlangen kaum noch zu stillen ist, breche ich es ab. Atemlos wende ich meinen Blick ab, doch er zieht meinen Kopf wieder herum. Nicht fest, aber mit einer sanften

Entschiedenheit. »Du bist nicht sehr standhaft, was deine Entscheidungen betrifft, hm?«, raunt er.

Ich hole tief Luft. »Willst du dich darüber beschweren, dass ich für einen Moment schwach geworden bin und der Versuchung nachgegeben habe?«

Er schüttelt langsam den Kopf, haucht noch einen Kuss auf meine Lippen und lächelt mich an. »Ich weiß, dass ich dich im Moment nicht haben kann, vielleicht nie wieder, deshalb mach es uns beiden nicht noch schwerer, okay?«

»'kay«, seufze ich.

Ridge lässt mich los, zwinkert mir zu, anschließend lässt er mich alleine zurück.

♥♥♥

Kapitel 13: Vier Wochen später

Ich wurde aus dem Krankenhaus entlassen, na ja schon vor einer Woche, aber die habe ich ausschließlich zu Hause verbracht, weil Delila nicht wollte, dass ich viel unterwegs bin. Es war ein Kampf, sie zu überreden, dass ich mit Thorn einkaufen gehen durfte, was dann auch im Chaos endete, weil ich meine Krücke verloren hatte. Das muss man sich mal vorstellen: Da bin ich einkaufen, habe nur diese eine Gehhilfe, weil mein anderer Arm noch nicht vollständig funktionsfähig ist, und dann lasse ich sie in der Tiefkühltruhe liegen. Ja, tatsächlich dort. Ich habe sie wohl reingelegt, als ich eine Pizza herausholen wollte. Wir bemerkten es erst auf halbem Weg nach Hause. Da ich den Wagen schob, brauchte ich sie sowieso nicht, aber dann merkte ich, dass etwas fehlte. Damit man uns bei der Suche half, musste Thorn das halbe Supermarktpersonal bestechen. Mich setzte er in einen Einkaufswagen, was total bescheuert aussah, und schob mich durch den Markt. Ich kam mir lächerlich vor, weil ich meine Beine heraushängen lassen musste, und er dementsprechend allen Hindernissen auswich. Parcours mal anders. Aber wir amüsieren uns immer noch darüber.

Jetzt liege ich auf der Couch und lese *Moby Dick*, na ja, ich gebe mir Mühe, aber nach 'Nennt mich Ismael' hatte ich schon keine Lust mehr. Ich will dieses Buch nicht lesen, weil es einfach öde klingt. Es mag ein Klassiker sein, aber die sind was für Leute, die schon ein gewisses Alter erreicht haben. Ich würde mir lieber *The Walking Dead* oder *Supernatural* Romane durchlesen, nur die will Dad mir nicht besorgen. »Lies Weltliteratur, da lernst du was«, äffe ich ihn nach, als ich mich durch die erste Seite quäle.

Delila lacht. »Moby scheint dir keinen Spaß zu machen.«

»Nicht im Geringsten.«

»Was möchtest du dann lesen?«

»Keine Ahnung, die Fernsehzeitung vielleicht?«, kichere ich. »Oder auch die Bedienungsanleitung von dem Treppenlift, um mich alten Krüppel nach oben zu bringen.«

Sie sieht mich amüsiert an. »Deine Beine brauchen eben noch eine Zeit, bis sie wieder voll funktionsfähig sind, Hope. Immerhin ist dein Arm schon wieder so weit, dass du deine Finger bewegen kannst. Die kleinen Fortschritte sind schon viel wert.«

»Ich weiß, aber ich komme mir wie eine alte Frau vor«, erwidere ich.

»Thorn kann dich aber auch nicht immer nach oben bringen, weil er noch andere Dinge zu tun hat.«

»Ich könnte mich auch einfach im Wohnzimmer einquartieren, immerhin ist hier alles, was ich brauche, und ich habe es nicht weit bis in die Küche«, grinse ich.

»So weit kommt's noch«, schmunzelt sie.

»Einen Versuch war's wert.«

»Du gibst einfach alles bei der Physiotherapie und kommst schnell wieder auf die Beine«, sagt sie, woraufhin ich eine

Augenbraue hebe und sie errötet. »Das war jetzt nicht die beste Floskel, oder?«

Ich versuche ernst zu bleiben, lache aber derart in mich hinein, dass ich mich schüttele. »Nein, war's nicht.«

»Scheiße«, mault sie und verzieht das Gesicht.

Nun bricht es aus mir heraus. »Du überraschst mich.«

»Wieso?«, fragt sie irritiert.

»Ich habe dich bis heute nicht einmal fluchen hören, also so ... plump«, entgegne ich noch kichernd.

Delila erhebt sich. »Dann gehe ich jetzt mal ganz plump kochen und lasse dich mit Moby Dick alleine.«

Ich lege das Buch auf den Tisch. »Ich werde mir seine Geschichte nicht geben.«

»Warum nicht?«

»Weil es nicht mein Fall ist.«

Sie seufzt. »Du hast es doch noch gar nicht richtig versucht.«

Daraufhin zucke ich mit den Schultern. »Wenn mich eine Geschichte nicht ab der ersten Seite fängt, dann lese ich sie nicht. Eigentlich kann ich mich nicht erinnern, wann ich zuletzt etwas gelesen habe, was mich sofort gefangengenommen hat.«

»Soll ich dir eines meiner Bücher geben?«

»Nein, ich denke, ich werde fernsehen.«

»Lernen würde dir vielleicht auch mal ganz gut tun, auch wenn du deinen Kurs auf das nächste Halbjahr verlegen musstest.«

Während ich die Augen verdrehe, lasse ich mich theatralisch auf den Rücken fallen. »Ich hab keinen Kopf dafür.«

»Dann betätige dich irgendwie kreativ, schreib etwas, male, zeichne, stricke meinetwegen, aber sitz nicht nur herum«, sagt sie dann streng.

»Ich würde ja spazieren gehen, aber ich brauche ewig, bis ich oben bin, bis ich dann draußen bin, dauert es noch mal länger«, entgegne ich kleinlaut.

»Gut, dann mach du dich jetzt auf den Weg nach oben, ich hole den Rollstuhl, und dann karre ich dich durch die Gegend. Jetzt mach!«

Ich schlage die Decke zurück, dann hebe ich meine Beine von der Couch. Da sie sich freiwillig meldet, werde ich die Gelegenheit nutzen, um mal etwas anderes als das Haus oder den Garten zu sehen. Ein einziger Ausflug zum Supermarkt war nämlich definitiv zu wenig. Als ich die Krücke habe, kommt Delila an meine andere Seite, um mir aufzuhelfen. »Danke dir«, lächle ich, dann mache ich mich auf den Weg zum Treppenlift, der nicht gerade sicher wirkt, mich aber ohne Anstrengung nach oben bringt.

»Hey, Kleines«, grüßt mich Ridge, der soeben mit Thorn zur Tür hereingekommen ist.

Ich drehe mich zu ihnen herum. »Hey. Sorry, bin auf dem Weg nach oben.«

Thorn sieht mich skeptisch an. »Wieder mit dem Grannymobil?«

»Ahahaha«, gebe ich trocken zurück. »Etwas anderes bleibt mir ja wohl kaum übrig.«

Ridge seufzt, geht an Thorn vorbei und hebt mich auf seine Arme. »Bevor du damit ewig unterwegs bist, bringe ich dich nach oben.«

»Sehr nett, danke.« Wir sind immer noch kein Paar, haben uns auch nicht sehr oft gesehen, da Ridge beinahe jede freie Minute mit Fynn verbringt. Mich haben sie ein paar Mal besucht, aber meistens zwischen Tür und Angel, weil ich zur Physiotherapie musste. Im Krankenhaus waren sie hingegen öfter.

»War das wieder sarkastisch?«

»Also wer zu dumm ist, Sarkasmus zu verstehen, der ...«

»Sag's nicht, sonst lasse ich dich noch fallen«, droht er spielerisch, als er mich nach oben trägt.

»Okay«, gluckse ich und lege meine Arme etwas enger um seinen Hals. Ich will nicht, dass er mich fallen lässt, sonst kann ich mich gleich wieder im Krankenhaus melden.

»Du riechst gut«, raunt er, als wir die erste Treppe hinter uns gelassen haben.

Ich lege den Kopf schief. »Ich rieche nach Bettzeug und muffigem Jogginganzug, weil ich heute noch nicht duschen war.«

»Wenn du beim Waschen Hilfe brauchst ... Ich opfere mich gerne«, schmunzelt er und nimmt die nächsten Stufen nach oben.

Ich kichere. »Warum wusste ich, dass du das sagen würdest?«

»Weil ich immer das sage, was mir gerade in den Kram passt.« Er küsst meine Stirn. »Außerdem wäre das eine ideale Gelegenheit, um meine zweite Chance zu besprechen, denn du hast mir immer noch keine gegeben.«

Mit jeder nickenden Bewegung meines Kopfs streift meine Wange seine Schulter. »Das liegt daran, dass ich momentan nicht weglaufen kann, sonst hätten wir schon längst darüber gesprochen.«

»Musst du denn vor mir weglaufen?«

»Manchmal ja«, antworte ich, als er mein Zimmer erreicht.

Ridge trägt mich bis zum Bett und setzt mich darauf. »Soll ich dir saubere Klamotten aus dem Schrank holen?«

Ich lehne die Krücke an das Bett. »Das wäre lieb. Ich brauche entweder eines der Kleider oder eine der Baggypants und ein Top.«

Er öffnet die Tür zu meinem begehbaren Kleiderschrank, dann verschwindet er darin. »Rotes Kleid, ungefähr knielang ... Wäre das okay?«

»Lieber die grau gemusterte Baggypants und eines der schwarzen Tops«, erwidere ich.

»Ich hätte dich gerne in einem Kleid gesehen«, sagt er bedauernd.

»Damit die Fixateure so gut zur Geltung kommen?«, erkundige ich mich. Das sind diese Metallschienen, die meine Knochen zusammenhalten. Es sind quasi Gerüste, die an meine Beine angebracht sind. Man könnte auch sagen, dass ich Beinschienen trage, die mir einen Forrest Gump Look verleihen.

»Nein, weil du wundervoll in Kleidern aussiehst, und das sage ich nicht nur so«, antwortet er, als er mit der Hose und dem Top zu mir kommt. »Soll ich dir helfen?«

»Bei der Hose, wenn du so lieb bist.« Ich nehme ihm das Top aus der Hand und lege es auf meine Oberschenkel.

Er geht zur Zimmertür, schließt sie und sieht mich entschuldigend an. »Ich denke, du willst nicht, dass Thorn dich halbnackt sieht, oder?«

Langsam schüttele ich den Kopf. »Nicht unbedingt.«

Dann kommt er wieder zu mir und geht in die Hocke. »Könntest du dich nach oben stemmen, wenn ich *jetzt* sage?«

»Ja.«

Er legt seine Finger an den Bund meiner Jogginghose. »Okay. Jetzt.«

Ich stemme mich auf meinen Händen nach oben, woraufhin er die Hose herunterzieht. Seine Fingerspitzen streifen meine Haut, schicken kleine Impulse durch meine Nerven. Ich lasse nach, er zieht sie weiter nach unten. An meinen Knien weitet er sie vorsichtig, damit er mir nicht wehtut.

»Was sagen die Ärzte, wann es wieder wird?«

»Na ja, den Beinen geben sie noch ein bis zwei Wochen, dem Arm noch eine Weile, bis er wieder voll funktionsfähig ist. Ich kann aber schon wieder den kleinen und den Ringfinger bewegen, den Arm beugen … Es geht nur noch um die restlichen Finger«, antworte ich.

»Also hilft dir die Physiotherapie«, nickt er.

»Ja und das ständige spielen mit dem Gummiball«, schmunzele ich.

»Es ist doch gut, wenn es hilft. Als mein Grandpa den Schlaganfall hatte, haben die Ärzte ihm auch einen Gummiball gegeben, damit er die Feinmotorik wieder erlernt.«

»Ja, allerdings bin ich von einem Schlaganfall weit entfernt«, seufze ich.

Ridge streichelt meine Wade, dabei sieht er mir in die Augen. »Und das ist auch gut so.«

Ich nicke langsam, während ein Schauer nach dem anderen über meinen Körper jagt. Solch kleine Berührungen und dieser verhangene Blick von ihm reichen aus, um mich mit Schmetterlingen kämpfen zu lassen.

Er beugt sich vor, haucht einen vorsichtigen Kuss auf mein Knie und geht selbst auf seine. Er legt seine Hände auf meine Oberschenkel, streichelt sie. »Du bist wunderschön, ob mit oder ohne diese Schienen.«

Ich verziehe meine Lippen zu einem Lächeln. »Danke.«

Es ist, als würde ich seine Bewegungen in Zeitlupe sehen. Wie er sich langsam meinem Gesicht nähert, seine Lippen auf meine legt, um sie mit einem sanften Kuss zu versiegeln.

Ich schließe die Augen, während wir aneinander haften. Ich merke, wie er sich aufrichtet, mich langsam nach hinten drückt und sich mit einem Knie zwischen meinen Oberschenkeln stützt. Ich hebe meine linke Hand an seine Wange, ertaste die Bartstoppeln, die von einer schlampigen Rasur übriggeblieben sind, und bäume mich auf, um seinen

Körper zu fühlen. Diese verdammte Wirkung, die er auf mich hat; verdammte Libido, gottverdammter Ridge!

Plötzlich löst er sich von meinen Lippen. »Das hätte ich nicht tun dürfen.« Seine leise raue Stimme sorgt dafür, dass sich meine Nackenhaare und meine Nippel aufstellen.

»Doch«, flüstere ich, während ich ihm in die Augen schaue.

Ridge streichelt meine Wange. »Wir sind nicht mehr zusammen und ich will dir nicht das Gefühl geben, dass ich nur Sex will.«

»Oh, ich will gerade Sex, also würde es mich für die nächste Stunde nicht stören«, erwidere ich grinsend.

Er richtet sich etwas auf. »Du nutzt mich aus?«

Ich schüttele den Kopf. »Nein, ich ... habe nur einen Scherz gemacht.«

»Du hast gezögert.«

»Weil ich gerade in einer kompromittierenden Lage bin.«

Sein leises Lachen klingt wie Musik in meinen Ohren. »In die ich dich gebracht habe.«

»Du hast mich schon oft in solche Situationen gebracht«, kichere ich.

Ridge steht auf, dann reicht er mir seine Hand. Als ich sie ergriffen habe, zieht er mich zurück in eine sitzende Position. »Ich helfe dir jetzt beim Anziehen und bringe dich dann wieder nach unten.«

Ich lasse ihn los, anschließend reibe ich meinen Nacken. »Danke.« Soll ich ihn fragen, ob er mit mir spazieren geht? Immerhin würde sich so eher die Gelegenheit bieten über uns zu reden als wann anders. Ich könnte ihn drauf festnageln, selbst wenn er es nicht wollte, denn er würde mich sicher nicht mitten in der Stadt alleine lassen, während ich in dem geliehenen Rollstuhl sitze.

»Kein Problem.« Ridge hilft mir in die Hose und zieht sie höher, als ich mich wieder vom Bett stemme.

Das Top wechsle ich selbst, er hilft mir allerdings beim rechten Arm. Heute Morgen bin ich verzweifelt, als ich mich alleine anziehen musste, weil alle unterwegs waren. Am liebsten wäre ich halbnackt durch das Haus gelaufen, aber ich wollte nicht, dass mein Vater oder Thorn mich so sehen.

»Soll ich dir noch bei den Schuhen helfen?«, erkundigt er sich.

»Ich ziehe Ballerinas an, in die kann ich einfach reinschlüpfen«, antworte ich.

»Wo stehen die?«

Ich zeige nach unten.

»Unterm Bett?«

»Unten im Erdgeschoss«, erwidere ich lächelnd.

Ridge sieht mich an. »Irgendwas fehlt noch.«

Ich puste mir eine Strähne aus den Augen und er lässt mich nuschelnd allein.

Als er wiederkommt, hat er eine Haarbürste und ein Haargummi in den Händen. »Deine Haare sehen aus, als wäre eine Stange Dynamit darin explodiert.«

Ich schiele hoch, aber sehe es nicht. Ridge kommt näher. »Hast du etwas dagegen?«

»Nein.«

Er kniet sich hinter mir aufs Bett und fängt an, mir die Haare zu kämmen. »Ich liebe diese Lockenpracht.«

»Wir können gerne tauschen, ich finde sie furchtbar.«

»Deshalb flechtest du sie immer?«

»Genau, so habe ich sie nicht im Gesicht und es sieht vernünftig aus«, antworte ich.

»Dann hoffen wir mal, dass ich es hinkriege, sie zu flechten«, schmunzelt er und lässt die Bürste weiter durch meine Haare gleiten. Er geht so unglaublich vorsichtig mit mir um, dass er mir richtiggehend fremd vorkommt. Was ein Unfall, na ja eine Tracht Prügel wohl eher, so alles bewirken kann.

Danach merke ich, wie er anfängt, meine Haare zu flechten. »Fühlt sich gut an«, merke ich an und halte still, obwohl ich ihm gerne zusehen würde.

»Ich hoffe, es sieht auch so aus«, erwidert er, ohne innezuhalten.

»Bestimmt.«

»Hoffen wir es einfach.«

»Ridge?«, frage ich leise.

»Hm?«

Ich knete meine Hände, während ich darauf warte, dass er fertig wird. »Würdest du mit mir spazieren gehen? Dann kann Delila hierbleiben und sich ein wenig von meiner Laune erholen.«

»Eigentlich wollten Thorn und ich ein wenig ... arbeiten«, antwortet er.

Ich seufze. »Okay, dann ein ander Mal?«

»Ich sage ihm einfach, dass ich mit dir spazieren gehe und nach dem Spaziergang mit ihm *arbeite*.«

'*Arbeite*', er betont es so komisch, dass ich denke, dass es sich wieder um irgendeine illegale Sache handelt.

»Ist eigentlich jemand an Millers Stelle getreten?«, möchte ich wissen.

Ridge hält inne, räuspert sich. »Ja.«

»Wer?«

»Ist das wichtig?«

Ich nicke knapp. »Ich würde es gerne wissen.«

»Der Kerl nennt sich Acid, war wohl einer von Millers Vertrauten und ist ein Vollidiot. Thorn und ich haben so unsere Probleme mit ihm, aber das wollen wir heute aus der Welt schaffen«, erklärt er.

Ein Schauer und das plötzliche Aufsteigen von Übelkeit lassen schwarze Punkte vor meinen Augen tanzen. »Müsst ihr euch wirklich mit ihm abgeben?«

»Wenn wir unsere kleinen Nebeneinnahmen behalten wollen, ja.«

»Willst du das denn? Was ist, wenn du festgenommen wirst? Was wird dann aus Fynn?«, hake ich nach.

»Bisher ist mir das nicht passiert und es wird auch nicht passieren, weil ich gut bin«, schmunzelt er.

»Hm«, gebe ich unzufrieden von mir. Will ich wirklich einen Freund, der krumme Dinger dreht? Es würde mich nur wieder in diesen tiefen Sumpf ziehen, wenn ich meine Gefühle für ihn noch mal zuließe. Ich reibe meinen Nacken, während er das Haargummi um das Ende des Zopfes wickelt.

»Was ist los?«, möchte er wissen, als er wieder vor mich kommt.

»Nichts«, weiche ich aus. »Könntest du mir aufhelfen?« Ich strecke meine Hand aus, er ergreift sie. Dann zieht er mich hoch. »Danke.«

Er legt seine Finger unter mein Kinn, schiebt es hoch, damit ich ihn ansehe. »Du hast irgendwas.«

»Ja, Schienen an den Beinen«, entgegne ich trocken.

Er schüttelt den Kopf. »Nein, es ist etwas anderes. Du bist angepisst.«

'Verfickte Scheiße! Warum durchschaut er mich ständig?', frage ich mich, während ich versuche, seinem Blick erneut auszuweichen. »Es ist wirklich nichts.«

»Du bist angespannt und unterkühlt, das bist du nur, wenn du sauer bist.«

»Bin ich nicht.« Ich greife nach meiner Krücke und gehe langsam an ihm vorbei.

»Hope, rede bitte mit mir«, raunt er.

Ich sehe ihn an, schiebe erst trotzig die Unterlippe vor, anschließend überwinde ich mich und ziehe sie zurück, um ihm meine Meinung zu sagen: »Ich finde es nicht okay, dass du dir überhaupt keine Gedanken darüber machst, dass du geschnappt werden könntest. Mir hast du Vorträge darüber gehalten, dass ich etwas aus meinem Leben machen soll; mich hast du angelogen, dass du Medizin studierst; und jetzt scheint es dir scheißegal zu sein, was aus dir wird.«

Ridge kommt näher, doch diesmal baut er sich nicht vor mir auf. Was ganz gut ist, denn ich hasse es, wenn er mich einschüchtern will. »Ich mache mir mittlerweile mehr Gedanken denn je um Fynn, genauso um dich, aber irgendwie muss ich meinen Sohn auch ernähren und meiner Mom finanziell unter die Arme greifen, denn es ist nicht einfach, seinen Sohn und seinen Enkel mit durchzuziehen. Das hat meiner Mutter eine Menge Schulden gebracht, die ich ihr nun helfe abzubezahlen. Es geht nicht anders, Kleines.«

»Es gibt immer einen anderen Weg.«

»Ich habe es versucht und es gibt keinen, der mir so schnelles Geld bringt. Thorn und ich haben Freunde bei den Cops, wir verbrennen uns so schnell nicht, außerdem verkaufen wir kein hartes Zeug, sondern nur Muskelaufbaupräparate.«

»Anabolika«, stelle ich fest.

»Nicht mal das, es ist ganz einfaches Zeug, was man auch im Supermarkt um die Ecke bekommt«, sagt er.

»Jetzt verarschst du mich schon wieder«, seufze ich.

»Nein, tue ich nicht. Wir nehmen dieses Scheißpulver und machen Tabletten daraus, wenn wir also Hopps genommen werden, finden die nichts anderes als diese harmlosen Stoffe darin, es kann also nichts passieren«, versucht er, mir zu versichern.

»Ich weiß nicht, ob ich dir glauben kann, Ridge«, seufze ich und gehe weiter bis zur Tür.

»Du kennst mich nicht anders als so, wie ich jetzt bin. Wenn ich dir etwas sage, dann kannst du es auch glauben«, raunt er mir in den Rücken.

Ich bleibe erneut stehen. Tränen, die sich wie kleine Säurebäder anfühlen, bahnen sich einen Weg über meine Wangen. »Ich will weg von diesem Scheiß, weg von der Kriminalität. Sieh mich an, dann weißt du, was es mit einem macht.«

»Ich mache das seit Jahren, Kleines.«

»Und dein Sohn wäre deshalb beinahe gestorben«, weine ich.

»Mein Sohn wäre beinahe gestorben, weil *du* dich mit Giverney angelegt hast, vergiss das nicht«, knurrt er, rauscht an mir vorbei und lässt mich allein.

Ich ersticke das Schluchzen in meiner Kehle, wische meine Wangen trocken und gehe an die Treppe. Ich gebe auf dieser verdammten Fernsteuerung ein, dass der Sitz hochkommen soll, damit ich meinen Hintern nach unten bewegen kann. Ich kann meine Beine noch nicht so gut anwinkeln, dass ich zwei Etagen nach unten laufen könnte. Doch ich würde alles dafür geben, mich wieder wie die Alte zu fühlen. Selbstbewusster, gesund und nicht gehbehindert.

Als der Treppenlift bei mir ist, setze ich mich und lasse ihn nach unten fahren. Dasselbe mache ich mit dem nächsten Lift. »Delila?«, rufe ich, als ich unten bin.

»In der Küche.«

Ich mache mich auf den Weg zu ihr. »Ich bin fertig, aber ich möchte doch nur in den Garten.«

Sie sieht mich skeptisch an. »Dein Dad wollte mit dir spazieren gehen. Da ich gerade mit ihm gesprochen habe, macht er sich fertig.«

Ich stoße pfeifend die Luft aus. »Wo ist denn mein Behindertenferrari?«

Delila verdreht die Augen. »Es ist ein Rollstuhl, jeder gehbehinderte Mensch würde sich von dir nun angegriffen fühlen, Hope.«

»Es ist ein Scheißteil, das mir das Gefühl gibt, ein Krüppel zu sein«, erwidere ich geknickt.

»Ich gehe ihn holen, warte hier.« Sie verschwindet aus der Küche, ich lehne mich gegen die Theke und warte. Warum kann nicht alles wie früher sein? Wie zu dem Zeitpunkt, als Ridge und ich uns nicht leiden konnten und uns aus dem Weg gegangen sind! Das wäre super. Die Mädels und ich wären nicht zerstritten und zerrüttet, Thorn wäre noch der Alte und Ridge würde eben tun, was er so getan hat. Es wäre alles einfacher. Unkomplizierter. Und ich könnte laufen.

Fünf Minuten, vielleicht mehr vielleicht weniger, später kommt sie zurück. »So, hier ist er. Setz dich, Thomas kommt gleich.«

Ich nehme in meinem kleinen fahrbaren Untersatz Platz und stecke die Krücke in den Schaft, den Thorn angebracht hat. »Hast du keine Lust?«

»Keine Zeit, im Hotel gibt's Probleme, um die ich mich kümmern muss«, erwidert sie ausweichend.

»Hm.«

»Hope, dein Dad begleitet dich, er will auch mal etwas Zeit mit dir verbringen, in der du nicht nörgelig und verbittert bist. Was hat dir denn schon wieder die Laune verhagelt?«, erkundigt sie sich.

»Eine kleine Diskussion mit Ridge«, antworte ich.

»Was ist mit Ridge?«, fragt Thorn, als er die Küche betritt.

»Nichts«, lüge ich und senke meinen Blick.

»Also habt ihr schon wieder gestritten?«

»Nein, wir haben diskutiert. Es geht um euren Job, ... wenn du weißt, was ich meine«, grummele ich und lehne mich an die Rückenstütze.

»Eure Diskussionen sind in anderen Beziehungen Streits.«

Ich schnaube genervt. »Deshalb führen Ridge und ich keine Beziehung.«

Daraufhin lacht mein Bruder. »Stimmt, ich hab's vergessen. Aber so wie ihr beide euch verhaltet, könnte man das Gegenteil denken.«

»Sehr witzig«, brumme ich daraufhin und drehe den Rollstuhl. Dann schiebe ich die Räder an, um die Küche zu verlassen.

»Das hast du ja super hinbekommen«, zischt Delila hinter mir. »Was ist denn los mit den beiden?«

»Hope hält uns für Drogendealer, die sind wir aber nicht, Mom, keine Sorge«, erklärt er.

Ich warte im Flur auf meinen Dad und schließe die Augen.

»Wie kommt sie dann auf die Idee?«, hakt Delila bei Thorn nach.

»Du kennst doch unser kleines Geschäft mit diesem Eiweißpräparat, nicht wahr?«

Ich denke, da sie nichts sagt, wird sie nicken. Und ich halte es immer noch für eine Lüge, damit sie keinen Ärger mit unseren Familien bekommen. Kein Mensch kann so blöd sein und ihnen diese Masche abkaufen. Oder doch?

»Jedenfalls geht Hope davon aus, dass es Steroide sind, die wir verkaufen, das stimmt aber nicht. Sie und Ridge haben über Sicherheit und so diskutiert, bis sie sagte, dass er an Fynn denken solle, weil er gerade angeschossen wurde. Ridge sagte, dass sie Schuld daran sei. Es war ein dummer Streit oder eben eine dumme Diskussion«, sagt er weiter.

»Das gibt's doch nicht.« Ich höre, wie sie aus der Küche kommt. Dann geht sie die Treppe hoch. »Ridge Cavendish, du bewegst jetzt sofort deinen Arsch hier runter, wir haben zu reden!«, brüllt sie geradezu.

Ich schaue sie mit großen Augen an, als sie wieder herunterkommt und mich fixiert.

»Und du, junge Dame, schiebst deinen Hintern nun auch wieder in die Küche.«

»Im wahrsten Sinne des Wortes«, nuschele ich.

»Was war das?«, bohrt sie nach.

»Nichts, alles gut«, weiche ich aus und fahre in die Küche.

Thorn schiebt mich an den Esstisch, bevor er sich mit einem Sandwich setzt. »Ich wünsche euch viel Spaß.« Er grinst mich spitzbübisch an.

»Wobei?«

»Ihr bekommt jetzt die ultimative Delila Davenport Standpauke«, gluckst er.

Ich lasse meine Stirn auf die Tischplatte fallen. »Au«, stoße ich trocken aus, woraufhin Thorn sich beinahe bepisst vor lachen. »Ich habe so keine Lust darauf«, murmele ich.

»Rein da!«, herrscht Delila und ich höre schlurfende Schritte.

Ich drehe den Kopf, sehe Ridge, der wiederum mich finster ansieht. »Delila, ich bin nicht scharf drauf, mich mit ihm an einen Tisch zu setzen.«

»Das ist mir egal, ihr sprecht euch jetzt aus. In meinem Beisein, sonst versohle ich eure Hintern mit dem nächstbesten Kochlöffel.«

»Bei Ridge solltest du eine Pfanne nehmen, Stahl bekommt man nur mit Stahl klein«, gluckst Thorn, woraufhin ich lospruste.

»Ihr zwei mit eurer Bromance«, kichere ich, nachdem ich mich wieder aufgerichtet habe. »Aua«, schnappe ich, als ich von Delila eine auf den Hinterkopf bekomme.

»Keine Sticheleien, jetzt wird geredet!«, mischt Delila sich ein und bugsiert Ridge zu einem Stuhl.

Mit einem Brummen nimmt er mir gegenüber Platz und Delila neben uns. Ich könnte brechen! Warum mischt sie sich überhaupt in unsere Angelegenheiten ein? Ich will nicht mit ihm reden, sondern spazieren geh- … fahren. Einfach mal etwas anderes als das Haus und den Garten sehen, ist das zu viel verlangt? »Ich glaube, Dad kommt gleich runter.«

»Dein Dad hat sich ins Wohnzimmer gesetzt, wo er auf dich wartet.«

»Dann kann ich ja fahren«, stöhne ich.

»Nein, es wird geredet, Hope, ich habe es satt, wie ihr seit Wochen umeinander herumschleicht, aber euch nicht kriegt«, zischt sie. »Also, was ist bei euch los?«

»Nichts, Delila«, erwidere ich.

»Hope ist sauer, ich bin sauer und so sind wir beide sauer«, antwortet Ridge.

Sie konzentriert sich auf ihn. »Warum seid ihr sauer?«

»Weil sie eine Zicke ist und ich ein Arsch bin?«, schlägt er mit einem unschuldigen, jedoch sehr charmanten Grinsen vor.

»Ridge, du weißt, dass ich mich normalerweise nicht einmische, aber ihr zwei solltet euch endlich wieder zusammenraufen, ich weiß doch, dass ihr etwas füreinander empfindet, sonst hättest du im Krankenhaus nicht täglich an ihrem Bett gesessen, als sie geschlafen hat.«

Er nickt knapp. »Ich empfinde genug, aber manchmal denke ich, dass sie es nicht tut.«

Ich reiße die Augen auf. »Bitte?«

Ridge richtet seine Aufmerksamkeit auf mich. »Du machst mir in einer Tour ein schlechtes Gewissen, weil dein Bruder und ich unsere Geschäftsidee verfolgen. Kleines, es sind keine Drogen, das war mal …« Er schaut Delila an. »Jugendsünden, Dee.« Danach blickt er zurück zu mir. »Und die Zeiten sind vorbei. Seit den ganzen Vorfällen habe ich mich aus anderen Geschäften rausgezogen, damit weder du noch Fynn in Gefahr geraten. Ich will weder ihn noch dich verlieren, denn ich weiß, dass ich beim nächsten Mal daran zerbreche. Beim letzten Mal hat dein Bruder mich gerade so vor einer Riesendummheit bewahrt, noch mal will ich das Glück nicht herausfordern.«

Ich senke meinen Blick, zähle die Streifen auf dem Tisch und atme tief durch. »Du sagtest wieder, dass ich schuld sei.«

»Ich weiß und das war unfair«, sagt er rau. »Ich will dich mit jeder verfickten ... Sorry, Dee ... Faser meines Herzens, Kleines, aber du hast momentan das Talent, jeden wegzustoßen, der dir Gutes tun will.«

»Sieh mich an und du weißt, warum ich so bin«, wispere ich.

Er schlägt seine Faust auf den Tisch. »Wenn ich dich ansehe, sehe ich eine lebende Frau, die sich hängen lässt, weil sie Beinschienen trägt. Ich sehe nicht mehr die Lebensfreude, die dich so liebenswert gemacht hat, obwohl du eine verdammt verzogene Göre warst.« Dann seufzt er. »Ich sehe aber trotzdem noch die Frau, die ich liebe.«

Ich ziehe die Nase hoch, weil sie durch meine Tränen anfängt zu laufen. »Wenn du mich wirklich lieben würdest, hättest du mir nicht irgendwelche Vorwürfe gemacht und mir insbesondere nicht vorhin noch mal die Schuld daran gegeben, dass Fynn angeschossen wurde.« Dann tropft eine Träne auf die polierte Tischplatte. »Ich muss hier raus.« Im Anschluss daran setze ich den Rollstuhl zurück und schiebe die Räder an, bis ich im Flur stehe. »Dad?«

Er kommt zu mir. »Ja, Schätzchen?«

»Gehst du mit mir raus? Ich brauche unbedingt frische Luft«, erwidere ich heiser.

»Hope, könntest du bitte wieder herkommen?«, ruft Delila.

»Ich denke, ich gehe jetzt mit Hope spazieren, Darling, wir sehen uns später!«, grätscht Dad dazwischen, zieht eilig seine

Jacke über, legt mir meine auf den Schoß und schiebt mich raus. »Hoffentlich folgt sie uns nicht.«

»Hm«, stimme ich nickend zu und halte mich fest, als er mich samt meinem Gefährt die kleine Treppe herunterträgt.

»Was ist los, Hope?«

»Ich fühle mich nutzlos, hilflos, ungeliebt; man könnte sagen: das Übliche«, antworte ich leise und ziehe meine Jacke an, nachdem er mich abgesetzt hat.

Er schiebt mich auf den Gehweg. Sein Gang ist bequem, wie ich es mag, wenn ich spazieren … fahre. »Warum?«

Ich schiebe meinen Pony hinter mein Ohr. »Ridge und ich scheinen irgendwie keinen Zugang mehr zueinander zu finden. Vorhin lief es ganz gut, dann haben wir wieder diskutiert und uns gegenseitig verletzt.«

Dad seufzt schwer. »Weißt du, als du hier ankamst, musste ich wirklich mit mir ringen, weil ich dich gerne erwürgt hätte, Hope.«

»Oha«, stoße ich aus. »Ich war aber auch ein Biest, hm?«

»Ja, aber lass mich ausreden.«

»Okay.«

Er schiebt mich in den nahegelegenen Park, bis zu einer Bank, auf die er sich setzt. Kurz betrachtet er mich. »Du bist meine einzige Tochter und ich will, dass du glücklich bist, Liebes.«

Ich möchte etwas sagen, aber mit dem Heben seiner Hand bremst er mich aus.

»Was ich sagen will … Du musst dich mit Ridge arrangieren, er hatte es nicht immer, eigentlich nie leicht im

Leben, dann wird auch noch sein Sohn angeschossen und du wirst verletzt, schwer verletzt ... Hope, ich habe bei ihm noch nie diesen verträumten Blick gesehen, den er aufsetzt, wenn er dich ansieht. Weißt du, was dein Grandpa damals zu deiner Mom sagte, bevor sie mich heiratete?«

Ich schüttle den Kopf. »Kein Plan.«

Dad verzieht seine Lippen zu einem Lächeln. »Er sagte: 'Bevor du Ja sagst, mach ihn wütend. Sehe ihn ängstlich, sehe ihn traurig, sehe ihn krank. Stress verändert die Menschen, sogar jene, die wir abgöttisch lieben. Finde heraus, ob er trinkt, und wenn er es tut, mache ihn betrunken, dann erfährst du mehr über seine nüchternen Gedanken. Entdecke seine Süchte, seine Schwächen und finde heraus, ob er sie über dich stellt. Menschen können nicht geändert werden, wenn sie einmal sind, wie sie sind. Wenn du es hasst, wie er sich jetzt verhält, wirst du es nach ein paar Jahren, die ihr miteinander verbracht habt, noch mehr hassen. Vielleicht liebst du nur ein paar seiner Facetten, aber das ändert nichts daran, dass manche Menschen einfach nicht zueinander passen'«, zitiert er meinen Großvater. »Das war das Rezept deines Großvaters für den richtigen Mann, den deine Mutter heiraten sollte.«

»Dann warst du wohl versalzen«, sage ich lächelnd.

»Deine Mom und ich haben uns nicht mehr verstanden, Hope. Ich begegnete Delila wieder und verliebte mich, deshalb bin ich so weit weg gegangen. Es war besser so, denn wären deine Mom und ich ein Paar geblieben, wären wir heute todunglücklich.«

Ich nicke langsam. »Es ist schon okay, Dad. Aber was soll mir dieses Rezept bringen?«

»Wie viele Facetten von Ridge kennst du?«

»Ich würde sagen, so an die 250«, antworte ich und muss schmunzeln.

»Übertreib nicht«, lacht er.

Ich schaue auf meine Hände, nachdem ich mich beruhigt habe. Dad wird sicher nicht loslaufen, um Ridge zu erzählen, was ich ihm anvertraut habe. »Na ja, ich kenne sicher nicht all seine Macken oder Vorzüge, aber ich weiß, dass ich ihn liebe, und ich will ihn so sehr an meiner Seite haben, dass jeder Moment ohne ihn wehtut.«

Ganz langsam zieht er die Augenbraue hoch, so hoch, dass es mir schon wehtun würde. »Wenn das so ist, dann kneif deine Arschbacken zusammen und sieh zu, dass du ihn zurückgewinnst. Ich hätte mir zwar einen anderen Freund für dich gewünscht, wenn ich ehrlich bin, aber wenn er dich glücklich macht und dich liebt, werde ich mich nicht zwischen euch stellen.«

Ich stemme mich aus dem Rollstuhl und setze mich neben ihn auf die Bank. Dann lege ich meinen Kopf an seine Schulter. »Daddy?«

»Ja, Schätzchen?«

»Was mache ich, wenn er mir das Herz bricht?«, frage ich leise, eine Spur ängstlich.

»Du wirst weitermachen und dir sicher noch einige Male das Herz brechen lassen, bis derjenige kommt, der es mit all seinen Makeln nehmen und hüten wird wie seinen Augapfel,

Hope«, erwidert Dad ebenfalls gedämpft. Anschließend legt er den Arm um mich. »Ich weiß, dass ich kein besonders guter Vater war, auch nicht in der Zeit, die du hier bist, aber ich hoffe, dass wir beide irgendwann noch so was wie Vater und Tochter werden.«

»Wir haben verdammt viel nachzuholen, hm?«

»Ja, zum Beispiel muss ich noch irgendeinem Kerl drohen, der dich zu deinem Abschlussball begleiten will«, schmunzelt er. »Oder dich aufklären.«

»O Gott, nein, das hat Mom vor einer Weile übernommen und noch mal packe ich die Sache mit der Bratwurst und dem Pariser nicht«, winke ich lachend ab.

Daraufhin prustet auch Dad los. »Das hat sie nicht getan!«

»Doch, hat sie. Wirklich, Dad, sie nahm eine gekochte Wurst und versuchte, den Pariser darüber zu ziehen, dabei zerbrach die Wurst, flog durch mein Zimmer und blieb an der Wand kleben«, johle ich, weil ich mich nicht mehr halten kann.

»Das ist fast so gut, wie Thorns erster Versuch, Pfannkuchen zu machen. Die mussten wir von der Decke kratzen, seitdem hat er nicht mehr am Herd gestanden.«

Ich schreie fast, da ich mir vorstellen kann, wie sie auf der Leiter stehen und die Teigreste von der Decke popeln. »Mom hat mir auch so manch andere Sachen näherbringen wollen.« Ich hole tief Luft. »Thorn und ich haben schon gemeinsam versucht zu kochen, was im Chaos endete.«

»Wann war das?«

»Ihr wart bei irgendeinem Essen oder so, ich weiß es nicht mehr, aber glaub mir, die Küche war sicher noch nie so sauber.« Dann erzähle ich ihm auch von meinem Versuch, Wäsche zu waschen, und wie die ganze Küche auf einmal voller Schaum war; wie ich ausrutschte und in einem Berg aus Seifenschaum unterging; und davon, dass Thorn und seine Freunde mir halfen, alles wieder in Ordnung zu bringen.

»Mann, wir haben ja ziemlich viel verpasst«, gluckst er.

»Oh ja, aber ich glaube, Delila hätte uns die Köpfe abgerissen, wenn sie gesehen hätte, was wir mit ihrer Küche angestellt haben.«

»Höchstwahrscheinlich«, sagt er amüsiert. Er legt seine Hand auf mein Bein. »Um wieder ernst zu werden … Wenn du irgendwelche Sorgen hast, komm jederzeit zu mir, okay?«

Ich richte mich auf, dann nicke ich. »Danke, Daddy.« Ich umarme ihn fest.

Er streichelt meinen Rücken. »Sollen wir noch ein wenig durch den Park spazieren?«

»Wenn du noch Lust hast, mich zu schieben.«

»Klar.« Er erhebt sich und schiebt den Rollstuhl näher zu mir.

Ich setze mich um, stelle anschließend meine Füße auf die kleinen Platten und sehe mich um. »Glaubst du, dass mein Arm wieder komplett gesund wird?«

»Warum sollte er nicht?«

»Keine Ahnung, Karma?«, schlage ich vor.

»Du machst die Physiotherapie, spielst mit dem Gummiball und machst damit jeden nervös, der in deiner Nähe sitzt, und du bewegst deine Finger, wann immer du dich fest genug konzentrierst. Ich denke, dein Arm und deine Beine werden wieder. Du musst dem ganzen nur ein wenig Zeit geben«, sagt mein Vater ohne jeden Zweifel in der Stimme.

»Ich habe Angst davor, dass ich nicht wieder die Alte werde.«

»Die Alte wirst du nach allem, was du hier schon erlebt hast, nicht mehr werden, Hope, aber du wirst besser sein; erwachsener.« Er räuspert sich. »Du hast dich verändert, seitdem du aus dem Krankenhaus entlassen wurdest. Davor fing es auch schon an, als du sagtest, du willst deinen Abschluss nachholen. Ich bezweifle, dass deine Mom dich jemals so weit bekommen hätte, oder ich. Du allein musstest die Erfahrungen sammeln, um deine Entscheidungen zu treffen.«

»Vielleicht hast du recht.«

»Ich habe recht«, lacht er.

»Das lasse ich nur durchgehen, weil ich nicht diskutieren will«, kichere ich, lege den Kopf in den Nacken und strecke ihm die Zunge heraus.

♥♥♥

Kapitel 14: Weitere vier Wochen später

Ich kann wieder ohne Krücken laufen! Heute wurden mir die Schienen abgenommen und ich fühle mich wie neugeboren. Meine Beine sind zwar noch ein wenig wackelig und es ist ungewohnt, ohne stützende Krücke zu gehen, aber bei Thorn eingehakt fühle ich mich trotz allem sicher.

Seit dem kleinen Streit vor vier Wochen habe ich Ridge gemieden, bin ihm aus dem Weg gegangen und habe lange über die Worte meines Vaters nachgedacht. Eher über die meines Großvaters. Ich will ihn weder betrunken noch wütend oder ängstlich machen, viel lieber möchte ich nach und nach all seine Macken ent- und aufdecken. So bleibt es interessant, spannend. Ich liebe das Rätsel, das er darstellt, wenn er mich kritisch ansieht. Ich liebe es, wenn er mich Kleines nennt.

Ich liebe ihn.

Das ist mir in all der Zeit des Nachdenkens und des Redens mit Thorn bewusst geworden.

»Willst du das wirklich durchziehen?«, fragt Thorn.

Ich nicke, als ich zu ihm hochschaue. »Ja, ich will zu Ridge und endlich dieses verdammte klärende Gespräch mit ihm führen. Ich muss ihm sagen, was ich empfinde.« Ich atme tief durch. »Ich würde das zwar lieber an einem neutralen Ort tun, aber da er sicher ziemlich angepisst ist, weil ich ihn aus meinem Leben ausgesperrt habe, muss ich ihn überrumpeln.«

»Er ist nicht angepisst, er denkt genauso viel nach wie du«, entgegnet er und öffnet die Beifahrertür für mich. »Mylady.« Danach deutet er mit einer Verbeugung in sein Auto.

Ich kichere. »Ich glaube, so oft, wie du mich schon herumgefahren hast, könnte ich dich wirklich James oder so nennen.«

»So weit kommt's noch«, lacht er, schließt die Tür und geht um seine Proletenkarre herum.

Ich mag dieses Auto nicht, es ist zu protzig, klein und eine derartige Schwanzverlängerung, dass ich Thorn nicht mal einen fünf Zentimeter langen Nahkampfstachel zutraue. Allerdings will ich nicht über die Ausstattung meines Bruders nachdenken. Mit zugekniffenen Augen vertreibe ich den Gedanken an seinen ... Und schaue ihn anschließend amüsiert an, nachdem er sich angeschnallt hat.

»Was ist?«, möchte er wissen.

»Nichts, ich überlege mir nur einen Spitznamen für dich«, antworte ich grinsend.

Er schüttelt lächelnd den Kopf. »Sehr schön, ich möchte ein Vetorecht.«

»Du weißt, dass ich den Spitznamen wähle, der dich am meisten abfuckt, oder?«

»Ich will kein Vetorecht, ich sage einfach, dass ich sie alle toll finde.«

»Ich sehe es an deinen Augen, wenn du angepisst bist, da kannst du noch so lächeln«, flöte ich, als er losfährt.

»Miststück.«

»Deshalb bin ich deine Lieblingsschwester«, necke ich ihn. Ich bin froh, dass wir uns immer besser verstehen. Inzwischen ist Thorn mein Vertrauter geworden und ich weiß auch, dass sie wirklich nur dieses Muskelaufbaupulver zu Tabletten pressen, um sie zu verkaufen. Es ist legal, ich habe mich informiert, mit meinem Anwalt gesprochen und so. Give und die anderen haben versucht, mich in die Scheiße zu reiten, deshalb muss ich mich vor Gericht verantworten, aber der Anwalt meinte schon, da keine Beweise vorliegen und sie sich in ihren Aussagen uneins waren, habe ich nicht viel zu befürchten. Thorn und seine Jungs haben schon angeboten, mir ein Alibi zu geben, damit würden ihre Aussagen gegen die der Mädchen stehen.

♥♥♥

Thorn parkt am Straßenrand. »Sicher? Ich meine, was machst du, wenn er eine andere bei sich hat? So viel ich weiß, trifft er jemanden.«

Ich schlucke. »Ich muss einfach versuchen, ihn von mir zu überzeugen, obwohl er derjenige war, der mir wehgetan hat.«

»Du wirst heulen, ich kenne dich. Ridge ist dein Kryptonit.«

Ich seufze schwer. »Lass es mich einfach versuchen.«

»Alles klar. Ich warte hier.«

Ich beuge mich zu ihm und küsse seine Wange. »Du bist der beste große Nicht-Bruder, den ich habe.«

»Stimmt, ich bin dein Stiefbruder, der dich wie eine Schwester liebt«, gluckst er. »Viel Glück.«

»Danke.« Anschließend steige ich aus, atme tief durch und gehe auf Ridges Haus zu.

Als ich es erreiche, atme ich ein weiteres Mal tief durch, bevor ich die Klingel drücke. Sie funktioniert nicht. Seufzend klopfe ich an und warte darauf, dass jemand an die Tür kommt.

Schritte, dann öffnet sie sich. »Hope, das ist ja eine Überraschung«, sagt Leila strahlend.

»Hi, ist Ridge da?«

»Ja, er ist oben. Komm rein.« Sie macht mir Platz, sodass ich eintreten kann.

»Wie geht's dir?«, erkundige ich mich.

»Ich kann mich nicht beklagen und du dich scheinbar auch nicht, du bist deine Schienen los«, antwortet sie lächelnd.

Ich sehe an mir herunter. »Perfekt ist es erst, wenn ich den Brummbär da oben zurückerobert habe.«

Sie schmunzelt. »Ich drücke dir die Daumen.«

»Danke.« Anschließend wende ich mich ab und laufe nach oben. Ein Knoten bildet sich in meiner Brust, weil ich furchtbare Angst habe, dass er mich wegschickt, immerhin habe ich ihn in letzter Zeit gemieden.

Nun stehe ich vor seiner Tür, sie ist nur angelehnt. Mit einem Klopfen mache ich auf mich aufmerksam, dann schiebe ich sie auf. Was ich sehe, lässt den Knoten anschwillen. »Oh«, stoße ich aus. »Tut mir leid, ich … Ich wusste nicht, dass … Ich gehe«, stammele ich der Blondine zu, die sich halbnackt auf seinem Bett rekelt.

»Oh, du bist doch Thorns unverschämte kleine Schwester, nicht wahr?«, fragt sie.

Ich erkenne sie als eine der Frauen, die bei dem Filmabend anwesend war. Uncool, dass er sich so ein billiges ... Kopfschüttelnd schiebe ich den Gedanken weg, wende mich ab und stoße gegen Ridge.

»Was machst du denn hier?«, fragt er, nur mit einem Handtuch bekleidet.

»Nichts, ich war nur in der Nähe und wollte Hallo sagen«, erwidere ich, danach gehe ich an ihm vorbei und eile die Treppe herunter.

Kaum stehe ich im Vorgarten, atme ich tief durch, um einen klaren Kopf zu bekommen.

»Hope?«, ruft Ridge, der nur in Jogginghose in den Vorgarten gelaufen kommt.

»Ich bin sofort weg, dann kannst du deinen Spaß haben«, sage ich kurz angebunden, bevor ich mich auf den Weg zu Thorns Auto mache. Meine Wangen sind nass von den Tränen.

Er hält mich zurück, indem er mir den Weg abschneidet. »Was machst du denn hier?«

Ich sehe ihn tränenblind an. »Mir selbst das Herz brechen.«

Er hebt eine Augenbraue, während ich meine Augen trockne. »Noch mal: Warum bist du jetzt hergekommen? Du hast mich wochenlang ignoriert!«

Ich schüttele den Kopf. »Ich kam, um dir zu sagen, dass ich dich zurück will.«

»Das kommt spät, wenn ich berücksichtige, dass wir uns vor vier Wochen zuletzt gesehen haben«, erwidert er skeptisch.

Ich möchte an ihm vorbeigehen, allerdings streckt er den linken Arm aus, um mich aufzuhalten.

»Jetzt sag mir, warum du hier bist, Kleines!«

Daraufhin trete ich ein paar Schritte zurück. »Liebst du sie?«

»Nein«, antwortet er. »Es ist nur ... Sie ist für mich da, Hope.«

Daraufhin beiße ich auf meine Unterlippe. »Du hättest genauso kämpfen können, denn ich habe mich wegen deiner Worte zurückgezogen, Ridge.«

»Willst du mir jetzt wirklich Vorwürfe machen?«, herrscht er mich an.

»Nein! Ich will dir etwas sagen!«, schreie ich zurück.

»Dann sag es endlich!«

Ich suche seinen Blick. »Ich bin kein perfektes Mädchen, Ridge. Ich werde dich nerven, ich werde dich wegstoßen. Ich werde dumme, fiese Sachen zu dir sagen und sie dann zurücknehmen. Aber all das beiseite gelassen ... Wirst du niemals ein Mädchen finden, das dich so sehr liebt wie ich!«, sage ich verzweifelt. Danach mache ich einen Bogen um ihn.

»Jetzt renn doch nicht schon wieder weg, Hope!«, ruft er mir hinterher.

Am Straßenrand bleibe ich stehen, drehe mich um. »Was ist denn noch?«

Er kommt langsam auf mich zu.

Ich lasse die Schultern hängen. »Weißt du, eine Antwort wäre sehr ...«

Ridge steht vor mir, nimmt mein Gesicht in seine Hände. »Weißt du, ich bin auch kein perfekter Kerl. Ich werde dich zur Weißglut treiben, dir nicht immer alles sagen, aber ich weiß, dass ich niemals wieder eine Frau finden werde, die ich so sehr liebe wie dich«, raunt er.

»Wieso bist du dann nicht zu mir gekommen?«, frage ich leise mit zitternder Stimme.

»Weil du mich gemieden hast und ich dir Zeit geben wollte. Dir sollte erst mal klar werden, was du überhaupt willst. Ganz in Ruhe«, antwortet er rau.

Meine Unterlippe zittert genauso sehr wie meine Stimme.

»Ich liebe dich, Kleines.«

Ich schließe die Augen, verziehe meine Lippen zu einem Lächeln. »Ich dich auch, Großer.«

Dann küsst er mich. Der Gedanke daran, dass er vielleicht dieses Flittchen in seinem Bett geküsst hat, lässt mich erschaudern, aber ich verdränge ihn. Es ist wichtiger, dass ich Ridge alles sagen konnte, was ich wollte. Ich lege meine Hände an seine muskulösen Oberarme, streichle sie, bis er sich von mir löst.

»Und Jen ist nur eine Freundin, ich habe sie nicht gefickt. Sie hat allerdings schon eine Weile versucht, mich rumzukriegen«, erklärt er kleinlaut.

»Ich will das gar nicht wissen. Wir waren nicht zusammen, also werfe ich es dir nicht vor.«

Ridge schließt mich in seine Arme und ich lege meinen Kopf an seine Brust. Seine Finger gleiten durch mein Haar, kraulen meinen Nacken. »Und jetzt?«

»Jetzt musst du mich ertragen ... Bis an dein bitteres Ende«, erwidere ich trocken.

Daraufhin lacht er. »Damit werde ich klarkommen.«

»Ich auch.« Ich hebe noch mal den Blick. »Ich liebe dich, Ridge.«

»Ich liebe dich auch, Kleines.« Ein weiterer Kuss.

»Na endlich, das war ja nicht mehr auszuhalten!«, ruft jemand, es ist nicht Thorn.

»Schnauze, Chase!«, antwortet Ridge amüsiert. Danach sieht er wieder zu mir. »Ich ziehe mich jetzt an, werfe Jen raus und fahre dann mit zu euch, okay?«

»Was ist denn mit Fynn?«

»Er ist bei meiner Grandma. Mom holt ihn später ab, oder vielleicht auch wir beide.«

»Okay«, nicke ich. »Ich warte hier.«

♥♥♥

Ridge und ich gehen spazieren. Er hält meine Hand, während ich es genieße, dass ich die Beinschienen und die Krücken los bin. »Warum erst heute?«

Ich schaue zu ihm hoch. »Wie bitte?«

»Warum du erst heute zu mir gekommen bist? Gab's 'nen Grund?«, hakt er nach.

Ich lege den Kopf schief, so betrachte ich ihn nachdenklich. »In den letzten Wochen habe ich viel über dich und mich nachgedacht; viel mit meinem Dad und Thorn geredet, mir

Ratschläge geholt. Ich wusste nicht, wie ich auf dich zugehen soll, nachdem du mir wieder und wieder die Schuld für Fynns Verletzung gegeben hattest. Ich seufze. »Ich musste mir sicher sein, dass es ohne dich nicht mehr geht, und dann habe ich mir meinen Schlachtplan überlegt.«

»Der lautete wie?«, bohrt er grinsend nach.

»Na ja, hingehen, 'ich liebe dich' sagen und hoffen, dass du es erwiderst«, kichere ich.

Ridge lacht auf. »Unglaublich. Du warst also zu faul, um dir einen richtigen Plan zurecht zu legen.«

»Ein bisschen, aber der ursprüngliche hat ja wunderbar funktioniert«, schmunzele ich.

Er bleibt stehen, zieht mich vorsichtig vor sich und seine Fingerspitzen streicheln meine Wange. »Ich habe dich unglaublich vermisst, Kleines.«

Ich erwidere den Blick seiner grauen Augen, verliere mich für einen Moment in ihnen. »Du hast mir auch gefehlt.«

Daraufhin beugt er sich zu mir herunter, ich gehe auf die Zehenspitzen und unsere Lippen treffen sich in einem Kuss, der mich die Welt um uns herum vergessen lässt. Der Kampf, ihn zurückzuerobern, hat mich nicht viel Kraft, aber eine Menge Nerven gekostet. Ich lege meine Arme um seinen Hals, als er mich hochhebt. In den Kuss lachend, öffne ich die Augen.

»Was ist?«, fragt er, nachdem er ein letztes Mal meine Lippen mit seinen berührt hat.

Ich spüre den Puls in ihnen, sicherlich sind sie geschwollen, zeigen, was wir soeben getan haben. »Nichts«, hauche ich.

»Wieso lachst du?«

»Weil du mich hochgehoben hast.«

Ridge zwickt mir in den Hintern, woraufhin ich hochrucke, dabei reibt mein Schritt an seinem und ihm entfährt ein Knurren. »Das hättest du nicht tun dürfen.«

»Wir sind in einem Park, Ridge«, erwidere ich mit rauer Stimme, da ich mit Sicherheit dasselbe fühle wie er, es genauso will wie er.

»Und hier gibt's Ecken, die man nicht einsehen kann.«

»Und Cops, die auf Fahrrädern herumfahren.«

»Du trägst ein Kleid, also könnten wir es sogar auf einer Parkbank treiben, ohne dass sie es merken«, gluckst er.

»Du Sau«, stoße ich amüsiert aus. »Lass mich runter.«

Er setzt mich ab, hält meine Hand jedoch entschieden fest. »Ich meinte es ernst, Kleines.« Dann schon zieht er mich auf einen kleinen Wald zu.

Ich hoffe wirklich, dass nicht ausgerechnet jetzt oder in der nächsten Stunde eine Polizeistreife entlangradelt. »Ridge«, sage ich leise, als er mich zwischen die Bäume zieht und ich beinahe durch das Unterholz stolpere.

»Was denn?«

»Geht das etwas langsamer, damit ich nicht gleich in den nächsten Ameisenhügel falle?«

Er schmunzelt, anschließend dreht er sich zu mir um und nimmt mich wieder auf den Arm. »Jetzt geht's schnell und sollte ich stolpern, fällst du auf mich.«

»Aber nur, wenn du nach hinten fällst, sonst walzt du mich platt«, necke ich ihn mit einem frechen Grinsen auf den

Lippen. Ich wickle gerade meine Oberschenkel um ihn, als er mich gegen einen Baumstamm drängt.

»Ich falle nicht nach hinten, Kleines«, raunt er, schiebt mich höher und küsst mein Dekolleté.

Ich lege den Kopf so weit es geht in den Nacken. Als Ridge meinen Ausschnitt aufzieht und seine Lippen um meinen freigelegten Nippel legt, stöhne ich auf. Ich will ihn. Jetzt. Hier. Scheiß auf die Cops oder Leute, die uns sehen könnten!

»Ich liebe diesen Klang«, raunt er, dabei streift sein warmer Atem meinen steifen Nippel, was mich seufzen lässt. »Und diesen auch.« Danach knabbert er an meiner empfindliche Knospe, die sich ihm verlangend entgegenreckt.

Ich reibe mich an ihm, seine Bauchmuskeln, die harte Pakete bilden, stimulieren mich, wann immer ich sie berühre. »Fick mich bitte«, keuche ich.

Er lacht in sich hinein, ich spüre es an dem Vibrieren seines Körpers. »Wie du willst«, knurrt er schließlich und drängt mich fester gegen den Baum. Ridge greift um meine Oberschenkel herum, weshalb mein Hintern etwas an der rauen Rinde entlangrutscht. Dann öffnet er den Reißverschluss seiner Jeans, zerrt sie umständlich herunter und schiebt mich wieder hoch. Anschließend zieht er meinen String zur Seite. Mit einer fließenden Bewegung dringt er in mich ein.

Ich kann mir den erregten Aufschrei nicht verkneifen, der allerdings so laut ist, dass einer der wohl nachtaktiven Vögel aufwacht und krächzt. Sicher sagt er so was wie: »Schnauze da unten, ich versuche zu schlafen!« Oder Ähnliches. Ridge treibt mich in einem langsamen Rhythmus in den Wahnsinn. Seine

Hände ziehen meine Pobacken auseinander, wodurch sich das Gefühl von seinem Schwanz in mir intensiviert. »O Gott, fester, bitte!«, bettle ich.

»Du stehst auf die harte Gangart?«

»Jetzt mach schon«, flehe ich unruhig.

Ein sehr harter Stoß, der mir eigentlich wehtun müsste, folgt, doch ich genieße es. »So?«

»Ja!« Ich schlinge meine Beine enger um ihn, spanne die Muskeln in meinem Inneren an und massiere so seinen Schwanz.

»Oh fuck, melk mich nicht, Kleines«, keucht er. »So ist es gut.«

Ich sehe ihn durch meine Wimpern hindurch an. Dann lege ich meine Hände, die vorher an seinen Schultern lagen, an seine Wangen. Ich küsse ihn sehnsüchtig, so sehr haben mir seine Lippen in den letzten Minuten gefehlt. Wir berühren uns so hart, dass ich sogar seinen Puls an diesen besonders empfindsamen Stellen spüre.

Ridges Zunge pflügt regelrecht durch meinen Mund, kämpft mit meiner und ich weiß, dass diese Nummer hier keineswegs zärtlich sein soll. Wir beide wollen die schnelle, intensive Variante. Versöhnungssex eben. Intensiv, hart, unglaublich erregend.

Mit jedem seiner Stöße pulsiert mein Unterleib heftiger, melkt ihn, wie er es ausgedrückt hat. Er treibt mich Stück für Stück auf meinen persönlichen Abgrund der Erlösung zu.

Als Ridge sein Becken kreisen lässt, ist es ganz vorbei. Ich vergesse förmlich, die Berührungen seiner Zunge zu erwidern, sondern lasse mich wehrlos zurückfallen. Er knetet meinen Po, sein Schambein reibt über meine pulsierende Klit, und dann hebe ich mit einem Aufschrei ab, dabei spanne ich meinen Unterleib so sehr an, dass er Probleme hat, weiter in mich zu stoßen. Trotzdem tut er es. Fest. Unnachgiebig. Und ein letztes Mal schiebt er sich langsam in mich, bis ich spüre, wie er seinen Saft in mich pumpt. »Schhh«, macht er und hält mir den Mund zu, weil ich immer noch stöhne.

Ich sehe in seine Augen, lächle ihn an und lege dann meine Stirn an seine Schulter. »O Gott.«

»Ridge reicht«, scherzt er, was mich zum Kichern bringt. »Au, au, au«, stößt er aus und zieht sich aus mir zurück.

Ich schaue wieder in das unendliche Grau. »Was denn?«

»Wenn du lachst, spannt sich dein Unterleib an, und das ist wirklich nicht angenehm«, erwidert er grinsend, dabei setzt er mich langsam ab. Bevor ich etwas tun kann, richtet er mein Outfit. »Damit keiner sieht, was ich gerade mit dir getrieben habe.« Er streichelt meine Wange und ich drehe den Kopf zur Seite, um seine Handfläche zu küssen. Danach zieht er mich in eine Umarmung.

Ich kuschle mich an den weichen Hoodie, den er trägt, atme seinen unvergleichlichen Duft ein und seufze. »Ich liebe dich, Ridge.«

»Ich liebe dich auch, Kleines.«

»Du sagst es.«

»Weil es so ist«, entgegnet er schmunzelnd, weshalb es in meinen Ohren vibriert. »Sollen wir weiter gehen?«

»Ich würde viel lieber zu dir. Vorher könnten wir Fynn abholen«, schlage ich vor.

»Ihn abholen?«

»Ja, du sagtest, dass er bei deiner Grandma ist.«

»Stimmt, ich ... bin gerade ein bisschen neben der Spur, war auch mein erstes Mal in einem Wald«, gluckst er, nimmt mich bei der Hand und führt mich zurück auf den Weg.

Ich kann nicht sagen, dass ich irgendwann mal glücklicher war. Er macht mich zu einem anderen Menschen. Nicht im negativen Sinne, sondern positiv. Ich fühle mich besser in seiner Gegenwart, lebendiger. »Also holen wir Fynn ab?«, hake ich noch mal nach.

»Klar, wir müssen nur mein Auto holen.«

»Oder ich leihe mir Thorns«, sinniere ich.

»Thorn lässt niemand anderen ans Steuer seines Wagens. Ich durfte bisher nur einmal damit fahren und das war ein Notfall.«

»Was für einer?«

»Millers Überfall auf dich. Thorn war zu aufgeregt zum Fahren und hätte die Karre beinahe gegen einen Pfeiler gesetzt, da haben wir die Plätze getauscht.«

Ich nicke langsam. »Hoffentlich kommt Miller nicht so schnell aus dem Knast.«

»Hoffentlich geht Acid schnell nach ihm in den Bau. Wenn wir alles richtig machen, dauert es nicht lang, bis wir ihn vertrieben und das Gebiet für uns haben«, schmunzelt er.

Ich seufze resigniert. »Du ziehst dich nicht daraus zurück, hm?«

»Kleines, versuch nicht, mich zu ändern. Das hat bisher niemand geschafft.«

»Ich will dich nicht ändern, aber ich hab auch keine Lust, dich im Knast zu besuchen. Es reicht, wenn ich vielleicht dort lande«, erwidere ich leise.

»Warum solltest du in den Knast gehen?«, möchte er wissen.

»Weil ich Miller in Gives Auftrag diese Drogen gebracht habe. Ich muss mich deshalb auch vor Gericht verantworten.«

»Ach so, dann ist das diese Alibisache, von der Thorn zuletzt gesprochen hat. Nimmst du das Angebot der Jungs an?«, erkundigt er sich.

»Nein, ich will niemanden mit in den Kacketümpel reißen. Ich kriege das schon irgendwie hin, na ja, Dads Anwalt wird's schon irgendwie schaukeln.«

»Sicher?«

»Die Mädels haben sich in ihren Aussagen widersprochen. Jede hat irgendwas Anderes behauptet, was kein Wunder war, da sie sich nirgends absprechen konnten, meinte der Anwalt. Es ist aber auch egal. Wenn ich Sozialstunden oder Jugendarrest bekomme, nehme ich es hin, ich hab's verdient, für die Scheiße, die ich gebaut habe«, antworte ich nachdenklich.

»Okay, aber so wie ich deinen Vater kenne, wird er dich irgendwie aus der Sache rausboxen können. Er hat ja nicht umsonst so viel Kohle«, schmunzelt Ridge.

»Was meinst du damit?«

»In Thorns Fall hat er schon mal ein paar Cops geschmiert und dann waren Beweise verschwunden.«

Ich schaue Ridge mit großen Augen an. »Das ist doch nicht wahr.«

»Ich kann dir nur sagen, was Thorn mir gesagt hat, und das war eben das. Aber egal, es passt schon so«, sagt er lächelnd, zwinkert mir zu und küsst meinen Scheitel. »Denk einfach nicht mehr dran.«

»An was?«

»An deinen Dad und die krummen Dinger, die er schon gedreht hat.«

Ich stoße pfeifend die Luft aus. Als wäre das so einfach! »Ich versuch's.«

»Gut so und wenn du doch dran denkst, lenke ich dich sehr gerne davon ab«, raunt er, weshalb ich eine Gänsehaut bekomme.

»Ich will bestimmt nicht wissen, womit, oder?«

Ridge beugt sich an mein Ohr. »Sagen wir es mal so: Die Schreie vorhin werden nichts gegen die sein, die ich dir dann entlocke.«

Erregung schießt regelrecht durch meinen noch erhitzten Körper. »Okay«, hauche ich, während mir die Hitze in die Wangen steigt.

Er lacht kehlig, hebt meine Hand an seine Lippen und küsst meine Fingerknöchel.

♥♥♥

Thorn hat uns zu Ridge gefahren, damit wir das Auto holen konnten. Nun sind wir bei Ridges Großmutter, na ja, wir stehen vor der Tür und er unterhält sich mit ihr, nachdem sie Fynn gerufen hat. Vorgestellt hat er mich noch nicht, aber ich bezweifle auch irgendwie, dass er es tun wird, da sie mich bisher noch nicht einmal mit dem Arsch angeguckt hat. Unverschämte alte Schrulle! Ich wurde so erzogen, dass ich die Leute wenigstens grüße, bevor ich sie unwiderruflich scheiße finde. Zumindest diesen Aspekt meiner Erziehung habe ich mir bewahrt, wenngleich der Rest den Bach runtergegangen ist.

»Hope!«, kreischt Fynn, als er auf mich zugerannt kommt.

Ich gehe in die Hocke und schließe ihn in die Arme. »Hey, Großer«, kichere ich, als ich ihn an mich drücke.

»Du hast ja gar keine Roboterbeine mehr«, mault er.

»Weil meine Beine wieder gesund sind, der Roboter, der sie mir geliehen hat, hat sie jetzt wieder zurück«, erwidere ich lächelnd, nachdem ich ihn losgelassen habe.

»Das ist ja doof, die waren so cool«, stöhnt er, was mich zum Lachen bringt.

»Wer ist denn deine Freundin, Ridge?«, vernehme ich dann seine Grandma.

Ich erhebe mich. »Guten Tag, mein Name ist Hope Vanderbelt«, stelle ich mich anschließend vor.

»Das ist meine Freundin, Granny«, sagt Ridge. »Hope, das ist meine Großmutter, Helen.«

Ich strecke meine Hand aus, doch sie ignoriert sie und sieht mich skeptisch an. »Hm, ist das erste Mädchen, das du seit Nicky anschleppst. Hast es endlich verkraftet, was? Hübsch ist sie ja nicht gerade.«

Ich reiße die Augen auf. 'Na danke!', schießt es mir durch den Kopf. »Vielleicht sollten Sie nicht so scheiße zu Ihrem Enkel oder mir sein, schon mal dran gedacht? Wir haben Ihnen überhaupt nichts getan!«

Nun ist es Ridge, der mich mit großen Augen ansieht.

»Wie reden Sie denn mit mir, Kleine?«

»Wie Sie es gerade mal verdient haben, Sie verbitterte, blöde Schrulle«, brumme ich, nehme Fynn an die Hand und gehe mit ihm von der Veranda.

»Magst du Granny nicht?«

»Spontan würde ich Nein sagen, Großer«, antworte ich.

»Warum nicht?«

»Weil sie unsympathisch ist.«

»Was heißt das?«, bohrt er weiter.

»Dass sie nicht nett ist.«

»Aber Granny ist doch nett«, meint er.

»Zu dir vielleicht, aber zu deinem Daddy und mir war sie es gerade nicht«, brumme ich, als ich die Autotür für ihn öffne.

Ridge kommt zu uns, er hält Fynns Rucksack in der Hand und lacht. »Jetzt hast du Eindruck gemacht.«

»Ich hoffe, er war so beschissen, dass ich an Thanksgiving zu keinem Essen mit ihr muss«, entgegne ich.

Sein Lachen wird lauter. »Nein, er war gut, weil du ihr die Stirn geboten hast. Jetzt hast du einen Stein im Brett.«

»Fuck«, stoße ich aus, als ich Fynn in den Wagen helfe.

»Lass nur, ich schnalle ihn an. Setz dich schon mal.« Ridge hebt mich zur Seite, weshalb ich mich zurückziehe, um selbst einzusteigen.

»Macht deine Großmutter überhaupt einen Aufriss um Feiertage?«, möchte ich wissen, immerhin muss ich erfahren, wann ich mich dieser drachenähnlichen Schachtel stellen muss.

»Zu deinem Glück, nein.«

»Gott sei es gedankt.« Ich habe das Gefühl, dass ein Engelschor in meinem Kopf losjodelt.

»Auf einmal ist die kleine Vanderbelt gläubig?«, gluckst er hinter mir.

»In dem Fall baue ich sogar ein Kloster, um Buße zu tun, damit ich von irgendwelchen Feierlichkeiten mit deiner Grandma verschont bleibe«, lache ich.

»Unglaublich, was du für ein Biest sein kannst«, grummelt er.

»Und trotzdem liebst du mich.«

»Ja, weil du neben deinen beschissenen Attitüden ein großes Herz hast.«

Ich greife nach hinten und zwicke ihn in den Arm.

»Aua!«

»Selbst schuld«, necke ich ihn und ziehe meine Hand zurück.

»Biest.«

»Sagt der Richtige, du Brummbär.«

»Streitet ihr?«, mischt Fynn sich ein.

»Nein, Großer, wir necken uns nur, das ist normal«, versichert Ridge ihm.

Ich sehe im Seitenspiegel, wie er sich zurückzieht und die Tür schließt. Dann geht er hinter dem Wagen herum und nimmt auf dem Fahrersitz Platz. Nachdem er den Motor gestartet und den Wagen auf die Straße gelenkt hat, ergreift er meine Hand.

♥♥♥

Es ist Abend und Fynn ist bereit fürs Bett. Er hat wieder einmal darauf bestanden, dass ich ihn dorthin bringe. Ridge würde nicht gut genug vorlesen, meinte er. Dennoch begleitet er uns in Fynns Kinderzimmer. Ich decke ihn zu, anschließend lasse ich ihn zwischen zwei Geschichten, die ich ihm vorlesen könnte, entscheiden.

Zehn Minuten später klappe ich das Buch zu. »Und jetzt Augen zu«, sage ich lächelnd.

»Ich bin aber noch gar nicht müde«, widerspricht er, dem folgt ein herzhaftes Gähnen.

»Doch bist du«, flüstere ich und beuge mich zu ihm, sodass ich mit der Wange neben ihm auf dem Kissen liege. »Du kannst ja kaum noch die Augen aufhalten.«

Fynn sieht mich müde an. »Darf ich Mommy zu dir sagen?«

Ich schaue Hilfe suchend zu Ridge, der sich räuspert. »Sportsfreund, Hope ist nicht deine Mommy. Du weißt doch, dass Mommy im Himmel auf uns wartet«, erklärt er Fynn, nachdem ich ihm Platz gemacht habe.

»Aber ich habe Hope lieb.«

»Ich habe dich auch gern, Großer, aber ...« Ridges Kopfschütteln lässt mich verstummen.

»Schlaf erst mal, Fynn, wir reden morgen darüber, okay?«, richtet er wieder das Wort an den Kleinen.

»Okay«, nuschelt Fynn, schließt die Augen und sägt wenige Sekunden später kleine Laubwälder ab.

Ich atme tief durch, als wir uns aus dem Kinderzimmer schleichen.

Als wir auf dem Flur stehen, weiß ich nicht, was ich Ridge, der verlegen seinen Nacken reibt, sagen soll.

»Sorry, dass er dich damit überrumpelt hat«, raunt er.

»Schon okay. Ich glaube, es ist meine Schuld, dass er gefragt hat«, sage ich leise, ergreife seine Hand und steuere sein Schlafzimmer an.

»Wie meinst du das?«

»Als er damals in meine Arme gefallen ist, hat er mich auch Mommy genannt und ich sagte zu ihm, dass ich bei ihm wäre. Ich wusste nicht, wie ich ihm in dieser Situation erklären sollte, dass ich nicht seine Mom bin«, antworte ich nun kleinlaut.

»In dem Moment hätte es ihm niemand erklären können. Die Frage ist nur: Schreckt es dich ab, wenn er es sagt? Und eine weitere wäre: Was wünschst du dir für die Zukunft?«, fragt Ridge, als ich mich aufs Bett setze und er an seine Kommode geht.

Ich schaue auf meine Hände. »Ich habe jedenfalls nicht vor, morgen schon wieder Schluss zu machen.«

»Also wünschst du dir etwas Dauerhaftes?«, bohrt er weiter.

»Ja, das tue ich«, erwidere ich und komme mir vor, als säße ich bei den Cops und würde verhört werden.

Ridge kommt mit einem kleinen Buch zu mir. Er setzt sich und schlägt es auf. »Das ist Fynns Mutter, vielleicht erinnerst du ihn an sie, auch wenn er sie nur von Fotos kennt.«

Das Foto zeigt ein junges Mädchen, lachend in den Armen einer Teenagerversion von Ridge. Sie hat ebenfalls dunkelbraune Locken, grüne Augen und ist sehr hübsch. »Sie war hübsch.«

»Das war sie und viel zu gut für mich dazu, so wie du«, sagt er mit rauer Stimme.

Ich sehe ihn an. »Könntest du aufhören, dich schlecht zu machen?«

Er nickt knapp, als mir die Tränen in seinen Augen auffallen. Er scheint es zu bemerken, reibt seine Augen und blättert weiter. »Da war sie hochschwanger.«

Ich richte meine Aufmerksamkeit auf das Foto. »Es tut mir leid, dass ihr sie verloren habt.«

»Mir auch, aber das Leben geht weiter, und nach fünf Jahren sollte ich damit umgehen können.«

Ich schlucke. Egal was ich jetzt sage, es würde in einer Fettnäpfchenarschbombe enden. Deshalb schweige ich.

»Jedenfalls«, er klappt das kleine Album zu, »musst du entscheiden, ob er dich Mom nennen darf oder nicht. Mir wäre es lieber, wenn wir damit warten, da wir gerade erst wieder zusammen sind.«

»Ridge, ich möchte ihm nicht seine Mom ersetzen. Ich meine, ich fühle mich geschmeichelt, aber ich bin 18 und absolut kein Muttertyp. Mir wäre es am liebsten, wenn er mich weiter Hope nennt«, erkläre ich vorsichtig.

Er lächelt mich an. »Das wäre mir auch am liebsten.« Danach lässt er sich auf den Rücken fallen.

Ich klettere auf ihn, nehme das Album aus seiner Hand und lege es auf den Nachttisch. »Dann wäre das ja geklärt.«

Daraufhin schmunzelt er. »Wäre es.«

Ich beuge mich zu ihm herunter, um ihn zu küssen. Er empfängt meine Lippen, berührt sie sanft, völlig anders als heute Nachmittag. Danach löse ich mich von ihnen und lasse meine Zungenspitze an seinem Hals entlanggleiten.

Er brummt zufrieden, während ich seine Haut necke und den Reißverschluss seines Hoodies öffne. »Du Nimmersatt.«

»Wer hat mich versaut?«, gluckse ich, bevor ich an seinem Ohrläppchen knabbere.

»Keine Ahnung, wer war's denn?«

»Du kannst dir den Schuh anziehen«, kichere ich.

»Der passt sicher nicht.«

»Es ist eine Maßanfertigung«, antworte ich trocken, nachdem ich mich aufgerichtet habe.

»Und für wen ist die?«

»Es ist eine Ridge-Brummbär-Maßanfertigung«, necke ich ihn, woraufhin er auflacht.

Dann rollt er sich mit mir herum. Ich schlinge meine Beine um ihn und die Beule in seiner Hose drückt gegen meine Mitte. Ich keuche, als er sich auch noch an mir reibt.

»Brummbär, hm?«

Ich nicke gewichtig.

»Na warte«, droht er gespielt, anschließend schiebt er seine Hand zwischen unsere Bäuche und in meinen String.

Seine Finger spreizen meine Schamlippen, bevor sich einer von ihnen auf meine Klit legt.

»O Gott«, stöhne ich, während ich versuche, mich ihm entgegen zu drängen.

Er richtet sich auf, zieht seine Hand zurück und sieht mich eindringlich an. »Zieh dich aus«, raunt er.

Ich setze mich, danach ziehe ich das Kleid aus. Ich hoffe nur, dass mein Blick meine aufkeimende Unsicherheit nicht verrät.

»Alles, Kleines.« Doch bevor ich meinen BH ausziehen kann, hat er ihn schon aufgehakt und zieht die Träger langsam von meinen Schultern. »Jetzt den String.« Strenge, sie peitscht mich regelrecht.

Ich hebe mein Becken, dann ziehe ich ihn herunter und lasse das kleine Dreieck aus Stoff auf den Boden fallen.

Er mustert mich eindringlich. »Setz dich auf die Bettkante und schließ die Augen.«

Ich tue, was er verlangt hat.

Seine Schritte kommen mir auf einmal so viel lauter vor. Es klickt, was mir verrät, dass er die Tür abgeschlossen hat. Wieder Schritte. Wie Trommelschläge hören sie sich an. Etwas Weiches streift mein Gesicht. »Vertraust du mir, Kleines?«

»Ja«, hauche ich.

Anschließend merke ich, wie er mir mit diesem weichen Etwas die Augen verbindet. »Dann werde ich dich jetzt zum Schreien bringen«, schmunzelt er. Meine Beine werden ruckartig gespreizt. Seine Fingerspitzen streicheln die Innenseiten meiner Oberschenkel, was sich durch mein geraubtes Sehvermögen umso intensiver anfühlt. Ridge küsst die Stellen, die er zuvor berührt hat. Er folgt einer Spur, die zu meiner feuchten Spalte führt. Er knabbert an meinen Schamlippen, was mich zusammenzucken lässt. »Gefällt dir das, Kleines?«

»Ja«, hauche ich. Ich bemühe mich, mich nicht gegen seinen Mund zu drängen, so sehr ich seine Zunge auch spüren will.

»Wie sehr? Sag mir, was dich anturnt«, raunt er. Seine Finger schieben meine Schamlippen leicht auseinander, dann legen sich seine Lippen um meine Klit.

Als er daran saugt, ist es um mich geschehen. »Das turnt mich an.«

»Was genau daran?«, fragt Ridge.

»Das Gefühl«, stöhne ich.

»Welches?« Er haucht auf meine pulsierende Knospe.

»Das Gefühl, das es in mir auslöst.« Oh man, ich kann kaum noch einen klaren Gedanken fassen.

»Wie fühlt es sich an?«

»O Gott, bitte leck mich einfach.«

Er schmunzelt, dann tut er es.

Meine Arme zittern, doch will ich der Schwäche nicht nachgeben.

»Bleib exakt so«, knurrt er und legt seine Hände an meine Brüste. Er knetet sie im Takt, den seine Zunge an meinem Kitzler angibt. Seine Finger zwirbeln meine Nippel, die empfindlich reagieren.

»Ich komme gleich«, gebe ich verkniffen von mir, als er mit der Zungenspitze in meine Öffnung eindringt. Er leckt in mir, saugt, treibt mich in den Wahnsinn.

»Lass einfach los«, sagt er leise.

Ich lasse mich fallen und bäume mich seinem Mund entgegen. Seine Zunge wirbelt in mir, dann an meiner Klit und ich bin so empfindlich, dass die Nerven in meinen Oberschenkeln zucken. Mit einem vibrierenden Gefühl in meiner Mitte lasse ich los und komme mit einem Aufschrei, den er schnell mit seiner Hand auf meinem Mund erstickt.

Ich brauche eine Weile, bis ich mich beruhigt habe. Ridge küsst meinen Bauch, folgt einer Spur zu meinen Brüsten, die er ebenfalls neckt, und hält mich davon ab, dass ich die Augenbinde herunterziehe.

»Nein, die bleibt, wo sie ist.«

»Aber ich ... Ridge, ich will ...«

»Was willst du?«, fragt er leise.

»Ich will es dir ... genauso ...«

»Du willst mir einen blasen«, spricht er aus, was ich mich nicht wage.

»Ja.«

»Dabei könntest du die Augenbinde auflassen, oder du wartest damit, bis ich mit dir fertig bin.«

»Dann lasse ich sie auf, nur musst du mich führen«, erwidere ich schüchtern.

»Vielleicht ist es ganz gut, wenn du ihn beim ersten Mal nicht siehst«, raunt er und ich merke, wie er sich neben mich legt.

»Dann musst du mir helfen«, wispere ich, dabei ertaste ich seinen Oberkörper.

»Werde ich«, erwidert er leise, dann fühle ich seinen Kuss an meinem Mundwinkel.

Ich drehe meinen Kopf, halte die Berührung unserer Lippen für einen Moment. Als ich mich von ihm löse, folge ich der Spur, die ich mit den Fingern ertaste. Die feinen Härchen kitzeln an meinen Fingerspitzen, bis ich die dichtere Spur erreicht habe, die in seine Hose verläuft. Ich habe nicht mal mitbekommen, dass er sein Hemd ausgezogen hat. Und im Moment bin ich ganz froh, dass er den verdutzten Ausdruck meiner Augen nicht sehen kann.

Er brummt leise, als ich seine Brust küsse. Seine Hand fährt durch meine Haare, doch wider Erwarten drückt er mich nicht nach unten. Zum Glück. Ich glaube, sonst wäre ich nicht mehr bereit, ihm einen zu blasen. Ich bewege mich weiter runter, lecke mit der Zungenspitze über die ausgeprägten Pakete seiner Bauchmuskeln. »Du glaubst nicht, wie gut sich das anfühlt, Kleines.«

Ich verziehe meine Lippen zu einem Lächeln, während ich mein Ziel verfolge. Dann erreichen meine Lippen den schmalen Streifen Haar, den meine Finger bereits ertastet hatten und der in seiner Hose verschwindet. Ich ertaste seine Jeans, sie ist noch geschlossen und er hat so einen blöden Gürtel mit einer besonders komplizierten Gürtelschnalle an. »Könntest du … ?«

»Klar«, sagt er, ohne mich aussprechen zu lassen. Es ist toll, dass wir uns manchmal blind verstehen, wobei das jetzt ein blöder Vergleich ist. »Soll ich noch die Hose … ?«

»Bitte«, unterbreche ich ihn diesmal. »Und meine Hand führen, damit ich dir nicht wehtue.« Meine Stimme spiegelt die Unsicherheit wider, die ich gerade in mir spüre. Was ist, wenn ich es komplett falsch mache? Ich will ihm doch etwas Gutes tun, und dann zu versagen, wäre kacke.

Ridge ergreift meine Hand, hält sie sanft und führt sie an seinen Schwanz, der schon verdammt hart ist. Ich hätte nicht gedacht, dass es ihn so sehr erregt, mich zu lecken. Er stöhnt leise, als ich meine Faust um ihn schließe. »Wenn du sie ein wenig auf und ab bewegst, wäre das … fantastisch«, raunt er und ich höre seinen Atem zittern.

Ich tue es, was ihm ein lauteres Stöhnen entlockt. Dann küsse ich über das Dreieck, das seinen Schambereich einrahmt, bis ich seinen Schwanz erreicht habe. Ich berühre ihn mit meinen Lippen, anschließend mit der Zunge. Seine Haut schmeckt salzig, riecht nach Duschgel und fühlt sich trotz der Härte weich an.

»Oh, das fühlt sich gut an«, brummt Ridge und streichelt durch meine Haare. Dann stößt er hoch und mir gegen die Nase.

»Und das nicht«, maule ich, als ich meine pochende Nase halte. Ich hoffe nur, dass sie nicht anfängt, zu bluten.

Er geht nicht darauf ein, wahrscheinlich ist es ihm genauso peinlich wie mir. Vorsichtig taste ich wieder nach seiner Erektion. Nachdem ich mich beruhigt habe, küsse ich sie wieder, dann nehme ich sie zum ersten Mal in den Mund. Ich habe absolut keinen Plan, was ich tun soll. »Saug an ihm«, flüstert Ridge. Das ist keine Bitte, sondern eine Aufforderung.

Ich fange an, ohne zu wissen, wie fest ich es tun soll. Ich weiß nicht, ob es richtig ist mir vorzustellen, dass ich an einem Strohhalm sauge.

»Fuck«, stößt er aus.

Scheinbar ist es falsch.

»Nicht ganz so fest, sanfter, Kleines.«

Ich lasse an Druck nach.

»Und jetzt leg deine Lippen etwas enger um ihn, beweg dich hoch und runter, als würdest du ein Eis essen«, weist er mich an.

Wie soll ich mir das mit seinem Schwanz im Mund vorstellen? Ich meine, ich nehme so ein Eis ja nicht der Länge nach in mich auf, bis es mir an den Rachen stößt. Wer das macht, macht definitiv etwas falsch. Ich lege meine Lippen etwas enger um das erregte Fleisch, bewege mich dann auf und ab.

»O Gott, ja das ist wirklich gut so, Kleines«, keucht er.

Ich mache weiter und es dauert nicht lange, bis ich einen ersten, sehr salzigen Tropfen auf meiner Zunge schmecke.

»Schneller«, verlangt er mit einem tiefen Stöhnen.

Und ich werde schneller.

Er bäumt sich mir entgegen, sodass seine Eichel in meinen Hals stößt und ich Mühe habe, meinen Würgereflex unter Kontrolle zu halten. Es scheint ihm zu gefallen, denn sein Stöhnen wird lauter. »Nicht mehr lange, Kleines.«

Ich höre nicht auf, bewege mich auf und ab, doch nehme ich ihn nicht mehr so tief in meinen Mund auf, andernfalls kann ich für nichts garantieren.

»Fuck«, keucht er, als sich ein warmer Schwall aus seiner Eichel ergießt. Es widert mich an, weshalb ich mich zurückziehe, doch bekomme ich die volle Ladung ins Gesicht.

»O Gott«, stoße ich angewidert aus, ziehe die Augenbinde herunter und wische mir das Gesicht ab.

Ridge stöhnt noch einmal auf, dabei beobachte ich, wie die Schübe nachlassen und die Quelle versiegt. Er bleibt mit geschlossenen Augen liegen, als ich vorsichtig die Augenbinde dafür verwende, auch ihn sauber zu machen. Danach werfe ich sie vom Bett, rutsche neben ihn und lege mich in seinen Arm. »Es hat dir nicht annähernd so gut gefallen wie mir, hm?«, raunt er.

»Doch, aber ich hab mich erschreckt, als du gekommen bist«, gebe ich zu.

»Du musst es nicht machen, wenn es dir nicht gefällt«, erwidert Ridge verständnisvoll.

»Ich werde es sicher wieder machen, aber das war jetzt das erste Mal und ein wenig von Pannen verfolgt«, schmunzele ich.

Ridge zieht mich in seinen Arm. »Mit der Zeit wirst du sicherer, aber denk bitte nicht, dass ich will, dass du es tust. Es ist deine Entscheidung, Kleines.«

»Ich weiß, Großer.«

Er streichelt meine Schulter. »Schlafen oder weitermachen?«

»Du wolltest mir zeigen, wie sehr du mich zum Schreien bringen kannst«, necke ich ihn in dem Gedanken, dass ich sicher nicht noch lautere Lustschreie von mir gebe als heute Nachmittag im Wald.

»Stimmt.« Er zieht seinen Arm unter mir weg, dann gleitet er über mich. »Aber ich brauche noch ein bisschen, bis ich wieder kann, ich bin keine Maschine.«

»Was? Ich dachte, ich hab's hier mit einer Sexmaschine zu tun und nicht mit einem Mann«, lache ich.

Ridge erstickt es, indem er seine Lippen auf meine legt. Er spreizt meine Beine. Seine Finger landen auf meiner noch empfindlichen Klit, allerdings reibt er sie nicht fest, es ist mehr ein Streicheln, ein sanftes, aber das sorgt dafür, dass ich schnell mehr als bereit für ihn bin. »Du wirst schreien, glaub mir«, raunt er zwischen seinen Küssen, dann stößt er seine Zunge in meinen Mund. Ich greife in seine Haare, halte ihn fest und dränge mich gleichzeitig gegen seine Finger. Ich erwidere die Schläge seiner Zunge mit stürmischen Rückschlägen meiner Zungenspitze. Man könnte meinen, dass es ein Kampf ist. Ein leidenschaftlicher Kampf.

Dann nehme ich eine Hand aus seinem Haar, streichele seine Seite, seinen Bauch, einfach jeden Zentimeter Haut, den ich erreichen kann.

Plötzlich löst er sich von mir, weshalb ich den Kopf hebe. Ich sehe, wie er seinen Schwanz wichst und dieser in seiner Faust wächst. Kaum steht er wieder, dreht Ridge mich auf den Bauch und zieht meinen Po hoch. Seine Eichel gleitet durch meine Spalte, reibt über meinen Kitzler, verteilt meine Feuchtigkeit und sucht den Weg in meine Pussy. Als er sie an meine Öffnung angesetzt hat, stößt er so unbarmherzig in mich, dass es nicht nur auf erregende Weise wehtut, sondern mir auch einen Schrei entlockt.

»Wie ich schon sagte, du wirst schreien.«

'Angeber!', schießt es mir durch den Kopf, aber dann wird mir bewusst, dass er sehr viel mehr Erfahrung als ich hat und weiß, wie man eine Frau zum Kommen bringt.

Er zieht sich zurück, nur um einen ebenso harten Stoß hinterher zu setzen. Ich stemme mich auf meinen Händen hoch. Er hat seine an meinen Hüften liegen, hält mich dort fest.

Ridge zieht mich jedes Mal fest auf seinen Schwanz, spießt mich regelrecht auf und statt es zu hassen, genieße ich es, beginne es, zu lieben.

»O mein Gott«, stöhne ich, als ich mein Becken kreisen lasse.

Er macht unnachgiebig und beinahe rücksichtslos weiter, was mich immer lauter werden lässt.

Ich weiß, dass ich dieses Tempo, die Härte nicht mehr lange aushalten werde. Mein Unterleib zieht sich jetzt schon mit jedem seiner Stöße zusammen.

»Du bist so verdammt heiß!«, knurrt er, während sein Becken gegen meinen Hintern klatscht. Das Geräusch hört sich an wie ein vereinsamter Applaus.

»Ridge, ich komme gleich!«, kreische ich, kurz bevor ich meinen zitternden Armen nachgebe und wirklich laut in die Decke schreie.

Mein Unterleib knetet seinen Schwanz vollkommen durch, während mich die Spasmen schütteln. Sie machen es ihm schwer, in mich einzudringen, trotzdem schafft er es mit der Kraft, die er in seine Bewegungen legt.

Dann kommt er mit einem Stöhnen, wie ich es von ihm auch noch nicht gehört habe. Nachdem er sich beruhigt hat, beugt er sich über meinen Rücken und küsst meine Schulter. »Wie fühlst du dich?«

»Gefickt«, nuschele ich, als ich meinen Kopf zur Seite drehe, um ihn aus dem Augenwinkel anzusehen.

Er formt seine Lippen zu einem charmanten Lächeln, zieht sich anschließend aus mir zurück und legt sich neben mich.

Ich kuschele mich an ihn. »Ich liebe dich.« Meine Augen fallen zu, da ich sie nicht länger offenhalten kann, aber ich schlafe nicht ein.

»Ich dich auch, Kleines.«

»Warum nennst du mich so?«, frage ich leise, dabei kreisen meine Finger um seinen Bauchnabel.

»Weil du meine Kleine bist«, erwidert er. »Und das sage ich dir gerne.«

»Das ist nichts Neues«, gluckse ich.

Ridge dreht sich ebenfalls auf die Seite und stemmt sich auf seinen Unterarm, anschließend deckt er uns zu. »Ich weiß, aber wenn es dir nicht gefällt, lasse ich es.«

»Es gefällt mir aber.«

»Sehr gut«, brummt er und zieht mich wieder an sich.

Ich verkrieche mich bei ihm. Während ich seinem Herzschlag lausche, schlägt meines höher. »Ich hätte nicht gedacht, dass ich mich verliebe, als meine Mom mich zu meinem Dad geschickt hat.«

»Ich hätte nicht gedacht, dass ich mich in eine kleine Zicke verliebe«, schmunzelt er, als seine Finger kleine Herzen auf meinen Rücken zeichnen.

»Fehlt nur noch, dass mein Märchen ein Happyend hat«, sinniere ich abwesend.

»Was meinst du?« Seine Lippen sind so nah an meinem Kopf, dass sie bei jedem Wort meine Haut streicheln.

»Die Verhandlung.«

»Das wird gut ausgehen, sicher auch ohne die Spenden deines Vaters.«

»Ich kann mir nicht vorstellen, dass er so was wirklich mal getan haben soll.«

»Es ist die einzig logische Erklärung, weil manche Beweise gegen Thorn schon sehr erdrückend waren«, entgegnet Ridge. »Und die verschwinden nicht einfach so, auch nicht durch unseren Kontaktmann bei den Cops.«

»Hm, möglich. Ich will nicht weiter darüber nachdenken.«

»Und deinen Dad solltest du auch nicht darauf ansprechen, er wird es sowieso abstreiten, so wie ich ihn kenne.«

»Ich kenne ihn eigentlich gar nicht.«

»Weil er damals ging?«

Ich nicke. »Ich war noch zu klein und bin mit keiner besonders guten Meinung über ihn aufgewachsen.« Ich seufze. »War halt nicht leicht, im Halbjahrestakt neue Stiefväter vorgesetzt zu bekommen, deshalb bin ich irgendwann kaum noch zu Hause gewesen und habe getan, was ich wollte.«

»Einerseits unklug, aber ich tue auch, was ich will, und es hat dich hierher gebracht. Wärst du also nicht so eine kleine Rammsau gewesen, die den Wagen ihres Sportlehrers anzündete, wärst du nicht hergekommen und ich noch immer alleine. Ich sehe das gerade von einem sehr egoistischen Punkt«, neckt er mich.

Schon wieder. Wie oft muss ich noch erwähnen, dass ich die Dreckskarre nur mit dem Rasierschaum einsaute und die Zigarettenkippe, die es in Brand aufgehen ließ, von jemand anders kam? »Ich habe es nicht angezündet, das sagte ich schon mehrmals.«

»Sie beschuldigen dich.«

»Und konnten mir nichts nachweisen, weil sehr viele Freunde zu meinen Gunsten ausgesagt haben, ich wurde also nur ohne Abschluss der Schule verwiesen, obwohl ich das Senior Year wiederholen sollte«, erwidere ich.

»Und wirst du ihn nachholen?«

»Ab Frühjahr«, antworte ich. »Was ist mit deinem Studium?«

»Bin voll dabei. Hast du nicht die ganzen Bücher auf dem Tisch gesehen?«

»Die kommen von der Uni?«

»Ja, und ich studiere schon länger. Thorn wusste nur nichts davon, weil es anfangs ein Fernstudium war. Allerdings ging es mir auf die Nerven und ich verpulverte mehr Zeit mit anderen Sachen als mit dem Lernen«, erklärt er. »Jedenfalls habe ich jetzt neu angefangen und hoffe, dass der zweite Anlauf besser läuft.«

Ich lege den Kopf in den Nacken und mustere ihn. »Wieso sollte es nicht laufen?«

»Weil ich eine verdammt faule Sau bin, die nicht gerne lernt, nur habe ich dieses Ziel damals ins Auge gefasst und ich werde es erreichen, auch wenn es erst in ein paar Jahren ist, weil ich ständig Kurse wiederholen muss«, antwortet er.

»Wir kriegen's schon irgendwie hin.« Davon bin ich überzeugt. Auch wenn Ridge die Gang nicht verlassen und auch seine Geschäfte nicht aufgeben will, bin ich davon überzeugt, dass er sein Studium packt. Egal, wie wenig Zeit ihm wegen seiner Freunde, Fynn und mir zum Lernen bleibt. Und ich? Ich werde mir Mühe geben, aber wenn es nicht klappt, dann ist es eben so.

So ist das Leben. Es läuft nicht immer so, wie man es sich vorstellt.

♥♥♥

Kapitel 15: Eine Weile später

Seit ein paar Wochen läuft es gut zwischen mir und Ridge. Klar, wir streiten, weil wir beide totale Sturköpfe sind, aber wir versöhnen uns schnell wieder. Mit Fynn verstehe ich mich sehr gut, obwohl er traurig war, dass er mich nicht Mommy nennen darf. Ich wollte es einfach nicht, weil ich Nicky keinesfalls ersetzen möchte. Na ja, wer nie da war, den kann man nicht ersetzen, aber sie ist seine Mom, auch wenn sie verstorben ist. In ihm lebt sie weiter.

Heute war die Gerichtsverhandlung, die glimpflich ausgegangen ist. Ich wurde 'nur' zu Sozialstunden verurteilt, die ich in einem Kloster ableisten muss. In irgendeinem Frauenkloster hier in Chicago, worauf ich wenig Lust habe, aber es ist allemal besser, als ins Gefängnis zu gehen. Mein Anwalt konnte diese Strafe aushandeln, damit ich keinen Müll in den öffentlichen Parks aufsammeln muss. Immerhin könnte es dem Ansehen meines Dads schaden, wenn die Tochter eines Hotelbesitzers den Dreck anderer Leute wegräumt. Und das war nur möglich, weil das Kloster bezüglich der Finanzen mit seiner Stadt kooperiert. Thorn hat schon vorgeschlagen, dass ich mir eine Kutte überziehe, was ich mit einem gehobenen Mittelfinger und ohne Worte kommentiert habe. Mit meinem Vater und Delila läuft es erträglich. Wir sind nicht die besten Freunde, aber verstehen uns, wenn wir nicht gerade aneinander vorbei reden.

Nachdem mein Anwalt den Antritt meiner Sozialstunden mit dem Richter und dem Staatsanwalt besprochen hat, kommt er zu mir. Ich habe an der Tür des Gerichtssaals gewartet, um von ihm zu erfahren, wie es weiter geht. Dad, Delila, Thorn und Ridge warten draußen. Die Mädels aus meiner alten Clique werden für ihren Abtransport ins Gefängnis fertig gemacht. Ich bin gespannt, ob sie verurteilt oder freigesprochen werden. Ersteres hätte Giverney definitiv verdient. Die anderen teilweise, nicht alle. Nova zum Beispiel war immer nett, bis zum verhängnisvollen Abend, an dem sie mich beleidigte. Carver und Miller sind bereits zu ein paar Jahren Haft verurteilt worden, dort musste ich aussagen, auch wenn ich mich nicht mehr an alles erinnern konnte. Thorn und die Jungs sagten ebenfalls aus. Zu ihrem Glück hatten sie nur Schreckschusspistolen bei sich, die sie führen dürfen, sodass sie deshalb keinen Ärger bekamen.

»Ms Vanderbelt?«, fragt Mr Morrison, mein Anwalt mit den wunderschönen dunkelblauen Augen.

Ich schaue ihn an. »Ja?«

»Wegen Ihrer Sozialstunden … Sie fangen in einem Monat im Sister of St. Casimir Kloster an. Ich werde alles mit der Äbtissin und Ihrem Bewährungshelfer regeln, damit nichts schiefgehen kann. Leider muss ich mich nun auch schon verabschieden, da ich zurück nach New Orleans muss.«

Ich nicke hektisch. »Okay, danke, Mr Morrison.« Dann ergreife ich seine Hand. Er gehört zu irgendeiner großen Kanzlei, Stevens and Barkley oder so, die in den ganzen Staaten Büros hat. Laut Dad ist er der Vertreter von Mr

Stevens, der eigentlich der Anwalt meines Vaters ist. Er fiel wohl wegen Krankheit aus. Wir haben alle erst vorgestern davon erfahren. »Ich wünsche Ihnen einen guten Flug.«

»Danke, Ms Vanderbelt, und eines noch: Bleiben Sie sauber, ich möchte Sie nicht noch mal vertreten müssen, weil Sie Mist gebaut haben. Sie sind besser als diese Mädchen, die Sie heute wüst beschimpft haben«, sagt er lächelnd.

Ich erwidere es. »Ich gebe mein Bestes.«

Er legt seine Hand in meinen Rücken und führt mich aus dem Gerichtssaal, als Give und die anderen auf die Tür zukommen. »Das hoffe ich, sonst kommt beim nächsten Mal meine Verlobte und glauben Sie mir, das wollen Sie nicht«, lacht er.

»Öhm, okay, ich bleibe sauber«, kichere ich, während wir zu meiner Familie gehen.

Mr Morrison unterhält sich kurz mit meinem Vater, erklärt ihm, was nun auf mich zukommt und wie es weitergeht.

Ich lehne mich an Ridge. »Einen Monat noch, dann mische ich ein Kloster auf«, verkünde ich grinsend.

»Darauf wäre ich an deiner Stelle nicht besonders stolz«, meint Delila mit sanfter Strenge.

Mein Grinsen erstickt. »Ich weiß, aber ein Kloster ist immer noch besser, als bei der Stadtreinigung zu schuften.«

»Vielleicht bringen die Nonnen dich ja Gott wieder näher«, schmunzelt Thorn. »Ich freue mich schon drauf, dir von draußen zuzusehen.«

»Na danke, du altes Stinktier.«

Ridge lacht leise. »Es ist immer noch besser, als in den Jugendknast zu gehen. Die paar Sozialstunden werden irgendwann gelöscht, eine Haftstrafe nicht.«

»Ja, ätzend ist nur, dass ich mich regelmäßig bei einem Bewährungshelfer melden muss«, maule ich.

»Das gehört nun mal dazu«, erwidert Ridge. »Du hast nur 60 Stunden bekommen, was für den Richter sehr wenig ist.«

»Er hat mich nur so milde bestraft, weil Mr Morrison und ich ihm glaubhaft verklickern konnten, dass ich echt nichts von den Drogen in dem Päckchen wusste«, sage ich.

Dad und Mr Morrison kommen zu uns. »So, ich verabschiede mich dann noch mal.« Mein Anwalt reicht jedem die Hand. »Machen Sie es gut, Ms Vanderbelt.«

»Sie auch, Mr Morrison«, erwidere ich lächelnd. »Und danke für alles.«

»Nichts zu danken. Ohne Mr Stevens Vorarbeit hätte ich mich nicht so schnell in den Fall einarbeiten können, es ist also sein Verdienst.« Er seufzt. »Bleiben Sie sauber, Ms Vanderbelt.«

»Bleibe ich«, versichere ich ihm diesmal.

Er verabschiedet sich, dann lässt er uns allein. Ich sehe ihm nachdenklich hinterher. Wie ein sehr erfahrener Anwalt wirkt er nicht, vielleicht ist er gerade erst mit dem Studium fertig oder arbeitet noch nicht besonders lange für die Kanzlei, aber Dad meinte, dass Stevens and Barkley die besten seien.

»So, sollen wir dann essen gehen? Zu feiern gibt's zwar nichts, aber ich hätte Hunger«, sagt mein Vater.

Ich schaue zu ihm. »Ich habe nicht besonders viel Hunger. Ich würde lieber ein wenig Zeit mit Ridge verbringen.«

»Eigentlich wollten Thorn und ich uns mit den Jungs treffen«, meint er.

Ich verdrehe die Augen. »Kann ich mitkommen?«

»War sogar so geplant«, mischt Thorn sich ein.

»Na sieh mal einer an, wer da gerade noch mal Glück hatte«, ätzt Give von der Seite.

Thorn dreht sich zu ihr um. »Na sieh mal einer an, wem Orange so gar nicht steht.«

Ich trete an seine Seite, sehe sein herablassendes Grinsen aus dem Augenwinkel und schenke Give dann ebenfalls eines. »Man sieht sich immer zwei Mal im Leben.«

»Oh ja, glaub mir, wir beide treffen uns noch mal«, versichert sie mir.

»Weitergehen«, sagt der Wachmann streng und klopft ihr auf die Schulter.

Die anderen Mädchen gehen ebenfalls an uns vorbei, schenken mir und meinem Bruder vernichtende Blicke, wir ihnen hingegen ein siegessicheres Lächeln.

Danach machen wir uns auch auf den Weg nach draußen. Ich bin froh, wenn der Tag vorbei ist, aber noch glücklicher, wenn ich mich endlich umziehen kann. Delila hatte mich gezwungen, eine Bluse und einen schwarzen Rock anzuziehen, darüber einen Blazer. Den habe ich bereits ausgezogen, sie hält ihn fest. Ridge hat meine Jeansjacke und andere Kleidung von mir im Auto, damit ich mich umziehen kann. Ich will bloß wieder ich selbst sein.

»Dann würde ich sagen, sehen wir uns heute Abend«, meint Dad. »Komm nicht zu spät nach Hause, Hope, oder sag Bescheid, wenn du bei Ridge bleibst.«

Ich nicke ihm zu. »Mache ich, Dad.«

Anschließend sieht er Thorn an. »Bau bloß keinen Mist, eine Gerichtsverhandlung pro Jahr reicht.«

Er salutiert. »Aye, Sir.«

Daraufhin schmunzelt Dad. »Bis später.«

Delila verabschiedet sich auch von uns, mir gibt sie zum ersten Mal einen Kuss auf die Wange. »Mach keinen Scheiß.« Im Anschluss daran wendet sie sich an Ridge: »Und du, pass bitte gut auf sie auf. Mir reicht's für dieses Jahr ebenfalls.«

»Mache ich, Dee«, erwidert Ridge und haucht ihr einen Kuss auf die Wange. »Bis später, ich bringe Hope heute Abend nach Hause.«

»Danke, Großer«, sagt sie gut gelaunt, dann ergreift sie Dads Hand und sie gehen gemeinsam zu ihrem Auto.

»Party!«, jubele ich, als sie weggefahren sind, während wir zu Ridges Wagen gehen.

»Mal sehen, ob die Jungs irgendwas geplant haben oder einfach nur rumhängen«, lacht Thorn.

Als wir den Wagen erreichen, klettere ich auf die Rückbank, weil ich mich sofort umziehen will. Ridge und Thorn nehmen vorne Platz. Es dauert nicht lange, bis er losgefahren ist. Ich ziehe mich eilig um, dabei achte ich darauf, dass ich nicht halb Chicago meinen Hintern zeige, der wegen meines Strings nicht wirklich bedeckt ist. Die Jeans anzuziehen erweist sich als umständlich, da ich mich auf die Rückbank legen muss, um gänzlich hinein zu schlüpfen.

♥♥♥

Wir sind bei Chase angekommen. Ich war noch nie bei ihm, es stellt sich heraus, dass er eine große Wohnung in einem Altbaugebiet hat. Das sieht man der Wohnung auch an, aber sonst ist sie gemütlich eingerichtet. Sie haben die Zeit über wirklich nur rumgehangen. Nun hat Thorn im Schnelldurchlauf erzählt, wie viele Sozialstunden ich kassiert habe, und auch davon, dass Give in Orange nicht sehr gut aussieht. Ich bin überaus froh darüber, dass ich nicht so einen verfickt hässlichen Overall tragen muss.

»Da hast du aber verdammt großes Glück gehabt, New York«, meint Dax, der mich angrinst, als er mir ein Bier reicht.

Ich nehme es an und gebe es an Ridge weiter. »Ich weiß, hätte ohne Morrison nicht geklappt.«

»Wer ist das denn?«

»Das war Stevens Vertreter, da der alte Sack wohl krank ist. Aber echt kein schlechter Kerl, hat Hope gut aus der Scheiße geholt, dieser Morrison«, antwortet Thorn für mich.

»Und die Mädels sahen echt so kacke in ihren Overalls aus?«, fragt Oren gut gelaunt.

Die Jungs amüsieren sich schon seit einer Weile über das Outfit der sonst so modebewussten Clique.

»Ja, besonders krass war es, wie sich Adinas rotes Haar damit biss«, kichere ich. Ich weiß, man sollte anderen nichts Schlechtes gönnen, aber diese Mädels sind einfach verrückt.

»Weiß eigentlich einer, ob Give schon wegen des Schusses auf Fynn verknackt wurde?«

»Wurde sie noch nicht, das kommt alles noch«, brummt Ridge. »Und ich wünsche ihr, dass es verdammt viel ist.«

»Trittst du als Nebenkläger auf?«, möchte Trace wissen.

Ridge nickt. »Aber so was von. Diese Bitch hätte fast meinen Jungen umgebracht, also sorge ich dafür, dass ihr Leben gründlich zerstört wird.«

»Gives Eltern stinken vor Geld, auch wenn man es bei ihrem Haus nicht vermutet, vielleicht haben sie ihr einen guten Anwalt besorgt«, sinniert Trace.

»Wenn dem so wäre, würde sie mit einer Fußfessel zu Hause sitzen, so wie Thorn letztes Jahr«, mischt Misha sich ein.

Ich schaue Thorn an. »Was hast du verbrochen, dass du Hausarrest bekommen hast?«

»Die hatten mich wegen einer Sache dran, die ich nicht getan habe. Ich baue zwar viel Scheiße, aber ich lasse mich nicht erwischen. Mein Pech war's, dass ich dieselbe Statur wie dieser Spast habe. Als sie ihn geschnappt haben, bekam ich eine Abfindung«, erzählt er. »Außerdem konnte ich in der Zeit die Sache mit dem Webdesign angehen, da ich verdammt viel Zeit hatte«, grinst er.

Ich lehne mich aufs Ridges Schoß zurück, lege meinen Kopf an seine Schulter. »Ich frage am besten gar nicht mehr, was ihr alles treibt, sonst werde ich noch Grün vor Neid«, kichere ich.

»Und was du nicht weißt, macht dich nicht heiß«, stimmt Oren zu.

Chase steht auf und schaltet Musik ein. »Übrigens ist bald wieder eine Open-Mic-Night, samt Hip-Hop-Battles. Sollen wir hingehen? Finch hat schon gefragt, ob wir kommen, um uns wieder das Preisgeld zu holen.«

»Kommt drauf an, wann die ist«, sagt Ridge. »Ich bin im Moment nicht so scharf drauf, meine Zeit in Finchs Rattenhöhle zu verbringen.«

Thorn hebt eine Augenbraue. »Für die Gruppe wirst du dir Zeit nehmen, Alter.«

»Eben deshalb will ich ja wissen, wann es ist.«

»Du kannst Hope mitnehmen, also dürfte es egal sein«, erwidert Thorn und zwinkert ihm zu.

Es entbrennt keine Diskussion, nur die anderen Jungs stimmen meinem Bruder zu, sogar ich tue es, womit Ridge sich dann schnell breitschlagen lässt.

Wir verbringen den ganzen Tag damit, zu quatschen, zu feiern, dass ich dem Jugendknast noch mal entgangen bin, und ich bin einfach nur froh darüber, dass ich meinen Arsch buchstäblich im Glücksklee hängen hatte.

♥♥♥

Als es schon lange dunkel ist, sitzen Ridge und ich auf der Dachterrasse, die zu Chase' Wohnung gehört. Vor ein paar Minuten haben wir uns hierher zurückgezogen, um alleine zu sein.

Wir sitzen über den Dächern der Stadt, na ja, über denen des Stadtteils, und schauen auf die Lichter der Wolkenkratzer, die sich in einiger Entfernung erheben. Sie glitzern regelrecht in der dunklen Nacht.

»Wie geht's jetzt weiter?«, möchte ich wissen.

»Wie immer. Wir sind glücklich, streiten und versöhnen uns, genießen unsere Zeit und haben Spaß«, raunt er, anschließend haucht er einen Kuss auf meine Schläfe.

Ich hebe seinen Arm, um mich an ihn zu kuscheln. »Und lieben uns.«

»Das natürlich auch.« Er streichelt meinen Oberarm. »Ich bin froh, dass du in mein Leben getreten bist, Kleines.«

Ich schaue zu ihm hoch, mustere das Gesicht, das sich unter dem Dreitagebart versteckt, und die grauen Augen, die in diesem Licht katzenartig wirken. »Glaubst du, wir sind in einem Jahr oder in zehn Jahren immer noch zusammen?«

Daraufhin zuckt er mit den Schultern. »Seit wann geht man eine Beziehung mit Garantie ein? Wir werden sehen, was die Zeit bringt, und bis dahin machen wir das Beste draus.« Er lächelt mich an und ich schmelze dahin.

Ich bin süchtig nach diesem Mann. Süchtig nach Ridge Cavendish zu sein ist nichts Schlimmes, es macht mich glücklich, erfüllt mein sonst so inzwischen langweiliges Leben mit Spaß und vor allem mit Liebe. Ich nehme seine Hand und lege unsere Handflächen aneinander. Seine Finger sind locker einen Zentimeter länger als meine, seine Handfläche ist auch um einiges größer, aber ich weiß, dass er diese großen Tatzen nur dazu verwenden wird, mich zu beschützen ... Oder um mir großartige Orgasmen zu bescheren.

»Was geht dir durch den Kopf?«, möchte er wissen.

»Eine ganze Menge, aber gerade nur, dass deine Hand unwahrscheinlich groß ist«, erwidere ich amüsiert.

»Ist dir das bisher noch nicht aufgefallen?«

»Doch, aber jetzt sehe ich zum ersten Mal den Vergleich«, kichere ich. Ein kalter Wind streift mich, lässt mich frösteln, weshalb ich mich enger an ihn kuschle. »Und was geht dir durch den Kopf?«

»Dass ich mir die heißeste Schnalle von Chicago geschnappt habe«, neckt er mich, danach lacht er.

Ich stimme mit ein. »Und ich mir wohl den eifersüchtigsten Scheißkerl der Stadt.«

»Gut möglich, aber egal, wie eifersüchtig ich bin oder wie zickig du bist, es bleibt das Wichtigste, dass wir uns lieben, Kleines.«

Und was für eine Liebe das ist. Stürmisch, rasant, voller Höhen und Tiefen und doch die schönste, die ich erleben darf, denn es ist meine erste und wahrscheinlich auch die große Liebe.

»Ich werde dich in ein paar Jahren, wenn du mich wie die Pest hasst, weil wir uns nur noch zoffen, daran erinnern«, sage ich leise.

»Ich könnte dich niemals hassen, Kleines, dafür bist und bleibst du trotz deiner nervtötenden Art einfach zu liebenswert«, raunt er.

Ich schaue zu ihm hoch. »Du bist manchmal auch ganz schön nervtötend.«

»Aber abgesehen davon bin ich ein richtig geiler Typ«, kontert er grinsend.

»Ja, mein geiler Typ.«

»Und du bist meine heiße Schnalle.«

»Finde nur ich das irgendwie abwertend?«, frage ich trocken und mit einer gehobenen Augenbraue.

Er schüttelt den Kopf, dabei sieht er mich unschuldig an. Ein Blick, der so gar nicht zu ihm passt, nach allem, was ich erlebt habe. »Nein, ich finde es auch abwertend, wenn ich objektiviert werde.«

»Das warst du ganz allein«, erinnere ich ihn.

»Ich weiß«, schmunzelt er daraufhin.

Ich greife an seinen Kragen und richte mich auf. »Ich liebe dich, Großer.«

»Und ich liebe dich, Kleines.«

»Versprich mir etwas«, flüstere ich.

Sein Blick wird fragend. »Und was?«

»Dass du immer für mich da bist, ich werde es auch für dich sein, und dass wir miteinander reden, wenn wir ein Problem mit dem anderen haben. Meine Eltern haben es nicht getan und heute reden sie kaum noch ein Wort miteinander. Ich will nicht, dass wir auch so werden.«

»Baby, bevor wir so werden, geht die Welt unter, und bis dahin machen wir einfach so weiter wie bisher.« Danach küsst er mich und ich bin froh, dass ich die einzig wahre Droge gefunden habe, die man für einen wirklich guten Trip braucht.

Liebe.

Und die viel bessere: Ridge Cavendish.

Nach diesem Kerl bin ich gerne süchtig, denn er hat mir beigebracht, dass es so viel mehr gibt, als das, was mir bis zu unserem ersten Treffen wichtig war.

Er ist mein gefallener Engel und ich gehe gerne mit ihm durch die Hölle, denn im Himmel werden wir sicher nicht mehr landen. Und solange es so gut läuft, schaffen wir uns eben einen eigenen Garten Eden.

♥ Ende ♥

Liebe Leser

Und somit wäre die nächste Serie aus meiner Feder gestartet. Ich danke Euch, für Eure Unterstützung, Eure Treue, Eure aufbauenden Worte und die Motivation, und für Eure Rezensionen. Mit Eurem Feedback helft Ihr mir unwahrscheinlich weiter. Danke für alles!

Wieder wie immer, eine Liste von Menschen, denen ich meinen Dank aussprechen muss. Aber diesmal ist sie kurz, ich schwör's.

Lea, wie immer, gilt Dir ein ganz besonderer Dank. Die Arbeit mit Dir ist unglaublich aufbauend, lehrreich und unglaublich spaßig. Ohne Dich wäre dieses Buch auch nicht zu dem geworden, was es nun ist. Danke Dir für Deine Geduld mit mir, denn ich weiß, dass ich ein anstrengender Mensch bin.

Sabrina, eat this! Nein, Spaß beiseite, auch Dir danke ich für die Geduld, die Du mir entgegenbringst, wenn ich Dir einen ganzen Abend einfach so mit Regenbogeneinhornkatzen, die wir *Eat this* und *Schmeckt* taufen, und meinen Coverwünschen abluchse. Und ich liebe alle Cover, die Du bisher für mich gestaltet hast. Danke Dir!

Außerdem danke ich dem Team der 'Drucie Anne Taylor Fans Germany' Facebookseite. Ich hätte nie gedacht, dass ich mal ein kleines Streetteam haben würde. Es bedeutet mir echt eine Menge, dass ihr Eure Zeit für den Support meiner Bücher aufbringt.

Und, Madeleine, danke auch für Deine Hilfe.

Euch Lesern gilt aber wie immer der größte Dank! Ohne Euch wäre ich nicht dort, wo ich heute bin. Ihr könnt euch nicht vorstellen, wie froh ich um jeden Einzelnen von euch bin.

Ich wünsche Euch, dass sich all Eure Träume erfüllen, Ihr Eure Ziele verfolgt und Euch niemals entmutigen lasst.

Danke für alles.

Alles Liebe und tragt immer ein bisschen Jugend in Euch!

XOXO

Eure

Rechtliches und Uninteressantes

Alle Lieder, Firmen, Marken, etc., die in diesem Buch erwähnt wurden, gehören ihren rechtmäßigen Urhebern bzw. Eigentümern und nicht mir. Die Erwähnung in diesem fiktiven Werk soll *niemanden* in Misskredit bringen!

Ladungsfähige Adresse für Deutschland:
J. Zimmer
Europaring 9
51109 Köln

Weitere Werke der Autorin

Drucie Anne Taylor

Die Coral Gables Serie
Rough: Raue Versuchung
Avery: Sinnliches Verlangen
Priest: Prickelndes Begehren
Nathaniel: Vertraute Liebe
Thierry: Verzweifelte Sehnsucht
Draven: Rockige Leidenschaft
When she arrives

DRUCIE ANNE TAYLOR

Anson: Gefährliche Begierde
A Rough Christmas (Weihnachtskurzgeschichte)
Callum: Sehnsüchtiges Prickeln
Garrett: Brennende Seelen

Die Hamptons Serie
Gavin: Pure Leidenschaft

Standalones:
hashtag: #love
Special Unit Love (Coral Gables Serie Outtake)
Christmas Desire: Zwei Kurzgeschichten in einer Anthologie

Kayla Kandrick

Losing Noah: Finding Love
Race into my Heart 1
My Scottish Dream
This Fire inside me
Protect: The Pain I felt so long

River McLean

Sins & Suits
Intrigues & Suits – Erscheint am 5. März 2015
Love & Suits – Erscheint voraussichtlich im April/Mai 2015

6302863R00275

Printed in Germany
by Amazon Distribution
GmbH, Leipzig